Aprilynne Pike

Der Kuss der Göttin

cbj

Foto: © Kenneth Pike

DIE AUTORIN

Aprilynne Pike denkt sich Elfen-Geschichten aus, seit sie ein Kind ist. Sie studierte kreatives Schreiben und schloss sich später derselben Schriftstellergruppe an, zu der auch Stephanie Meyer gehört. »Elfenkuss«, der erste Band ihrer Elfen-Fantasy, machte sie über Nacht zur gefeierten Bestsellerautorin. Pike lebt mit ihrem Mann und ihren Kindern in Utah.

Von Aprilynne Pike ist außerdem bei cbj erschienen:

Elfenkuss (40112)
Elfenliebe (40165)
Elfenbann (40206)
Elfenglanz (40257)

Die Liebe der Göttin (15775)
Dangerous Visions –
Es liegt in deiner Hand (15994)

Aprilynne Pike

Der Kuss der Göttin

Aus dem Amerikanischen
von Karen Gerwig

cbj

cbj
Kinder- und Jugendbuchverlag
in der Verlagsgruppe Random House

MIX
Papier aus verantwortungsvollen Quellen
FSC® C014496

Verlagsgruppe Random House FSC® N001967
Das für dieses Buch verwendete
FSC®-zertifizierte Papier *Pamo House*
liefert Arctic Paper Mochenwangen GmbH.

1. Auflage
Erstmals als cbj Taschenbuch August 2015

Die Originalausgabe erschien 2013
unter dem Titel »Earthbound« bei
Razorbill, an Imprint of Penguin Group, New York

Dieses Werk wurde vermittelt durch die Literarische Agen
Thomas Schlück GmbH, 30827 Garbsen.
Übersetzung: Karen Gerwig
Lektorat: Carola Henke
Umschlagbild: Shutterstock (S.P., argus, conrado)
Umschlaggestaltung: *zeichenpool, Munchen
kg · Herstellung: ReD
Satz: Uhl + Massopust, Aalen
Druck und Bindung: GGP Media GmbH, Pößneck
ISBN: 978-3-570-40282-5
Printed in Germany

www.cbj-verlag.de

Kapitel 1

Ich erinnere mich an den Flugzeugabsturz.

Nicht direkt an den Aufprall, aber an die Augenblicke davor – und obwohl es wirklich nur Augenblicke gewesen sein können, dauert es im Rückblick viel länger.

Ich schaute, die Stirn an das winzige Fenster gedrückt, durch die wolkenlose Luft auf Bauernhöfe und Siedlungen, die unter mir dahinzogen, als der Motor explodierte und das Flugzeug in eine irre Schieflage brachte, dass es mich auf meinem Sitz herumschleuderte. Die eigentliche Explosion war überraschend leise – gedämpft vom isolierten Flugzeugrumpf, nehme ich an –, aber die wogenden Wolken von kohlschwarzem Rauch, die aus dem Flügel strömten, waren nicht zu übersehen.

Jeder einzelne Nerv in meinem Körper vibrierte, doch meine Augen blieben auf den wabernden Rauch gerichtet, der von dem Motor aus nur knapp unter meinem Fenster entlangzog. Mit schmerzenden Fingern klammerte ich mich an die Armlehnen, um mich gerade zu halten, während das Flugzeug sich nach vorn neigte und dann abstürzte. Die Fliehkraft drückte mich in den Sitz.

Das Herunterfallen und Zischen von Hunderten von Sauerstoffmasken, die aus der Decke sprangen wie Giftschlangen, erschreckte mich und lenkte meine Aufmerksamkeit von dem rauchenden Flügel ab. Reflexe, die von Dutzenden von heruntergeleierten Sicherheitsvorträgen feingeschliffen waren, ließen Hände vorschießen, um die Sauerstoffmasken zu packen; die Erwachsenen *drückten die Öffnungen fest auf Mund und Nase. Danach halfen sie mitreisenden Kindern.*

Aber ich kümmerte mich nicht um meine.

Nicht einmal, als meine Mutter sie mir hinhielt. In ihren Augen flackerte das Entsetzen, und sie umklammerte den Arm meines Vaters so fest, dass ich wusste: Ihre Fingernägel kratzten ihn blutig.

Es war ein Flugbegleiter, der es mir begreiflich machte. Zwei von ihnen standen im Gang, versuchten, die allgemeine Aufmerksamkeit auf sich zu ziehen, und demonstrierten die Aufprallposition – als würde das etwas helfen. Aber ich konzentrierte mich auf den Dritten. Er versuchte nicht, die Passagiere anzuschnallen oder ihnen zu helfen; er stand nur da, seltsam reglos inmitten des Chaos, und schaute aus dem Fenster, während ihm zwei Tränen über die Wangen rollten.

Da wusste ich, wir würden alle sterben.

Und in diesem Augenblick schmolz meine Angst dahin und ich fühlte mich vollkommen friedlich. Kein Leben, das vor meinem inneren Auge ablief, oder plötzliche schmerzliche Reue. Nur ein überwältigender Friede.

Ich entspannte mich, hörte auf zu kämpfen und sah durch das Fenster zu, wie der Boden auf mich zuraste, um mich zu verschlucken.

Ich starre voller Entsetzen auf die Fotos. Es muss wahr sein; es gibt keine andere Erklärung.

Der Zeitpunkt hätte nicht günstiger sein können.

Oder ungünstiger.

»Sie ist weg? *«, frage ich mit meiner eisigsten Stimme. Ich bin nicht sauer auf ihn; ich bin sauer auf mich selbst, weil ich es nicht früher gesehen habe. Ich* hätte *es früher erkennen müssen. Das Ganze steht auf Messers Schneide und das könnte alles zerstören.*

Oder retten.

»Wir tun, was wir können.« Er faselt von ihren Fortschritten, aber ich habe nicht die Geduld, ihm zuzuhören. Ich gehe hinüber zum Fenster, die Arme vor der Brust verschränkt, starre hinunter in den üppig grünen Garten und sehe nichts.

Nicht nichts. Ich sehe ihr Gesicht. Dieses Gesicht, an das ich mich fast länger als an mein eigenes erinnern kann. Ich hatte gedacht, ich sei endlich von diesem Gesicht befreit.

Nur dass ich jetzt niemals frei sein kann. Ich brauche sie. Wir *brauchen sie. Es ist schwer, nicht an dieser bitteren Ironie zu ersticken, dass wir sie, nach allem, was sie getan hat, brauchen. Ohne sie würde alles zusammenbrechen.*

Es würde noch schlimmer, als es sowieso schon ist.

Und ich hätte sie beinahe umgebracht.

Kapitel 2

Therapie ist der Inbegriff des Besten und des Schlimmsten in meinem Leben. Ich sitze stocksteif auf dem Sofa, den Tränen nahe, doch ich blinzle sie weg. Nicht weil es mir peinlich ist – ich habe schon literweise davon vor Elizabeth geweint. Ich habe es nur gründlich satt zu weinen.

Ich mag nicht über meine Eltern reden, aber es ist Elizabeths Job, mich ab und zu dazu zu zwingen. Wie heute. Sie hat versucht, sich auf glückliche Erinnerungen zu konzentrieren, aber diesmal hat sie mich damit nur daran erinnert, dass es all das nie wieder geben wird. Dieses Kapitel meines Lebens ist vorbei.

Für immer.

Ein riesiges, klaffendes »für immer«.

»Hey«, sagt Elizabeth und reißt mich mit einem hörbaren Luftschnappen zurück in ihr Büro. »Es könnte schlimmer sein. Du könntest eine Waise mit Kopfverletzung, schwachem Bein *und* bad hair day sein.«

Nur eine Sekunde starre ich sie mit großen Augen an und versuche zu entscheiden, ob dieser Witz lustig ist oder nicht. Aber ihr Gesichtsausdruck – melodramatische Sorge mit einem Hauch echtem Mitleid dahinter – bricht durch meinen Panzer, und ich fange an zu lachen und wische mir gleichzeitig die Augen.

Ich habe, das muss ich zugeben, eine merkwürdige Beziehung zu meiner Therapeutin. Ich nehme an, das liegt daran, dass keine von uns beiden glaubt, ich sei verrückt.

Sie lässt sich von mir nicht einmal Dr. Stanley nennen – was auf den Diplomen steht, die an ihrer Wand hängen –, nur Elizabeth. Am Anfang dachte ich, das sei einer dieser billigen Tricks, die Erwachsene an Teenagern ausprobieren, damit die locker werden und ihr Herz ausschütten, aber Elizabeth hat sich wirklich jedes Mal gewunden, wenn ich sie Dr. Stanley nannte, und nach einer Weile bin ich schließlich umgeschwenkt. Inzwischen fällt es mir leicht.

»Ernsthaft, Tavia«, sagt Elizabeth mit leiser Stimme. »Es muss nicht leicht sein. Ich finde, du bist sehr tapfer und kommst extrem gut mit allem zurecht.«

»Mir kommt es aber nicht so vor«, gebe ich zu und zucke die Schultern in meinem schwarzen Kapuzenpulli. Mir haben Sweatshirts im Allgemeinen schon immer gefallen, aber in letzter Zeit ist mir eindeutig alles am liebsten, was meinen Kopf bedeckt – und damit die Narbe unter meinen immer noch zu kurzen Haaren.

»Dann vertrau meiner professionellen Analyse«, sagt Elizabeth mit einem Lächeln, als sie mich durch das abgedunkelte und leere Wartezimmer begleitet. »Du gehst doch nicht zu Fuß nach Hause, oder?«, fragt sie, als wir den Ausgang erreichen. Wir mussten unseren normalen Termin verschieben, deshalb ist es schon nach Praxisschluss, und ihre Sekretärin – Sekretärin Barbie, wie ich sie nenne, weil ihr Gesicht aussieht, als sei es aus Plastik, und sie eigentlich nie mit mir spricht – ist schon nach Hause gegangen.

»Nein, Reese kommt.« Ich gehe normalerweise – auf Anraten meiner Physiotherapeutin – tatsächlich zu Fuß, aber da es bald dunkel wird, hat Reese darauf bestanden, mich heute abzuholen.

Das ist wohl in Ordnung.

Organisiert und pünktlich, wie meine Tante ist, wartet sie schon auf mich. Ihr BMW parkt direkt vor der Tür. Sie lehnt sich über den Beifahrersitz, stößt die Beifahrertür auf und winkt Elizabeth zu.

»Hey, Tave. Wie war's?«, fragt sie mit Blick nach vorn, als sie losfährt.

»Es war eine Therapiestunde«, sage ich, während ich meinen Gurt schließe. »Es war *therapeutisch.*« Ich lehne den Kopf gegen das Beifahrerfenster; ich will nicht darüber sprechen. Therapie ist … na ja, es ist persönlich. Und auch wenn ich Reese und meinem Onkel Jay unendlich dankbar bin, dass sie eine Stiefnichte bei sich aufgenommen haben, die sie kaum kannten, fühlen sie sich nicht so recht nach *Familie* an.

Zum Glück versteht Reese den Wink und schaltet das Radio ein, als wir vom Parkplatz auf die Straße abbiegen. Sie hat eine unendliche Geduld. Zumindest mit mir. Mit Kunden am Telefon nicht so viel.

Während der Fahrt schaue ich mir die Straßen um mich herum an – Portsmouth, New Hampshire, ist eine der ältesten Städte der Vereinigten Staaten von Amerika, und sie haben die alten Kolonialbauten wirklich gut erhalten. Ich bin ein heimlicher Geschichts-Fan, und in den ersten paar Monaten hier bin ich so lange herumspaziert, wie es mein verletztes Bein zuließ, und habe die Denkmäler, Sehenswürdigkeiten und Museen erkundet. Es fühlt sich irgendwie passend an –

eine Stadt, die in ihrer Vergangenheit stecken geblieben ist, und ich gefangen in meiner eigenen.

Und die ganze Stadt ist so schön. Ich liebe alte Gebäude – so wird heutzutage einfach nicht mehr gebaut. Sie haben eine Anmut und Schönheit an sich, die der Gesellschaft abhandengekommen ist. Egal, wie elegant das ganze moderne Zeug sein soll: Irgendetwas an den handgeschnitzten Feinheiten der Kolonialarchitektur löst in mir Trauer um etwas aus, das einmal war.

Am liebsten habe ich die perfekt erhaltenen Häuser aus dem achtzehnten Jahrhundert, die man hier und da mitten in einem modernen Stadtviertel findet. Wie ein im Sand vergrabener Schatz, der nur darauf wartet, gehoben zu werden. Sie sind schwer zu finden, wenn man mit der halsbrecherischen Geschwindigkeit herumfährt, die Reese bevorzugt, denn sie stehen normalerweise von der Straße zurückgesetzt und werden oft vom Blätterbaldachin eines alten Baumes geschützt. Aber wenn ich allein zu Fuß unterwegs bin, suche ich nach ihnen. Ich würde so gern ihre Geschichten kennen, aber ich traue mich nicht, an die Tür eines Fremden zu klopfen.

Stattdessen mache ich Fotos und denke mir selbst Geschichten aus. Ich schwöre, ich habe ungefähr tausend Fotos auf meinem Handy. Ich wünschte … ich wünschte, ich könnte sie zeichnen, malen.

Aber ich kann seit dem Unfall nicht mehr zeichnen.

Trotzdem haben diese alten Häuser etwas Beruhigendes; irgendwie rühren sie mich an. Ich ziehe mein Handy heraus, scrolle zu einem der Bilder von meinem Lieblingshaus und zoome es heran. Ich versuche, mir vorzustellen, wie ich mit

Aquarellfarben die Holzbretter male, die hauchdünnen Vorhänge, die ich hinter den Fenstern sehen kann.

»… Ich dachte, es macht dir bestimmt nichts aus.« Reese schaut mich erwartungsvoll an, und mein Gehirn merkt langsam, dass sie mit mir spricht.

»Es tut mir leid, ich … was?« Ich stecke mein Handy in meinen alten roten Rucksack. Ich fürchte, mit den Gedanken woanders zu sein, ist in letzter Zeit eine Spezialität von mir.

Früher war ich nicht so.

»Macht es dir etwas aus, wenn wir unterwegs kurz Milch kaufen gehen? Wir haben keine mehr«, wiederholt Reese und dreht das Radio ein bisschen leiser.

Ich denke trübsinnig an den versnobten Bio-Supermarkt mit den regionalen Produkten, in dem Reese einkauft. Super. »Kann ich im Auto warten? Mein … mein Bein tut weh«, lüge ich.

Es ist nur mehr oder weniger eine Lüge. Der Gips ist seit drei Monaten ab, doch zersplittert ist das Wort, das die Ärzte benutzten, um die Brüche sowohl über als auch unter meinem rechten Knie zu beschreiben. Es dauert seine Zeit, sich von so etwas zu erholen, auch wenn man außer Acht lässt, dass ich seit meiner Gehirnoperation letztes Jahr sowieso nicht mehr allzu anmutig bin.

Zumindest sagen mir das die Physiotherapeuten immer, wenn ich mich entmutigen lasse.

Nur einen Augenblick lang erscheint eine Falte auf Reese' Stirn, bevor sie meine Ausrede akzeptiert. »Klar – es dauert nur ein paar Minuten.«

Sie springt aus dem Wagen und eilt im Laufschritt auf den

Laden zu. Sobald sie außer Sicht ist, drehe ich die Heizung auf und lehne den Kopf ans Fenster.

In den Ecken des Parkplatzes liegen immer noch ein paar schiefergraue Schneehügel, aber es wird nicht mehr lange dauern, bis sie ganz weggeschmolzen sind. Grüne Blätter recken sich durch das knittrige braune Gras vom letzten Jahr und überall in der Stadt sprießen die Tulpen.

Wenigstens hagelt es nicht, so wie gestern.

Es ist diese beinahe-frühlingshafte Jahreszeit – Jackenwetter, kein Mantelwetter. Aber das Wetter ist schon das ganze Jahr merkwürdig. Im Februar ist der *ganze* Schnee geschmolzen und die Wettervorhersage kündigte Dürre und Hitzewellen an. Aber zwei Wochen später wurde in einer einzigen Nacht fast ein Meter Schnee über uns abgeladen. Als die Schneepflüge sich endlich selbst ausgegraben und die Straßen freigeräumt hatten, war es wieder mehr oder weniger Winter. Es waren seltsame Monate.

Ich ziehe meine Jacke ein wenig fester um mich, denke an die paar Tage, die wir Temperaturen unter null hatten – ganz zu schweigen von dem Mörder-Eissturm davor –, und halte die Hände vor die Lüftung. Abgesehen von dem Kapuzenpulli bin ich nicht recht für den Winter angezogen. Ich sollte vielleicht etwas anderes als meine alten Tanktops und T-Shirts mit den Aufdrucken tragen, zumindest bis zum Sommer, aber dann hätte ich einkaufen gehen müssen, und ich gebe nicht gern Geld aus, das nicht mir gehört. Auch wenn Reese *sagt*, ihr Geld sei mein Geld. Allerdings werde ich bald nachgeben und mir eine neue Jeans kaufen müssen – diese hier ist an den Knien ziemlich fadenscheinig. Weil ich groß und ziemlich dünn bin, mit extrem langen Beinen, finde ich immer schwer Jeans, die nicht zu kurz sind. Wenn ich dann also einmal welche aufstöbere, trage ich sie, bis sie zerfetzt sind – was so ungefähr der Zustand der jetzigen ist.

Während meine Fingerspitzen warm werden, schaue ich über die langsam dunkler werdende Straße und lasse meinen Blick auf einem Haus gegenüber ruhen. Es ist kirschrot gestrichen und vor der Veranda blühen weinrote und gelbe Tulpen. Ein kleines Mädchen sitzt auf der Terrasse und spielt mit einer Puppe. Ich lächle, als ich sehe, dass sie ein niedliches altmodisches Kleid mit Schürze trägt – was hier nicht unüblich ist. In Städten, die so alt sind wie Portsmouth, gibt es immer irgendeine Art von Historienspektakel, normalerweise wird die Amerikanische Revolution nachgespielt. Dieses kleine Mädchen sieht super aus. Authentisch.

Na ja, ihre Kleider sind vielleicht ein bisschen zu bunt, und die Locken sind zweifellos mit einem Lockenstab gemacht, nicht über Nacht mit Stoffstreifen, aber hey – dafür sind die Annehmlichkeiten der Moderne da. Ein Lächeln stiehlt sich auf mein Gesicht, als ich erkenne, dass die Puppe sogar eine von diesen altmodischen Stoffpuppen ist.

Sie hebt das süße kleine Kinn und ich sehe einen Mann aus dem Haus zu ihr auf die Veranda treten.

Eigentlich kein Mann, schätze ich. Zu jung, um ihr Vater zu sein. Ich sehe sein Gesicht nur ganz kurz, aber ich denke, er ist ungefähr so alt wie ich, achtzehn. Vielleicht ein kleines bisschen älter. Die Vorliebe für historische Nachstellungen muss in diesem kirschroten Haus in der Familie liegen, denn er trägt eine marineblaue Jacke und einen großen Hut auf goldblonden Haaren, die er im Nacken zusammengebunden hat.

Er ist etwas fürs Auge; ich würde mich nicht beschweren.

Leider sind diese üppigen Haare wahrscheinlich eine Perücke. Die meisten Leute sind nicht hart genug drauf, um sie wirklich wachsen zu lassen. Und die, die es sind – na ja, die sind dafür dann ein bisschen gruslig.

Als der Typ neben dem kleinen Mädchen in die Hocke geht, frage ich mich, warum Kniehosen aus der Mode gekommen sind. Sagen wir einfach: Von hinten sehen sie super aus. Ich ziehe anerkennend eine Augenbraue hoch und kneife die Augen zusammen, um besser sehen zu können, froh, dass der BMW getönte Scheiben hat und ich mein kleines Augenschmaus-Festmahl ungesehen genießen kann. Irgendwie sind meine Momente der unbeschwerten Zufriedenheit in letzter Zeit dünn gesät.

Der Typ steht auf und hält das kleine Mädchen jetzt an der Hand. Showtime, nehme ich an.

Als hätte er meinen Laserblick bemerkt, hält er inne, dann dreht er sich um. Mein Mund wird trocken, als er direkt in meine Richtung schaut.

Er kann mich nicht sehen, oder? Die Scheiben von Reese' Auto sind von außen gesehen fast verspiegelt. Aber sein Blick bleibt auf mich gerichtet, und ich kann sogar von hier aus sehen, wie er überrascht die Augen aufreißt.

Er macht ein paar Schritte in meine Richtung, und ich balle die Fäuste, während sein Blick sich in meine Augen brennt. Ich bin mir sicher, er kann nicht wissen, dass ich hier bin. Wie …?

Auf der zweiten Stufe hält er an und schaut wieder auf das kleine Mädchen, das seine Hand hält und ihn zurückzieht. Er hält inne, zögert, schaut kurz das Mädchen an, dann zurück zum Auto, er ist hin- und hergerissen, das sehe ich an seinem Gesichtsausdruck.

Ich kann den Blick nicht abwenden, obwohl ich spüre, wie sich die Hitze auf meinen Wangen ausbreitet. Aus dieser Entfernung kann ich die Farbe seiner Augen nicht erkennen, aber sie fesseln mich an Ort und Stelle, und ich brauche ein paar Sekunden, bis ich merke, dass ich die Luft anhalte.

Plötzlich piepst mein Handy und bricht den Bann. Ich senke den Blick und sehe einen Text mit der Überschrift *Benson Ryder* aufblinken.

Fertig?

»Perfektes Timing«, murmle ich. Aber ich kann ein leichtes Lächeln nicht unterdrücken, als ich eine schnelle Antwort tippe.

Ich hatte Freunde, damals in Michigan – in meinem früheren Leben, wie ich es in Gedanken gerne nenne –, aber es waren lockere Freundschaften. Meine Kunst war mein Leben, und Freunde hatten die Tendenz, mich davon abzulenken. Es waren wohl einfach Schulfreunde, schätze ich. Als Reese und Jay mir sagten, ich würde den Kontakt mit allen in Michigan abbrechen müssen, um meinen Aufenthaltsort vor den Medien geheim zu halten, muss ich zugeben, dass ich nicht traurig war, sie aufzugeben. Sie fühlten sich … flatterhaft an, das war es wohl.

Benson ist … na ja, es ist einfach anders. Ich sehe ihn fast jeden Tag. Wir simsen viel. Manchmal telefonieren wir lange.

Und er weiß es. *Alles*.

Sonst keiner.

Die einzige Überlebende einer Großkatastrophe zu sein, führt zu Aufmerksamkeit. Fragen. Und das bedeutet, sich erinnern zu müssen – der Schmerz, die Operationen, die unzuverlässigen Erinnerungen.

Meine Eltern.

Es ist einfacher zu lügen, allen zu erzählen, ich hätte mir das Bein bei einem Autounfall gebrochen. Niemand hinterfragt das. Manchmal sagen sie mir, ich hätte *Glück, noch am Leben zu sein*.

Die Leute, die so etwas sagen, haben nie einen nahestehenden Menschen verloren.

Meine Ärzte wissen, was passiert ist, meine Psychotherapeutin Elizabeth und natürlich Reese und Jay, aber sonst niemand. So sind es weniger Leute, die den Medien verraten könnten, wo ich bin, denn die würden zu gerne über mich herfallen und eine Exklusiv-Story abgreifen, auch noch Monate danach.

Na ja, Benson habe ich es auch erzählt. Genauer gesagt hat Benson es aus mir herausgeholt. Nicht ganz ungewollt. Je näher ich Benson kam, desto mehr *wollte* ich es ihm erzählen. Aufhören zu lügen. Als es endlich heraus war, war es eine riesige Erleichterung. Es war schön, die Wahrheit zu sagen. Vor allem jemandem, den *ich* ausgesucht hatte.

Ich habe Reese gegenüber nicht erwähnt, dass ich ihm alles erzählt habe. Ich weiß nicht, ob sie sauer wäre oder nicht – es ist schließlich mein Leben –, aber die Tatsache, dass ich mir nicht sicher bin, ist Grund genug für mich, es ihr nicht zu sagen.

Abgesehen davon wird Benson mein Geheimnis bewahren.

Manchmal denke ich, ich brauche ihn – unsere ungezwungene Kameradschaft –, und das macht mir Angst.

Alle, die ich in meinem Leben je gebraucht habe, sind tot.

Sobald ich auf Senden gedrückt habe, schießt mein Blick wieder zu dem großgewachsenen Jungen mit dem kleinen Mädchen, aber sie sind hineingegangen. Ich versuche, die seltsame Melancholie abzuschütteln, die mich erfasst. Ich starre auf das Haus – und wünsche wohl, dass die Fremden wieder erscheinen –, und gerade als ich blinzle, blitzt etwas über der Tür auf. Ich öffne weit die Augen, aber das Blitzen ist weg …

Nein, nicht *ganz* weg …

Beinahe wie ein Schatten im Augenwinkel, so schwach, dass ich ein paar Mal blinzeln muss, um sicherzugehen, dass ich sie sehe, glänzt eine Kontur direkt über der Tür. Ein Dreieck.

Und aus Gründen, die ich weder verstehe noch erklären kann, beginnt mein Herz zu rasen.

Kapitel 3

Normalerweise handeln meine Albträume von dem Absturz, von den Augenblicken, an die ich mich nicht erinnere. Manchmal muss ich zusehen, wie die Körper meiner Eltern in Zeitlupe zerrissen werden; Blut spritzt mir in die Augen und färbt meine Sicht in diesem unverwechselbaren Rot. Manchmal bin es ich – meine Hände –, die in den Trümmern zerquetscht werden. Sie biegen sich in unnatürlichen Winkeln, die Knochen knicken, bis alles nur noch eine übel zugerichtete Masse ist.

Denn das hätte passieren müssen.

Vielleicht bin ich morbid, aber während ich im Krankenhaus lag, habe ich viel Zeit im Internet verbracht und mir Fotos von der Absturzstelle angeschaut. Und obwohl die Medien meinen Namen nicht erfahren haben, wussten sie, auf welchem Sitz ich saß.

»Laut den Analysten hätte es den Rahmen hier und hier zusammendrücken müssen«, sagte eine Reporterin und zeigte auf zwei Stellen der Passagierkabine. »Aber Sie können sehen, dass das Innere des Flugzeugs vollkommen unberührt aussieht. Der Passagier auf 24F, laut Aussage der Fluglinie eine weibliche Minderjährige, erlitt lebensbedrohliche Verletzungen, überlebte aber in diesem höchst unwahrscheinlichen Kokon, den die Experten nicht erklären können. Es ist, als wäre dieser Teil des Flugzeugs gar nicht an dem Absturz beteiligt gewesen.«

Ich meide Berichte, in denen die Opfer gezeigt werden. Reihen um Reihen von Leichen, manchmal ragen gebrochene Arme oder Beine unter den Tüchern hervor. Die kann ich mir einfach nicht anschauen.

Ein Teil von mir fürchtet, ich könnte meine Eltern unter den Leichen erkennen: die linke Hand meiner Mutter mit dem Ehering, den Knöchel meines Vaters mit einer Armee-Tätowierung, die sich seine Wade hinaufwindet.

Ein anderer Teil von mir ist einfach von Schuldgefühlen überwältigt, weil ich von 256 Passagieren die Einzige war, die irgendwie überlebt hat.

Aber in dieser Nacht gibt es keine Leichen, kein Blut.

Es gibt überhaupt kein Flugzeug.

Ich schwebe.

Ich schwimme. Im Meer? Einem Fluss? Einem See? Ich weiß es nicht.

Aber es ist kalt. Die Art Kälte, die sich eher wie eine Klinge auf der Haut anfühlt, die einem die Haut abzieht und die Knochen freilegt. Obwohl ich irgendwie weiß, dass es ein Traum ist, zittere ich.

Meine Haare sind lang und offen, treiben um mich herum, und als ich bemerke, dass ich unter Wasser gezogen werde, greife ich nach Gegenständen, die einfach plötzlich *da* sind – eine Rettungsweste, ein schwimmender Baumstamm, ein kleines Boot. Aber sobald meine Finger sie berühren, verschwinden sie einfach, sie sind sogar noch weniger real als der Traum. Erschöpft paddle ich einfach im Wasser, aber meine Arme verheddern sich in meinen Haaren, die mich fesseln wie Seile.

Etwas zieht mich unter Wasser. Ich weiß nicht, ob es eine Strömung ist oder meine schweren Kleider. Warum trage ich schwere Kleider?

Ich gehe unter.

Ich strecke die Arme aus, suche nach etwas, woran ich mich festhalten kann, aber das Wasser steigt. Oder ich sinke.

Ich hebe das Kinn, versuche verzweifelt zu atmen und sehe einen großen, hellen Mond auf mich herabscheinen. Tränen brennen mir in den Augen, als mir klar wird, dass er das Letzte ist, das ich sehen werde, bevor ich sterbe – aber ich verspüre keine Angst. Ich fühle etwas anderes.

Einen schmerzlichen Verlust.

Dieses Wasser nimmt mir etwas weg.

Ich öffne den Mund und will schreien, aber eisige Flüssigkeit rauscht herein, füllt meine Kehle und tut mir bis zu den Kieferknochen in den Zähnen weh. Die Wasseroberfläche schließt sich über meinem Gesicht, doch meine Augen bleiben offen und sehen den hellen silbernen Mond an.

Verzweifelt schaffe ich es, mein Bewusstsein aus dem Traum zu reißen, und zwinge meine echten Augen, sich zu öffnen. Ein Mond begrüßt sie, der zum Glück durch mein Fenster scheint, nicht durch die wogende Oberfläche von eisigem Wasser. Meine Lungen brennen, und ich sauge die Luft ein, als hätte ich wirklich kurz vor dem Ertrinken gestanden. Als sich mein Herzschlag wieder beruhigt, fasse ich mir an die Stirn und spüre Schweißtropfen. Es ist Wochen her, seit ich so einen schlimmen Albtraum hatte.

Wochen. Ich weiß noch, als solche Albträume alle paar *Jahre* vorkamen.

Und damals hatte ich eine Mutter, in deren Bett ich schlüpfen konnte.

Ich werfe die Decke zurück, und auch wenn mir die Gänsehaut die Beine heraufkriecht, als die Nachtluft sie trifft, versichert mir der Schock zumindest, dass ich wach bin – der Albtraum ist vorbei. Meine Füße ruhen auf festem Holz und strampeln nicht in der undurchdringlichen Schwärze eines bodenlosen Sees.

Ein See – es war ein See.

Aber ich schiebe den Gedanken von mir. Ich will nicht über den Traum nachdenken. Er wirkt sowieso schon viel zu lange nach.

Seit der Therapiestunde ist alles ein bisschen aus dem Gleichgewicht. Das kommt vom Sprechen über meine Eltern.

Nein, ich muss ehrlich zu mir sein. Es ist mehr als das. Es ist dieser Typ. Dieses Haus. Das Dreieck.

Der Gedanke daran hat bereits den ganzen Abend an mir genagt – als hätte ich es schon einmal gesehen. Aber wo? Ich versuche, nicht zu sehr darüber nachzudenken, stehe mit wackligen Beinen auf und gehe durch den dunklen Raum zur Tür.

Warme Milch – das jahrhundertealte Heilmittel für Albträume.

In der Küche versuche ich, leise zu sein, aber als ich die Treppe knarren höre, bin ich nicht überrascht, Jays Kopf in der Tür auftauchen zu sehen. »Alles klar?«, fragt mich mein Onkel leise.

»Albtraum«, antworte ich und wedle mit meinem Löffel in Richtung Mikrowelle. Mehr muss ich nicht sagen. Sie sind daran gewöhnt.

Jay kommt vollends in die Küche und lehnt sich mit der Schulter an die Wand. Er hat leichte, aber eindeutige Ringe unter den Augen.

»Es tut mir leid, wenn ich dich aufgeweckt habe«, füge ich hinzu, aber er winkt ab und fährt sich mit den Fingern durch die schlafzerzausten Haare.

»Ich war sowieso wach. Mir war nicht so besonders – Schlafstörungen, weißt du. Vielleicht hat Reese recht und ich arbeite in letzter Zeit zu viel«, sagt er mit einer selbstironischen Grimasse. »Aber der Boss lässt alle wegen dieses neuen Virus Überstunden machen.« Er runzelt die Stirn. »Er ist … anders als *alles*, was ich je zuvor gesehen habe.«

Jay muss ungefähr fünfunddreißig sein, aber er sieht aus wie ein Mittzwanziger, der in Erwachsenenklamotten herumläuft. Wenn ich ihm auf der Straße begegnet wäre, hätte ich nie geglaubt, dass er Wissenschaftler ist, aber er ist tatsächlich irgendein spezialisierter Biochemiker.

Und er ist nett. Man kann gut mit ihm reden.

Ich kannte ihn nicht, bevor meine Eltern starben. Reese' Mutter und mein Opa haben geheiratet, als sie und mein Vater fast erwachsen waren. Ich war acht oder so. Reese hatte gerade auf dem College angefangen und wohnte auf dem Campus, und ich habe sie in den ersten Jahren nie gesehen. Also war es super, Reese und Jay endlich doch noch kennenzulernen.

Ich wünschte nur, es wäre aus einem anderen Grund gewesen.

»Wieder der Flugzeugabsturz?«, fragt Jay, der meinen Gesichtsausdruck bemerkt hat, leise.

Ich ziehe die Tür der Mikrowelle auf und halte sie damit

an, bevor sie piepst und Reese auch noch weckt. »Ehrlich gesagt, nein.« Ich nehme die Porzellandose mit dem Zucker und löffle eine großzügige Portion in meine Tasse. »Ausgerechnet ertrinken.« Ich meide seinen Blick und rühre angestrengt.

»Glaubst du, dein Unterbewusstsein lässt es langsam hinter sich?«, fragt Jay, der ewige Optimist.

»Vielleicht.« Ich werfe einen Blick auf die Uhr am Herd.

2.36 Uhr.

»Mir geht es gut, Jay«, beharre ich. Jetzt, wo ich wieder ganz in der Realität angekommen bin, wünschte ich, er wäre nicht da – hätte meinen Ausraster nicht mitbekommen. »Du kannst zurück ins Bett gehen. Ich trinke das hier nur aus, dann lege ich mich auch wieder hin.«

»Bist du sicher?«, fragt Jay, und seine blassblauen Augen glitzern sogar in den düsteren Schatten der schlecht beleuchteten Küche. »Denn wenn du nicht allein sein willst, dann warte ich, bis du fertig bist.«

»Alles in Ordnung. Wie gesagt, es ging nicht um den Absturz, es war einfach ein ganz normaler Albtraum.« Noch während ich die Worte ausspreche, erinnere ich mich an die Eiseskälte des Wassers und das seltsame, hohle Gefühl des Verlustes. *Normal* ist auch nicht das richtige Wort.

Ich zwinge mein Gesicht zu einem leichten Lächeln und nehme einen Schluck von der schaumigen Milch. *Ahhh!* Das ist den Albtraum beinahe wert.

Beinahe.

Jay schenkt mir einen langen Blick, aber er kann nichts mehr tun und scheint es zu wissen. Mit einem Nicken dreht er sich um, bevor ich ihn beim Gähnen erwische – was ich trotzdem tue –, und macht sich wieder auf den Weg nach oben.

Als die Stufen leise knarzen, lasse ich mich auf einen Stuhl am Küchentisch fallen und trinke meine Milch. Mein Blick schweift über den mondbeschienenen Garten – so silbern, dass er aussieht wie ein Bühnenbild. Die Wärme der Milch breitet sich in meinem Körper aus, und als das Glas leer ist, geht es mir viel besser. Die bittere Kälte hat mich verlassen, und ich glaube, ich kann vielleicht wieder einschlafen.

Vielleicht.

Ich reibe einen Augenblick meine Schläfen, dann erstarren meine Finger, als eine Erkenntnis fast mit einem *Klick* in meinem Gehirn ankommt.

Ich weiß, wo ich dieses Dreieck schon einmal gesehen habe.

Ich versuche, leise zu sein, als ich nach oben eile und mein Handy von meinem Nachttisch hole. Meine Füße wandern zum Fenster hinüber, während ich ein paar Fotos durchscrolle, die ich bei einem meiner Geschichts-Spaziergänge gemacht habe. Unten an der Fifth Street – zwischen Piper- und Sandstreet. In dem Stadtteil, wo der alte Geldadel wohnt.

Da! Ein weißes Haus, geschmückt mit sechs wundervollen Giebeln und verschnörkelten Dachvorsprüngen. Ich klicke ein paar Bilder weiter, bis ich eine gute Aufnahme des Haupteingangs finde – eine fröhliche grüne Tür mitten zwischen frischen weißen Wänden.

Und da ist es. Auf dem Foto blitzt und blinkt es nicht wie das Dreieck an dem Haus von dem Typen. Und obwohl das Foto nicht ganz scharf ist, ist es eindeutig da – ein schwach glühendes Dreieck.

Ich habe es nicht einmal bemerkt, als ich das Foto machte. Was bedeutet es? Ein Teil von mir glaubt, es ist wahrscheinlich nur eine Art verrücktes Kennzeichen des Erbauers, aber aus irgendeinem Grund erscheint mir das nicht ganz richtig. Ich setze mich auf die Fensterbank und lehne mich mit dem Rücken an die Wand, ziehe nervös an einer kurzen Locke, während ich in den Garten hinunterspähe.

Eine Bewegung erregt meine Aufmerksamkeit. Eine große, dunkle Gestalt taucht gerade am Waldrand auf. Wahrscheinlich nur ein hungriges Reh, denke ich. Blinzelnd spähe ich in die tiefe Dunkelheit und erschrecke, als ein Mensch auf die Wiese tritt. Er trägt einen langen Mantel, einen Hut und …

Es ist der Typ von der Veranda. Der, den ich am Nachmittag gesehen habe.

Der Schreck fährt mir in die Glieder, erschüttert meine Knochen, die plötzlich wieder eiskalt sind. Es ergibt keinerlei Sinn, aber ich sehe den blonden Pferdeschwanz und ich … ich weiß es einfach. Er ist es.

Er ist mitten in der Nacht vor meinem Haus.

Ist er mir gefolgt? Was um alles in der Welt tut er da? Jede Faser der Vernunft in mir schreit, ich solle Jay holen gehen. Er schläft nur ein paar Zimmer weiter den Flur entlang.

Aber stattdessen bleibe ich sitzen und starre hinaus.

Der blonde Kerl durchquert den Garten, ganz langsam, und tritt mit den Spitzen seiner kniehohen Stiefel Grasfetzen los. Seine Hände sind tief in den Taschen der Kniehose vergraben, die ich am Nachmittag bewundert habe, sodass sein langer Mantel an der Hüfte nach hinten geschoben wird und eine bestickte Weste entblößt. Er scheint sich keinerlei Gedanken darüber zu machen, dass er zu vollkommen unangemessener Uhrzeit auf einem fremden Grundstück steht. Er versteckt sich nicht oder hält sich auch nur in den Schatten. Er… geht einfach.

Meine Nasenspitze streift das eiskalte Glas, und ich merke, dass ich praktisch meinen ganzen Körper ans Fenster gedrückt habe. Er dreht sich um und schaut direkt zu mir herauf. Unsere Blicke treffen sich.

Ich erstarre.

Irgendetwas scheint in den letzten zwölf Stunden mit meinem Körper nicht mehr zu stimmen; mein Fluchtreflex funktioniert nicht richtig, er steht einfach auf *Stopp* und klemmt. Ich zucke nicht einmal, als er mich ansieht – meine aufgerissenen Augen, meinen offenen Mund, meine Fingerspitzen, die zehn kleine Flecken auf dem beschlagenen Glas hinterlassen.

Dann *lächelt* er – halb interessiert, halb amüsiert, als sei das eine Art Spiel.

Aber ich kenne die Regeln nicht.

Die Kraft scheint aus meinen Armen zu weichen, und meine Hände sinken langsam herab, meine Finger ziehen Streifen auf der beschlagenen Fensterscheibe. Wir verharren beide – die Zeit ist stehen geblieben – und starren uns nur an.

Er hebt eine Hand und winkt mich mit einem behandschuhten Finger heran, lädt mich ein, zu ihm hinauszukommen. Ich quieke und weiche zurück, drücke mich flach an die Wand, damit er mich nicht mehr sehen kann.

Damit ich *ihn* nicht mehr sehen kann.

Das Herz pocht mir in den Schläfen und Fingerspitzen, während ich dort stehe, meine Atemzüge zähle und mich zu beruhigen versuche. Wer ist dieser Kerl? Wie hat er mich gefunden? Nach zehn langen Atemzügen flitze ich hinüber und drehe mich um, spähe hinter dem Vorhang hervor. *Ich muss mich nicht verstecken*, sage ich mir, *ich bin nicht diejenige, die etwas falsch macht*.

Doch obwohl ich mehrere Minuten am Fenster stehe und hinabstarre, rührt sich nichts, bewegt sich nichts.

Er ist fort.

Ich bin so verwirrt. Ich kenne diesen Typen nicht – ich habe ihn noch nie zuvor gesehen.

Warum *vermisse* ich ihn also?

Kapitel 4

Ich sehe Benson nicht, als ich in die Bibliothek komme – ein nicht gänzlich unbekannter Fall, denn er muss *ab und zu* auch tatsächlich arbeiten. Doch abgesehen von meinen Hausaufgaben ist der wahre Grund, warum ich hergekommen bin, ihn zu sehen, mit ihm zu sprechen. Ich bin so fertig mit den Nerven, dass es mein immer noch nicht wieder ganz erholtes Gehirn für unmöglich hält, einen Plan B zu entwickeln, als ich ihn nicht sofort entdecke.

»Oh, Tavia, Schätzchen.« Maries leise Stimme erschreckt mich so, dass ich mit einem hörbaren Luftschnappen zu ihr herumwirbele. Ich *muss* mich beruhigen. »Benson ist hinten im Archiv. Möchtest du, dass ich ihn hole?«

Marie ist die Bibliotheksleiterin und eigentlich Bensons Chefin. Sie ist aber ungefähr so streng wie eine Schüssel Schlagsahne und Benson liebt sie. Was bedeutet, dass sie ihn auch liebt – und wer würde das nicht? –, aber es heißt auch, dass sie sich oft in der Nähe herumtreibt, wenn wir arbeiten, und mir besondere Aufmerksamkeit schenkt, weil ich *Bensons spezielle Freundin* bin.

Und sie betont immer meinen Namen falsch. Wir hatten das schon – Tave, das reimt sich auf *cave*, nicht auf *mauve* –, aber sie merkt es sich einfach nie.

»J-ja, bitte«, antworte ich und hoffe, sie hat das Stottern

nicht gemerkt. Sie lächelt nur und geht zum Verrücktwerden langsam nach hinten, wobei ihre welligen silbergrauen Haare wippen.

Ich nehme an, es ist keine besonders schmeichelhafte Eigenschaft meines Privatlebens, dass mein einziger Freund ein Bibliothekspraktikant ist, aber angesichts dessen, dass ich die Highschool online mache und im Umkreis von zweihundert Kilometern keine Mitschüler habe, kann ich wohl kaum wählerisch sein. Nachdem ich während meiner körperlichen und neurologischen Genesung vier Monate Schule verpasst habe, war das Internet so ungefähr meine einzige Möglichkeit, wenn ich das Schuljahr nicht wiederholen wollte.

Abgesehen davon fanden Reese und Jay, es sei besser für mich, hier draußen noch einmal ganz neu anzufangen – tausend Meilen von meinem alten Leben entfernt. Erst dachte ich, sie wollten nur nicht umziehen, und ich konnte ihnen keinen Vorwurf machen. Aber inzwischen glaube ich, sie hatten recht. Es gefällt mir, an einem neuen Ort zu sein – wo ich nicht sofort das arme Mädchen bin, das beide Eltern verloren hat. Gebrochen und verwaist. Irgendetwas sagt mir, dass es von keinem dieser beiden Umstände einen Weg zurück zur Normalität gibt, erst recht nicht, wenn man beides ist.

Außerdem verschafft mir der Unterricht eine Entschuldigung, fast jeden Tag aus dem Haus und hierher zu kommen, um Benson zu sehen. Nicht, dass ich eine Ausrede bräuchte, aber ich will nicht, dass Reese und Jay glauben, ich wolle weg von ihnen.

Das will ich auch nicht … unbedingt. Es ist nur komisch, jeden Tag von morgens bis abends mit Reese zu Hause zu sein. Ich bin achtzehn; ich sollte draußen sein und Highschool-

Sachen machen. Zu Football-Spielen gehen, im Schultheater mitspielen, bei McDonald's herumhängen und mein eigenes Gewicht in Pommes Frites essen. Die Dinge, zu denen ich mich damals in Michigan ab und zu von meinen Freunden mitschleppen lassen habe. Die Dinge, die ich in meinem letzten Highschool-Jahr an meiner neuen Kunstschule öfters tun wollte. Vielleicht sogar mit einem Jungen – einem netten Künstlertypen.

Und dann stürzten meine Pläne zusammen mit dem Flugzeug ab.

Solche Dinge interessieren mich nicht mehr. Ich hatte akzeptiert, dass ich ein einsames letztes Highschool-Jahr haben würde, als mich eine Englisch-Aufgabe vor ein paar Monaten zum ersten Mal in die Bibliothek führte und Benson Ryder sich mir vorstellte.

Und mir dann beibrachte, wie man Mikrofiches benutzt. Freundschaft auf den ersten Blick.

Buchstäblich.

Ich setze mich auf einen Stuhl an unserem üblichen Tisch und knete die Muskeln meines rechten Beines – nach dem Fußmarsch von einem Kilometer hierher tun sie immer ein bisschen weh –, bevor ich mich in der spärlich besuchten Bibliothek umsehe. Es ist nie viel los zwischen neun und vier, es sei denn, eine der örtlichen Grundschulen macht einen Ausflug. Am Nachmittag, wenn die Schule aus ist, wird es voller, aber einer der Vorteile der Online-Schule ist, dass ich in die Bibliothek gehen kann, wann ich will.

Außerdem hat Benson eher Zeit, mit mir zu »lernen«, wenn weniger Leute da sind, die seine Hilfe brauchen – oder unser Gespräch belauschen.

Als ich gerade meine Schulbücher aus dem Rucksack holen will, sehe ich bestürzt, dass meine Hände zittern. Bin ich nervös, weil ich es Benson erzählen will? Das kann es eigentlich nicht sein. Vielleicht bin ich einfach fertig von allem, was passiert ist.

Und ich weiß nicht so recht, *wie* genau ich Benson von dem blonden Typen von gestern erzählen soll.

Und von letzter Nacht.

Von heute Morgen, um genau zu sein.

Ich kenne nicht einmal seinen Namen, aber es fühlt sich irgendwie besonders an. Mein Geheimnis. Nicht die Art Geheimnis, mit dem man sich schuldig und innerlich leer fühlt; er ist ein Cappuccino-Geheimnis – etwas Süßes und Schaumiges, das mich von innen heraus wärmt.

Trotzdem muss ich es Benson sagen. Ich sollte es *irgendwem* erzählen, für den Fall … für den Fall, dass dieser Typ gefährlich ist. Obwohl schon der bloße Gedanke den Reflex in mir auslöst, ihn verteidigen zu wollen.

Als würde ich ihn *kennen*.

Benson wird es verstehen, oder? Benson weiß alles über mich. *Alles*. Es war ein langsamer Prozess – man geht nicht einfach zu jemandem hin und sagt: »Hi! Ich bin eine verwaiste einzige Überlebende des größten Flugzeugabsturzes in der Geschichte, und ich verstecke mich seit einem halben Jahr vor den Medien, und übrigens, habe ich erwähnt, dass ich mich immer noch von einem Schädel-Hirn-Trauma erhole?«

Aber langsam – und ohne dass ich es bewusst vorhatte – ist irgendwie alles aus mir herausgeflossen. Vor ungefähr einem Monat, als ich endlich gestanden habe, dass der »Autounfall«

eigentlich ein Flugzeugabsturz war, erwartete ich, dass Benson sauer sei. *Diesbezüglich* hatte ich ihn direkt angelogen. Mehr als einmal.

Er lachte nur, breitete die Arme aus und fragte: »Ernsthaft, gibt es sonst noch etwas, das ich von dir wissen sollte? Eine längst verloren geglaubte Zwillingsschwester? Ein heimliches Baby? Ein Zehennagel-Fetisch?«

Ich liebe es, wie er mich dazu bringt, über mich selbst zu lachen.

Aber sein Lächeln war ein bisschen gezwungen, bis ich ihm versicherte, dass es weiter nichts gebe und er jetzt alle meine tiefen, dunklen Geheimnisse kenne. Und es war eine unglaubliche Erleichterung, es ihm zu sagen. Mit den Lügen aufzuhören.

Wenigstens einem Menschen gegenüber.

Ich glaube, das war der Tag, an dem ich merkte, dass ich mich in ihn verknallte.

Nicht, dass zwischen uns je etwas sein wird. Wahrscheinlich. Er ist so auf die Schule konzentriert und ich … Ich bin ziemlich kaputt. Nicht nur meine Verletzungen. Ich habe mich *verändert*. Ich kann es zwar nicht direkt benennen, aber ich kann es auch nicht leugnen. Es fällt mir schwerer als früher, mich zu konzentrieren. Eigentlich fällt mir alles schwerer. Meine Hirnverletzung galt als mittelschwer, und meine Genesung wurde von den Ärzten als »ein Wunder« bezeichnet, aber das Leben an sich ist jetzt ein winziges bisschen weniger normal, einen Hauch weniger instinktiv. Ein bisschen weniger … alles. Im Großen und Ganzen habe ich mich damit abgefunden. Aber ich weiß nicht, ob ich schon bereit für eine echte Beziehung mit jemandem bin. Oder überhaupt irgendwann in nächster Zeit. Mein Leben ist ein Durcheinander aus Ungewissheit.

Abgesehen davon hat er dieses Mädchen. Dana. Ich habe sie bisher nicht kennengelernt – ich *will* sie gar nicht kennenlernen –, aber anscheinend ist sie wunderschön und lustig und klug und toll und ... na ja, ein Engel auf Erden, sagt Benson. Sie sind nicht zusammen. *Noch* nicht, wie Benson sagt. Aber er spricht pausenlos von ihr.

Wenn ich es nicht schaffe, das Thema zu wechseln.

Mich nimmt er gar nicht richtig wahr; zumindest nicht so. Und ich will bestimmt nicht seine Freundschaft verlieren, nur weil ich nicht beides haben kann.

Ich schiebe mein Selbstmitleid beiseite, senke den Blick und merke, dass ich unterbewusst vor mich hingemalt habe. Nur Gekritzel. Eigentlich habe ich nur meinen Bleistift hin- und hergeschoben. Aber ...

Aber ...

Ich drehe das Papier seitlich und schlucke trocken, während ein Adrenalinstoß in meinen Armen prickelt. Die dunklen Kleckse sehen eindeutig aus wie der Schatten von jemandem.

Der Schatten eines Typen. Ein Typ, der groß und schmal ist und andeutungsweise einen Pferdeschwanz hat.

Ich lasse den Stift aus den Fingern gleiten und balle die Fäuste, versuche, meine Atmung unter Kontrolle zu bringen. Meine Panik entspringt jetzt einer ganz anderen Quelle.

Ich habe nichts mehr gezeichnet, seit mein Flugzeug abstürzte. Nicht dass ich es nicht versucht hätte. Aber Kunst ist das Symbol meiner zerstörten Träume.

Und der Grund, warum meine Eltern tot sind.

Ich weiß, dass es im Grunde irrational ist, aber wenn ich nicht darauf bestanden hätte, zu der schicken Kunstakademie zu reisen, die mir ein Stipendium angeboten hatte, wären wir nie in dieses Flugzeug gestiegen. Elizabeth sagt mir ständig, das seien falsche Schuldzuweisungen. Aber das zu wissen und es zu *fühlen*, sind zwei ganz verschiedene Dinge. Jeden Tag kämpfe ich gegen die Schuld.

Manchmal gewinne ich.

An den meisten Tagen verliere ich.

Jemand von der Schule – der *Huntington Academy of the Arts* – hat meine Arbeiten gesehen, als sie im Michigan State Capitol ausgestellt wurden. Sie haben mich kontaktiert und eine Mappe mit allen Bildern angefordert, die ich je gemacht habe, lockten mich mit Hochglanzbroschüren des schönen Campus, wo die Studenten offensichtlich in ihrer Freizeit ihre Staffeleien nach draußen bringen und Sonnenuntergänge malen konnten.

Mom und Dad waren erst skeptisch, aber als die Schule mir ein Vollstipendium in Höhe von 50 000 Dollar für mein letztes Highschool-Jahr anbot, mussten sie mir zumindest erlauben, es mir anzusehen. Nach dem Absturz war ich überrascht, als ich merkte, dass ich immer noch hingehen wollte. Es fühlte sich falsch an, aber etwas in mir wollte immer noch zurückfordern, was ich verloren hatte.

Aber das erste Mal, als ich versuchte, einen Stift in die Hand zu nehmen, fiel er mir aus den Fingern. Ich konnte das dumme Ding nicht einmal halten. Die Ärzte sagten mir, das sei, weil mein Gehirn noch nicht wieder ganz gesund sei; sie gehen davon aus, dass ich durch die Physiotherapie meine motorischen Fähigkeiten zurückgewinnen werde.

Durch Physiotherapie und mit der Zeit.

Ich bestand darauf, dass Reese in Huntington anrief. Nachdem sie alles erklärt hatte, war ich überrascht, wie bereitwillig sie mein Stipendium verschoben – damit ich im Januar anfangen konnte, wenn meine Verletzungen verheilt waren.

Doch der Herbst verging, und ich konnte immer noch kaum meinen Namen schreiben. Jedes Mal, wenn ich es versuchte, bekam ich wieder einen Heulkrampf. Reese ermutigte mich den ganzen November und Dezember hindurch. Sie sagte mir, die Kunst sei mir angeboren, ein Teil meiner Identität. Bis heute weiß ich nicht genau, warum es ihr so wichtig war. Aber es wurde Neujahr, und obwohl es mit meinen Händen besser wurde, war meine Malblockade immer noch dieselbe. An meinem letzten Tag im neurologischen Rehabilitationszentrum rief ich selbst die Schule an und trat zurück.

Reese und Jay versuchten nicht, es mir auszureden.

Ich seufze laut. Benson fehlt immer noch unentschuldigt, mein Gefühl der Beklemmung hat nicht nachgelassen und drückt mich nieder; ich brauche etwas, um mich zu beschäftigen – um mich abzulenken –, während ich warte. Ich schnappe mir eine Zeitung vom Nachbartisch und fange an, mechanisch die Worte zu lesen, ohne sie wirklich aufzunehmen. Ich bin auf der zweiten Seite, als ich spüre, wie sich ein Arm auf meine Stuhllehne legt.

»Tut mir leid, dass es so lange gedauert hat«, sagt Benson. Ich habe nur einen Augenblick Zeit, um verschwommen eine Cargohose und ein pastellgrün und blau kariertes Hemd zu sehen, bevor er neben mir auf dem Stuhl sitzt. Sein Atem fühlt sich warm an meinem Hals an, als er einen Blick in die Zeitung wirft, und ich spüre, wie meine Finger kribbeln. Ich fasse die Seite fester und zwinge mich, mich nicht vorzubeugen – meine Stirn nicht an seine Wange zu legen, um zu sehen, ob sie so weich ist, wie sie aussieht, oder stoppelig. »Marie hatte tonnenweise Zeug für mich zum Archivieren aufgehoben.«

»Ich habe kaum gemerkt, dass du nicht da warst«, sage ich mit spöttischem Hochmut, obwohl mein Körper vor Erleichterung praktisch schlaff geworden ist. »Ich war so in den Artikel über die Seuche vertieft, die die Welt zerstören wird«, sage ich, aber mein Humor verpufft.

»Schon wieder dieses Virus?«, fragt Benson grimmig und schiebt sich die Brille hoch, während er sich vorbeugt, um über meine Schulter hinweg den Artikel zu lesen.

»Ja. Es gibt einen neuen Fall in Georgia. Tot in vierundzwanzig Stunden, genau wie die anderen sechs Leute in Kentucky.« Ich blättere zum ersten Teil der Geschichte auf der Titelseite zurück, dann reiche ich ihm den Teil der Zeitung.

Seit ich beinahe gestorben wäre, habe ich das Gefühl, ich bin vom Tod umgeben. Ständig sterben Leute bei Unfällen, an Krankheiten und durch Zufall. Ich weiß, das war schon immer so, aber jetzt bin ich hypersensibel dafür.

»Sechzehn Opfer bisher«, sage ich leise. Aber Benson reagiert nicht – sein Blick geht hin und her, während er liest. »Jays Labor hat ihm gerade den Auftrag gegeben, daran zu arbeiten«, füge ich hinzu, als Benson zur zweiten Hälfte des Artikels umblättert.

»Wirklich?« Bensons plötzliche Aufmerksamkeit erschreckt mich.

»Wirklich was?«

»Jays Labor?«

»Ja. Neuer Auftrag. Soll ich ihn danach fragen?« Benson verfolgt die Geschichte ziemlich aufmerksam seit der ersten Mini-Epidemie in Maryland letzte Woche. Dann Oregon und vor ein paar Tagen Kentucky.

Benson schaut mir kurz in die Augen, schiebt dann die Zeitung von sich und lehnt sich zurück. »Nee. Ich kann mir vorstellen, alle arbeiten daran. In der Hoffnung, diejenigen zu sein, die den Durchbruch schaffen. Das ist nur sinnvoll.«

»Ich glaube auch.«

Benson schaut auf meinen Rucksack hinab. »Und wofür brauchst du meine unglaubliche Fachkenntnis?«, fragt er. Eigentlich hilft mir Benson nicht mehr allzu viel – ich brauchte hauptsächlich die Mikrofiche-Sache –, aber wir sitzen herum und diskutieren über meine Aufgaben und Lektüren, und er revanchiert sich oft mit eigenen Vorschlägen. Deshalb habe ich angefangen, Keats zu lesen.

»Eigentlich ist es heute nur Differenzial- und Integralrechnung.«

»Bitte! Was für eine Verschwendung meiner kreativen Fähigkeiten! Außerdem viel zu schwer«, sagt er grinsend. »Das lasse ich dich allein machen.«

»Daaanke!«, erwidere ich und gebe ihm mit meinem Stift einen Klaps auf die Nase.

Er zieht mit einem Finger meinen Rucksack auf und späht hinein. »Hast du etwas Spaßiges da drin? Geschichte zum Beispiel?«

»Ich habe meinen Geschichtsunterricht fürs restliche Halbjahr schon fertig, das Letzte war das Referat, für das wir

Freitag recherchiert haben. Wir haben unseren Nachtisch zu früh gegessen.« Da Benson und ich beide Geschichtsfans sind, war die Versuchung einfach zu groß, schon einmal vorzuarbeiten.

»Gott sei's geklagt«, sagt Benson hochtrabend und mit falschem britischen Akzent.

Ich schüttle den Kopf über seine Theatralik. Das erste Mal, als ich Benson sah, dachte ich, er sei einfach ein ganz normaler Bibliotheks-Nerd. Aber sein angenehmer Griff, als er mir die Hand schüttelte, und dass sein hellgrünes Hemd und der graue Pullunder etwas allzu absichtlich Zerknittertes hatten, sagten mir, dass dies ein sorgfältig ausgesuchter Look war – keine Rolle, in die er nach einer Geek-Kindheit gestolpert ist.

In gewisser Hinsicht ist er besser für meine geistige Gesundheit als meine Seelenklempnerin. Er erinnert mich daran, wie normal das Leben früher war.

Benson ist ein Praktikant von der University of New Hampshire, aber auch wenn er schon am College ist, sind wir praktisch gleich alt. Sein Geburtstag ist im August und meiner im Dezember, also sind wir beide achtzehn, nur dass er kurz vor und ich kurz nach dem Stichtag für die Einschulung geboren wurde. Was ihn allerdings nicht davon abhält, mir bei jeder Gelegenheit zu sagen, dass er *älter und weiser* sei.

Dass er älter ist, gestehe ich ihm noch zu. Aber nur gerade so.

»Ich musste einfach mal raus.« Es ist nur eine halbe Lüge. Ein paar Sekunden Aufschub, während ich mir zu überlegen versuche, wie ich das eigentliche Gespräch anfangen soll.

»Gib es zu, du hast mich vermisst.«

»Ich wäre fast verschmachtet«, sage ich mit einer hochgezogenen Augenbraue, aber es ist die Wahrheit. *Mehr als ich es zugeben mag.*

Ich krame in meinem Rucksack – suche allerdings nicht wirklich mein Mathebuch, sondern will nur vermeiden, ihm ins Gesicht schauen zu müssen. »Hey, Benson?«, fange ich an. »Ist… ist Stalking in irgendeinem Fall vertretbar? Ich meine, gerechtfertigt und nicht komisch und gruslig?«

»Oh, absolut«, sagt Benson ganz ernst.

»Echt?« Ich fühle, wie mein Herz schneller schlägt, als die Hoffnung einen Satz in meiner Brust macht.

»Ja. Wenn Dana McCraven mich stalkt. Das ist total vertretbar, rational und wäre meiner Meinung nach sogar zu erwarten.« Er nimmt eine übertriebene Denkerpose ein und stützt das Kinn auf die Faust. »Nein, abgesehen davon ist es so ziemlich immer komisch und gruslig. Warum?«

»Nur so«, murmle ich und krame weiter sinnlos im Rucksack herum.

»Oh bitte«, platzt Benson nach fast einer Minute Schweigen heraus.

»Was denn?«

Er fährt sich mit den Fingern durch die hellbraunen Haare, die er heute lässig unfrisiert gestylt hat. »›Was hast du zu Mittag gegessen?‹«, fragt er mit künstlich hoher Stimme. »Das ist eine Frage, die Leute manchmal einfach nur so stellen. ›Was hast du gestern Abend gemacht?‹ wäre auch eine beiläufige Frage. Ich würde sogar ›Hast du heute Morgen geduscht?‹ als Frage ohne *wahre* Motivation akzeptieren, denn du bist dir bewusst, dass meine Hygienegewohnheiten über jede Kritik erhaben sind. Ob Stalking gesellschaftlich akzeptabel ist oder nicht, ist eindeutig keine zufällige, beiläufige Frage.«

Ich weigere mich, ihm in die Augen zu schauen.

Er wendet sich mir mit dem ganzen Körper zu und legt wieder den Arm auf meine Stuhllehne, als würde das dieses ganze Gespräch nicht noch unbehaglicher machen. »Tave, ernsthaft. Das ist nicht lustig. Bist du die Stalkerin oder die Gestalkte?«

»Das ist ein dummes Wort.«

»Stalkt dich jemand ernsthaft?« Obwohl er ruhig bleibt, ist jetzt aller Humor aus seiner Stimme verschwunden.

»Nein! Doch. Irgendwie.« Ich stöhne und halte mir die Hände vors Gesicht. »Es ist kompliziert.«

»Reporter?«

Ich schüttle den Kopf.

»Spuck's aus, Cupcake.« Er nennt mich immer wie irgendeine Art Gebäck, wenn er versucht, etwas aus mir herauszubekommen. Was angesichts meiner doch eher dunklen Vergangenheit halbwegs regelmäßig vorkommt. Bei *Muffin* habe ich es aufgegeben, aber bei *Croissant* stelle ich mich quer.

Cupcake ist aber hinnehmbar, also gebe ich auf und erzähle es ihm. Sobald ich angefangen habe, wird es leichter. Dann ist es eine Erleichterung. Schließlich rede ich so schnell, dass ich Schwierigkeiten habe, deutlich zu sprechen. Der Typ, die Dreiecke an den Häusern, alles. Als ich zu der Stelle komme, wo der Typ versucht hat, mich dazu zu bringen, nach draußen zu kommen, ist für Benson Schluss mit lustig.

»Tavia, du musst die Polizei anrufen. Das ist ernsthaft unheimlicher Scheiß!«

»Das wäre ein bisschen extrem, findest du nicht? Ich habe ihn nur zweimal gesehen.«

»Nein!«, sagt Benson, beugt sich zu mir vor, und sein Arm hinter meinem Rücken spannt sich. »Er hat versucht, *dich um zwei Uhr morgens aus dem Haus zu locken*!«

Ich weiß, es stimmt, und ich weiß, ich sollte genauso viel Angst haben wie Benson. Aber irgendwie ... habe ich einfach keine. »Er ist kein grusliger alter Mann. Er ist eher so alt wie wir. Zumindest ungefähr.«

»Das ist natürlich ein Argument!«, sagt Benson, aber sein Ton ist ausdruckslos. »Denn im Regelbuch steht ja, dass alle gefährlichen Stalker alt und hässlich sind.«

»So habe ich das nicht gemeint. Ich habe nicht das *Gefühl*, Angst haben zu müssen. Vielleicht ist ›Stalker‹ nicht das richtige Wort.« Ich massiere mir die Schläfen und sammle meine Gedanken, versuche herauszufinden, was *dann* das richtige Wort ist. »Ich glaube nicht, dass er mir etwas tun wollte. Es ist eher so ... als wollte er mir etwas *sagen*.«

»So was wie ›Steig in mein Auto, bevor ich dir das Hirn wegpuste‹?«

»Benson!«

Benson spürt, dass er einen Schritt zu weit gegangen ist, und schweigt eine Weile. Dann versucht er es mit einer Entschuldigung: »Es tut mir leid. Ich weiß, du bist nicht dumm, und ich will dich auch nicht so behandeln. Ich will nur ... Ich will nur nicht erleben müssen, dass dir wirklich etwas passiert, weil deine Instinkte vielleicht ... ausgesetzt haben.«

Er muss sich nicht mit dem Finger an die Schläfe tippen, damit ich verstehe, was er meint. Viele meiner Reaktionen sind immer noch ein bisschen unkonventionell. Vielleicht ist es das. Dieser überwältigende Drang, einem fremden Typen nahe zu sein – mit ihm zu sprechen, schweigend nebeneinanderzusitzen, einfach zu zweit zu sein –, das ist ein lächerliches Gefühl, ein furchtbarer Instinkt, und ich *weiß* es. Aber mir das zu sagen und das Gefühl *abzustellen*, sind zwei völlig verschiedene Dinge.

Die Atmosphäre wird ein bisschen angespannt, und um meine Ängstlichkeit zu überspielen, neige ich mich von Benson weg und fange wieder an, in meinem Rucksack zu wühlen.

»Was suchst du?«

»Meinen Labello«, murmle ich. Die kalte Luft hier ist überraschend schlecht für meine Lippen. Die Winter waren in Michigan ziemlich streng, aber Reese sagt, hier lässt das Salz aus dem Meer meine Haut austrocknen. Deshalb habe ich jetzt immer einen Labello dabei.

Außer wenn ich ihn verlege.

Was regelmäßig vorkommt.

»Schau in deiner Tasche nach«, sagt Benson mit entschuldigender Wärme in der Stimme. »Er ist immer in deiner Tasche, wenn du ihn nicht findest.«

Mit einem stillen Wunsch ans Universum greife ich in meine Tasche und atme erleichtert auf, als meine Hand sich um die vertraute Röhre schließt. »Du bist ein Genie.«

»Und du bist ein Junkie«, kontert er.

»Ich sage dir«, ich halte inne, um meine Lippen aufeinanderzureiben, »in fünf Minuten muss ich das schon wieder tun. Ich glaube, ich bin immun geworden.«

»Ich glaube, du hast ein ernstes Problem, Tave. Du musst zur Therapie.«

»Du bist so ein Spinner!«, sage ich und wende mich wieder meinen Hausaufgaben zu.

»Nein, ernsthaft«, sagt Benson. »Es ist fast drei Uhr. Du musst zur Physiotherapie.«

Ich zögere. Angesichts der letzten Ereignisse erscheint mir zur Physiotherapie zu gehen so unbedeutend. So unwichtig.

Als könne er meine Gedanken lesen, drückt Benson meine Hände und sagt leise: »Lass mich eine Weile darüber nachdenken. Es ist ein bisschen viel auf einmal. Geh du zu deinem Termin und schreib mir später, okay?«

Ich bringe ein Lächeln zustande, sage: »Okay« und fühle mich ein bisschen besser. Ich ziehe meine Jacke an und aus einem spielerischen Impuls heraus umfasse ich Bensons Gesicht und drücke ihm einen Labellokuss auf die Wange.

Sobald meine Lippen mit seiner Haut in Berührung kommen, versteift er sich, sein Griff um meine Arme wird starr, und ich frage mich, ob ich einen Fehler gemacht habe.

Doch dann wischt er sich die Wange ab, ohne mich anzusehen, und ich bin mir nicht ganz sicher, ob es überhaupt passiert ist. »Tavia!«, protestiert er. »Eklig!«

»Wir sehen uns morgen«, sage ich und winke ihm zu.

»Junkie«, zischt Benson noch einmal, gerade als ich den Ausgang erreiche.

Kapitel 5

Der Weg von der Bibliothek zur Physiotherapie führt mich über die Park Street durch einen alten Teil der Stadt. Diese Gegend ist eine illustre Mischung aus Alt und Neu: eine Tankstelle, eine alte Brauerei, ein berühmtes Haus, das jetzt ein historisches Denkmal ist – sehr schön renoviert –, das alles mitten in einem formlosen Mix aus Bürogebäuden, viele in den Hüllen ihrer ursprünglichen zweihundert Jahre alten Fassaden. Es ist ein Aufeinanderprallen von Zeiten, das sich dissonant anfühlt, aber gleichzeitig der Wahnsinn ist. Ich liebe es.

Die Gegend zu genießen, steht im Moment aber ganz unten auf meiner Liste. Ich versuche, nicht langsamer zu werden, während ich beim Gehen einen steten Viervierteltakt in meinem Kopf mitzähle. *Eins, zwei, drei, vier. Eins, zwei, drei, vier.* Das ist ein Trick, den mir meine Physiotherapeutin vor ein paar Wochen beigebracht hat.

»Tavia Michaels, du solltest nicht mehr hinken«, beharrte sie. Aber nachdem ich monatelang vor dem Schmerz zurückgescheut bin, ist es zu einer Gewohnheit geworden – mein natürlicher Rhythmus, obwohl der Schmerz weg ist.

An den meisten Tagen.

Mit reiner Physiotherapie kommt man nur bis an einen bestimmten Punkt; jetzt muss ich meinen Kopf neu polen. Also zähle ich. Oft.

Aber mein gleichmäßiger Schritt ist ein bisschen schwer zu halten, wenn mein Blick an jedem Gebäude zu der Stelle über der Eingangstür huscht und ich nach Symbolen Ausschau halte.

Ich blinzle. *War das ein Blitz?* Ich spähe genauer hin, blinzle noch einmal. *Nope.* Diesmal bilde ich mir wirklich nur etwas ein. Na, großartig.

Ich versuche, das nächste Haus nicht anzuschauen, aber ich kann nicht anders. Mein Blick wandert ganz von allein zu der Tür.

Was zum …? Abrupt bleibe ich stehen, und ein Mann im Jogginganzug brummelt, als er ausweichen muss, um mich nicht umzurennen.

Diesmal ist es kein Dreieck und es glüht auch nicht. Dieses hier sieht massiv aus und … real. Ich mache ein paar Schritte darauf zu und spähe zu dem Symbol hinauf, das in den Querbalken über der Tür eingraviert ist. Es ist so abgenutzt – ganz zu schweigen von überstrichen –, dass ich nicht genau erkennen kann, was es ist; etwas abgerundet Längliches über ein paar kurvigen Linien. Es könnte alles Mögliche sein, aber es ist definitiv *etwas*, und es bringt mein Herz auf dieselbe Art zum Rasen wie die glühenden Dreiecke.

Ich versuche, lässig auszusehen – als wäre ich kein gruseliger Voyeur –, als ich mein Handy herausziehe und schnell ein Foto mache. Sobald es klickt, schiebe ich das Handy zurück in die Tasche und hoffe, es hat keiner bemerkt.

Ich senke den Kopf, fange wieder an, meine Schritte zu zählen, und versuche, nicht mehr an die Symbole zu denken. *Eins, zwei, drei, vier. Eins zwei drei vier.*

Als ich aufblicke, um abzuschätzen, wie weit es bis zum

Ende des Blocks ist, blitzt etwas golden zwischen den Fußgängern vor mir auf. Er ist es! Über die Schulter des Mannes im Jogginganzug, nicht weit hinter einer Dame mit Kinderwagen, entdecke ich diesen inzwischen vertrauten Pferdeschwanz in einem gebräunten Nacken.

Anscheinend sind seine langen Haare wirklich echt.

Und sie sehen seidig und weich aus.

Ich beiße die Zähne zusammen, um den Gedanken zu vertreiben, gehe weiter, schneller diesmal, und nehme meinen Mut zusammen. Ich sollte wenigstens mit ihm reden – herausfinden, was das letzte Nacht seiner Meinung nach sollte.

Ich überhole ein Händchen haltendes Paar. Nur noch zwei Leute zwischen uns. Mein Bein schmerzt stechend, aber ich ignoriere es. Ich habe auch aufgehört zu zählen. Mein Gang ist mir egal; ich bin komplett auf *ihn* konzentriert. Ich kann nicht rufen – er würde wahrscheinlich davonlaufen –, aber ich bin fast nahe genug, um ihn am Arm festzuhalten.

Ich bin fast da.

Fast.

Aber als ich die Hand ausstrecke, um ihm auf die Schulter zu tippen, biegt er um eine Ecke in eine schmale Gasse und ist weg.

»Oh nein, das tust du nicht!«, murmle ich und schwenke herum, ohne langsamer zu werden – entschlossen, ihn einzuholen.

Der Schmerz überfällt mich, als ich gegen eine Wand knalle und der Aufprall meine Wirbelsäule entlang ausstrahlt, meine Knie einknicken lässt und mich auf den Gehweg wirft. Ich blinzle und versuche, deutlich zu sehen, als Gesichter in meinem Blickfeld auftauchen.

»Alles in Ordnung?«

»Jemand soll einen Krankenwagen rufen!«

»Sie hat einen Anfall!«

»Mädchen? Mädchen?«

»Mir geht es gut«, murmle ich, und das Blut schießt mir in die Wangen. Obwohl das Risiko seit dem Absturz gestiegen ist, habe ich ganz sicher *keinen* Anfall. Ich reibe mir die schmerzende Stelle am Kopf und blinzle in die Richtung, in der die Gasse hätte sein müssen.

Da *ist* keine Gasse.

Es ist ein graues Immobilienfirmengebäude – ein neueres Gebäude, dessen Schaufenster gepflastert sind mit protzigen Plakaten von Häusern und Grundstücken.

Aber …

Ich möchte am liebsten vor Scham sterben, als mir ungefähr sechs Leute auf die Beine helfen. Ihre Hände sorgen sich um mich, berühren mich, dringen in die Blase ein, die meine Privatsphäre bildet – und die schon immer groß war, sich durch die Isolation der letzten Monate aber noch ausgedehnt hat. Ich strecke die Arme aus, schiebe Leute beiseite und leiere: »Danke, mir geht es gut, danke, mir geht es gut, danke, mir geht es gut«, bis sie mich endlich in Ruhe lassen und mir nur einer oder zwei nachschauen.

»Sie haben einen Kratzer auf der Stirn«, sagt eine Frau. Sie schaut mich so eindringlich an, dass ich mich frage, ob sie mich kennt. Ob ich sie kenne. Schlimmer noch: ob sie Reese und Jay kennt – dies ist keine besonders große Stadt – und jetzt ihr Handy aufklappt und sie anruft. Was für eine Katastrophe das wäre. Ich will etwas sagen, doch bevor ich das tun kann, drückt sie mir ein Pflaster in die Hand, wendet sich ab, um höflich in ihre Armbeuge zu husten, dann geht sie die Straße entlang.

Ich schaue ihr nach, und gerade als ich den Blick abwenden will, flackert sie.

Was zum Geier war das?

Ich schaue ihr unverwandt nach – einem Fleck in Pastellblau zwischen den Fußgängern – und versuche, sie dazu zu bringen, noch einmal zu flackern, damit es noch ein anderer bemerkt, um mir zu beweisen, dass ich nicht verrückt bin. Aber nachdem ungefähr zehn Sekunden nichts Verrücktes passiert ist, biegt sie links ab und ist außer Sicht.

Ich lehne mich mit der Schulter an den grauen Stein des Immobilienbüros und versuche, mich zu überzeugen, dass ich einfach geblinzelt habe oder es mir eingebildet habe oder so etwas.

Der blonde Typ ist nirgends zu sehen, was wahrscheinlich gut ist, denn ich bin mir nicht sicher, ob ich es mir verkneifen könnte, ihn anzuschreien. Er will, dass ich zu ihm komme, aber er läuft vor mir davon.

Und dann auch noch in nicht existente Seitengassen.

Jungs.

Der jetzt wieder wimmelnde Fußgängerverkehr fließt um mich herum, aber da ist etwas … etwas anderes gibt mir ein unbehagliches Gefühl. Ein nagendes Gefühl von – *da!* Ich entdecke einen Mann auf der gegenüberliegenden Straßenseite, der mich beobachtet. Er trägt eine kakigrüne Cargohose und eine Sonnenbrille; ziemlich nichtssagend.

Aber er beobachtet mich. Na toll.

Ich erwidere seinen Blick – glaube ich zumindest, blöde Sonnenbrille – und provoziere ihn, weiter das unbeholfene

Mädchen anzustarren. Sofort dreht er den Kopf und geht in die entgegengesetzte Richtung. Ich *hasse* es, mich öffentlich lächerlich zu machen.

Aus der Ferne höre ich das Knistern der Pflasterverpackung, als ich sie in meiner Handfläche zerknülle, und mein Kinn sinkt auf die Brust. Ich gehe mit großen Schritten den immer noch überfüllten Gehweg entlang und vergesse zu zählen, während ich mich vorwärtsarbeite, in der Hoffnung, dass niemand mir zu genau in mein leuchtend rotes Gesicht schaut.

Am Ende des Blocks biege ich ab und komme in einen neueren Teil der Stadt, wo mein Physiotherapiezentrum liegt. Meine Gedanken rasen viel schneller als meine Füße.

Wer zum Henker ist dieser blonde Typ? Er könnte ein Reporter sein. Kommt mir aber furchtbar jung dafür vor. Ich konnte ihn gestern Nacht gut sehen: Er kann nicht viel älter sein als ich. Und auf Grundlage der Statistik ist er *wahrscheinlich* auch kein Serienmörder. Er könnte eine Art bizarrer Stalker sein, aber warum?

Vielleicht ist er nur ein Spinner. Ich meine, er hat sich die Haare für eine historische Verkleidung wachsen lassen, die er jeden Tag trägt; es könnte auch sein, dass er dieses Ding einfach knallhart durchzieht, weil er darauf steht. Wie die alten Männer, die ihre ganze Freizeit mit dem Bau von Modelleisenbahnen oder mit dem Bemalen von Bürgerkriegsminiaturen verbringen. Oder dieser Typ in meiner alten Schule, der totaler Theaterliebhaber war und jedes Mal, wenn er eine neue Rolle bekam, den ganzen Tag wie sein Charakter herumlief und redete. Es ginge drei Stufen über »schrullig« hinaus, ist aber auch nicht so, als sei das noch nie da gewesen.

Eigentlich ist das vielleicht die beste Erklärung – zumindest für meine Sicherheit.

Aber Mr Pferdeschwanz hat gestern Nacht wirklich versucht, mich nach draußen zu locken. Warum sollte er das tun? Wenn er so in seinem historischen Rollenspiel gefangen wäre, hätte er mich dann nicht tagsüber angesprochen und sich mir mit einem überzogenen Wedeln seines Hutes oder etwas ähnlich Theatralischem vorgestellt?

Und diese flackernde Frau … Noch ein weiterer Punkt auf meiner Liste von Themen, über die ich eigentlich nicht nachdenken möchte.

Als ich bei der Physiotherapie ankomme, schaue ich mir im Rückspiegel auf der Beifahrerseite irgendeines Wagens auf dem Parkplatz meine verletzte Stirn an. Ich habe einen Kratzer mit einem kleinen Schmutzstreifen an einer Seite. Ich lecke mir den Finger an und versuche, den Fleck wegzureiben. Die abgeschürfte Haut brennt jedes Mal, wenn ich sie berühre, aber ich ignoriere das und reibe, bis der gräuliche Streifen weg ist. Ich drapiere meinen kurzen Pony über den flachen Kratzer und versuche, mir einzureden, niemand werde ihn bemerken.

Ich will gerade hineingehen, als mein Handy klingelt. »Elizabeth?«, flüstere ich vor mich hin. Es ist nicht so, als würde sie nie anrufen – sie hat eine Zeit lang einigermaßen regelmäßig nach mir geschaut. Aber das ist schon eine Weile her. »Hallo, Elizabeth«, sage ich.

»Hast du eine Sekunde Zeit?«, fragt sie fröhlich, aber ich bin trotzdem total nervös.

»Ein paar«, sage ich mit Blick auf das Physiotherapiezentrum.

Ich höre, wie sie Luft holt, dann zögert. »Ich habe heute Morgen mit deinem Onkel gesprochen. Er sagte, du seist sehr früh wach gewesen. Um zwei Uhr nachts.«

Mir klappt vor Überraschung der Mund auf. »Jay?« *Verräter*, denke ich und trete gegen den Reifen des Autos, neben dem ich stehe.

»Gib nicht ihm die Schuld«, sagt Elizabeth. »Er dachte nur, es könnte wichtig sein.«

Als würde es das besser machen. »Na ja, ist es nicht. Ich hatte einen Albtraum. Das ist alles.«

»Von dem Absturz?«

»Hat *Jay* dir das nicht gesagt?« Ich klinge gereizt, aber das ist mir völlig egal. Ich habe sowieso schon das Gefühl, in einem Goldfischglas zu leben; ich brauche keine weitere Bestätigung dafür.

Elizabeth sagt nichts, aber das muss sie auch nicht; ich weiß, was sie sagen will: *Tavia, du lenkst vom Thema ab.*

»Nein«, antworte ich schließlich, eine Hand als Faust auf der Hüfte. »Es hatte *nichts* mit dem Absturz zu tun – deshalb ist es auch nicht wichtig.«

»Weißt du, nur weil in dem Traum kein Flugzeug vorkam, heißt das nicht, dass dein Unterbewusstsein nicht versucht, den Absturz zu verarbeiten. Viele Träume – eigentlich die meisten – sind nicht wörtlich zu nehmen.«

Sie lässt das Gespräch in der Luft hängen und wartet darauf, dass ich es lenke. Ich kenne ihre Tricks.

Aber das heißt nicht, dass sie nicht funktionieren.

»Ich bin ertrunken«, sage ich und drehe mich mit dem Rücken zu dem Therapiezentrum, als könnte mich jemand im Inneren hören. »Ein stereotypischer Traum. Wie normale

Leute sie haben«, füge ich hinzu, betone das Wort *normal* und schließe mich damit eindeutig aus dieser Kategorie aus.

»Willst du es mir erzählen?«, fragt Elizabeth

Ich will nicht über das Wasser sprechen. Allein der Gedanke daran bringt mich am ganzen Körper zum Zittern. Also erzähle ich ihr eine möglichst kurze Version und überspringe meine Gefühle dabei.

»Konntest du danach wieder einschlafen oder hat dich der Traum weiterhin beschäftigt?« Sie benutzt das Wort *Traum* statt *Albtraum*. Ich habe den Verdacht, damit soll es neutraler klingen, aber ich wünschte, sie würde es beim Namen nennen. Träume machen dir nicht solche Angst, dass du aufhörst zu atmen. »Ich bin nach unten gegangen und habe ein Glas heiße Milch getrunken, das hat mich beruhigt.«

Schweigen. Elizabeth weiß, dass mehr dahintersteckt, und wartet. Sie wartet einfach. So macht sie es auch in ihrem Büro – es ist zum Verrücktwerden.

Aber es funktioniert.

Fast gegen meinen Willen fange ich an zu sprechen. »Da ist …« Ich weiß, wenn ich es ihr erst erzählt habe, gibt es kein Zurück mehr. Ich kann kaum glauben, dass ich das tue. Meiner Seelenklempnerin. Ich gehe mit meinen Jungsproblemen zu meiner Psychologin. Aber mit wem kann ich sonst darüber sprechen? Nicht mit Reese oder Jay. Einfach … nein.

Und Benson hat mir schon gesagt, was ich seiner Meinung nach tun sollte. Ich glaube, ich muss mit einer anderen Frau reden. Vielleicht hilft ihr das romantische Chromosom, das wir alle zu haben scheinen, dieses seltsame Gefühl zu verstehen.

»Da ist ein – ein Typ. Ich habe ihn gerade eben zum ersten Mal gesehen. Eigentlich eher zum dritten Mal und …« Ich zwinge mich, innezuhalten und meine Nerven zu beruhigen. Ich muss von vorn anfangen. »Gestern, nach unserer Sitzung, saß ich im Auto, während Reese Milch kaufte.«

Sie hört kommentarlos zu – obwohl sie leise »Oh, Tave« seufzt, als ich zu der Stelle komme, wo er um zwei Uhr morgens im Garten steht –, bis ich mit dem *Zwischenfall* bei der Immobilienagentur ende. Obwohl ich ein bisschen bei den Einzelheiten schummle, damit es nicht so klingt, als würde ich nicht vorhandene Seitenstraßen oder flackernde Frauen sehen.

»Und er war einfach *weg*?«, fragt Elizabeth, als ich fertig bin.

»Weg«, sage ich, und dieses komische traurige Gefühl wirbelt wieder in meiner Brust herum. »Benson sagt, ich soll die Polizei anrufen«, füge ich hinzu, als das Schweigen mich nervös macht. »Aber ich glaube nicht, dass dieser Typ gefährlich ist. Und wenn … wenn ich die Polizei anrufe, wird er …« Ich unterbreche mich. Ich will es nicht einmal aussprechen.

»Dann wird er nicht wiederkommen?«, fragt Elizabeth, und der Kummer erstickt mich, erfüllt mich so komplett, dass ich nicht sprechen kann. Ich mache nur ein vage zustimmendes Geräusch. Ein Teil von mir hasst es, was dieser Typ in mir auslöst – es ist überwältigend und weckt Gefühle, die ich nicht kenne. Es ist anders als die Gefühle, die ich für Benson habe – er ist ein sanftes, stetes Licht –, während dieser Typ wie ein Feuerwerkskörper ist – blendend hell, aber im einen Moment da und im nächsten Augenblick schon wieder weg.

Doch diese kurzen Augenblicke sind wie flüssige Freude,

die über meinem Kopf ausgegossen wird. Diesen Teil mag ich.

»Du scheinst sehr starke Gefühle zu haben.«

»Anscheinend ja.« Ich wappne mich dagegen, dass sie mir sagt, das sei ein Nebeneffekt meiner Trauer, oder dass ich unerwiderte Liebe auf ein unangemessenes Ziel projiziere, oder dass daraus meine Hirnverletzung spricht.

Ich bin irrational erleichtert, als sie es nicht tut. Ich *will* ihn wiedersehen, auch wenn jede logische Faser in mir schreit, das sei keine gute Idee.

Unwillkürlich frage ich mich, ob das ein Zeichen ist, dass es mir besser geht oder dass ich jetzt wirklich kaputt bin.

»Tave, ich will unbedingt, dass wir morgen weiter darüber reden, wenn wir es von Angesicht zu Angesicht besprechen können. Ist das okay für dich?«

»Klar, denke schon«, sage ich und bereue es jetzt, wo die Panik vorbei ist, schon beinahe, dass ich es ihr erzählt habe. Aber sie ist meine Psychologin – ich *soll* ihr solche verrückten Sachen erzählen. Dennoch fühle ich mich, als hätte ich gerade das Geheimnis von jemand *anderem* verraten, statt über meine eigenen Gedanken zu sprechen.

Die Stille zieht sich wieder hin, aber ich bin nicht mehr in Stimmung für diese Spielchen. »Ich muss los«, murmle ich auf der Suche nach einer Ausrede, um das Gespräch zu beenden. »Ich habe jetzt einen Physiotherapie-Termin.« Ich zwinge mich zu einem scharfen, bellenden Lachen. »Du weißt schon, meine *andere* Therapeutin.«

Elizabeth gluckst, dann sagt sie: »Also gut. Dann geh rein und … dehn dich. Wir reden morgen weiter.«

»Danke«, sage ich trocken und lege auf. Ich gehe auf das

Zentrum zu und versuche, meine widerstreitenden Gefühle zu sortieren.

Sie hat mir nicht gesagt, ich solle ihn nicht wiedersehen. Aber ich habe das Gefühl, das ist zu einfach. In meinem tiefsten Inneren weiß ich, dass Bensons Reaktion mehr Sinn ergab. Vielleicht wollte ein Teil von mir, dass Elizabeth seine Meinung bestätigt und sie mir sagt, ich solle mich *wirklich* von ihm fernhalten.

Doch sie hat es nicht getan. Und ich frage mich unwillkürlich, warum.

Kapitel 6

»Hallo, Tave«, sagt Jay, als ich auf den Beifahrersitz gleite; mein Bein pocht vom Knöchel bis zur Hüfte. Normalerweise holt mich Reese von der Physio ab, weil Jay bei der Arbeit ist.

»Keine Labor-Maloche heute?«, frage ich, als ich mich anschnalle. Die Kombination aus Schmerzen von der Therapie und dem Wissen, dass er mich an Elizabeth verpetzt hat, macht mich viel weniger froh, ihn zu sehen.

»Schlimmer«, sagt Jay, als er losfährt. Seine Stimme ist rau und er unterdrückt ein Gähnen. »Ich muss zu Hause Recherchen machen.«

»Das Virus?«

Er zögert, so kurz, dass ich es kaum wahrnehme. »Ja.« Aber er führt es nicht weiter aus. »Was ist mit deinem Kopf passiert?«

Meine Finger fliegen zu dem Kratzer und sabotieren damit präventiv jede mögliche Lüge. Mein Pony erfüllt seinen Zweck eindeutig nicht. »Ähm.« Ich suche nach einer Erklärung. »Ich bin gegen eine Mauer gelaufen.«

»Lass mal sehen«, sagt er, als wir an einer roten Ampel halten. Er streckt den Arm nach mir aus. Ich versuche, nicht zu zucken, aber als seine Hand mitten in der Luft innehält, weiß ich, dass ich versagt habe. Ich mag es nicht, wenn Leute mich anfassen – nicht mehr. Zu viele Monate lang waren da

Ärzte und Krankenschwestern, die meine Augen kontrollierten, meine Nähte, meine Ohren, meine Temperatur, meine Narbe und – natürlich – ungefähr eine Million Nadeln, die alle auf mich zeigten.

Er besteht nicht darauf. Jay ist immer ziemlich gut in solchen Sachen.

»Bitte, Jay«, sage ich und reibe mir die Augen mit den Fingerknöcheln, während ich die ersten Anzeichen von Kopfschmerzen spüre. »Ich fühle mich sowieso schon wie ein Trottel – ich war nur ein dämlicher Tollpatsch. Ehrlich.«

Er zögert länger, als ich es für nötig halte. Es ist schließlich nur ein Kratzer.

»Ich weiß, dass du mit Elizabeth gesprochen hast«, platze ich nach einer kurzen Pause heraus. Mein Ärger macht mich mutig. Im Zweifel immer ein Themenwechsel. Oder noch besser: eine Anklage.

Er lächelt schuldbewusst, neigt den Kopf wie ein Welpe, der dabei erwischt wurde, wie er auf einem Schuh herumkaut. »Ich habe ihr eigentlich gar nichts gesagt«, protestiert er. »Nicht einmal, worum es in dem Traum ging.«

»Hast du es Reese erzählt?«, frage ich. »Worum es ging?«, verdeutliche ich.

»Du weißt, dass ich Reese alles erzähle.«

Darüber kann ich nicht sauer sein. Sie sind verheiratet. Und Familie oder nicht – ich bin ein Eindringling in ihrem Leben. »Es ist grün«, murmle ich.

»Es war wirklich ganz beiläufig«, versucht Jay, mich zu besänftigen. »Dr. Stanley ruft ab und zu an, um sicherzugehen, dass daheim alles gut läuft, und zufällig hat sie heute Morgen angerufen.« Er hält inne und wirft einen Blick zu mir herüber. »Ich wusste nicht, dass es vertraulich ist; ich meine, war es das?«

»Eigentlich nicht«, gebe ich zu und spüre, wie mein Frust abebbt. *So* schlimm war es wirklich nicht. »Ich habe nur das Gefühl, keine Privatsphäre mehr zu haben. Null.«

»Nächstes Mal warne ich dich vor«, sagt er ernsthaft. »Übrigens – Friedensangebot –, wenn wir nach Hause kommen, gehst du nach oben und tupfst vor dem Abendessen ein bisschen Make-up auf den Kratzer, und ich mache eine Teenie-Ausnahme von meiner Ich-erzähle-Reese-alles-Regel. Unser kleines Geheimnis«, flüstert er grinsend. »Friede?«

Ich mache mit und schenke ihm ein schwaches Lächeln. Es ist nicht wirklich so, dass Reese es nicht erfahren soll. Aber sie macht sich Sorgen. Viele. Nicht dass ich ihr einen Vorwurf machen könnte – ihr Stiefbruder starb bei einem Flugzeugabsturz, und sie hat eine verrückte, angeschlagene Halbwüchsige geerbt. Der Tod macht die Leute paranoid.

Ich muss es schließlich wissen.

Kurz bevor wir in die Garage fahren, sehe ich, wie sich die Vorhänge in Reese' Büro durch ihr offenes Fenster bauschen. Die Windspiele, die Reese mich vor ein paar Wochen auf der Veranda hat anbringen lassen, schwingen in der leichten Brise. Während ich das Klingeln der Windspiele und die klassische Schönheit des Hauses in mich aufnehme, spüre ich, wie sich mein ganzer Körper entspannt. Aus irgendeinem Grund fand ich ihr Haus schon immer beruhigend.

»Entschuldige mich bitte«, sagt Jay, als er zur Hintertür hineingeht, »aber ich muss vor dem Abendessen noch ein bisschen arbeiten.« Er reißt sich seine bereits gelockerte Krawatte vom Hals und wirft sie über die Armlehne eines Sessels, bevor er in sein »Büro« geht. Es ist eher ein Labor, inklusive drei Computern, Schaubildern von Molekülen an der Wand, und eine Seite des Raums wird komplett von Bücherregalen voller bunter Nachschlagewerke in äußerst nichtalphabetischer Ordnung eingenommen.

Sein richtiges Chemiezeug ist im Labor – er sagt, es sei zu gefährlich, es mit nach Hause zu bringen –, aber hier gibt es alle Simulations- und Recherchewerkzeuge, die man sich vorstellen kann.

Vorausgesetzt, man findet sie.

Jay lässt sich auf seinen Bürostuhl fallen und macht sich sofort wieder an die Arbeit, während ich auf Zehenspitzen nach oben gehe, um meine Stirn zu reparieren.

Reese' Büro liegt, von meinem Zimmer aus gesehen, am anderen Ende des Flurs, und ich höre sie darin falsch summen. Ich schleiche an der einen Spaltbreit geöffneten Tür vorbei in mein Zimmer, bevor sie mich erwischt. Meine Make-up-Tasche steht auf dem Schminktisch. Ich ziehe meinen besten Abdeckstift heraus und untersuche den Kratzer zum ersten Mal in einem ordentlichen Spiegel.

Er ist wirklich nicht so schlimm; er brennt nur wie verrückt.

Ich tupfe Make-up darauf, und er brennt noch mehr, aber wenigstens ist er jetzt kaum noch zu sehen. Mit ein bisschen Puder schließe ich ab und prüfe meine Arbeit.

Ziemlich gut.

Gestresst sehe ich aber immer noch aus. *Dagegen* gibt es kein Make-up. Es ist etwas in den Augen. Aber ich glaube, ich habe guten Grund dazu. Ich habe genug davon, die Psychosachen aufzulisten, die mir in den letzten vierundzwanzig Stunden passiert sind. Genug davon, mir zu überlegen, wie ich Elizabeth das alles erzählen soll, ohne zu klingen, als hätte ich ein paar riesige Schritte in meinem Genesungsprozess rückwärts gemacht.

Ich meide den Augenkontakt mit mir selbst und fahre mir mit den Händen durch die kurzen, dunklen Haare, aber alles, was ich damit erreiche, ist, dass sie wild und ungekämmt aussehen. Mit einem Seufzen glätte ich sie wieder und klicke meine Puderdose zu.

Früher waren sie nicht kurz. Ich wünschte, sie würden schneller wachsen.

Sie haben mir die rechte Seite für die Operation rasiert, und als die Verbände schließlich abgenommen wurden, war diese Seite mit verfilzten Fusseln bedeckt, während die andere Seite mir immer noch über den halben Rücken reichte.

Das war das erste Mal, dass ich weinte. Bis dahin war alles taub, und ich fühlte mich abgeschnitten – als passiere all dieser Medizinkram jemand anderem. Jemandem ohne Eltern und sehr wenig Chancen auf ein normales Leben.

Nicht *mir*.

Aber die Haare. Die Haare gehörten mir.

Und wenn die Haare mir gehörten, gehörte mir auch der Rest. Das kaputte Gehirn, die toten Eltern, das alles. Meins.

Wenigstens wegen der Haare konnte ich etwas tun. Auf der Stelle beschloss ich, die andere Seite auch zu rasieren, sodass es wenigstens zusammenpasste. Ich weiß nicht, ob es die *falsche* Entscheidung war, denn ein rasierter Kopf entspricht nicht so ganz meiner Vorstellung von hübsch.

Ich fand, er ließ mich geisteskrank aussehen.

Vor zweihundert Jahren schor man allen »Patienten« in

Anstalten die Haare, damit sie keine Läuse und Nissen bekamen. Also fühlte ich mich wochenlang nach der Operation jedes Mal, wenn ich mich mit meinen Stoppelhaaren und dem Krankenhausnachthemd irgendwo in einem Spiegel sah, wie eine Gefangene in einem altmodischen Irrenhaus.

Das fand ich ganz passend.

Vorsichtig betaste ich die Narbe auf meinem Kopf und befühle die erhobene Kante. Die Ärzte haben mir gesagt, sie wird mit der Zeit flacher und unauffälliger werden, aber sie wird immer da sein. Sie ist ungefähr zwanzig Zentimeter lang und erstreckt sich von meinem Haaransatz an der rechten Kopfseite diagonal nach hinten. Zum Glück verdeckten meine Haare, seit sie gut sieben Zentimeter lang waren, die Narbe fast ganz. Die zehn Zentimeter, die ich jetzt habe, sind dunkel genug, dass man sie gar nicht mehr sehen kann, solange ich mir nicht mit den Fingern durch die Haare fahre.

Das tue ich nicht in der Öffentlichkeit; ich bin sehr vorsichtig.

Dennoch könnte vielleicht ein Friseurbesuch helfen.

»Wie war die Physio?«, fragt Reese und lässt mich zusammenzucken. Wenigstens hat sie gewartet, bis ich die Beweise meiner neuesten Verletzung versteckt habe, bevor sie in meinem Zimmer vorbeischaut.

»So gut, wie Folter eben sein kann«, murmle ich und schiebe meine Make-up-Tasche zur Seite. Mein Bein tut *immer* noch weh.

»Und wie war deine Sitzung mit Dr. Stanley gestern?«, fährt sie fort. Reese und Jay haben offensichtlich das Memo über die Sache mit dem Duzen nicht bekommen; sie nennen sie immer noch Dr. Stanley.

»Gut«, sage ich und schäle mich aus meinem Pulli; von dem ganzen Adrenalin wird mir zu warm. Die Luft vom offenen Fenster kühlt meine prickelnde Haut.

»Dann läuft es also gut?«, fragt sie. »Fortschritte?«

Ich blicke misstrauisch zu ihr auf; so viel forscht sie normalerweise nicht nach. Oder vielleicht habe ich es auch nur nie bemerkt, aber heute macht mich alles paranoid.

»Ich frage nur«, sagt Reese eilig, »weil ich irgendwann nächste Woche einen Klienten außerhalb der Stadt treffen muss. Ich überlege, wie du es wohl finden würdest, wenn ich ein paar Tage weg bin.«

»Oh, das wäre total in Ordnung«, sage ich zu schnell. »Fährt Jay mit?«

»Schön wär's. Aber er hat ein neues Projekt. Sie lassen ihn im Moment auf keinen Fall eine Woche freinehmen.« Sie lehnt an meinem Türrahmen, ihre Stimme ist abwesend – wehmütig. Hätte sie nicht auf eine direkte Frage geantwortet, ich hätte mich gefragt, ob sie mit mir oder mit sich selbst spricht.

Dann richtet sie sich abrupt auf, schaut mich an und lächelt. Strahlend.

Ich mag Reese. Ehrlich. Aber sie bemüht sich so sehr. Zu sehr, finde ich. Jay nimmt alles natürlicher hin, und wenn ich mit ihm allein bin, ist es ganz einfach, zusammenzusitzen und Scherze zu machen. Oder auch, wenn wir zu dritt sind. Wenn ich mit Reese allein bin, ist es anstrengend.

»Das Abendessen ist in ungefähr zehn Minuten fertig«, sagt sie fröhlich. »Ich habe Lasagne gemacht.«

Ich grinse, und sie interpretiert es als Freude über die Lasagne – was verständlich ist. Ihre Lasagne ist super! Aber eigentlich lache ich darüber, dass sie sagt, sie habe sie *gemacht*. Denn meiner Meinung nach hat der Typ im Feinkostladen die Lasagne *gemacht*. Reese kann für sich nur in Anspruch nehmen, dass sie sie in den Ofen geschoben und die Eieruhr eingestellt hat.

Das ist vielleicht backen, aber es ist auf keinen Fall *machen*. Wenn Mama Lasagne machte, verbrachte sie Stunden damit, frischen Nudelteig auszuwellen, Tomaten zu pürieren und Oregano zu mahlen. Nichts kam aus der Tüte oder Dose oder vom Feinkostgeschäft; für Mama war Essen Kunst. Reese' Lasagne ist anders – genau wie alles andere in meinem Leben. So anders, dass es mir manchmal nicht ganz real erscheint. Es gibt Tage, an denen sich mein Leben hier anfühlt, als sei ich in einem exotischen Ferienlager und werde nach ein paar Abenden bei Kerzenschein und Nächten unter meiner seidigen Daunendecke nach Hause fahren, und meine Eltern werden daheim im Mittelklasse-Michigan auf mich warten.

An anderen Tagen fühlt es sich so anders an, dass mir die Tatsache, mein altes Leben sei unwiederbringlich verloren, umso realer erscheint.

Und deprimierend.

Zum Glück liegen die meisten Tage irgendwo in der Mitte.

»Mein Lieblingsessen!«, platze ich schließlich heraus.

Reese spielt mit dem Saum ihrer aufgeknöpften Bluse, während sich ihre Gedanken beinahe sichtbar drehen. Sie überlegt, was sie jetzt noch sagen könnte.

Ich meide die angespannte Situation, indem ich aus dem Fenster auf den Piscataqua River schaue, und verschlucke mich fast vor Überraschung. Mein Herz schlägt sofort wieder mit Höchstgeschwindigkeit. »Weißt du was, Reese? Mir ist irgendwie warm. Ich gehe ein bisschen raus.«

Ich hoffe, ich klang überzeugend beiläufig, als ich mich an ihr vorbeiquetsche und es halb die Treppe hinunterschaffe, bevor sie reagieren kann. Mein Bein pocht, aber ich laufe trotzdem beinahe.

»In zehn Minuten ist das Essen fertig!«, ruft sie mir nach. »Du musst etwas essen!«

Aber ich höre sie kaum.

Ich platze zur Hintertür hinaus, mein Blick schweift suchend hin und her. *Bitte lass mich nicht zu spät sein*, flehe ich in Gedanken.

Doch ich bin es nicht.

Er ist noch da. Unten am Flussufer.

Kapitel 7

Er scheint keine Notiz von mir zu nehmen, als ich mich ihm nähere, heftig blinzelnd im Versuch, mich davon zu überzeugen, dass ich ihn auch wirklich sehe. Dass er echt ist.

Wie immer ist da kein Flackern, kein Glühen. Nicht wie bei der Frau vor dem Immobilienbüro oder dem Dreieck an dem Haus. Einfach … er. Real und greifbar. Ich bin gleichzeitig erleichtert darüber und habe Angst davor.

Er trägt weder die Jacke noch den Hut, aber er hat sie auch nicht gerade durch Jeans und Polohemd ersetzt. Er trägt ein Leinenhemd, das er lose in eine Segeltuch-Kniehose gesteckt hat; er ist barfuß und hat die Zehen halb in dem grobkörnigen Sand vergraben. Ich schaue mich auf dem Boden um ihn um, sehe aber keine Schuhe. Doch wenn er verrückt genug ist, zwei Tage hintereinander ungebeten und unangekündigt zu meinem Haus zu kommen, läuft er vielleicht auch barfuß herum.

Im März.

Als ich ihn mit eingefrorenem Atem – schlägt mein Herz überhaupt noch? – ansehe, hebt er die Hand und streicht sich eine Strähne seines seidigen Haares hinters Ohr. Dann beugt er sich vor, das Leinenhemd spannt sich um seine Schultern, und hebt einen kleinen Stein auf. Ohne Eile schwingt er den Arm herum und lässt den Stein über die Wasseroberfläche des Flusses springen.

Die Stille ist gebrochen.

Eine heiße Fontäne von Zorn, Fragen, Wünschen und Wut kocht in meinem Magen, und während ich die Entfernung zwischen uns überbrücke, bin ich mir nicht sicher, was davon stärker ist – die Gefühle, die mich zurückhalten, oder die, die mich vorantreiben.

Dann bin ich da. Neben ihm.

Er blickt nicht auf. Lässt nicht erkennen, ob er weiß, dass ich überhaupt neben ihm stehe.

Das macht mich nur wütender.

»Ich habe dich gesehen«, sage ich, gerade so laut, dass er es hören kann – ich will nicht, dass mich jemand anderes hört, vor allem nicht Reese. »Gestern. Heute, meine ich. Um zwei Uhr morgens.«

Ich warte auf eine Erklärung, dass er sich verteidigt. Sogar auf eine Lüge. Aber er sagt nichts.

»Und in der Park Street auch. Ich mag es nicht, dass du mich verfolgst, und ich will, dass du damit aufhörst.« Meine Zähne schlagen beinahe über der Lüge zusammen, von der ich nicht wusste, dass es eine Lüge war, bis sie aus meinem Mund kam.

Aber zumindest habe ich es herausgebracht. Benson wäre stolz auf mich.

Der Typ sagt immer noch nichts. Hebt nur noch einen Stein auf und lässt ihn fliegen wie den ersten.

»Ich meine es ernst«, sage ich.

Tue ich nicht.

»Ich will, dass du mich in Ruhe lässt.«

Ich will, dass du mit mir sprichst.

Er bleibt still. Still und ruhig.

»Hey!«, blaffe ich und verschränke die Arme vor der Brust. »Hörst du mir überhaupt zu?«

Er hebt noch einen Stein auf, und ich stelle mich vor ihn, um ihn vom Werfen abzuhalten.

»Du kannst nicht einfach …« Ich blicke auf sein Gesicht hinab und die Worte bleiben mir im Hals stecken.

Es ist das schönste Gesicht, das ich je gesehen habe.

Laubgrüne Augen blicken mit einer Ruhe zu mir auf, die tief ist wie die Wasser des Michigan-Sees. Sein Kinn ist kantig, aber die gebogene Linie seines Mundes mildert die Kanten, und seine kohlschwarzen Wimpern tun ihr Übriges. Während ich seinen Anblick gierig in mich aufnehme, löst sich eine goldene Haarsträhne hinter seinem Ohr und wirft einen dunklen Schatten über seine Wange. Es zischt in meinem Mund, als ich nach Luft schnappe, und ich versuche, Worte zu bilden, doch mein Mund gehorcht nicht.

Als spüre er, dass er die Quelle meiner Not ist, wendet er den Blick ab, zurück über das Wasser, und ich kann mich wieder bewegen.

»Ich bitte dich um Verzeihung«, sagt er, und seine Stimme ist tief, aber sanft. Dunkle Schokolade. »Ich habe mich dir nicht gut genähert. Hab's vermasselt.« Seine Worte klingen ein bisschen ungewohnt – vielleicht, als hätte er einen Akzent, aber ich erkenne die Sprachmelodie nicht.

Ich weiß nicht, was ich erwartet habe, aber eine direkte Entschuldigung nicht. Ausreden, Leugnen, darauf war ich vorbereitet. Ich bin von seinem Geständnis verblüfft und stehe einen Augenblick mit leicht geöffnetem Mund da.

»Ich hätte mich auf die traditionelle Art vorstellen müssen.« Sein Blick begegnet meinem wieder und ich kann meinen nicht abwenden.

»Ja, das wäre besser gewesen, als um zwei Uhr morgens vor meinem Haus zu stehen«, zwinge ich mich zu sagen.

»Ich habe dich erschreckt.«

Wieder diese Direktheit. Ich will es abstreiten – darauf beharren, dass ich überhaupt keine Angst hatte. Hatte ich aber. Ich war gleichermaßen panisch und aufgeregt.

»Aber ich bin nicht derjenige, den du fürchten solltest.«

Ich mustere ihn. Da ist … etwas. Etwas *Vertrautes*, jetzt, wo ich ihn aus der Nähe sehe. »Kenne … kenne ich dich?«

Er grinst, und ich muss einen Schritt rückwärts machen, als er aufsteht, das tiefe V seines lockeren Hemdes nach vorn fällt und ich einen Blick auf wohldefinierte Bauchmuskeln erhaschen kann. Ich bin keines von diesen Mädchen, die auf Muskeln und gebräunte Haut stehen und all das – mir ist Köpfchen lieber als Muskeln –, aber ich schaffe es unmöglich, den Blick abzuwenden. Es ist, als sei sein Körper ausdrücklich dafür gemacht, dass ich ihn bewundere. Als er sich aufrichtet, fällt sein Hemd wieder an seine Brust zurück. Mein Blick wandert aufwärts.

Und noch weiter aufwärts.

Ich bin, wie gesagt, ziemlich groß. Aber dieser Kerl ist gute fünfzehn Zentimeter größer als ich. Nun streckt er mit einer beiläufigen Geste die langen Arme über den Kopf. »Nein«, sagt er, und in seinen Augen funkelt eine Art Verschmitztheit. »Aber du wirst mich noch kennenlernen.«

Und dann stehen wir da.

Und starren.

Einander an.

Das bin nicht ich; mit gelähmter Zunge wegen irgendeines Kerls und sabbernd wegen eines Körpers wie aus Granit. Ich fühle mich gleichzeitig und abwechselnd richtig und falsch, bis ich am liebsten aus der Haut fahren würde, um diesem Widerspruch zu entkommen.

»Ich bin Tavia«, sage ich und strecke die Hand aus. Irgendetwas muss ich tun. Die Spannung bringt mich noch um, und ich weiß einfach nicht, was ich will. Oder was ich nicht will.

Das scheint mir dasselbe zu sein.

Er schaut meine Hand an, ignoriert sie aber. »Ich weiß, wer du bist.«

Natürlich weiß er das. Ich warte.

Und warte.

Soll ich etwa fragen?

»Wir sollten reden«, sagt er, während er sich bückt, um einen Mantel aus dem Sand aufzuheben, dann schlüpft er mit seinen schlanken Armen hinein. »Ich habe dir Dinge zu zeigen und wir haben nicht viel Zeit.«

»Ich kenne nicht einmal deinen Namen«, platze ich heraus.

Jetzt lächelt er breit und zeigt dabei schöne Zähne und winzige Lachfalten in den Augenwinkeln. »Du bist schön, weißt du das?« Meine Knie zittern, als er die Hand zu meinem Gesicht hebt und seine Finger nur noch eine Haaresbreite von meiner Wange entfernt sind. »So gefällst du mir gut«, flüstert er. Ich schließe die Augen und warte auf die Berührung.

Sie kommt nicht.

Nach ein paar Sekunden öffne ich peinlich berührt die Augen wieder. Aber er sieht mich nicht an. Er hat sich halb abgewandt und die Augenbrauen zusammengezogen.

»Warum tust du das?«, bringe ich heraus. »Ich verstehe das alles nicht.«

»Ich wünschte, ich könnte dir alles sofort erklären, aber das wird eine Weile dauern. Du musst mir vertrauen. Ich weiß, ich habe mir das mit nichts verdient«, fügt er hinzu, bevor ich widersprechen kann. »Aber bitte, bitte, vertrau mir.«

Mein Kopf nickt, während ich mir auf die Unterlippe beiße und loslasse, als meine Zähne die schmerzende, wunde Haut berühren. Blöde Seeluft. Das verschafft mir einen Augenblick der Klarheit, und ich kämpfe gegen das benebelte, zustimmende Gefühl, das meinen Kopf anfüllt. »Sei mir nicht böse, aber warum sollte ich dir vertrauen?«, frage ich schnippisch. »Du willst mir nichts erklären und läufst ständig davon. Du musst mit mir reden.«

»Nächstes Mal«, sagt er mit einem Hauch Versprechen in der Stimme. »Heute Abend kann ich nicht bleiben. Aber ich verspreche dir, ich werde dir zu unserem nächsten Treffen etwas mitbringen, das dir verstehen helfen wird«, fügt er hinzu. »Einverstanden?«

»Du kannst nicht noch einmal hierherkommen«, warne ich ihn. »Nicht so. Du bringst uns beide in Schwierigkeiten.«

Er nickt ernst, beinahe, als habe er das erwartet. »Such nicht nach mir. Ich werde dich finden.«

Mehr kann ich nicht erwarten, scheint mir. Er hat recht – er kann nicht bleiben. Nicht jetzt. »Okay«, gebe ich nach. Mein ganzer Körper zittert, als ich das sage. Ich habe Angst vor dem, dem ich gerade zugestimmt habe.

Er dreht sich um und sein langer Mantel bläht sich kurz und fällt dann mit einem Flüstern zurück um seine Beine. »Pass auf dich auf«, sagt er. Zumindest *glaube* ich, dass er das sagt. Aber es ist so still, dass ich es mir vielleicht auch nur eingebildet habe.

»Warte!«, sage ich und setze ihm nach.

»Bald«, ruft er, ohne sich umzudrehen. »Bald.«

»Aber …« Ich weiß nicht einmal, was ich sagen soll; ich habe überhaupt nichts mehr im Griff. Die Lage. Ihn. Mich.

Ein leichtes Lachen entschlüpft ihm, und ich werde langsam wütend, aber er dreht sich um und geht rückwärts, und sein Blick begegnet meinem mit unschuldiger Verspieltheit. »Da dir Namen so wichtig sind: Ich heiße Quinn«, sagt er lächelnd. »Quinn Avery.«

Quinn Avery.

Zwei einfache Wörter, aber sie bedeuten alles.

Kapitel 8

Wo bist du? Meine Finger zittern, als ich Benson eine Nachricht tippe.

Bücherei. Will gerade los, antwortet er ungefähr eine Minute später.

Wir müssen reden. Ich fühle mich seltsam, als ich Benson, dem Typen, den ich letzte Woche mochte, von Quinn schreibe, dem Typen, den ich offenbar *diese* Woche mag.

Dem *anderen* Typen, den ich diese Woche mag. Es ist komisch: Wenn Quinn in meiner Nähe ist, ist es, als könne ich mich auf nichts anderes konzentrieren. Er überwältigt meine Sinne, und ich schwebe in einer Wolke, die zu gleichen Teilen aus Glückseligkeit und Schrecken besteht. Aber wenn er weg ist, kriecht die Realität wieder heran, und ich weiß nicht, was ich denken soll.

Ich weiß, ich sollte Benson als hoffnungslosen Fall aufgeben, aber er ist wie ein Waldbrand – alles begann mit einem Funken, der zu klein war, um ihn überhaupt zu bemerken, bis er zu mehr aufgeflammt ist. Ich könnte diese Gefühle selbst dann nicht einfach ersticken, wenn ich wollte.

Und jetzt will ich ihm von Quinn erzählen? Was tue ich da nur?

Aber ich platze fast angesichts dieser neuen Enthüllung – er hat einen Namen und er will mich wiedersehen! Und wem könnte ich es sonst erzählen? Ich werde bestimmt nicht – schon wieder – um acht Uhr abends meine Therapeutin anrufen.

Ich versuche, nicht an seine anderen Worte zu denken. *Ich bin nicht derjenige, den du fürchten solltest.* Ich habe den ganzen Tag in Angst verbracht. Im Moment will ich ein paar Minuten, vielleicht eine Stunde, einfach glücklich sein.

Nachdem ich mich wegen einer vergessenen Aufgabe im Haushalt bei Reese herausgeredet habe, bringe ich sie dazu, mir ihr Auto zu leihen, um zur Bibliothek fahren zu können. Ich habe weniger als eine halbe Stunde, bevor sie schließt. Als ich dort bin, parke ich und gehe hinein, so schnell es mein schmerzendes Bein zulässt, und suche nach Benson. Mir ist egal, wenn er es nicht versteht. Ich höre ihm seit zwei Monaten zu, wie er praktisch Sonette über Dana McCraven verfasst, und komme damit klar; dann kann er mir jetzt auch mal zuhören.

Es ist besser so, sage ich mir. *Jetzt haben wir beide jemanden.* Aber der Gedanke hinterlässt ein seltsam schales Gefühl.

Er lehnt über dem Schalter und spricht leise mit Marie. Mein Herz macht einen komischen Satz, als mein Blick ihn von Kopf bis Fuß abtastet – und den Augenblick nutzt, bevor er merkt, dass ich da bin. Er trägt immer noch den weichen grauen Pullunder über dem hellgrünen Hemd, aber jetzt sind die Ärmel aufgekrempelt, was seine Unterarme betont. Während ich ihn beobachte, schiebt er sich die Brille ein Stück höher und schneidet Marie eine Grimasse.

Er sieht total heimisch aus zwischen all diesen Stapeln von Büchern.

Und charmant.

Ich schlucke und erinnere mich an den Grund, warum ich hier bin.

Sobald Benson mich sieht, schließt er den Mund, und ich schnappe einen seltsam melancholischen Ausdruck in seinen Augen auf, bevor sein schiefes Lächeln ihn ausradiert. Ich muss daran denken, dass er sich Sorgen um mich macht. Dass ich ihm jetzt sogar noch *mehr* Gründe gebe, sich Sorgen um mich zu machen. Benson ist so beständig, so abgeklärt, da fällt es schwer, sich ins Gedächtnis zu rufen, dass er einer dieser Typen ist, deren emotionale dunkle Wasser tief sind.

Ich gehe hinüber und versuche, den Augenkontakt mit Marie zu meiden, bevor sie mich zwitschernd begrüßen und anfangen kann, mich zu fragen, wie mein Tag war. Ich habe heute keine Zeit für sie.

»Hi, Marie«, werfe ich ihr kurz hin, ohne sie direkt anzuschauen, dann wende ich mich Benson zu. »Ich brauche unbedingt dieses Buch hier, bevor die Bücherei schließt. Es ist hinten, ja?«, füge ich bedeutungsvoll hinzu.

»Ja, ich zeige es dir«, sagt Benson und beäugt mich zweifelnd. Er legt mir die Hand auf die Schulter und führt mich ans andere Ende der Bibliothek, wo keiner ist – nicht dass hier nicht sowieso nur noch eine Handvoll Leute wären. Und die meisten von ihnen sind Zehn- oder Zwölfjährige, die sich um die Computer scharen.

Ich gehe – nachdem ich mich versichert habe, dass keiner in der Nähe ist – bis zur Mitte eines schattigen Gangs und streiche mit den Fingern an den verschiedensten Buchrücken entlang: an eher neueren Taschenbüchern, an brüchigen alten gebundenen. Ich glaube nicht, dass die Bibliothek ihre Bücher je aussortiert. Kein Einziges. Über uns hängt eine einzelne Glühbirne und erleuchtet Staubpartikel, die von einem Heizkörper aufsteigen und in der Luft herumwirbeln.

Jetzt, wo die Nervosität nachlässt, fühle ich mich ein bisschen flatterig und versuche, mein Unbehagen zu überspielen, indem ich meinen Labello aus der Hosentasche ziehe und neu auftrage.

»Oh, hey, das erinnert mich an etwas«, sagt Benson und kramt in seiner eigenen Hosentasche. »Ich habe daran gedacht, deinen anderen mitzubringen.«

Ich schaue zu Benson auf. »Was?«

»Deinen Labello. Ich habe ihn in meinem Auto gefunden, nachdem ich dich neulich nach Hause gefahren hatte. Ich habe ihn dir mitgebracht. Jetzt hast du zwei.« Er hält mir einen Labello mit Kirschgeschmack hin, identisch mit dem in meiner Hand, und grinst. »Nimm zwei.«

»Ist nicht meiner. Ich muss mir einen neuen kaufen, habe ich aber noch nicht.« Ich schaue ihn mit hochgezogener Augenbraue an. »Muss einer deiner Freundinnen gehören«, füge ich hinzu und versuche, fröhlich zu klingen, während ich gleichzeitig überlege, ob Dana am Ende doch noch Bensons Charme erlegen ist.

Nicht, dass es wichtig wäre.

Es ist mir egal.

Es *ist* mir egal.

»Nein, er lag auf dem Sitz, nachdem du ausgestiegen bist«, beharrt er und hält ihn mir weiter hin. »Er muss aus deiner Tasche gefallen sein.«

Ich weiß nicht, warum er so darauf beharrt. »Benson, ich

nehme bestimmt nicht den Labello von irgendeiner anderen; das ist eklig. *Das* hier ist meiner.«

Er schaut mich seltsam an. »Aber …«

»Es macht wirklich nichts aus, Benson. Wirf ihn einfach weg; ich muss jetzt mit dir reden.«

»Dein Pech«, sagt er und wirft ihn in die Luft. Er wirbelt mehrmals herum, bevor Benson ihn wieder auffängt. »Du solltest sowieso zu einer anderen Marke wechseln. Du hast dich doch beschwert, dass das Zeug nicht mehr wirkt.«

»Das liegt nur am Salz in der Luft«, sage ich und schiebe den Deckel wieder auf meinen Labello zurück. Auf den aus meiner Tasche. Der, von dem ich *weiß*, dass er keine Lippen außer meinen eigenen berührt hat.

Eigentlich könnten, wenn er mit ihr geknutscht hätte, bevor sie ihn aufgetragen hat, auch Bensons Keime darauf sein. Das löst ein komisches Gefühl in meinem Magen aus und das fiebrige Gefühl gefällt mir gar nicht. Ich drehe den Labello in den Fingern, nur um etwas zu tun zu haben.

Und vielleicht, damit ich Benson nicht ansehen muss.

Meine Finger krallen sich einen kurzen Augenblick um die Plastikröhre, dann ist die Stelle, wo er gerade noch war, plötzlich leer, und meine Finger berühren sich. »Ach du Scheiße!« Ich reiße die Hände auseinander.

»Was ist?«, fragt Benson, ohne mich anzusehen, und wirft den Labello noch einmal in die Luft.

»Er ist weg!«

»Wer ist weg?«

»Der Labello!«

Er zögert kurz, bevor er die Achseln zuckt. »Schau auf dem Boden nach.«

»Benson!«

»Was denn?«

Ich warte, bis er mich anschaut. »Ich hatte den Labello in der Hand und plötzlich war er weg.«

Sein Gesicht ist eine Maske der Verwirrung, und er öffnet den Mund, um etwas zu sagen, dann schließt er ihn wieder und starrt mich nur an. Er sucht etwas in meinen Augen.

»Er ist *verschwunden*, Benson!«, sage ich und bemühe mich, normal zu atmen. »Ich hatte ihn in der Hand und er ist buchstäblich verschwunden!«

Noch ein paar Sekunden des Schweigens vergehen, bevor Benson schluckt und mir mit einem schiefen Grinsen den anderen Labello hinhält. »Tja, jetzt hast du einen neuen.«

»Benson …«

»Mensch, Tave«, blafft er. »Es ist nur ein Labello. Nimm ihn oder nicht, aber meiner ist es nicht.«

Sein plötzlicher Zornausbruch schockiert mich, und eine Sekunde später merke ich, dass meine Wangen nass sind. Es ist nicht direkt ein Weinen, aber die Tränen fließen aus meinen Augen, als hätten meine Gefühle ein Leck. Gut, schlecht, Furcht einflößend, zum Lachen. Es war heute einfach alles zu viel und jetzt fließe ich über.

Und es ist peinlich. Ich bin komplett aus dem Gleichgewicht.

Ich reiße Benson den dummen Labello aus der Hand – ich werde ihn später wegwerfen –, dann öffne ich meine Handtasche und suche nach einer der vielen Packungen Taschentücher, die ich darin mit mir herumtrage. Seit meine Eltern gestorben sind, weine ich bemitleidenswert regelmäßig und zu allen möglichen Zeiten in der Öffentlichkeit.

Als ich schniefe, blickt Benson auf, und sein ganzes Gesicht verzieht sich vor Reue. Er wendet sich mir zu, seine Hände finden meine Schultern. »Ach Tave, es tut mir leid. Ich bin ein Vollidiot. Ich …«

Aber ich schneide ihm mit einer scharfen Handbewegung das Wort ab. Ich greife in meine Handtasche und ziehe einen Labello heraus. Dann, nur um sicherzugehen, hebe ich die Hand und öffne meine Finger, um den Labello zu zeigen, den mir Benson gerade gegeben hat.

Zwei. Drei, wenn man den mitzählt, der verschwunden ist.

Ich habe das Gefühl, ich verliere die Kontrolle und muss mich ein paar Mal zum Einatmen zwingen, als mir ein schrecklicher Gedanke kommt. Mit vor Angst beinahe tauben Händen greife ich noch einmal in meine Hosentasche.

Als Erstes spüre ich nichts. Aber ich grabe tiefer, in die Ecke ganz unten, wo sich gerne mal die Hosentaschenfusseln sammeln.

Und ziehe noch einen Labello heraus.

Benson hatte recht; er ist *immer* in meiner Tasche, wenn ich ihn nicht finde.

Ich halte Benson die drei Röhren hin, und er hebt instinktiv die Hände, um sie zu nehmen.

Ich lasse sie in seine Handfläche fallen. Benson muss es sehen.

Wenn Benson sie sieht, bin ich nicht verrückt.

Oder zumindest halluziniere ich nicht.

Ich fasse wieder in meine Tasche und schaue Benson in die Augen, als ich noch einen Labello herausziehe und ihn zu den anderen drei lege, die er bereits in den Händen hält.

Vier. Ich versuche es noch einmal.

Fünf.

Sechs.

Ich will nicht, dass sie mein Gehirn noch einmal aufschneiden.

»Du machst mir Angst«, sagt Benson, und sein Blick bohrt sich in meinen.

»Psst!« Ich lege den Finger an die Lippen. »Schau hin.«

»Tave …«

»Schau. Einfach. Hin«, beharre ich.

Der Ernst in meiner Stimme dringt schließlich zu ihm durch, und er hält den Blick skeptisch auf mein halbes Dutzend Lippenstifte geheftet, als warte er darauf, dass ich auf ihn zuspringe und schreie: *»Hab dich!«*

Ich wünschte, es wäre so einfach.

Ein paar Minuten sind vergangen und meine Augen sind schon müde vom Starren auf die Labellos. Benson holt Luft, und ich kann praktisch fühlen, wie er sich bereit macht, etwas zu sagen, als der mittlere Labello verschwindet.

Benson schnappt nach Luft und macht vor Schreck einen Satz. Dabei überrennt er mich fast und lässt die Labellos fallen. Sie rollen über den Teppich. »Scheiße, was ist das denn?«

»Pssssst!«, befehle ich flüsternd, halte ihm die Hand vor den Mund und trete näher an ihn heran.

Ganz nahe.

Ich blicke auf, unsere Gesichter sind nur ein paar Zentimeter voneinander entfernt, und meine Brust gefriert. Meine Hand sinkt langsam herab, bis nur noch ein Finger auf seiner Unterlippe ruht. Sie fühlt sich weich an meinen Fingerspitzen an. Ein ferner Teil von mir hört Bensons Atem, der ungleichmäßig geht und schneller wird, und sein Blick brennt sich in meinen.

Ich weiß nicht genau, wer den ersten Schritt macht oder wie es passiert bei allem, was hier sonst noch vor sich geht, aber einen Augenblick später packen meine Finger seine Haare, ziehen sein Gesicht zu mir herunter, seine Hand in meinem Nacken zieht mich herauf und neigt meinen Mund zu seinem. Seine Lippen berühren meine – suchend, fordernd, einnehmend.

Aber wie können sie nehmen, was ich schon wild und stürmisch gebe?

Sein ganzer Körper zittert, als er einen Schritt nach vorn macht, sich an mich drückt, mich zwischen seiner Wärme und dem Bücherregal gefangen nimmt. Die Kanten der Bücher graben sich in meinen Rücken, als sich unsere Körper treffen, aneinanderdrücken, ineinander verschlingen. Ich umklammere den weichen Stoff von Bensons Pullunder und meine Finger graben sich in seine Rippen direkt darunter. Seine Hände sind immer noch in meinem Nacken, an meinem Kopf – Finger schlängeln sich durch meine Haare, als er seinen Mund fester auf meinen presst –, aber dass sein Körper so gut und bequem an meinen passt, fühlt sich auf seine eigene Art auch wie ein Kuss an.

Ich reiße meinen Mund fort, um nach Luft zu schnappen, kehre aber sofort zu seinen Lippen zurück. Ich brauche mehr von ihm. Er ächzt leise, und das bringt mich dazu, ihn noch fester halten zu wollen, ihn noch inniger zu küssen. Ich weiß nicht, wie lange es dauert – ewig und doch nicht annähernd lange genug –, bevor Benson den Kopf zurückwirft und einen langen Seufzer ausstößt. Seine Hände rahmen mein Gesicht ein, und er lehnt die Stirn an meine, während wir beide nach Luft ringen. Sein Atem ist heiß auf meinen Lippen, und wenn ich atme, riecht es nach ihm.

Etwas in mir weiß, dass jetzt alles anders ist.

Besser? Ich hoffe es.

»Ist das die Stelle, an der ich mich entschuldigen sollte?«, fragt Benson, und seine Stimme ist so leise, so schwach, dass ich fast schon wieder weinen muss.

»Tut es dir denn leid?«, flüstere ich. Und ich weiß nicht, was ich hören will.

»Überhaupt nicht«, sagt er; sein Flüstern ist beinahe unhörbar.

Eine seltsame Freude erfüllt mich und diesmal ist sie nicht überwältigend. Sie ist ruhig. Beinahe friedlich. »Dann entschuldige dich nicht.«

Doch er richtet sich auf, seine Hände gleiten von mir ab, um sich in seine Hüften zu stemmen, und er schaut auf das Bücherregal direkt links neben mir. »Der Zeitpunkt war schlecht, du hast geweint und ich … ich hätte, nein, ich hätte *nicht* …«

»Benson«, unterbreche ich ihn. »Es ist okay.«

»Es ist nicht okay, ich wollte nicht …«

»Benson«, sage ich, diesmal fester. Ich trete vor, lasse die Hände an seinen Armen herabgleiten, zwinge ihn, die Fäuste von den Hüften zu lösen und verschränke meine Finger mit seinen. »Es ist *okay*.« Ich will nicht fragen, aber ich weiß, ich muss. »Ist das der Grund, warum du Quinn nicht leiden kannst?«

Benson schluckt trocken, bevor er antwortet. »Er hat jetzt einen Namen?«

»Ja.«

»Das ist einer der Gründe«, gibt er schließlich zu. »Aber die anderen sind genauso stichhaltig.«

Mein Kopf hat echte Probleme, rational zu denken. »Was ist mit Dana McCraven?«

Benson wird so rot, dass er beinahe braun aussieht. »Ich habe sie erfunden«, gibt er zu. »Ich wollte nicht, dass du siehst, wie liebeskrank ich war.«

»Ist das wahr?«, frage ich ehrlich geschockt.

Und erfreut.

»Du hast irgendwann einmal gefragt und ich habe einfach … den Namen erfunden. Es sollte keine so große Lüge werden. Es sollte mir nur helfen, Abstand zu halten«, murmelt er. Dann trifft sein Blick einen kurzen Moment meinen, und das Gefühl, das ich sehe, lässt mein Herz hämmern. »Hat wohl nicht funktioniert.«

»Na ja, ich hab's geglaubt«, sage ich mit einem Kichern.

»Dana McCraven kann dir nicht das Wasser reichen«, murmelt Benson grinsend.

»Warum hast du mir das nicht vorher gesagt?« *Wir hätten uns schon seit Monaten so küssen können!*, möchte ich am liebsten schreien.

»Ich wollte nicht verlieren, was wir hatten«, murmelt er. »Ich fand es wirklich schön, dass du jeden Tag vorbeigekommen bist.«

Ich fange an zu grinsen wie eine alberne Idiotin.

Benson mag mich.

Mich!

Und das hat er schon immer.

Das ist eine winzige gute Sache in meiner Welt, die in letzter Zeit so verwirrend geworden ist, dass ich das Gefühl habe, ich hätte vergessen, was ich mit guten Neuigkeiten anfangen soll.

Aber genau in diesem Moment beschließen meine Augen natürlich, den Labello auf dem Boden zu bemerken. »Benson!«, keuche ich und umklammere seine Finger so fest, dass ich ihm wahrscheinlich wehtue. »Sie sind weg!«

Jetzt liegt nur noch ein einsamer Labello unschuldig auf dem Teppich.

Ich sehe wieder Benson an und widerstehe dem Drang, ihn vorn am Hemd zu packen und zu schütteln. »Du hast sie doch auch gesehen, oder? Ich bilde mir das nicht ein. Es waren *sechs*, stimmt's?« Meine Stimme wird hoch und laut, und Benson streicht mit den Händen an meinen Armen auf und ab, während er versucht, mich zu beruhigen.

»Ja, ich habe sie gesehen. Sie waren da.« Seine Augen sind jetzt wieder aufgerissen, sein Kiefer ist angespannt, während wir beide auf den Teppich starren, wo die Lippenstifte lagen, als würden sie plötzlich wieder erscheinen.

Wir reißen die Köpfe hoch, als Maries Stimme die Bibliothek über die Lautsprecheranlage erfüllt. »Die Bibliothek schließt in fünf Minuten. Bitte bringen Sie Ihre Bücher zur Ausleihe. Die Bibliothek schließt in fünf Minuten.«

»Ich muss gehen. Ich habe Reese gesagt, ich wäre gleich wieder da.«

Benson beißt so fest die Zähne zusammen, dass ich am liebsten mit dem Finger über seine Kiefermuskeln streicheln würde, damit er sich entspannt. Aber nach einer Sekunde sagt er: »Wir müssen darüber reden. Morgen.«

»Sollen wir uns morgen Nachmittag einfach …«

»Nicht hier«, sagt Benson fest. »Vielleicht bei mir?«

Bei ihm – bei dem Gedanken läuft mir ein angenehmer Schauder über den Rücken. Doch als Benson sich bückt, um den übrig gebliebenen Labello aufzuheben, bin ich wieder vollkommen nüchtern.

»Ich melde mich krank, wenn es sein muss«, sagt Benson, streicht mir mit den Fingern durch die Haare und blickt in die Ferne. »Ich komme schon noch dahinter«, sagt er leise. Dann dreht er sich zu mir um und nimmt vorsichtig meine Hand. »*Wir* kommen dahinter.«

Ich nicke, um seine Zuversicht zu stärken. Meine ist weg.

»Hier«, sagt er und gibt mir wahllos irgendein Buch. »Leih das aus. Dann stellt Marie keine Fragen.«

»Okay.« Ich drücke das Buch an die Brust und will gehen, dann wende ich mich wieder ihm zu. Ich will ihn unbedingt noch einmal küssen.

Er beugt sich fast unmerklich vor.

Aber irgendwie ist es einfach nicht richtig. Ohne die Leidenschaft des wilden Augenblicks ist es, als gäbe es da eine Barriere, die wir nicht überwinden können. Ich belasse es dabei, seine Hand zu drücken, bevor ich wortlos um die Ecke verschwinde. Ich zwinge mich, nicht zurückzuschauen, als hätte sich hinter dieser Reihe alter, staubiger Bücher nicht gerade die ganze Welt auf den Kopf gestellt.

Erst als ich das Auto vom Parkplatz lenke, fällt mir auf, dass ich Benson nicht von Quinn erzählt habe. Dass ich seit dem Augenblick, als Bensons Lippen meine berührten, kaum noch an Quinn gedacht habe.

Kapitel 9

»Und, hast du ihn wiedergesehen? Deinen mysteriösen, ähm, *Typ*?«

Kein Drumherumreden, keine Begrüßung, kein Smalltalk. Elizabeth kommt gleich zur Sache.

»Kurz«, antworte ich, und die Worte sind aus meinem Mund, bevor mir einfällt, dass es wieder im Garten meiner Tante und meines Onkels war. Wird sie es Reese und Jay erzählen? Wird sie mich zwingen, die Polizei zu rufen? Das sollte sie. Zumindest *glaube* ich, sie sollte es. Mein Verstand ist immer noch ein Durcheinander aus Entzücken und Verwirrung wegen Benson. Wegen Quinn. Kleine Details wie Zeit und Ort scheinen nicht festgehalten zu werden.

»In der Öffentlichkeit?«

Ich nicke sofort und hoffe, sie spürt die Lüge, den Verrat nicht.

»Aha, und was«, beginnt Elizabeth, und sie spricht langsam, als müsse sie überlegen, was sie als Nächstes sagen soll, und bräuchte die zusätzlichen Sekunden, um sich zu entscheiden, »was genau zieht dich zu ihm hin? Ich meine, ich nehme einmal an, dass du dich von ihm angezogen fühlst«, sagt sie mit einem leichten Lachen und tippt mit ihrem Stift abwesend auf ihren Notizblock.

Ich zwinge mich, nicht mehr an Benson zu denken – mich

auf Quinn zu konzentrieren. Nur ein paar Minuten. »Ich ... ich weiß es nicht genau. Er ...« Ich zögere, doch dann sprudeln die Gefühle aus mir heraus, noch bevor ich weiß, was ich sage. »Bei ihm fühle ich mich wie ein ganz neuer Mensch. Ich weiß, das hört sich komisch an, aber so ist es. Er macht mich glücklich, dass ich ... existiere. Insgesamt.« Ich klinge so lahm. Aber obwohl mir das bewusst ist, häufen sich die Emotionen weiter an – der Schmerz in mir, von dem ich nicht einmal weiß, dass er da ist, bis er ihn verschwinden lässt, die Art, wie er mich vom Boden löst, mich befreit, sodass ich fliegen kann.

Ich schlucke. Woher kommt das alles? Ich habe nur ein paar Worte mit ihm gewechselt und habe buchstäblich gerade erst gestern mit Benson geknutscht.

Es ist beinahe, als wäre ich zwei Personen – eine, die pausenlos an Benson denken muss ... und eine, die pausenlos an Quinn denken muss. Ich schweige lange – minutenlang, glaube ich –, während Elizabeth mich eindringlich ansieht und ihren Stift herumwirbelt. Bin ich in beide verliebt? Oder zeige ich nur Symptome dieses »gesellschaftlich unangemessenen Verhaltens«, von dem meine Neurologen ständig reden?

»Tavia«, sagt Elizabeth nach einer Weile und legt ihren Notizblock und den Kugelschreiber auf den braunen Couchtisch vor mir. »Ich habe langsam das Gefühl, als würdest du mir etwas verschweigen. Aufgrund dessen, was du mir erzählt hast, habe ich das Gefühl, ich müsste mir Sorgen um deine Sicherheit machen. Aber du scheinst diese Sorge nicht zu teilen. Gibt es etwas, das du mir über diesen Jungen sagen möchtest?«

»Er ist irgendwie anders«, sage ich, um Zeit zu gewinnen.

»Ist er gut aussehend?«, fragt Elizabeth mit hochgezogener Augenbraue und einem mädchenhaften Unterton. Ich muss lächeln und werde vielleicht auch ein bisschen rot, als ich an seine seidigen blonden Haare und seine blassgrünen Augen denke.

An diesen perfekten Körper.

Jetzt wird mir warm.

Ich beschreibe ihn Elizabeth ganz allgemein: groß, blond, ziemlich braun gebrannt. Aber diese Teile ergeben zusammengenommen nicht *ihn*. Er ist mehr. Unendlich *mehr*. Meine Finger zeichnen die Tischkante nach und ziehen den Stift und den Block näher. »Er hat diesen Blick«, sage ich, und ich sehe meinen eigenen Fingern kaum zu, als sie seine Gesichtszüge umreißen – diese dramatischen Konturen, die so einzigartig an Quinn sind.

Ich bin halb fertig mit der groben Skizze, bevor ich merke, dass ich zeichne.

Ich *zeichne*.

Meine Hände beginnen so zu zittern, dass ich den Stift nicht wieder aufs Papier setzen kann, ohne Wellenlinien zu produzieren. Ich bin mit dem Gedanken an Benson hierhergekommen und jetzt *zeichne* ich Quinn. Ich zeichne zum ersten Mal seit dem Unfall, und …

Ich knalle den Stift auf den Tisch.

»Tavia.« Elizabeths Stimme ist so leise, dass meine Ohren sie kaum hören, aber mein Verstand klammert sich an ihre Worte wie an eine Rettungsleine und hält sich fest, um die Panik abzuwehren, die droht, mich zu zerquetschen. »Es ist okay. Es ist nur eine Skizze. Ein Werkzeug, um mir zu sagen, was du gesehen hast.«

Ich blicke zu ihr auf, in meinen Augen dämmert die Erkenntnis. *Sie* hat ihren Block hingelegt. Nahe genug, dass ich instinktiv danach greifen konnte. Um mich dazu zu *bringen*, ohne nachzudenken zu zeichnen. »Das hast du absichtlich gemacht!«

Ihre Lippen halten den Anflug eines Lächelns fest. Ihr Ton ist beiläufig – als sprächen wir über die Einrichtung. »Vielleicht. Tavia, es ist nur ein Werkzeug. Möchtest du es gern fertigstellen?«

Ihre leise Frage beruhigt mich. Ich schaue wieder auf die grobe Skizze und tue, worum sie mich bittet, obwohl meine Linien nicht mehr so genau sind wie vorher. Ich zeichne nicht viel mehr, aber genug, dass Elizabeth ihn wahrscheinlich in einer Menschenmenge erkennen könnte – oder in einer Gegenüberstellung.

Genug, dass ich weiß, ich kann es noch.

»Das ist wirklich erstaunlich«, sagt Elizabeth, als ich den Stift niederlege. »Du hast eine echte Gabe.«

Ich zucke die Achseln.

»Er muss jemand ganz Besonderes sein, wenn er deine Malblockade einfach so durchbrechen kann«, fügt sie mit sanfter Stimme hinzu. »Wie heißt er?«

»Quinn. Quinn Avery.« Es ist das erste Mal, dass ich seinen vollen Namen laut ausgesprochen habe, und er hallt in meinem Kopf wider und löst ein starkes Kribbeln in meinem Kopf aus, wie statische Energie, die herauswill.

Elizabeth nickt. »Du hast also mit ihm gesprochen. Das ist beruhigend.«

»Da ist … da ist eigentlich noch etwas anderes«, sage ich, denn ich will plötzlich auf keinen Fall weiter über Quinn sprechen. Ein Teil von mir will das Gespräch auf Benson lenken – um mir Elizabeths Rat über ihn zu holen. Aber wie würde das wirken? Das geht nicht.

»Ich glaube … ich glaube, ich sehe Dinge«, zwinge ich mich zu sagen, bevor der Schrecken meine Kehle versiegeln kann.

Elizabeth beugt sich vor. »Was für Dinge?«

Ich begegne ihrem Blick. »Dreiecke.«

Sie neigt fast unmerklich den Kopf, unterbricht aber nicht den Blickkontakt. »Dreiecke?«

»An seinem Haus«, füge ich hinzu, um nicht *vollkommen* geistesgestört zu klingen. Ich will nicht, dass sie mir sagt, dass Dreiecke überall sind. Diese Dreiecke sind *anders*. »Da war ein Dreieck über der Tür des Hauses, wo ich Quinn das erste Mal gesehen habe.«

»Hast du dieses Dreieck auch noch woanders gesehen?«

»An einem anderen Haus. Unten in der Fifth Street – im alten Teil der Stadt. Ich gehe dort gern spazieren. Damals habe ich es nicht bemerkt, aber ich habe es später auf einem Foto entdeckt, das ich dort gemacht habe.«

»Kannst du es mir zeigen?«

Ich nicke und ziehe mein Handy heraus. Als ich beim richtigen Foto angelangt bin, zoome ich das weiße Holz über der Tür heran und zeige darauf. »Da«, flüstere ich.

Elizabeth schaut, blinzelt, schaut wieder. Sie sagt nichts, aber mir ist klar, dass sie es nicht sieht. Das Herz rutscht mir in die Hose und ich würde mich am liebsten in der Couch verkriechen.

Nachdem sie ein paar Mal heran- und wieder weggezoomt

hat, gibt mir Elizabeth das Handy zurück. »Warum wolltest du mir das nicht schon früher sagen?«

»Ich hatte Angst«, gebe ich flüsternd zu.

»Angst wovor?«

»Dass du sagen würdest, ich sei verrückt. Oder noch schlimmer: dass ich wieder zum Neurologen muss.« Lange ist es still, dann beeile ich mich weiterzusprechen: »Nach allem, was passiert ist, könnte man meinen, das wäre meine kleinste Sorge. Aber wenn es sich anfühlt, als würde nichts anderes in meinem Körper funktionieren, bin ich wenigstens immer noch geistig gesund, und wenn – wenn du mir das auch noch nimmst …« Ich kann den Satz nicht beenden. Es gibt keine Worte für die Dunkelheit, die der Verlust meines Verstandes bedeuten würde.

Es fühlt sich jetzt schon an, als würde diese Dunkelheit sich drohend abzeichnen, darauf warten, mich zu verschlingen.

»Ich glaube nicht, dass du verrückt bist«, sagt Elizabeth sanft, aber mit einer Entschlossenheit, die mir beweist, dass sie die Wahrheit sagt. Oder zumindest dass sie *glaubt*, sie sage die Wahrheit. »Du hast in letzter Zeit solche Fortschritte gemacht, da hatte ich eigentlich sogar erwartet, dass du anfängst, ein paar … ein paar Veränderungen durchzumachen.«

»Was meinst du mit Veränderungen?« Zum Beispiel meine niemals leer werdenden Labello-Vorräte? Sollte ich ihr davon auch erzählen?

Doch noch während ich das denke, weiß ich, ich kann es nicht. Dinge sehen? Na ja, das kann man erklären. Halluzinationen sind ein üblicher Nebeneffekt eines Schädel-Hirn-Traumas. Magische Hosentaschen nicht.

»Ein paar dieser Dinge möchte ich gerne weiter ausloten.

Quinn, die Dreiecke«, sagt sie, ohne direkt auf meine Frage zu antworten. »Und Tavia, es könnte sein, dass noch mehr seltsame Dinge passieren. Unerklärliche Dinge. Und das ist in Ordnung. Du sollst nur wissen, dass du mir vertrauen kannst und ich mein Bestes tun werde, dein Leben wieder in die Spur zurückzubringen. Dafür bin ich da.«

Ich nicke, aber ich meine es nicht ernst. Es ist nicht so, dass ich ihr nicht vertrauen würde; es ist nur zu groß, zu unwahrscheinlich. Vielleicht, wenn ich es selbst verstanden habe – wenn ich mich erklären kann, bevor sie mich einweisen lässt.

Oder verhaften.

Was tut man mit Leuten, die Lippenbalsam aus ihren Hosentaschen zaubern können?

»Glaubst du, du kannst vor unserer nächsten Sitzung vielleicht noch etwas zeichnen?«, fragt Elizabeth und klingt leicht und locker dabei; aber wir wissen beide, dass wir uns mit meiner Malblockade auf dünnem Eis bewegen, und wenn sie zu sehr drängt, wird es brechen. Dann werde *ich* zerbrechen.

»Vielleicht.« Zu mehr will ich mich nicht verpflichten.

»Macht es dir etwas aus, wenn ich dieses Bild bis zu unserem nächsten Treffen behalte?«, fragt Elizabeth und reißt mich damit aus meinen Gedanken.

Sie hält die Zeichnung hoch und es gibt mir einen eifersüchtigen Stich. Ich unterdrücke den Drang, ihr die Zeichnung wieder wegzuschnappen, hole Luft und erinnere mich daran, dass ich, wenn ich es geschafft habe, eine zu zeichnen, auch noch weitere zeichnen kann. Oder zehn. Oder hundert.

Abgesehen davon sind es nur ein paar Tage.

Warum schmerzt mein Herz dann, als sei die Zeichnung für immer verloren? Als sei *er* für immer verloren?

Kapitel 10

Als meine Sitzung zu Ende ist, *gießt* es. Elizabeth bietet mir an, mich mitzunehmen, aber ich lehne ab. Ich muss über vieles nachdenken – ein Spaziergang im Regen ist genau das, was ich brauche. Und ich trage heute in weiser Voraussicht tatsächlich eine Regenjacke statt meinem üblichen Kapuzenpulli; ich werde einigermaßen trocken bleiben. Elizabeth versucht, mich zu überreden – sagt, mir werde zu kalt werden. Aber schließlich lässt sie mich gehen, als ich ihr sage, ich wolle zur Bibliothek.

Als ich auf die Straße trete, blicke ich auf und sehe gerade noch einen Mann, der halb von einem Busch verdeckt wird. Er lehnt lässig an einem der Gebäude gegenüber von Elizabeth' Praxis und scheint mich noch nicht gesehen zu haben. Aber er kommt mir bekannt vor.

Erst als er die Hand hebt, um die Sonnenbrille zurechtzurücken – Sonnenbrille bei Regen? –, wird mir klar, dass es der Mann ist, der mich angestarrt hat, als ich gegen die Mauer gelaufen bin. Habe ich noch einen Stalker? Oder sollte ich Paranoia mit auf die Liste der Geisteskrankheiten setzen, die durch meine Verletzungen ausgelöst wurden? Höchstwahrscheinlich wohnt er einfach in der Nähe, und jetzt, wo ich ihn bemerkt habe, werde ich ihn ständig sehen – wie wenn man ein neues Auto kauft und plötzlich dasselbe Modell sieht, wo man geht und steht. Trotzdem macht es mir Angst, also ziehe ich den Kopf ein und umklammere meine Rucksackgurte, wirble herum und gehe in die andere Richtung.

Ich bin nur zwei Blocks von Elizabeth' Praxis entfernt, als mein Magen knurrt. Ich war so nervös wegen meines Termins – ganz zu schweigen von überdreht wegen Benson –, dass ich vergessen habe zu frühstücken. Jetzt bin ich ausgehungert.

Ich war in letzter Zeit oft hungrig. Oder besser ausgehungert. Als ich gestern nach Hause kam, nachdem ich Quinn gesehen hatte, habe ich, glaube ich, doppelt so viel Lasagne gegessen wie sonst. Eigentlich wollte ich Elizabeth danach fragen, aber nach allem, was diese Woche passiert ist, habe ich es irgendwie vergessen. Ich nehme an, es ist ein Zeichen, dass es mir langsam besser geht – dass mein Körper mehr Treibstoff für die Reparaturen braucht. Was auch immer der Grund ist: Mein Magen schreit nach Essen.

Ein Teil von mir will trotzdem zur Bibliothek – vielleicht können Benson und ich gemeinsam zu Mittag essen. Er hat schließlich gesagt, wir sollten uns treffen, aber nicht bei der Arbeit. Doch die Vernunft kriecht in mein Gehirn, und mir wird klar, dass klitschnass und heruntergekommen bei jemandem auf der Arbeit aufzutauchen, nicht die beste Art ist, sich ein Date zu angeln. Erst nach Hause. Und vielleicht sollte ich mir Reese' Auto borgen, um zur Bibliothek zu fahren; es schüttet wirklich.

Hübsch für Benson auszusehen war vorher nicht wichtig. Aber jetzt …

Als ich das Haus erreiche, schwingt die Eingangstür an lautlosen Angeln auf, und ich bin mehrere Schritte die Treppe hinauf, bevor ich Reese' Stimme höre.

»Das ist wirklich kein guter Zeitpunkt, Liz. Tavia hat mir heute Morgen nicht gesagt, wohin sie geht. War sie überhaupt bei eurer Sitzung?« Pause. »Oh! Na, in dem Fall.«

Erschrocken drehe ich den Kopf in Richtung Küche und spitze die Ohren, als ich meinen Namen höre. Reese' Schritte kommen auf mich zu, und ich ducke mich instinktiv, als sie mit dem Telefon in den Vorraum kommt, um aus dem Fenster zu spähen.

Sie hält Ausschau nach mir.

»Der blonde Typ wieder?«

Liz. *Elizabeth*? Mein Magen zieht sich zusammen, als sich der Verrat in meiner Brust ausbreitet. Sie erzählt es ihnen! Therapeuten sollten das nicht tun. Ich beiße die Zähne zusammen, aber ich schleiche lautlos die Treppe hinunter, während Reese sagt: »Sie hat ihn gezeichnet? Das ist großartig!«

Ich ziehe die Knie an die Brust, verborgen im Schatten der Wendeltreppe, und versuche, kein Geräusch zu machen, nicht einmal zu atmen.

»Bist du sicher? Er sieht genauso aus, wie Sonya ihn beschrieben hat? Aber – warte mal, er hat mit ihr *gesprochen*? Das ergibt doch keinen Sinn, oder? Könnte das ein Missverständnis sein?« Sie kramt kurz herum. »Moment, ich schreibe es mir auf. Quinn? Okay. A-ver-y«, sagt sie langsam, während sie schreibt. »Ich suche ihn. Der Name kommt mir zwar nicht bekannt vor, aber du weißt, wie umfangreich unsere Akten sind. Außerdem kann ich einen Gefallen einfordern. Ich habe eine Freundin im Archiv, die es für sich behält.«

Ich höre sie an etwas nippen, dann schluckt sie eilig und sagt: »Das Erdgebundenen-Dreieck? An seinem Haus? Dann glaubst du also, er weiß, was er ist?«

Mir ist ganz schlecht, als ich höre, wie alle meine Geheimnisse über Reese' Lippen kommen.

»Nein, das finde ich auch, es muss sein. Ich schaue auch gern das an der Fifth Street nach. Konntest du auf dem Foto eine Hausnummer sehen? Vielleicht war derjenige, der dort gelebt hat, ein Curatoriate. Es könnte noch etwas da sein, was wir benutzen können. Aber schick mir auf jeden Fall die Skizze – das könnte der Durchbruch sein, den wir brauchen.«

Die Skizze … warum musste ich meine Zeichnung bei Elizabeth lassen?!

»Was meinst du, wie viel Zeit wir noch haben, bis wir den Sog durchführen müssen?« Eine lange Pause folgt, und ich kann hören, dass Reese wieder begonnen hat, auf und ab zu gehen. »Ja, ich mache mir immer noch Sorgen, dass es sie ausbrennt. Ich habe mir immer Sorgen gemacht. Wir wissen beide, dass sie uns nichts nützt, wenn ihr Gehirn zerstört wird. Aber wenn sie praktisch selbst einen langsamen Sog an sich vornimmt?«

Sie schweigt, hört lange zu, während Elizabeth spricht, wie ich annehme. Während die Sekunden vergehen, beginne ich zu schwitzen und überlege, was um alles in der Welt Elizabeth ihr jetzt erzählt. Schließlich macht Reese ein zustimmendes Geräusch, dann sagt sie: »Wenn er es wirklich ist, dann muss sie …« Die Schritte stoppen. »Liz, glaubst du, sie ist zu beschädigt, um wieder aufzuleben?«

Ich schlucke; es ist schrecklich für mich, das Wort *beschädigt* von Reese' Lippen zu hören, egal, wie oft ich es selbst für mich verwende.

Reese seufzt. »Ich wünschte, ich hätte deine Zuversicht. Aber du kommst ja viel näher an sie ran als ich. Den Göttern sei Dank, ohne dich wüssten wir überhaupt nichts. Das Dreieck ändert allerdings alles. Er weiß etwas. Wie groß sind die Chancen, dass er ein Reduciate ist? Ach, vergiss es; alles höher als Null bedeutet nichts Gutes. Nein, nein, ich glaube, es heute Nacht zu versuchen, wäre zu überstürzt. Vor allem, da wir so dicht dran sind. Da wir *möglicherweise* so dicht dran sind.«

Nicht heute Nacht. Was auch immer sie mit mir anstellen wollen – es wird nicht heute Nacht passieren. Ist Erleichterung das richtige Gefühl angesichts all dessen?

»Ich verschiebe meine Reise; ich glaube nicht, dass ich heute wegkann, ohne dass es die Höheren herausfinden, morgen kann ich mich freier bewegen, gesetzt den Fall, die Zeichnung passt zu unseren Beschreibungen.« Reese brummt ein paar Mal zustimmend, bevor sie zitternd Luft holt. »Wir müssen sie gut im Auge behalten. Wenn sie es selbst herausfindet, verlieren wir sie im besten Fall. Im schlimmsten Fall schädigt es sie so, dass sie uns nichts mehr nützt.«

Mich schädigen?

»Ich hoffe es«, sagt Reese nach einer weiteren langen Pause. In ihrer Stimme liegt eine Melancholie, die ich nicht mit dem Inhalt des Gesprächs in Einklang bringen kann. »Wir können sie nicht ewig verstecken. Ich mache mir jetzt schon Sorgen. Meine Quellen überbringen mir widersprüchliche Nachrichten. Das bedeutet normalerweise, dass sie etwas gefunden haben und versuchen, es zu verbergen. Wir alle wissen, was passiert, wenn sie zu kreisen anfangen«, fügt sie hinzu, und obwohl ich nicht weiß, warum, überläuft mich ein angstvoller Schauder. »Wir können sie wahrscheinlich zumindest noch eine Woche am Leben erhalten, aber danach … dann ist alles möglich.«

Mich am Leben erhalten? Ich kann nicht atmen. Es ist, als ob ich einen harten Schlag nach dem anderen einstecken muss. Die Dunkelheit scharrt an den Rändern meines Blickfeldes, und gleichzeitig habe ich das Gefühl, mich übergeben zu müssen und ohnmächtig zu werden.

Reese geht zurück in die Küche, während ich versuche, mich noch enger zusammenzurollen – und mich noch tiefer in die Schatten zu drücken.

»Bete einfach, dass an dieser Phoenix-Verbindung etwas dran ist. Wenn nicht, habe ich null Spuren, dann müssen wir allein weitermachen. Und das bedeutet vermutlich weglaufen.« Sie seufzt. »Ich hasse weglaufen. Ja, ich weiß; ein Schritt nach dem anderen. Ich bin bald da.«

Ich höre das Piepsen, als sie das Gespräch beendet, dann die vertrauten Geräusche von Reese, die sich einen Mantel überzieht, ihren klimpernden Schlüsselbund nimmt und dann das Brummen des Garagentors.

Ich löse mich von der Wand und kauere mich neben das Fenster, wo ich die Jalousien gerade so weit auseinanderdrücke, dass ich Reese' Auto die Straße entlanggleiten sehe.

Als sie außer Sicht ist, zähle ich langsam bis zehn, dann fliehe ich aus dem Haus, renne beinahe den Gehweg entlang, bis ich langsamer werden muss und mir die schmerzende Seite halte. Mein Atem geht keuchend und abgehackt und jeder Gedanke an Hunger ist aus meinem Kopf verschwunden.

Ich sehe mich um, weiß einen Augenblick lang nicht, wo ich bin. Mein Verstand versucht, das Gespräch zu ordnen, das ich gerade belauscht habe, aber nichts ergibt Sinn; alles ist falsch. So falsch. Ich weiß nicht, was ich glauben soll, und am liebsten würde ich mich auf den Boden sinken lassen und weinen.

Die Worte, die ich gehört habe, hallen unaufhörlich in meinem Kopf wider, aber je mehr ich darüber nachdenke, desto weniger Sinn ergeben sie. Warum sollte Quinn etwas mit meiner Vergangenheit zu tun haben? Ich würde mich erinnern, wenn ich ihn schon einmal getroffen hätte.

Das würde ich doch, oder?

Meine Erinnerungen waren direkt nach der Operation ziemlich lückenhaft, aber seit Monaten sind sie jetzt recht vollständig. *Ihn* würde ich doch sicher nicht vergessen. Nicht bei der Wirkung, die er auf mich hat.

Es sei denn, das wäre der Grund, *warum* er diese Wirkung auf mich hat.

Doch warum sollten die Dreiecke etwas ändern? Das sind nur komische, glühende Dinger. Ich würde am liebsten laut stöhnen. Warum musste ich Elizabeth von ihnen erzählen? Wie dämlich!

Ich gehe ohne Orientierungssinn und sehe kaum die anderen Leute auf dem Gehweg. Ich weiß nicht, was ich tun soll. Das Gefühl des Verrats bohrt sich wie ein eisiger Stachel in meine Brust; ich bin einsamer als je zuvor und habe keine Ahnung, wem ich vertrauen kann.

Bisher war es immer Elizabeth.

Jetzt ist niemand mehr da.

Nur ich selbst.

Und Benson.

Ich habe das Handy in der Hand, bevor ich es mir anders überlegen kann, ein eintöniges Klingeln trillert mir im Ohr. »Geh ran, bitte geh ran!«, flüstere ich, als es dreimal klingelt, dann viermal.

»Tave?«

»Benson.« Ich schaue mich in beide Richtungen um, bevor ich flüstere: »Kannst du mich abholen kommen? Ich bin in Schwierigkeiten.«

Kapitel 11

Benson parkt vor dem Haus außerhalb des Campus, in dem er wohnt, und bis er ums Auto herum zu meiner Tür gekommen ist, bin ich schon ausgestiegen und trete ungeduldig von einem Fuß auf den anderen. Ich will ins Haus. »Alles klar?«, fragt er mich, und seine Hände streichen sanft an meinen Armen auf und ab. Es ist das Erste, was er sagt, seit er mich abgeholt hat.

Es war ein bisschen peinlich – hätte ich ihn mit einem Kuss begrüßen sollen? Tun wir so, als wäre gestern Abend nie passiert? Ich habe keine Ahnung.

Also habe ich nichts gesagt.

Nichts getan.

»Ja. Nein«, murmle ich. *Wie war die Frage noch?* »Können wir hineingehen?«

Benson öffnet die Tür und bittet mich herein. Im großen Zimmer hängen ein halbes Dutzend Typen herum; drei spielen irgendein Videospiel vor einem gigantischen Fernseher und einer in einem Sessel in der Nähe des großen Fensters schaut mich mit einem anzüglichen Grinsen an.

»Neue Freundin?«, fragt er Benson, während sein Blick auf mein Gesicht gerichtet bleibt.

»Nicht meine Freundin«, antwortet Benson vage, ohne ihn anzusehen, die Hand an meiner Schulter, und schiebt mich auf die Treppe zu. Ich versteife mich und versuche, den schmerzlichen Stich zu ignorieren, der bei seinen Worten durch mein Herz geht.

»Gut für mich«, sagt der Typ, und sein Lächeln wird noch breiter.

»Minderjährig«, ruft Benson zurück.

»Bin ich nicht«, flüstere ich.

»Glaub mir, es ist besser, wenn Dustin glaubt, du wärst es«, flüstert Benson zurück. »Der einzige jungfräuliche selbst ernannte *Verführer* der Welt, und er versucht so verzweifelt, seine Jungfräulichkeit zu verlieren, dass er alles auch nur annähernd Weibliche angraben würde.«

Ich kichere.

»Lach nicht«, sagt Benson resigniert, als wir oben ankommen. »Er ist mein Zimmergenosse.« Er schiebt die Tür auf, und meine Augen werden groß, als ich zwei Wände so komplett mit barbusigen Frauen gepflastert sehe, dass es auch genauso gut die Tapete sein könnte.

»Hübsch«, sage ich trocken.

»Ich habe dich gewarnt.« Er schüttelt den Kopf, dann deutet er auf die andere Zimmerhälfte. »Das ist meine Seite.«

Bensons Zimmer ist genau, wie ich es mir vorgestellt habe. Karg, aber ordentlich, mit einer eklektischen Sammlung von Postern und Schnickschnack. Er nimmt ein Polohemd weg, das über einen Lehnsessel drapiert ist, und macht mir ein Zeichen, mich zu setzen.

»Und?«, fragt er, als er sich an den Fuß seines Bettes setzt und das Hemd auf sein Kissen wirft.

Schweigen breitet sich zwischen uns aus.

»Ich habe Quinn gestern gesehen«, platze ich heraus, weil

mir klar wird, dass ich mein Geständnis dort beginnen muss, bevor ich den Rest erklären kann.

Benson verzieht nur das Gesicht.

»Deshalb bin ich eigentlich in die Bibliothek gekommen.« Ich presse den Mund zusammen; das war auch nicht das Richtige. *Hey Typ, mit dem ich gestern Abend geknutscht habe, ich bin nur wegen eines anderen Typen bei dir vorbeigekommen. Und dann haben wir uns geküsst. Und dann habe ich magische Labellos aus meinen Taschen gezogen. Jetzt laufe ich vor Verschwörern davon, die mich vielleicht töten wollen.* Ich stöhne und verberge das Gesicht in den Händen. »Ich weiß, das ist so unglaublich peinlich, aber ich muss dir von ihm erzählen, sonst ergibt der ganze Rest keinen Sinn.«

»Ich höre«, sagt Benson, und auch wenn seine Stimme angespannt klingt – wütend klingt er nicht.

Zögernd sage ich: »Sein Name ist Quinn.«

»Das hast du schon erwähnt. Also … ihr habt euch unterhalten?«, fragt Benson, immer noch ohne mich anzusehen.

»Ich habe ihm gesagt, dass es inakzeptabel war, was er vor unserem Haus abgezogen hat.«

Ein winziger Anflug von einem Lächeln. »Und er sagte, er werde es nie wieder tun?«

Irgendwie ja. »Im Grunde schon.« Aber es schmeckt wie eine Lüge und ich möchte Benson nicht anlügen. »Er redet ein bisschen komisch.«

»Für mich hört es sich an, als wäre alles an diesem Kerl komisch.«

Dem kann ich nicht widersprechen. Stattdessen gebe ich das ganze Gespräch wieder.

»Er will dir *Dinge zeigen*? Was soll das heißen?«, fragt Benson.

»Ich weiß nicht, aber … hoffentlich finde ich das heraus, wenn ich ihn das nächste Mal sehe.«

»Das nächste Mal? Du planst es schon, oder? Obwohl er davon spricht, dass die Zeit knapp wird und von Leuten, die du fürchten solltest.«

Ich schaue ihn nur finster an.

Benson fingert am Reißverschluss seines Rucksacks herum, der neben seinem Bett steht. »Ich verstehe es nicht, Tave«, sagt er schließlich, ohne mir in die Augen zu schauen. »Du bist so logisch, so klug. Es ist, als wäre das alles verschwunden, als dieser Typ aufgetaucht ist.«

Mein erster Reflex ist, beleidigt zu sein, aber mein Gewissen lässt mich zugeben, dass er recht hat. Ich erkenne mich selbst, meine Entscheidungen kaum wieder, seit dieser Typ in mein Leben gekommen ist. »Es ist nicht so, dass ich mich unklug verhalten würde«, widerspreche ich automatisch. »Es ist etwas anderes, ich kann es nicht recht erklären. Ich *weiß*, er wird mir nichts tun. Das musst du mir einfach glauben.«

»Wie sieht er aus?«, fragt Benson nach einer Minute.

»Warum wollen alle wissen, wie er aussieht?«, frage ich und verdrehe die Augen.

»Wem hast du es noch erzählt?«

»Elizabeth hat es mir aus der Nase gezogen.«

»Du hast es deiner *Therapeutin* erzählt?«

»Es ist ihr Job«, murmle ich, obwohl ich es immer noch ziemlich bereue, es ihr erzählt zu haben.

»Und?«

»Was und?«

»Wie sieht er aus?«

Ich sehe ihn mit geneigtem Kopf an; ich frage mich immer noch, warum es ihn interessiert, aber ich rattere das Wesentliche herunter. »Keine Hörner, keine Reißzähne, keine Flügel«, ergänze ich, als ich fertig bin.

»Was hat Elizabeth über ihn gesagt?«

»Eigentlich hat sie mich sogar irgendwie ermutigt«, sage ich und fühle mich sofort schuldig.

Er zieht sarkastisch eine Augenbraue hoch. »Was um alles in der Welt soll man machen, wenn der eigene Seelenklempner verrückter ist als man selbst?«

»Man versucht wohl, sich nicht von ihm umbringen zu lassen«, sage ich hohl. Wir haben endlich den Grund erreicht, warum ich ihn angerufen habe.

Benson springt auf und starrt auf mich herab. »Was meinst du damit, Tave?«

»Nach meiner Sitzung mit Elizabeth bin ich nach Hause gegangen. Und ich denke, Reese hat mich nicht hereinkommen gehört, denn sie hat mit Elizabeth telefoniert – und sie hat sie Liz genannt, nicht Dr. Stanley –, dann haben sie über alle möglichen verrückten Sachen gesprochen.« Während ich das Gespräch wiedergebe, so gut ich mich erinnere, lässt sich Benson vor mir auf den Boden fallen und reibt meine eiskalten Hände warm. Ich schließe die Augen und konzentriere mich auf das Gefühl meiner Hände in seinen und versuche, mich an jede mysteriöse Aussage, jede Drohung zu erinnern, an die Tatsache, dass sie davon ausgehen, ich werde in einer Woche *tot* sein. Die Worte werden schwerwiegender, als würden sie durch das laute Aussprechen realer.

»Tave?«, fragt Benson, als ich fertig bin.

Er zögert, und ich finde es lustig, dass er sich Sorgen macht, er könne *irgendetwas* sagen, das mich ärgert. Ich habe das Gefühl, darüber bin ich meilenweit hinaus.

»Glaubst du, dieser Quinn ist derjenige, der dich sucht?«

Ich habe mich geirrt.

Meine Finger schließen sich wie Schraubstöcke um seine, und ich schlage so schnell die Zähne zusammen, dass ich mir aus Versehen auf die Wange beiße. Der Schmerz lässt mich zusammenzucken und ich berühre die stechende Stelle in meinem Mund mit der Zungenspitze. »Nein«, sage ich ohne weitere Erklärung.

»Tave, du musst es zumindest in Betracht ziehen.«

Mein Kopf bewegt sich schon von allein. »Nein. Er würde mir nie wehtun wollen.«

»Das *weißt* du nicht«, sagt Benson und beugt sich vor. »Alle möglichen Leute können dir wehtun wollen. Leute, von denen du nie – du *kannst* es nicht wissen.«

»Es könnte jeder andere sein, Benson. Wie diese Frau, als ich mir die Stirn angeschlagen habe, oder …« Meine Stimme wird höher, sobald ich daran denke. »Da ist dieser Mann mit der Sonnenbrille. Ich habe ihn schon zweimal gesehen und …«

»Und Quinn hast du schon *dreimal* gesehen. Zweimal *vor deinem Haus*«, unterbricht mich Benson.

»Er würde nicht …« Ich verstumme und lasse den Kopf in die Hände sinken. »Wie kann ich es dir erklären? Ich kann es nicht einmal mir selbst erklären.« Ich lasse mich gegen die Armlehne des Sessels sinken. »Ich bin einfach so müde.«

»Bleib hier«, sagt Benson. »Ich bin gleich wieder da.«

Was?

Ich lehne mich auf dem überraschend weichen Sessel zurück, als Benson zur Tür hinausschlüpft und sie ein paar Zentimeter offen stehen lässt. Langsam bekomme ich Kopfschmerzen, und mir fällt wieder ein, dass der wahre Grund, warum ich überhaupt nach Hause gegangen bin, war, dass ich das Mittagessen ausgelassen hatte ... und das Frühstück – ich muss wirklich besser auf mich achten. Frau kann nicht von Koffein allein leben.

In einem Augenblick der Klarheit überlege ich, wie schlimm es schon sein mag. Meine Seelenklempnerin erzählt also Dinge weiter, die ich ihr anvertraut habe ...

Meinem Vormund, die mich im Grunde ohne Vorwarnung aufgenommen hat und in den letzten acht Monaten in allem für mich gesorgt hat. Und die versucht, mich vor jemandem zu verstecken. Und die sich darauf vorbereitet davonzulaufen. Mit mir? Ohne mich? Nachdem sie mich losgeworden ist? Ich weiß es nicht.

Egal, wie ich es drehe und wende, es läuft alles immer wieder darauf hinaus.

Könnte Elizabeth versucht haben, mich vor Quinn zu verstecken? Das ergibt keinen Sinn – warum sollte sie mir sagen, es sei in Ordnung, ihn zu sehen, wenn sie weiß, dass er gefährlich ist? Und ich weigere mich, darüber nachzudenken, dass Benson recht haben könnte – dass Quinn die Gefahr ist. Es passt nicht zusammen.

Ich versuche, mich abzulenken, und schaue hinüber zu Bensons Schreibtisch. Darauf steht ein kleines gerahmtes Bild. Ich beuge mich vor, um es in die Hand zu nehmen und besser anschauen zu können. Benson vor wahrscheinlich zwei oder drei Jahren mit einem älteren Typen und einer Frau.

Seine Mutter und sein Bruder, nehme ich an. Er erwähnt sie ziemlich oft.

Ich studiere ihre Gesichter. Benson und sein Bruder sehen sich überhaupt nicht ähnlich, abgesehen von derselben braunen Haarfarbe, aber ich kann die Züge seiner Mutter in seinem Gesicht erkennen. Die eckige Kinnpartie, die hohen Wangenknochen und die großen Augen. Sie lächeln alle. Ein Teil von mir hat das Gefühl, als müsste ich eifersüchtig sein, es ihm sogar übelnehmen. Benson hat eine Familie – minus Vater, anscheinend, aber trotzdem – und meine ist tot.

Natürlich könnte ich Benson so etwas niemals wünschen. Ich freue mich total für ihn, merke ich, als ich das Foto zurückstelle. Ich bin froh, dass ich das kann. Elizabeth sagt, Empathie sei der wichtigste Teil des Menschseins.

Elizabeth.

Ich lehne den Kopf zurück und konzentriere mich stattdessen auf Benson mit seiner Familie. Ich wage es, mich selbst mit ihm in der Szene vorzustellen. Es fühlt sich im Moment wie die am weitesten hergeholte aller Fantasien an. Meine Augenlider werden schwer und ich lasse sie zufallen. Nur ein bisschen die Augen ausruhen.

Ich höre Bensons Schritte nicht, bis das leise Klicken der sich schließenden Tür mich die Augen aufreißen lässt. »Hier«, sagt Benson und reicht mir eine große Tupperschüssel. »Die habe ich noch von Halloween. Die Jungs hatten die blöde Idee, dass wir darauf vorbereitet sein sollten, Süßigkeiten zu verteilen, obwohl ich ihnen gesagt habe, dass in der Nähe keine Kinder wohnen. Aber sie haben trotzdem eine Tonne davon gekauft und es ist *immer* noch etwas übrig.«

Ich hebe den Deckel an und finde eine Mischung aus

Mini-Schokoriegeln, und sofort läuft mir das Wasser im Mund zusammen. Ich verschlinge ungefähr fünf von ihnen, bevor ich anfange, mich ein bisschen weniger gestresst zu fühlen. »Danke«, sage ich, während ich ein weiteres Mini-Snickers auspacke.

Benson beugt sich vor und legt die Hände seitlich an meine Knie. Seine Daumen beschreiben kleine Kreise auf meiner Jeans und nehmen einen Teil der Anspannung, während ich eine ziemlich peinliche Menge Schokolade esse und dabei weitererzähle.

»Was soll ich tun, Benson?«, frage ich am Ende. Meine Energie und Entschlossenheit scheinen mich zusammen mit der Anspannung verlassen zu haben und meine Knochen fühlen sich an wie Nudeln. In diesem Moment bin ich mir nicht ganz sicher, ob ich aufstehen könnte – selbst wenn mein Leben davon abhinge. »Sie gehen davon aus, dass ich in einer *Woche* tot bin!«

Er rutscht auf den Knien noch ein paar Zentimeter näher und seine Hände gleiten an meinen Schenkeln hinauf. Ich wehre mich nicht – es fühlt sich gut an. Die Wärme seiner Handflächen sickert durch meine Jeans und in meine Haut und lässt meine Finger kribbeln, was mich daran erinnert, dass ich nicht gefühllos bin. Nicht ganz.

Noch nicht.

»Ich werde dich nicht mit leeren Versprechungen abspeisen«, murmelt Benson. »Was auch immer passieren wird – ich werde dir helfen. Ich werde für dich da sein.« Er beugt sich vor, und ich höre meinen Herzschlag in den Ohren hämmern, als sein Gesicht näher kommt.

Noch näher.

»Es wird aber gefährlich werden!«, protestiere ich, die Worte sind kaum hörbar, als sie durch meine Zähne schlüpfen. Es ist meine letzte Gelegenheit, mich zurückzulehnen, mich zu entziehen. Aber ich will nicht. Alles, worauf ich mich konzentrieren kann, ist sein Gesicht, sein Mund. Meine Nerven knistern, und meine Zunge schießt heraus, um meine Unterlippe zu berühren.

»Das ist mir egal.«

Meine Augen gehen zu und …

»Ooooh yeeeeaaaah!«

Ich reiße den Kopf hoch, als die Stimme sich zwischen uns drängt, und wir blicken beide auf und sehen Dustins Gesicht im Türrahmen.

»Nicht deine Freundin, von wegen!«, sagt er mit einem zweideutigen Lachen, das mich zutiefst kränkt.

»Scheiße, verzieh dich bloß!«, blafft Benson.

»Häng nächstes Mal eine Socke an die Tür, Junge – du kennst die Regeln«, spottet Dustin, ohne Anstalten zu machen, aus dem Türrahmen zu verschwinden, während mein Gesicht tiefrot brennt.

Ich umklammere die Armlehnen des Sessels und meine Verlegenheit kocht über.

»Häng die Socke hin, wenn du – aaah!« Ein Wasserstrahl trifft Dustin im Gesicht, sodass er rückwärts taumelt. Sein gurgelnder Schrei erschreckt mich und das Wasser hört auf.

Ich umklammere meine Hände vor der Brust, während Benson die Tür mit einem Fußtritt schließt und sich aufrappelt, um abzuschließen.

»Du meine Güte, Ryder! Was war das denn?«, schreit Dustin durch die Tür. »Ich hab Nasenbluten; du hättest mich umbringen können!« Er schreit weiter, aber ich höre ihn nicht mehr als das Summen einer Fliege.

»Benson?«, sage ich ruhig.

»Es tut mir so leid«, sagt Benson. »Ich hätte abschließen sollen, als ich heraufkam, aber ich habe nur daran gedacht, dir etwas zu essen zu besorgen, und …«

»Benson?«, frage ich, jetzt mit etwas höherer Stimme.

»Ich habe einfach nicht nachgedacht. Ich meine, er kommt nie hier herauf, nur zum Schlafen und …«

»Benson, das war ich!«, kreische ich.

Endlich dreht er sich um und sieht mich mit Verwirrung im Blick an.

»Das Wasser«, sage ich und habe Mühe, meine Stimme ruhig zu halten. »Das war ich!«

»Das ist okay; er kommt schon drüber weg. Und um ehrlich zu sein, hat er es auch wirklich verdient. Er brauchte mal eine Abkühlung.«

»Nein, ich habe das Wasser *gemacht*!«

Das stoppt ihn. »Gemacht?«

»Wie die Labellos«, sage ich langsam. »Was dachtest du denn, wo es herkam?«

»Oh«, sagt er und fährt sich mit den Händen durch die Haare, bevor er die Arme vor der Brust verschränkt. »Ja. Darüber sollten wir uns wohl mal unterhalten.«

Kapitel 12

Aber statt zu reden, zieht er sein Handy heraus. »Hallo, Marie, hier ist Benson«, sagt er ein paar Sekunden später. »Ich weiß, ich habe gesagt, ich komme später, aber meine Erkältung ist schlimmer geworden, und ich glaube nicht, dass ich heute Nachmittag überhaupt kommen sollte. Ja, ich weiß, es tut mir leid. Ja, natürlich. Das werde ich.« Er drückt einen Knopf, um das Gespräch zu beenden, und starrt sein Handy lange an. Dann steckt er es zurück in die Hosentasche und schaut mich an.

Ich winde mich. Er ist groß genug, dass ich mich von hier unten aus sehr klein fühle.

Als habe er es gespürt, streckt er die Hand aus. »Komm her.«

Ich nehme seine Hand und er zieht mich auf die Füße und dreht mich herum. Bald streichen seine Hände sanft über meine Schultern und den Hals. Ich seufze und lasse den Kopf nach vorn hängen, als er mir einen Teil der Anspannung aus den Muskeln massiert, von denen ich nicht einmal gemerkt habe, dass sie schmerzten.

Dabei hätte ich es wohl annehmen können.

»Besser?«, flüstert er nach ein paar Minuten. Sein Gesicht ist genau über meiner rechten Schulter und dicht an meinem Ohr. Meine Knie fühlen sich zittrig an, als ich zu antworten versuche, und ich muss mich räuspern.

»Viel besser«, bringe ich schließlich heraus. Seine Hände ruhen immer noch an meinem Rücken, und seine Finger drücken einen winzigen Augenblick fester zu, bevor sie ihre Reise nach unten antreten, über meine Rippen gleiten und an der Taille anhalten.

Nach einer Pause sinken sie noch ein paar Zentimeter tiefer und bleiben auf meinen Hüften liegen.

Sein Atem wärmt mir den Nacken, als er die Lippen senkt, um mit ihnen über die Haut direkt über meinen Schlüsselbeinen zu streichen. Ein Schauder läuft mir über den Rücken.

Benson erstarrt.

»Gute Gänsehaut«, flüstere ich.

Seine Arme bewegen sich wieder, schlingen sich um mich – ein Arm um die Taille, der andere diagonal über meine Brust, seine Finger biegen sich um meine Schulter und ziehen mich eng an ihn.

Ich umklammere seine Arme wie Rettungsleinen.

Er küsst mich nicht noch einmal. Wir stehen einfach da und halten uns aneinander fest, als würde uns die ganze Welt auseinanderreißen, wenn wir es nicht täten.

Ich frage mich, wie wahr das sein könnte.

»Sag mir, was ich tun soll.« Bensons Stimme ist leise und heiser direkt an meinem Ohr, die Vibrationen an der Seite meines Gesichts schicken einen Pfeil Wärme bis ganz hinunter in meine Zehen.

Ich schließe die Augen und lehne die Stirn an seine Wange – nur ein kleines bisschen stopplig, wie ich es immer geahnt habe. Ich spüre, wie Tränen aufsteigen, und blinzle sie weg – nicht jetzt. »Ich wünschte, ich wüsste es. Ich habe Monate mit dem Versuch verbracht, mein Leben wieder zusammenzusetzen, aber ich weiß nicht einmal mehr, was das heißt! Ich bin so verwirrt, Benson. Ich weiß nicht, was ich glauben oder tun soll oder wem ich vertrauen kann. Ich kann nicht einmal mir *selbst* trauen. Ich weiß nicht, was ich bin!«

»Du bist schön«, murmelt Benson, dann beginnt er, unsere Arme voneinander zu lösen, und dreht mich zu sich um. »Und klug und mutig und stark.« Seine Hände rahmen mein Gesicht ein und wärmen meine Wangen. »Und total unwiderstehlich.« Er schweigt. »Der Rest sind nur Details.«

Ich lächle ein bisschen – mehr bringe ich nicht zustande –, und Benson beugt sich vor und küsst meine Stirn, beide Wangen. Seine Nase berührt meine, und ich kann kaum atmen, so sehr will ich ihn. Sein Gesicht ist so nahe, dass ich seinen Atem auf meinem Mund spüren kann, und der Moment, als seine Lippen meine berühren, ist großartig. Weich und warm. Seine Hände wandern zu meiner Taille, und er zieht mich an sich, während seine Lippen meine liebkosen. Ich dränge mich an ihn, ich will mehr. Will ihm näher sein. Ihn noch mehr spüren.

Dann ist sein Gesicht weg, aber seine Hände ziehen mich herab, auf seinen Schoß auf dem Sessel, auf dem ich noch vor ein paar Minuten gesessen habe. Zitternd strömt der Atem in meine Brust, als ich schlaff in seine Arme sinke, die Knie links und rechts von seinen Oberschenkeln, während er mich im Nacken fasst und an sich zieht. Ich kralle mich in sein Hemd, ich brauche etwas, woran ich mich festhalten kann, und ein Anflug von einem Knurren entschlüpft Benson, bevor sein Kuss intensiver wird und mir die Knie von seiner außerordentlichen Zärtlichkeit weich werden.

Alles, wonach ich mich seit unserer ersten Begegnung gesehnt habe, verpackt in einen Moment der Seligkeit.

Und ich will mehr.

Ich lege die gespreizten Finger an seine Brust, und einen Augenblick lang fällt mir Quinns Brust ein – das Aufblitzen von nackter Haut gestern Nacht, als er aufstand.

Aber ich schiebe ihn weg.

Dieser Moment gehört Benson.

Und mir.

Uns.

Ewigkeiten vergehen, bis ich behaglich an Bensons Brust zusammengerollt ruhe, den Kopf an seiner Schulter, während seine Finger faul an meiner Hüfte auf und ab streichen. Der Zucker hat schließlich gewirkt, und mein Körper scheint zu brummen wie ein gut geölter Motor, während ich Wärme aus Bensons Haut sauge.

»Warum können wir nicht einfach für immer hierbleiben und an nichts anderes mehr denken?«, frage ich beinahe schläfrig mit immer noch geschlossenen Augen.

»Ich wünschte, wir könnten.«

Ich neige den Kopf zurück und berühre seine Nase. »Mit dir fühle ich mich mutiger.«

Er grinst. »Gut.« Pause. »Oder?«

Ich lache und der Laut ist ungewohnt. Wann habe ich eigentlich zum letzten Mal gelacht? »Es *ist* gut.«

»Also, auch wenn ich dich den ganzen Tag lang küssen könnte«, sagt er und drückt mir einen raschen Kuss auf die Stirn. »Und die ganze Nacht.« Jetzt auf die Nase. »Und den ganzen nächsten Tag.« Jetzt aufs Kinn, aber ich bebe vor unterdrücktem Kichern. »Müssen wir trotzdem darüber reden.«

Ich rutsche bedauernd von Bensons Schoß und setze mich, wo er vorher saß: aufs Fußende seines Bettes. »Ich kann Dinge machen, Benson. Aus dem Nichts.« Ich bin mir nicht sicher, ob ich mich jetzt, wo ich es laut ausgesprochen habe, besser oder schlechter fühle. Es klingt dumm. Verrückt. Etwas, das man vielleicht sagen würde, wenn man ein Schädel-Hirn-Trauma erlitten hat, das zu paranoiden Wahnvorstellungen geführt hat. »Ich dachte, es wäre vielleicht etwas an meinen ... Taschen. Aber das Wasser ist nicht aus meinen Taschen gekommen.«

»Darf ich annehmen, dass das neu ist?«, fragt Benson.

»Falls mein Gedächtnis nicht ernsthaft hinüber ist, ja.«

Benson nickt. Ich bin dankbar, dass er nicht auf die sehr reale Möglichkeit hinweist, mein Gedächtnis könnte tatsächlich ernsthaft hinüber sein.

»Aber die Labellos waren doch wirklich weg, als wir ... als wir fertig waren«, sage ich und spüre, wie sich meine Wangen aufheizen. »Deshalb ... Ich nehme an, sie erscheinen und verschwinden dann wieder?«

»Der Boden ist trocken«, sagt Benson und nickt in Richtung Tür, wo ich seinen Mitbewohner durchnässt habe. »Ich glaube nicht, dass Teppichboden so schnell trocknet. Kannst du noch etwas anderes machen?«

»Was meinst du mit etwas anderes?«

»Etwas *anderes*«, wiederholt er. »Ich weiß nicht. Einen Stift. Einen Dollar. Hundert Dollar. Irgendwas.«

Zum Beispiel Wasser, das jemanden in einem Haus ertränken könnte? Das fühlt sich alles meinem Albtraum zu nahe an, und was auch immer ich tun kann – es gefällt mir nicht.

Aber ich kann es nicht ignorieren.

Ich hole tief Luft und dränge meine Furcht zurück. Ich muss es herausfinden.

Nur dass ich keine Ahnung habe, was ich *tun* soll.

Am Ende beschließe ich, dass es das Beste ist, wenn ich es mit einer Wiederholung von gestern Abend versuche. Ich senke die Hand, habe vor, in meiner Tasche nachzusehen, doch bevor ich dort ankomme, schließen sich meine Finger um etwas Schlankes, Rundes.

»Oh, Mist!«, rufe ich überrascht aus und lasse es fallen. Der Stift fällt zwischen unseren Füßen auf den Boden. Ich hatte nicht erwartet, dass es so einfach wäre. Irgendwie passt es mir gar nicht, dass es so einfach war.

»Ich habe ihn«, flüstert Benson und bückt sich rasch.

Er hält den Stift zwischen zwei Fingern und mustert ihn. Dann wirft er mir einen Blick zu, holt eine Karteikarte aus seinem Rucksack und schreibt seinen Namen darauf, bevor er den Stift wieder auf den Boden legt und die Karteikarte daneben.

Eine ganz neue Art von Spannung liegt in der Luft.

Eine Minute.

Zwei.

Drei.

Vier Minuten vergehen, und meine Fingerspritzen sind ganz weiß, so fest presse ich sie an meine Schenkel. Dann, ohne Vorwarnung, ist der Stift weg.

Und Bensons Name auf der Karteikarte ebenfalls.

»Also gut«, sagt Benson mit einer Stimme, die beiläufig klingen würde, wenn da nicht dieser leicht brüchige Unterton wäre, »jetzt wissen wir, warum dein Labello so schlecht wirkt.«

Hatte ich nicht eine Bemerkung gemacht, dass es mir vorkam, als müsse ich alle fünf Minuten neuen auftragen? Aber wie hätte ich auf die Idee kommen sollen, dass er *wirklich* verschwand?

»Tu's noch mal«, flüstert Benson, die Zähne so fest zusammengebissen, dass mir meine eigenen wehtun.

»Nein«, flüstere ich zurück. Ich kann nicht. Ich *kann* einfach nicht. Das Ganze macht mir Angst, und ich will, dass es aufhört.

Er sieht aus, als wolle er etwas sagen, dann dreht er sich abrupt um, schnappt sich die Süßigkeitendose, wickelt ein Milky Way aus, stopft es sich in den Mund und beginnt, das nächste auszupacken, bevor er überhaupt angefangen hat zu kauen. Manche Leute sind Frustesser; anscheinend ist Benson ein Denk-Esser.

Als fiele ihm plötzlich wieder ein, dass ich noch da bin, hält er mir die Dose hin, und ich nehme mir drei. Ein paar Minuten kauen wir beide schweigend, und ich habe den Verdacht, die Süßigkeiten helfen ihm mehr beim Konzentrieren als mir. Das Schweigen ist trügerisch kameradschaftlich, nur unterbrochen vom Knistern der Verpackungen.

Benson beugt sich auf den Ellbogen vor, die Finger verschränkt, und starrt mich mit festem Blick an, bis ich den Drang unterdrücken muss, mich unter seinem Blick zu winden. Ich wünschte, er würde meine Hände halten. Vielleicht wieder mit den Fingern an meinen Beinen hinaufstreichen. Irgendetwas, das mich daran erinnert, dass er da ist.

Aber er bleibt sitzen – schweigend und auf Distanz.

»Es passt sicher alles irgendwie zusammen«, sagt Benson nach einer Weile, und ich nicke. Aber es ist, als versuche man ein Puzzle nur mit der Hälfte der Teile zusammenzusetzen.

Und ohne das Bild auf der Schachtel.

Ganz zu schweigen von der Todesdrohung, die über einem hängt, wenn man es nicht schnell genug löst.

»Ich kann mir nur einfach nicht vorstellen, wie«, gebe ich zu.

»Na ja, du kannst Sachen machen. Wenn jemand das herausfindet, will er dich sicher benutzen, oder?« Er schluckt und schiebt dann einen halb aufgegessenen Schokoriegel von sich, als habe er den Appetit verloren.

Ich dagegen habe meinen wiedergefunden. Ich fange an, ein Kit Kat auszupacken.

»Vielleicht verstecken sie dich vor solchen Leuten.«

»Was, damit ich einen großen Haufen Diamanten machen kann, der in fünf Minuten wieder verschwindet?«, sage ich mit vollem Schokoladenmund.

Benson zuckt die Achseln. »Vielleicht würde es mit irgendeiner Art – ich weiß nicht, Training? – nicht verschwinden.«

»Das könnte sein«, sage ich, während ich in der Dose nach einem Snickers wühle. »Aber wenn das so wäre, warum sollten sie es mir nicht sagen?«

»Stress, Regeneration«, sagt Benson und breitet die langen Arme aus. »Es klingt zumindest, als *wollte* Reese es dir sagen.«

»Vielleicht.« Ich will nicht, dass er sie zu Guten macht. Wenn er das tut, auf wen soll ich dann sauer sein – auf wen soll ich meinen Frust projizieren?

»Was ist mit Quinn?«, fragt Benson leise, und die Verlegenheit ist wieder da.

»Was soll mit ihm sein?«, sage ich mit gespieltem Desinteresse, während ich mich zwinge, meinen Schokoriegel nicht zu zerquetschen. Es ist nicht fair; Benson verdient eine direkte Antwort. Aber wenn ich eine direkte Antwort hätte, würde ich sie mir selbst geben.

Benson zögert, dann hebt er den Blick zu meinen Augen. »Er muss etwas wissen. Reese sagte, das Dreieck ändere alles, und zum ersten Mal hast du es an Quinns Haus gesehen, oder?«

»Über der Tür, ja.«

»Und hat er dir nicht gesagt, er könne es nicht erklären, dass er aber etwas mitbringen werde, um es dir zu *zeigen*? Hat er das nicht gesagt?« Benson hält inne. »Vielleicht wird er dir zeigen, was du tun kannst.«

Ich ziehe meine Jackenärmel über die plötzlich eiskalten Hände, als mir ein Gedanke kommt: »Vielleicht kann er es auch.«

Benson nickt einmal ruckartig. »Vielleicht.«

Wer auch immer Quinn ist, er ist in das Ganze verwickelt. Benson hat recht – es kann nicht anders sein. Ich bin mir nicht sicher, ob ich mit Benson über Quinn reden will. Nicht, nachdem … aber was habe ich für eine Wahl? »Glaubst du, ich sollte ihm sagen, dass ich es schon weiß?«

»Ich schätze, du musst entscheiden, wie weit du ihm wirklich traust«, sagt Benson ruhig.

Ich würde ihm mein Leben anvertrauen.

Der Gedanke kommt ungebeten – es fühlt sich eher an, als flüstere mir ein unsichtbarer Jemand ins Ohr. Reflexhaft weiche ich aus, aber natürlich ist keiner da. Ich versuche, das gruslige Gefühl abzuschütteln, und reibe mir die Gänsehaut von den Armen.

»Tave.« Benson zögert, und ich weiß, was er fragen wird. »Was … was *bedeutet* er dir?«

Ich schlucke und blicke zu Benson auf – dem Menschen, der mich im Alleingang durch die letzten vier Monate gebracht hat, ganz zu schweigen von den vergangenen achtundvierzig Stunden. Ja, da waren auch Reese, Jay und Elizabeth – wenngleich ich mir jetzt nicht mehr sicher bin, dass sie mein Bestes im Sinn hatten –, aber in Wahrheit war der Mensch, der mir geholfen hat, Benson. Benson, den ich nun seit vierundzwanzig Stunden küsse.

Ich wünschte, ich könnte mit ihm über alles andere reden, nur nicht darüber.

»Ich weiß nicht«, flüstere ich schließlich und senke den Blick in meinen Schoß.

»Nicht einmal jetzt? Nach … nach allem. Du *weißt es nicht?*«

Ich hebe die Schultern zu einem Achselzucken. Es ist furchtbar, aber es ist die Wahrheit.

»Es ist nur so, dass …« Er unterbricht sich; die Finger hat er eng ineinander verschlungen. »Ich weiß nicht so recht, ob es für mich so weitergehen kann, wenn es nur … wenn es für dich nur Küssen ist. Wenn das alles wäre, was ich will, ehrlich, das wäre super. Es würde Spaß machen. Aber … aber es bedeutet mehr für mich«, endet er, blickt auf und schaut mir nur einen Moment in die Augen, bevor er den Blick abwendet. »*Du* bedeutest mir mehr.«

Du mir auch! Die Worte liegen mir auf der Zunge, aber ich kann sie nicht sagen; nicht, bis nur noch ein Kerl in der Arena ist. Bis dahin kann ich in nichts den nächsten Schritt machen. Es wäre Benson gegenüber nicht fair, aber mir gegenüber ist es auch nicht fair.

Die Sache ist, dass es einfach sein sollte. Ich habe keinen Grund, Quinn auch nur zu *mögen*, ganz zu schweigen von der Besessenheit ihm gegenüber. Ich weiß, was ich *will*; ich will Benson. Warum tut dann mein Herz bei dem Gedanken weh, Quinn nie wiederzusehen?

Unten knallt eine Tür und reißt mich weit genug aus meinem Nebel, dass ich einen Blick auf Bensons Wecker werfe. »Mist! Ich muss gehen. Reese und Jay fragen sich bestimmt schon langsam, wo ich bleibe, und das darf ich nicht zulassen«, plappere ich abwesend, als ich meinen Rucksack schnappe. »Würde es dir etwas ausmachen, mich nach Hause zu bringen? Du könntest mich vielleicht einen Block vom Haus entfernt absetzen, damit Reese keinen Verdacht schöpft.«

»Du gehst zurück? Tave, tu das nicht! Es ist gefährlich! Bleib hier bei mir!«, sagt Benson ein bisschen zu ernst, dann bricht er die Anspannung, indem er fortfährt: »Ich verspreche dir, ich lasse nicht zu, dass Dustin dich im Schlaf angrapscht, wenn das deine Sorge ist. Ich sage ihm, er soll auf der Couch schlafen. Er schläft sowieso ständig dort ein.«

»Ich kann nicht«, sage ich, und meine Stimme klingt sogar für mich selbst furchtbar niedergeschlagen. »Ich habe nichts dabei, und ich weiß noch nicht, womit ich es zu tun habe. Ich brauche ein bisschen Zeit.«

Benson greift nach meinen beiden Händen; die Geste spricht mehr von Verzweiflung als von Zuneigung. »Es klingt nicht, als hättest du viel Zeit, Tave.«

»Ein bisschen schon«, sage ich und drücke seine Hände. »Es ist nur eine Nacht.«

»Und morgen Nacht?«, fragt er.

»Ich glaube, das entscheide ich morgen.«

Kapitel 13

Trotz vehementer Proteste wegen des Regens – der natürlich ungefähr zwei Minuten, nachdem ich in Bensons Auto gestiegen bin, wieder angefangen hat, blödes Wetter – lasse ich mich von Benson eine Seitenstraße von unserem Haus entfernt absetzen. Ich will, dass alles normal erscheint.

Nachdem er mir gesagt hat, ich solle auf mich aufpassen, wollte ich mich vorbeugen und ihn küssen.

Aber ich hielt inne.

Ich kann das nicht – *wir* können das nicht –, bis ich das geklärt habe.

Ich trotte langsam nach Hause, der Regen tropft mir am Hals herunter. Seine Kälte weckt mich auf. Die kalten Tropfen fühlen sich an wie Nadelstiche, die mir die Haut von den Wangen kratzen, aber sie erden mich, erinnern mich daran, dass ich *hier* bin. Dass ich am Leben bin.

Dazu brauchte es früher einfache Dinge – das Gefühl von frischer Luft auf der Haut, den Geruch von frisch gebackenem Brot, den Klang von Kinderlachen.

Jetzt müssen meine Erinnerungen derb sein, und ich muss zugeben: Das macht mir Angst.

In meinem Kopf dreht sich alles. Von Reese und Elizabeth verraten zu werden, war schlimm genug. Der Rest ist hart, wenn ich nur daran denke.

Ich kann Dinge erschaffen.

Dinge, die nach ungefähr fünf Minuten wieder verschwinden.

Das ist doch gar nicht so schlecht, versuche ich mir einzureden, als ich auf die Haustür zugehe. *Ich atme. Ich bin gesund.* Und das scheint sich auch nicht zu ändern. Zumindest nicht in allernächster Zukunft.

Im Sinne von *heute Nacht*.

Aber der Anblick des Hauses – der Ort, den ich bis zu diesem Nachmittag als mein Zuhause angesehen habe – bringt alles zurück. Die Wahrheit ist: Ich sehe Dinge, die nicht da sind; Menschen jagen und verstecken mich, und, ach ja: Die Gesetze der Physik gelten nicht mehr. Haben die Gehirnchirurgen mir das angetan? Konnte ich es schon vorher? Sterbe ich infolgedessen, oder versucht jemand, mich umzubringen?

Ich weiß nicht einmal sicher, auf welcher Seite meine Tante und mein Onkel stehen.

Ich greife nach dem Türknauf, bringe es aber nicht über mich, ihn zu drehen. Stattdessen setze ich mich auf die oberste Stufe der Veranda, kaum geschützt vor dem Regen, schlinge die Arme um die Knie und ziehe sie eng an die Brust. Seit Stunden rasen meine Gedanken nun schon. Drehen sich immer wieder um dieselben Probleme, Sorgen und Verdächtigungen, bis mein Gehirn sich körperlich müde anfühlt.

Das Ganze mit Quinn und jetzt Benson gibt mir den Rest. Ich weiß nicht recht, ob ich damit umgehen kann, wenn sich die Sache mit Benson ändert – selbst eine gute Veränderung. Er ist mein Fels, das einzig Stabile im Wirbelsturm meines Lebens.

Aber das Gefühl seiner Lippen auf meinen …

Ich reiße die Hand weg, deren Finger vorsichtig meinen Mund berührt und diese Minuten noch einmal erlebt haben. Perfekte Minuten.

Nicht jetzt.

Erst muss ich die Sache mit Quinn klären.

Quinn, in den ich vielleicht verliebt bin.

Es klingt verrückt, aber ich habe noch nie in meinem Leben solche überwältigenden Gefühle empfunden. Es ist wie Treibsand, der droht, mich in die Tiefe zu ziehen, je mehr ich dagegen ankämpfe. Bei ihm fühle ich mich wie jemand, von dem ich weiß, dass ich es nicht bin – jemand, der Risiken eingeht, die Logik über Bord wirft, alles für den Kick auf eine Karte setzt.

Ich war schon vorher einmal eine Fremde in meinem eigenen Körper und die Ähnlichkeiten gefallen mir nicht.

Wenn es nur eine Frage des Herzens wäre. Aber Quinn hat Antworten; da bin ich mir sicher. Er *kennt* mich. So, wie er mich ansieht – als höre er meine innersten Gedanken, sei in meine dunkelsten Geheimnisse eingeweiht. Als wisse er mehr über mich als ich selbst.

Vor einer Woche war ich ganz normal in Benson verknallt. In den verlässlichen, bequemen Benson. Jetzt bin ich in eine intensive körperliche Beziehung mit *ihm* übergegangen, während ich von einem anderen Kerl besessen bin, den ich nicht finden, nicht kontaktieren kann – und dennoch fühle ich mich durch ihn lebendiger als je zuvor seit dem Tod meiner Eltern.

Es ist zu viel. Zu schnell. Mit beiden.

Und wo bleibe *ich* dabei?

Ich starre in den Sturm hinaus, der jetzt Büsche und Bäume peitscht; es ist ein passendes Spiegelbild meiner eigenen Gefühle.

Die Fliegengittertür hinter mir geht auf und meine Wirbelsäule streckt sich mit einem Ruck. »Tavia? Bist du das?« Reese erspäht mich auf der Treppe. »Geht es dir gut?« Ihre Stirn ist ganz leicht gerunzelt; genug, um besorgt auszusehen, aber nicht vorgetäuscht. Man könnte meinen, sie hätte nicht erst ein paar Stunden zuvor hinter meinem Rücken bei meiner Therapeutin herumspioniert.

Mein Mund ist trocken und klebrig und ich kann nichts sagen. Reese lässt sich auf die Stufe neben mich fallen. »Mir geht's gut.« Ich würge die Worte heraus, ein bisschen überrascht, als meine Ohren meine Stimme hören und sie okay klingt.

Aber Reese ist nicht ganz überzeugt; ich schätze, ich bin wohl nicht so eine gute Lügnerin wie sie.

»Harter Tag«, fahre ich fort und lächle schwach.

Reese atmet lange ein, wie durch einen Strohhalm, dann zögert sie. »Wo warst du?«, stößt sie hervor, als hätte sie sich überwinden müssen, die Frage zu stellen. »Du warst den ganzen Tag weg.«

Sie fragt selten. Elizabeth hat ihr gesagt, sie solle nicht fragen. Keine Fragen, wenn ich ausgehe, kein Nachbohren, wo ich war. Ich bin schließlich achtzehn. Früher dachte ich, Elizabeth wolle mich schützen, aber jetzt sehe ich es als das, was es ist – sie will mich im falschen Gefühl der Sicherheit wiegen, damit ich nicht auf der Hut bin. Keine Freiheit, lediglich die Illusion davon.

Jetzt bricht Reese die Regeln. Sie fragt.

Ich versuche zu entscheiden, was das bedeutet, doch es bereitet mir nur Kopfschmerzen. »Mit Benson unterwegs«, murmle ich, zu müde, um mir eine Lüge auszudenken.

»Hattet … hattet ihr Streit oder so? Du siehst ein bisschen schlecht aus. Blass«, korrigiert sie sich.

»Ich habe das Mittagessen ausgelassen.« Leider auch wahr. Vielleicht würde ich besser damit zurechtkommen, wenn mein Magen nicht wütend auf mich wäre. Aber er knurrt und rumort trotz des Haufens Mini-Schokoriegel, die ich mit Benson gegessen habe.

Oder vielleicht genau deswegen.

»Tave«, schilt mich Reese und steht auf. »Du kannst keine Mahlzeiten ausfallen lassen – dein Körper braucht die Nährstoffe. Du musst doch …« Sie unterbricht sich.

Aber ich höre die Worte praktisch, als hätte sie sie geschrien.

Gesund werden.

Mehr als alle anderen hat Reese es immer vermieden, über meine Verletzungen zu sprechen. Vor heute Abend fand ich das gut. Ich fühlte mich weniger gehemmt, als sähe sie *mich*, nicht eine wandelnde Ansammlung von Nähten und Narben.

Und jetzt? Jetzt weiß ich nicht mehr, was es bedeutet.

»Noch wachsen«, endet sie lahm.

Wachsen, klar. Ich habe schon vor drei Jahren aufgehört zu wachsen. Aber ich nehme den Wirbel, den sie veranstaltet, wie betäubt hin und stehe auf, um ihr in die Küche zu folgen. Sie plappert von der Arbeit, während sie mir eine Schale Gourmetsuppe aus Kürbis und frei laufendem Hühnchen aufwärmt. Ich nehme an, das ist ihre Version von Trostessen. Ich löffle die reichhaltige goldene Suppe in meinen Mund, aber sie schmeckt auf meiner Zunge wie Haferschleim. Ich bringe es nicht über mich, das gebutterte Sauerteigbrot auf einem kleinen Glasteller neben meiner Suppenschale anzurühren, obwohl es super aussieht. Mein Magen fühlt sich hohl an, und ich weiß nicht recht, wie ich es schaffe, gleichzeitig so einen Hunger und totale Appetitlosigkeit zu haben.

Ich blicke auf und Reese mustert mich eingehend. Ich höre irgendeine Sportübertragung auf dem Plasmafernseher im Nebenraum und wünsche mir, Jay würde hereinkommen. Diese eigenartige Schauspielvorstellung mit Reese unterbrechen. Wir tanzen beide unsere Choreografie der Täuschung, und keine von uns will, dass die andere es herausfindet. Also tanzen wir. Wir lachen. Wir lächeln.

Nicht dass das mit Jay echter gewesen wäre, fällt mir da wieder ein, und die Suppe, die ich gerade gegessen habe, wird in meinem Magen sauer.

Weiß er es?

Seine Worte von gestern hallen in meinem Kopf wider: *Ich erzähle Reese alles*. Aber revanchiert sich Reese?

Ich werde mich vor ihnen beiden verstecken müssen. Der Gedanke ist schrecklich.

»Tavia«, sagt Reese leise, »erinnerst du dich an die Geschäftsreise, von der ich dir erzählt habe?«

»Ja, klar«, sage ich und entwickle ein plötzliches Interesse an meiner Suppenschale.

»Ich wollte eigentlich morgen fahren«, sagt sie zögernd, und ich umklammere den Löffel so fest, dass meine Fingerspitzen weiß werden. »Aber wenn ich bleiben soll …«

»Nein«, platze ich zu laut heraus, als die Panik in mir hochschießt.

»Ich kann bleiben«, beeilt sie sich, mir zu versichern, aber ich höre eine Verzweiflung in ihrer Stimme und weiß, dass es das Letzte ist, was sie tun will.

»Nein«, antworte ich ruhiger. »Ich werde nicht vergessen zu essen, ich verspreche es. Ich habe nur … ich habe nur in der Bücherei gelesen und die Zeit vergessen, das ist alles.« Und es stimmt auch irgendwie; ich habe absolut kein Gefühl mehr für die Zeit.

Und den Raum.

Und den Verstand.

Sie will etwas sagen, wie um sich zu korrigieren und mir zu gestehen, was ihre wirkliche Sorge ist. Aber sie überlegt es sich anders und nickt nur. »Es ist eine wichtige Reise«, sagt sie. »Aber sie dauert höchstens ein paar Tage.«

»Wohin fährst du?«, frage ich, und meine Kehle gefriert, während ich auf die Antwort warte.

Sie zögert, dann sagt sie: »Phoenix. Ein Kunde dort braucht mich persönlich.«

Ich muss zugeben, dass ich beinahe schockiert bin, dass sie mir die Wahrheit sagt. Ungefähr jedenfalls.

Was ist wirklich in Phoenix? Etwas, das *mich* betrifft, sonst hätte sie es in dem Telefongespräch mit Elizabeth nicht erwähnt.

Ich kenne niemanden in Phoenix. Aber …

»Ich komme schon zurecht«, sage ich mit einem gezwungenen Lächeln. »Außerdem ist Jay ja da.«

Reese' Blick geht zu dem Halbkreis von einem Kopf, den sie und ich gerade noch über der Sofalehne sehen können, und wird weich. Ich weiß nicht genau, was für Rollen sie spielen, aber ich kann in ihren Augen lesen, dass sie Jay wirklich liebt. Irgendwie fühle ich mich dadurch besser. Zwei Leute, die einander lieben, können mir nichts antun wollen. Eigentlich nicht.

Ich rede mir ein, das sei ein gutes Argument, obwohl ich weiß, dass es vollkommen verrückt ist.

Nicht verrückt.

Nur irrational.

»Fahr bitte«, sage ich, und Reese zuckt zusammen und richtet ihre Aufmerksamkeit wieder auf mich. Sie sieht nicht ganz überzeugt aus und ich ziehe meinen letzten Trumpf aus dem Ärmel. »Ich will dir nicht zur Last fallen.« Ich senke die Augenlider, während ich spreche. Das war einmal die Wahrheit – und es war mir genauso unangenehm, wie ich es jetzt vortäusche. Ich habe mich immer als Last für sie gefühlt.

Das bin ich aber nicht. Ich bin eine Art Projekt, was noch schlimmer ist. Aber heute Abend spiele ich es zu meinem Vorteil aus.

Reese nickt, und ihre warmen Finger legen sich auf meine, wie sie es in den letzten acht Monaten oft getan haben.

All diese Male im Krankenhaus.

Mir wird übel.

»Okay, ich fahre.« Sie zögert, und ich weiß, da ist noch mehr.

Ich knülle meine Leinenserviette zusammen und werfe sie auf den Tisch neben mich. »Was?«

»Dr. Stanley will dich morgen sehen.«

Mein Mund wird trocken, und ich platze heraus: »Warum?«, bevor ich mich bremsen kann.

»Sie hat heute Nachmittag angerufen und mir gesagt, sie will weiter über das sprechen, was du ihr heute erzählt hast.«

Ich merke, dass Reese versucht, ihre Worte sorgfältig zu wählen. Damit ich nicht merke, dass sie *alles* weiß, worüber ich heute mit Elizabeth gesprochen habe.

Ich schaue in meine Suppenschale und versuche, meine Wut in den Griff zu bekommen. Ich kenne die Wahrheit; sie glauben nicht, dass ich mich benehme – oder sogar *überlebe* –, während Reese weg ist. Sie wollen mich babysitten.

Vielleicht brauche ich es.

»Wann du willst. Sie nimmt sich Zeit für dich.«

»Aber …«

»Es muss auch nicht lang sein – sie will nur, dass du dich meldest.«

Ich sage nichts.

Und nichts.

Bis Reese schließlich fragen muss: »Gehst du hin, Tave?«

Ich beruhige mich. Es liegt etwas in ihrer Frage. Ein Hauch Gefühl; ich kenne es. Es schreit mir zu, dass sie sich sorgt. *Ehrlich* sorgt.

Aber ich wage nicht, es zu glauben.

»Von mir aus«, murmle ich. »Ich habe nichts Besseres zu tun.« Wir können auch genauso gut beide lügen.

Ich täusche Kopfschmerzen vor und schlucke brav die zwei weißen Tabletten, die mir Reese in die Handfläche legt. Sie sagt, es sei Aspirin, und ich sehe die kleinen Worte in die Tabletten geprägt, aber ein Teil meines Verstandes fragt sich, was es sonst sein könnte.

Paranoia.

Ich kämpfe dagegen an. Damit fange ich gar nicht erst an.

Doch als ich mich nach oben in mein Zimmer schleppe, zittern mir die Knie, und ich kann den Drang zu laufen nur ein paar Schritte zurückhalten, bevor der Fluchtinstinkt einsetzt und ich mich auf mein Bett werfe und lautlos fluche, als das Bettgestell ohrenbetäubend protestierend knarzt.

Ich habe eine gute halbe Stunde in meinem dunklen Zimmer gesessen und an die Decke gestarrt, als ich höre, wie Reese Jay zuflüstert, leise zu sein, während sie auf Zehenspitzen an meinem Zimmer vorübergehen. Ich werde keine bessere Gelegenheit mehr bekommen. Ich spähe durch den Türspalt, und sobald sie außer Sicht sind, folge ich ihnen lautlos auf dem Teppichläufer.

Ihre Tür steht nur wenige Zentimeter auf, und laute Stimmen dringen heraus, während Kleiderbügel hörbar an der Kleiderstange im Schrank hin- und hergeschoben werden.

»Ich nehme ein Taxi – falls Daniel anruft… sag ihm, ich bin krank.«

»Wir sollten es erst Tave sagen«, sagt Jay und klingt seltsam ernst dabei.

»Ich kann nicht. Ich kann nicht…« Ihre Stimme bricht ab, und trotz allem, was in den letzten Tagen passiert ist, bin ich erschrocken, als mir klar wird, dass sie weint! Die starke, beinahe gefühllose Reese. »Du verstehst nicht, wie es beim letzten Mal war. Ich werde ihr und mir das nicht noch einmal antun. Ich muss sicher sein, bevor wir es tun. Ich muss *wissen*, dass er es ist.«

»Sammi…«

»Nein, *Jay*«, zischt sie.

»Samantha.« Das Wort ist ein Flüstern, aber Reese antwortet nicht. »Komm her.«

Als er weiterspricht, sind seine Worte gedämpft, und ich

sehe vor meinem inneren Auge, wie er sie im Arm hält, das Gesicht an ihrem Hals vergraben.

»Egal, was du brauchst«, sagt er. »Sag mir einfach, was ich tun soll.«

Meine Hände zittern, als ich zurückweiche und in mein Zimmer fliehe. *Sag mir, was ich tun soll.* Dieselben Worte hat Benson vor ein paar Stunden zu mir gesagt. Der Vergleich gefällt mir nicht.

Ich reibe mir mit den Handballen die Augen und versuche, nicht zu weinen. Ich habe es so satt, hilflos in meinem eigenen Leben zu sein. Niemand will mir etwas sagen; ich versuche, alles allein herauszufinden, und weiß nur die Hälfte dessen, was ich wissen müsste. Ich hasse das!

Ich blinzle in die Dunkelheit, als mir ein Gedanke kommt.

Scheiß drauf. Warum soll ich auf Quinn warten. Ich weiß, wo er wohnt – morgen gehe ich zu *ihm*.

Kapitel 14

Meine Lungen schmerzen – ich kann nicht atmen.

Wach auf!

Wach auf!

Endlich dringt das dämmerige Grau des Sonnenaufgangs durch meine Augenlider, und ich setze mich auf, schnappe nach Luft. Mein Kopf dreht sich, und der Schmerz bleibt in meiner Brust, als ich atme, so schnell ich kann.

Wieder der Traum, in dem ich ertrinke. Wieder habe ich verzweifelt um mich geschlagen und nach Dingen gegriffen.

Aber es ergibt jetzt mehr Sinn; ich greife nach Dingen, die ich *gemacht* habe. Genau wie den Labello, den Stift und das Wasser. Ich versuche, mich zu retten – zu überleben. Mein Gehirn wusste es vor mir.

Ich blinzle die düstere Schwärze des Wassers weg, und mein Zimmer schwimmt in mein Blickfeld, beleuchtet von der eben aufgehenden Sonne. Mein Nachthemd ist klamm vor Schweiß, aber mir ist so kalt, dass ich meine Finger und Zehen nicht spüre. Ich taumle ins Bad und halte meine zitternden Gliedmaßen mehrere Minuten unter kochend heißes Wasser, bis ich alle Finger und Zehen wieder spüren kann.

Dann fällt es mir ein. Reese verreist heute.

Samantha. Ich hebe das Gesicht in den dampfenden Strahl der Dusche und versuche, Jays Stimme wegzuwaschen.

Unten trinken Reese und Jay Kaffee: Reese macht sich fertig, um mit dem Taxi zum Flughafen zu fahren; Jay hat einen normalen Arbeitstag vor sich.

Trotz des Sturms letzte Nacht ist der Tag hell und klar, die Sonne scheint. Perfekt – ich mache heute einen *langen* Spaziergang.

Ich verstecke mich oben und warte, bis beide weg sind. Es ist feige, ich weiß, aber ich werde meinen ganzen Mut brauchen, um mit allem anderen in meinem Leben zurechtzukommen. Endlich höre ich das Klacken der Eingangstür und das unverkennbare dumpfe Geräusch des Schlosses.

Sie sind weg.

Ich schleiche auf Zehenspitzen zum Ende des Flurs und ziehe mit einem zögerlichen Finger den Saum des Vorhangs zur Seite, beobachte sie, wie sie sich einen Abschiedskuss geben – das löst schon wieder ein Gefühl des Hin- und Hergerissenseins in mir aus –, bevor Jay zu Fuß die Straße entlanggeht und das Taxi in die andere Richtung rollt.

Der Druck auf meiner Brust lässt nach, und ich atme leicht – zum ersten Mal seit … ich weiß es nicht einmal.

Als ich fertig angezogen bin, gehe ich nach unten und sehe eine Kanne, in der noch zwei oder drei Tassen Kaffee warm gestellt sind. Ich knirsche mit den Zähnen beim Gedanken, dass das eine aufmerksame Geste von ihnen war. Ich schalte die Warmhalteplatte aus und wünsche mir, mein Hirn auszuschalten – oder besser noch meine Probleme –, wäre so einfach.

Aber ein Haftzettel am Kühlschrank äschert diesen Wunsch ein.

Dr. Stanley, 10.00 Uhr. Nicht vergessen!

Wie könnte ich das.

Als ich nach meinem Hausschlüssel greife, hält meine Hand beim Anblick von Reese' Schlüsselkette inne, die unschuldig daneben hängt.

Ich strecke einen Finger aus und berühre den riesigen Schlüsselbund – Reese hat mehr Schlüssel als mein alter Schul-Hausmeister, ich schwöre es –, und meine Finger beginnen zu zittern, als mir allerlei Möglichkeiten durch den Kopf schießen.

Furcht einflößende Möglichkeiten.

Ich nehme die Schlüssel nicht.

Noch nicht.

Als ich auf der Veranda stehe, pfeift ein kalter Wind durch meinen Kapuzenpulli, und ich bin nahe dran, die Tür noch einmal aufzuschließen, um meine Windjacke zu holen. Trotz des klaren, sonnigen Himmels ist der Wind ungewöhnlich kühl. Aber es ist nicht so weit, und als ich den Bürgersteig entlanggehe, merke ich, wie der raue Wind den Nebel vertreibt, der sich den ganzen Morgen um meine Gedanken gelegt hatte.

Besser als Kaffee.

Ich bleibe fast abrupt stehen, als ich den Kerl mit der Sonnenbrille wieder sehe. Einmal ist keinmal, zweimal könnte ein Zufall sein. Aber dreimal? Das glaube ich nicht. Und ich bin nicht einmal in der *Nähe* der Park Street oder von Elizabeth' Büro. Er steht einfach so zwei Häuser weiter an das Schild einer selten benutzten Bushaltestelle gelehnt, aber ich lasse mich nicht täuschen. Er beobachtet mich.

Ich gebe vor, ihn nicht gesehen zu haben, obwohl mein Herz rast, dass ich den Puls im Kopf pochen spüre und sogar der Wind davon übertönt wird. Aber ich bringe es nicht über mich, tatsächlich auf Armeslänge entfernt an ihm vorbeizugehen, also überquere ich nach einem raschen Umblicken die Straße und beobachte ihn aus dem Augenwinkel. Wir tun beide so, als würden wir den anderen nicht sehen.

Als ich um die Ecke biege, schließt jemand zu mir auf, aber ich bin so von der Frage abgelenkt, wie lange es wohl dauern wird, bis mir der Sonnenbrillentyp wieder auf den Fersen ist, dass ich eine gute halbe Minute brauche, bevor ich merke, dass es Quinn ist – ziemlich schneidig ganz in Dunkelgrau und Schwarz.

»Quinn!«, keuche ich und bleibe stehen, während ich meinen Puls bis in die Fingerspitzen spüre. »Ich wollte dich gerade suchen gehen!«

»Geh mit mir weiter«, sagt Quinn aus dem Mundwinkel, als solle niemand bemerken, dass er mit mir spricht.

In mir wallt Ärger auf – ich bin doch nicht seine peinliche Freundin oder so etwas –, aber ich schiebe den Zorn beiseite und beeile mich, zu ihm aufzuschließen. »Quinn, ich muss mit dir über …«

»'s ist ein Problem«, unterbricht er mich.

»Wie bitte?«, frage ich. *'s ist? Was soll das denn?*

»Sie haben uns entdeckt.« Er schweigt und sieht mich zum ersten Mal an. »Du weißt es.«

Ich schlucke trocken und nicke, seine Worte bestätigen meinen Verdacht. Ich weiß genau genommen nicht, wer *sie* sind – Reese und Jay? Die Leute, vor denen sie mich verstecken? Der Sonnenbrillentyp? Aber *jemand* hat mich eindeutig gefunden.

»Wir müssen nach Camden gehen. Wir haben keine Veranlassung, noch länger zu warten.«

Ich beiße die Zähne zusammen; ich will nicht sauer auf ihn sein, aber ich hasse es, wie er mich an der Nase herumführt. Durch meine Gefühle. Aber ich bin dem hilflos ausgeliefert. Und ich hasse das.

Nicht dass ich aufgeben würde. »Du sagtest, du würdest etwas mitbringen. Etwas, das mir hilft zu verstehen.« Ich würde am liebsten stehen bleiben, die Fäuste auf die Hüften stemmen und mich weigern, auch nur einen Schritt weiter mit ihm zu gehen, bevor er mir Antworten liefert, aber ein rascher Blick über meine Schulter zeigt mir einen schwarzen Fleck in der Ferne, von dem ich mir ziemlich sicher bin, dass es der Sonnenbrillentyp ist, und ich will nicht das Risiko eingehen, dass er uns einholt.

Ich beschleunige meine Schritte.

»Camden. Alles wartet in Camden.«

»Was ist in Camden? Wo *ist* Camden überhaupt?«, blaffe ich, denn die Anspannung durch Quinns mysteriöses Verhalten und die Tatsache, dass ich *verfolgt werde,* ergibt keine besonders glücklich machende Mischung.

»Wir treffen uns dort«, sagt er, als hätte ich überhaupt nichts gesagt.

»Warum kannst du nicht einfach mit mir *sprechen*?«, frage ich entnervt.

Er sagt nichts, sondern verlängert nur seine Schritte. »Sag es niemandem«, zischt er.

»Quinn!« Ich greife nach seinem Arm, als er von der ruhigen Wohngegend auf die belebte Promenade einer Touristengegend einbiegt, aber er entkommt mir in letzter Sekunde. Ich versuche, ihm zu folgen, doch jetzt sind mir Leute im Weg, während er ihnen gewandt ausweicht. Mein schlimmes Bein sticht, als wolle es mich warnen. Ich weiß nicht, ob ich ihn selbst mit zwei gesunden Beinen erwischt hätte.

Ich fluche lautlos vor mich hin. Verfluche mich selbst, Quinn, mein Herz und sein wildes Schlagen. Warum kann er nicht einfach an Ort und Stelle bleiben? Oder mir wenigstens eine direkte Antwort geben? In *normalem* Englisch. Er hat mich zwar an einem besseren Ort stehen lassen als in der leeren Straße, in der wir vorher waren, denn es ist schwer, in einer nicht existenten Menge einen Verfolger abzuschütteln, aber so wollte ich das nicht! Er weiß etwas, und ich muss herausfinden, was. Ich habe den – verhältnismäßig *rationalen* – Verdacht, dass meine Sicherheit auf dem Spiel steht, und er läuft davon. Idiot.

Dennoch bin ich mir aufgrund der Richtung, in der er verschwunden ist, ziemlich sicher, dass er an denselben Ort geht, zu dem ich wollte, bevor ich ihn getroffen habe. Und diesmal werde ich ihn nicht so einfach davonkommen lassen. Heute wird mir *irgendjemand irgendetwas* sagen.

Ich mache Umwege, und nach ungefähr sechsmal Abbiegen bin ich mir ziemlich sicher, dass ich den Sonnenbrillentypen abgehängt habe. Daher gehe ich ein paar Blocks zurück, sehe mich jedoch ungefähr alle dreißig Meter um, aber kein Verfolger ist in Sicht. Ich atme ein klein wenig leichter und nehme meinen ursprünglichen Weg wieder auf. Ich brauche noch einmal zehn Minuten, um mein Ziel zu erreichen, aber schließlich sehe ich das Feinkostgeschäft, das das ganze Fiasko ausgelöst hat, aus dem mein Leben jetzt besteht.

Doch Quinns Haus ist nicht da.

Die weiße Veranda, die rote Tür, das Dreieck, sogar die fröhlichen weinroten und gelben Tulpen – alles weg. Das ganze Grundstück ist mit Gras und ein paar Bäumen bewachsen, und ich glaube, es gehört eigentlich zum Garten des rechten Nebenhauses ... und das schon sehr lange.

Die Minuten verfliegen, während ich mitten auf dem Parkplatz stehe und an die ganzen Seltsamkeiten denke, die ich diese Woche gesehen habe: das Haus, Quinn, die Dreiecke, die Gasse, die verschwunden ist, die flackernde Frau, die verschwindenden Labellos und Stifte.

Benson hat sie auch gesehen, ermahne ich mich. *Ein paar davon.* Mein Kinn zittert, während ich gegen Tränen der Verzweiflung kämpfe. Ich balle die Fäuste und plötzlich ist da ein eisiges, kaltes Gewicht in einer von ihnen. Ich öffne die Hand und lasse den Inhalt auf den Boden fallen, als könne er mich verbrennen.

Es ist das Medaillon, das meine Mutter immer getragen hat – und das sie von ihrer Mutter bekommen hat. Sie trug es in dem Flugzeug. Ich habe es nie wiedergesehen. Habe es nicht über mich gebracht, danach zu fragen.

Jetzt ist es da. Auf dem Boden. Ich habe es *gemacht*. Ohne auch nur nachzudenken.

Wie das Wasser. Das Wasser, das Bensons Mitbewohner hätte töten können.

Entsetzen schüttelt meinen ganzen Körper. Wie läuft man vor sich *selbst* davon?

»Ich bin nicht verrückt«, flüstere ich in den Wind, dann stehe ich da und starre auf das verschnörkelte Silberstück auf dem Boden, bis es verschwindet.

Kapitel 15

Ich bin jetzt schon erschöpft. Nicht nur von meinem langen Spaziergang, um meinen Verfolger abzuschütteln, sondern wegen allem, was geschehen ist. Das passiert ständig. Mein Schritt ist langsam und schleppend, aber irgendwann führt er mich zu Elizabeth' Büro, wo sie mich hereinbittet, als wäre es ein Tag wie jeder andere.

Ist es aber nicht.

Sie erwähnt nicht einmal, dass *sie* um die Sitzung gebeten hat, nicht ich.

Oder dass Reese weg ist.

Der einzige Grund, weshalb ich hier bin, ist, den Anschein aufrechtzuerhalten, dass alles normal ist – dass ich immer noch das unwissende Kind bin, für das sie mich halten. Meine Gefühle sind komplett durcheinander; ich bin wütend, frustriert und verwirrt, und die Verzweiflung frisst mich langsam von innen auf. Ich weiß, ich muss etwas tun; ich weiß nur nicht, was.

Das Erste, das ich durchstehen muss, ist aber zunächst einmal noch mindestens eine Viertelstunde Scharade mit Elizabeth. Dann kann ich entkommen. Bis dahin sitze ich hier mit meiner verlogenen Seelenklempnerin fest und versuche, sie davon zu überzeugen, dass ich in Ordnung bin.

Ich bin nicht gut im Lügen. Aber ich bin ziemlich gut

darin, gar nichts zu sagen. Jetzt stecken wir also in einer totalen Sackgasse, und ich sitze schweigend auf ihrer Couch und versuche, sie nicht finster anzuschauen.

Oder vielleicht nur innerlich finster dreinzublicken.

Ein Teil von mir wünscht, ich könnte einfach über alles reden, aber nach gestern weiß ich, dass das nicht möglich ist. Innerlich lache ich höhnisch darüber, wie kurz ich davor war, ihr zu erzählen, dass ich Dinge aus dem Nichts erschaffen kann.

Was hätte sie Reese dann erzählt? Ich erinnere mich noch lebhaft an Reese' allzu ernste Frage: *Ist sie zu beschädigt?* Hätte ich alles gestanden, hätte Elizabeth dann Ja gesagt?

»Warum willst du nicht reden, Tavia?«, fragt Elizabeth, nachdem ich zu viel Zeit in Schweigen vergehen lassen habe. Sie ist ruhig und entspannt, aber ich schwöre, ich kann die Frustration wie einen Lavafluss unter der Oberfläche blubbern hören.

Oder vielleicht bilde ich mir das auch nur ein.

Wenn ja, woran soll ich den Unterschied erkennen?

»Ich habe nichts zu bereden«, platze ich heraus; der Gedanke an Quinns Weigerung, mir etwas zu erzählen, zerstört meine Geduld. »Ich weiß nicht einmal, warum ich überhaupt hier bin; mir geht es *gut*!«

Ich reibe mir den Nacken; er schmerzt von der Last meiner Lügen, und die strenge Kontrolle, die ich einst über meine Launen hatte, ist fort.

Jetzt seufzt Elizabeth, und es klingt echt, aber ich weiß es besser. »Tavia, ich habe keine Ahnung, was sich geändert hat, doch ich habe dein Vertrauen verloren.«

Lügnerin.

Sie richtet sich auf, dann beugt sie sich vor, die Ellbogen auf den Knien. »Ich weiß nicht, wie ich dich überzeugen kann, dass ich nur dein Bestes will. Das hast du einmal geglaubt.«

Ich habe es wirklich einmal geglaubt. Ich wünschte, es wäre immer noch so. Sie hat keine Ahnung, wie sehr ich mir das wünsche.

»Du hast keine neue Zeichnung mitgebracht.« Ihre Stimme ist ruhig, beiläufig. Ihre Seelenklempner-Stimme.

Das liegt daran, weil du sie nur Reese und Jay zeigen würdest. »Ich hatte Hausaufgaben«, murmle ich und starre auf meine Finger hinab, die sich ineinander verschlingen, bis es wehtut. *Hausaufgaben, Dinge aus dem Nichts erschaffen, das Quinn-Benson-Problem, die beide je eine Hälfte meines Herzens beanspruchen, oder wie auch immer du es sonst nennen willst.*

»Hast du Quinn wiedergesehen?«, fährt Elizabeth fort, ohne innezuhalten, um mir eine Gelegenheit zu geben, es abzustreiten. »Es wäre nur natürlich, wenn du eine neue Romanze wie diese geheim halten wolltest – etwas Besonderes, denke ich. Aber du kannst mir alles erzählen.«

Na klar.

Ich gehe die letzten paar Tage durch und überlege, ob es etwas gibt, das ich ihr erzählen kann – etwas Wahres, damit sie weiterhin meine Lügen schluckt.

Aber ich zögere zu lange. Ihre Seelenklempner-Instinkte springen an und sie geht zum Angriff über wie eine Katze.

»Komm schon, Tavia. Sprich mit mir!«, bittet sie. »Ich weiß, dass dir merkwürdige Dinge passieren. Dafür bin ich da. Um dir zu helfen, sie zu verstehen.« Sie legt die Hand fest um mein Handgelenk, bevor ich die Hand zurückziehen kann. »Ich will, dass du verstehst, Tave. Alles. Aber du musst mir etwas geben, womit ich arbeiten kann.«

»D-da ist nichts«, beharre ich und entreiße ihr meine Hand. Aber selbst wenn das Stottern mich nicht verraten hätte, sind meine Worte offensichtlich eine Lüge. »Ich habe ihn nicht gesehen.«

Elizabeth mustert mich lange, bis ich mich winde. Ich mag ihr nicht in die Augen schauen.

Nicht, weil sie gefährlich, sondern weil sie *gefahrlos* aussehen.

Sie ist eine genauso gute Schauspielerin wie Reese – vielleicht sogar eine bessere. Ich schaue ihr in die Augen und sehe nichts weiter als ehrliche Zuneigung, echte Sorge und den Wunsch zu helfen.

Vielleicht wünsche ich es mir so sehr, dass ich mich selbst dazu bringe, es zu sehen.

Oder vielleicht bin ich schlicht zu einfach hinters Licht zu führen. Die letzten acht Monate stützen diese Theorie eindeutig.

Aber diese Augen …

»Sind wir fertig?«, flüstere ich beinahe, aber die Ablenkung genügt, dass ich meinen Blick von ihrem losreißen kann – den hypnotischen Einfluss brechen, den sie auf mich zu haben scheint. Unsere Sitzung ist noch nicht einmal halb vorbei, aber wir hatten immer die Regel, dass ich gehen kann, wenn ich das Bedürfnis danach habe.

Und ich habe das Bedürfnis.

»Sind wir?«, fragt sie.

Ich schaue sie nicht an, ich kann nicht. Ich nicke nur, hebe meinen Rucksack vom Boden neben der Couch auf und stapfe zur Tür.

»Ich … ich habe neulich mit deiner Tante gesprochen«, hält Elizabeth mich zurück.

Ich schaffe es, nicht höhnisch zu schnauben.

Aber nur knapp.

»Und ich weiß, sie ist für ein paar Tage auf eine wichtige Geschäftsreise gegangen.« Elizabeth zögert und meine Nerven flattern plötzlich. Ich drehe mich zu ihr um, meine Fingerspitzen ruhen noch auf dem Türknauf – es juckt mich, von hier zu fliehen.

Etwas knistert in der Luft – eine Veränderung – und das macht mir Angst.

»Wenn sie wiederkommt, versuchen wir eine andere Methode der … der Therapie. Ich denke, es wird dir gefallen«, fügt sie hinzu.

Ich nicke, und meine Finger ziehen am Knauf, der meine Flucht ermöglicht. Ich schlüpfe durch die Tür, ohne sie ganz zu öffnen, und hoffe, sie sieht nicht das Zittern meiner jetzt weichen Knie.

Sie werden es wirklich versuchen, den *Sog* oder wie das heißt – das Ding, von dem sie fürchtet, dass es mir das Hirn verbrutzeln wird.

Gedanken an Elektrizität und heiße Säure gehen mir durch den Kopf, und ich versuche, nicht weiter darüber nachzudenken – das würde sie doch sicher nicht tun.

Doch andererseits: Was weiß ich schon darüber, was Elizabeth tun würde und was nicht?

Ich bekämpfe den Drang, aus dem Büro zu rennen, während ihre Worte in meinem Kopf widerhallen. *Ich weiß nicht, wie ich dich überzeugen kann, dass ich nur dein Bestes will. Das hast du einmal geglaubt.*

Bin ich so naiv, dass ich *alles* glaube, was ich höre?

Vielleicht.

Als ich unter dem Vordach des Bürogebäudes hervortrete – regnet es natürlich schon wieder. Um mich vor dem Wind und Nieselregen zu schützen, ziehe ich meine Kapuze hoch, die mir seitlich die Sicht versperrt. Beinahe hätte ich den Kerl nicht gesehen, der an der Nordecke des Parkplatzes steht.

Ich hätte ihn nicht gesehen, wenn ich ihn nicht – sogar in meiner panischen Vernebelung – erkannt hätte.

Seine Sonnenbrille erkannt hätte.

Kapitel 16

Die Angst packt mich, und ich vermeide es, ihn anzuschauen, als ich in Richtung Bibliothek losgehe.

Als ich ihn das nächste Mal sehe, schlendert er lässig einen guten Block hinter mir, aber es ist das zweite Mal, dass er mir folgt. Sein schwarzer Pullover – fast identisch mit meinem eigenen – fügt sich in den spärlichen Fußgängerverkehr ein, aber es ist nicht schwer, ihn auszumachen.

Trotzdem. Ich will nicht paranoid sein. Es besteht die winzige Möglichkeit, dass wir nur zufällig zum selben Ort gehen.

Zweimal.

Am selben Morgen.

Ich zögere, dann biege ich links ab statt rechts – das verlängert meinen Weg nur um ein paar Blocks, aber ich will ihn nicht direkt zur Bibliothek führen.

Meine Schritte werden langsamer, als ich mich der ersten Ecke meiner neuen Route nähere, und ich schaue mich verstohlen um. Noch sehe ich ihn nicht.

Langsamer.

Langsamer.

Als ich nach rechts abbiege, werfe ich unter gesenkten Wimpern einen Blick den Gehweg entlang. Kurz bevor ich außer Sicht verschwinde, kommt er um die Ecke, sein Blick irrt suchend umher. Abrupt wende ich das Gesicht ab und gehe wieder schneller.

Das Entsetzen beschleunigt meinen Schritt, kribbelt in meinen Zehen, und ich überlege kurz, ob es eine richtig schlechte Idee war, so langsam zu gehen, dass ich ihn ertappe, wenn ich eigentlich meinem Gefühl hätte folgen und fliehen sollen, solange ich die Möglichkeit hatte.

Das Problem ist: Ich traue meinem Gefühl nicht mehr. Es hat sich auch bei Reese und Elizabeth geirrt.

Und selbst wenn ich mich, was Benson angeht, nicht direkt geirrt habe, so habe ich ihn doch anscheinend falsch interpretiert.

Welcher Art meine Gefühle für Quinn sind, *weiß* ich nicht einmal.

Aber jetzt, wo ich mir sicher bin, dass dieser Typ mir folgt, will ich mich nur noch verstecken. Fliehen. Oder vielleicht … etwas *tun*. Es ist ein Instinkt, den ich nicht als meinen eigenen erkenne – oder vielleicht habe ich ihn nach Monaten der Hilflosigkeit in einem Krankenhausbett und weiteren Monaten mühevoller, schrittweiser Genesung auch nur vergessen. Trotzdem ist es jetzt unüberhörbar: *Tu etwas*.

Aber was?

Mach etwas, wird mir schließlich klar, als ich den unbekannten Drang genauer bestimmen kann. Aber ich weise die Möglichkeit von mir. Nein. Keine Chance.

Ich ducke mich in den Eingang eines bunten Süßigkeitengeschäfts und hoffe, den Sonnenbrillentypen so vielleicht loszuwerden. Nach ungefähr einer Minute kommt ein sehr großer Mann aus der Richtung, in die ich gegangen bin, an der Tür vorbei, und ich beschließe, direkt hinter ihm zu gehen und ihn als menschlichen Schild zu benutzen. Ich werde ihm bis zum Ende des Blocks folgen und dann durch eine andere Straße zurückgehen.

Ich schinde Zeit, indem ich vorgebe, mit dem Reißverschluss meines Rucksacks zu kämpfen, dann biege ich so dicht hinter ihm ein, dass ich ihm fast auf die Fersen trete. Sogar mit gesenktem Kopf und so, wie er sich den Mantel um den Körper zieht, als wäre er müde – oder vielleicht krank –, ist der Mann riesig und gibt mir das Gefühl, in Sicherheit und verborgen zu sein.

Bis er flackert.

Genau wie die Frau an dem Tag, als ich gegen die Wand gerannt bin.

Ich schnappe hörbar nach Luft, schaffe es jedoch, weiterzugehen. Ich schaue mich um, aber niemand sonst scheint es bemerkt zu haben. Dann sehe ich wieder den großen Mann an, dessen Rücken breit und solide ist. Er verbirgt mich immer noch.

Ich blinzle, konzentriere mich auf ihn, warte, dass es noch einmal passiert.

Aber ich erwarte nicht, dass er komplett verschwindet.

Ich bleibe stehen, und jemand stößt frontal gegen mich, sodass ich vorwärtstaumle.

»Pass doch auf!«, sagt die Frau und schaut sich kaum zu mir um, als sie und ihr Freund einen Bogen machen und weitergehen.

Ich wirble herum. Niemand sonst bleibt stehen.

Sie haben ihn nicht verschwinden sehen? Aber er war wirklich groß – und jetzt ist es, als sei er nie hier gewesen. Als sei er mit einem Wimpernschlag verschwunden.

Ich umklammere meine Rucksackgurte fester, drehe mich wieder nach vorn und versuche, gleichmäßig weiterzugehen – *ich muss zu Benson*, denke ich. *Er wird mir helfen*. Der gesunde Menschenverstand durchbricht meine Panik, und ich beginne zu zählen, damit mich mein Hinken nicht verrät.

Eins, zwei, drei, vier. Eins, zwei, drei, vier.

Meinen Verfolger habe ich total aus dem Blick verloren, und ich wage es nicht, mich zur Kontrolle umzusehen.

Ich bin noch ungefähr zwei Blocks von der Bibliothek entfernt, als der Himmel aufreißt und es richtig zu schütten beginnt. »Na, wundervoll«, murmle ich vor mich hin. »Einfach fantastisch.«

Innerhalb von Sekunden bin ich klatschnass – als wolle mich die Welt ernsthaft ärgern –, aber ich kann die Bibliothek jetzt sehen, und sie erscheint mir wie ein Zufluchtsort. Ich weiß, das ist sie eigentlich nicht – der Sonnenbrillentyp kann auch hineingehen.

Aber Benson ist da drin und bei *ihm* fühle ich mich sicher.

Angstschweiß rinnt mir den Rücken hinab, als ich die Treppe erreiche, während das Adrenalin meine Schritte befeuert. Ich ziehe zu fest an der Tür, und sie scheppert gegen die Wand, was mir die Blicke aller Bibliotheksbesucher in Hörweite einbringt.

Na, super.

Ich bin bis auf die Knochen durchweicht, als ich den warmen Vorraum betrete, und wünsche mir, ich sähe nicht ganz so heruntergekommen aus. Benson ist an meiner Seite, bevor ich mehr als ungefähr drei Schritte gemacht habe, und ich möchte ihm am liebsten um den Hals fallen, mich an seine Brust drücken, bis das Zittern aufhört.

Der Impuls lässt mich erstarren. Ich sollte nicht solches Verlangen nach Benson haben – vor allem nicht, nachdem ich Quinn erst diesen Vormittag gesehen habe, Quinn, der schuld daran ist, wenn meine Brust sehnsüchtig schmerzt und mein Verstand sich vor Glückseligkeit im Kreis dreht.

Warum habe ich es dann?

Ich weiß es nicht. Aber ich komme immer wieder auf das Brennen von Bensons Lippen auf meinen zurück, auf die besitzergreifende Art, wie er seine Arme um mich legt, wie warm es sich angefühlt hat, seinen Körper an mich zu drücken. Ich blicke zu ihm auf und weiß, dass dieses Gefühl in meinen Augen schimmert. Doch ich bringe nicht die Energie auf, es zu verbergen.

»Alles klar?«, fragt er besorgt. »Harter Morgen?«

Sag es niemandem. »So könnte man es umschreiben«, murmle ich.

Die Eingangstür geht auf und an Bensons Schulter vorbei erhasche ich gerade noch einen Blick auf dunkle Haare. Ich mache einen halben Schritt nach rechts, um Bensons zugegebenermaßen schmale Gestalt zwischen uns zu bringen, und spähe an ihm vorbei.

Schwarzer Pullover und Sonnenbrille.

Er hat mich gefunden.

»Können wir in dein Büro gehen?«, frage ich mit Verzweiflung in der Stimme. »Sofort? Bitte?«

»Ja, klar«, sagt Benson mit verwirrter Miene. Doch er stellt keine weiteren Fragen und führt mich im Zickzack durch das Stockwerk, zwischen Schreibtischen hindurch, zum Durchgang in eine kaum schrankgroße Nische.

Mit einem schnellen, aber suchenden Blick hinter mich

setze ich mich Benson gegenüber und schiebe meinen Rucksack unter den Tisch. Dann rutsche ich an die seitliche Kante des Stuhls, um von draußen nicht gesehen zu werden.

»Wenn es um gestern geht, können wir auch anderswo ein bisschen Privatsphäre haben«, flüstert Benson – sein *Büro* hat keine Tür, noch nicht einmal einen richtigen Zugang, also wäre es lächerlich einfach, uns zu belauschen. »Wir könnten sogar irgendwo anders hingehen, wenn du willst …«

»Darum geht es nicht«, murmle ich. Doch allein, dass er von gestern spricht, lässt meinen Kopf hämmern. Es war eine zu starke Mischung aus großartig und verheerend. Ich setze mich auf und quetsche kurz darauf einen Stressball erst in der einen, dann in der anderen Faust. Ich habe ihn ein paar Mal hin- und hergewechselt, bevor mir bewusst wird, dass ich ihn, ohne nachzudenken, *geschaffen* habe. Erschrocken werfe ich ihn auf Bensons Schreibtisch, wo er unschuldig über die unebene Tischplatte rollt, bis er mit einem Häufchen Büroklammern kollidiert.

Benson beugt sich vor, greift nach meiner Hand, tut sein Bestes, den gelben Ball zu ignorieren. »Ist alles in Ordnung mit dir?«

Mein Nicken ist mehr als nur ein bisschen krampfhaft und ich ziehe meine Hand aus seiner Reichweite. Meine Gedanken sind ein wirrer Strudel, und ich will nicht, dass die Berührung seiner Hand alles noch schlimmer macht. Ich fange an, mich zu fragen, ob sich so ein Nervenzusammenbruch anfühlt.

»Bist du sicher? Denn du, ähm, schwitzt.« Er wirft einen bedeutungsvollen Blick auf meine Stirn, und mir wird klar, dass ich den Schweißtropfen nicht einmal gespürt habe, der jetzt meine Wange herunterrollt. Ich fühle mich eklig und hebe den Ärmel, um ihn abzuwischen.

»Benson?« Mir bleibt das Wort im Hals stecken, ich kann nicht fortfahren.

»Ja?«, sagt er nach einer langen Pause.

»Weißt du noch, der Mann, von dem ich dir erzählt habe?« Die Worte sind heraus, bevor ich die Zähne zusammenbeißen und sie mir verkneifen kann.

»Du meinst … Quinn?«

»Nein.« *Bitte erwähne Quinn nicht. Ich kann nicht über Quinn sprechen. Noch nicht.* »Nein, der Mann mit der Sonnenbrille, der, den ich ein paar Mal gesehen habe.«

»Ja …«

»Er verfolgt mich, seit ich heute Morgen das Haus verlassen habe. Hinunter ins historische Viertel, dann zu Elizabeth' Büro. Und jetzt ist er hier und …« Ich klappe den Mund zu. Kann Benson mir überhaupt folgen.

»Hat er dich gesehen …« Er zögert und beugt sich vor, bevor er flüsternd endet: »Hat er dich etwas *machen* sehen?«

»Etwas machen? Nein!« Doch dann fällt mir das Medaillon ein, und ich füge sehr leise hinzu: »Ich glaube nicht.«

»Okay. Das ist gut, oder?«, fragt er und späht über meine Schulter in den Bibliotheksraum hinaus.

»Ich glaube, dass ihn vielleicht Reese und Jay geschickt haben.«

Er sieht verwirrt aus. »Warum sollten sie dich verfolgen lassen?«

»Warum sollten sie beschließen, mein Hirn zu verbrutzeln?«, frage ich. »Es ist jedenfalls so, dass dieser Kerl mich verfolgt, und jetzt ist er hier, und du musst mir helfen, hier wegzukommen.«

»Kannst du ihn mir zeigen?«, fragt Benson.

Wenn es doch nur so einfach wäre. »Also für den Fall, er weiß nicht, dass ich ihn entdeckt habe, muss ich weiter so tun, als würde ich ihn nicht sehen.«

»Das ist ein Argument«, sagt Benson. »Sag mir, wie er aussieht.«

»Er hat dunkelbraune Haare und ist ungefähr einsdreiundachtzig groß. Er hatte eine Sonnenbrille auf und einen schwarzen Pullover an.«

Beides könnte er ausgezogen haben, als er die Bibliothek betrat.

Ich gehe meine Erinnerung durch. Es ist erstaunlich schwierig, jemanden zu beschreiben, wenn man nur flüchtige Blicke auf ihn geworfen hat. »Braune Schuhe. Er hat braune Schuhe. Schnürstiefel, wie Docs oder Wanderschuhe.«

»Okay«, sagt Benson und schreibt etwas, das ich nicht sehen kann, auf einen Klebezettel. »Ich suche es für dich.« Seine Stimme ist nur ein bisschen lauter, als er aufsteht.

Ich will protestieren, als mir klar wird, dass er vorgibt, mir ein Buch zu suchen. Perfekt. Ich drehe mich um und schaue ihm nach – das wäre natürlich, oder? –, und mein Blick findet den Mann augenblicklich; er sitzt an einem Ecktisch und gibt vor zu lesen.

Eilig wende ich den Blick ab, als könne er es spüren, wenn ich zu lange hinsehe.

Benson kann ihn nicht übersehen. Sicher.

Ich sitze am Schreibtisch, atme ein und aus und zwinge mich zur Ruhe. Ich bin hier bei Benson; er wird mir helfen.

Ich bin beinahe ruhig, als der Stressball, den ich schon fast vergessen hatte, plötzlich verschwindet. Ich schreie leise auf und ducke mich weg.

Zehn Sekunden später berührt Benson meine Schulter und ich fahre vor Schreck fast aus der Haut. »Entschuldige«, sagt er, aber seine Stimme klingt fragend, als er meine Reaktion sieht.

»Alles gut«, sage ich und versuche zu flüstern. »Glaub mir, es geht mir gut.«

Nachdem er mich kurz gemustert hat, setzt sich Benson wieder hin und legt ein großes Nachschlagewerk auf seinen Schreibtisch. »Ich habe ihn gesehen«, sagt er leise, während er die Seiten durchblättert und vorgibt, mir etwas zu zeigen. »Ich glaube, du solltest nach Hause gehen.«

»Nach Hause? Warum?«

»Es ist zu Fuß nahe genug und wahrscheinlich sicherer als hier.« Über den Rand seiner Brille wirft er einen Blick hinaus in die Bibliothek. »Reese ist weg, oder? Ich lenke den Kerl irgendwie ab, dann treffen wir uns bei dir zu Hause. Dort sind wir allein und reden über alles, was wir wissen. Vielleicht ergibt ja irgendwas einen Sinn.«

»Was, wenn er gefährlich ist? Er könnte dir etwas antun.«

Benson lacht ironisch. »Er ist in einem Regierungsgebäude – glaub mir, er will hier keinen Ärger machen. Abgesehen davon weiß er schon, wie er dich finden kann. Das ist nur eine Übergangslösung, um ein bisschen Zeit zu schinden.«

Ich nicke zögernd. »Okay. Aber du kommst nach, ja?«

Das Einzige, das noch eindringlicher ist als Bensons Flüstern, ist sein fester Blick aus blauen Augen. »Du kannst dich auf mich verlassen.«

Kapitel 17

Zum ungefähr hundertsten Mal schaue ich durch den Vorhangspalt – Benson ist immer noch nicht da. Ich lasse mich aufs Sofa fallen und wickle die Überwurfdecke um mich, als könne sie mich irgendwie schützen. Meinen nassen Kapuzenpulli habe ich ausgezogen und mir mit einem Handtuch die Haare getrocknet, aber ich zittere immer noch heftig, und ich glaube nicht, dass das etwas mit der Temperatur zu tun hat. Ich schließe die Augen und wünsche mir, alles wäre so einfach wie damals, als ich ein kleines Mädchen war.

Und meine Eltern noch lebten.

Und ich eine vielversprechende junge Künstlerin war.

Und mich niemand verfolgte.

Und ich keine seltsamen Kräfte hatte, von denen ich nicht wusste, wie ich sie kontrollieren konnte, und merkwürdige Visionen, die nicht unbegründet sein können.

Hauptsächlich das.

Als es leise an der Tür klopft, reiße ich die Augen auf, verheddere mich in der Decke und knalle mit dem Knie gegen den Couchtisch. Benson schlüpft sofort herein, sobald der Türspalt groß genug ist, und drückt die Tür schnell wieder zu.

»Ich bin mir ziemlich sicher, dass ich ihn abgehängt habe. Du hattest übrigens recht. Du bist gegangen und fünf Sekunden später war er schon aufgestanden und wollte dir folgen.«

Dann sieht er mein Gesicht, die zerknüllte Decke auf dem Boden und den immer noch wackelnden Tisch.

»Oh, Tave, alles wird wieder gut«, sagt er und zieht mich in seine Arme. Und obwohl ich weiß, dass er mein Zittern spüren muss, bin ich zu müde, um verlegen zu sein. Sein Gesicht ist an meinem Hals vergraben, und es ist die einzige Wärmequelle, die ich in meinem ganzen Körper ausfindig machen kann. »Es tut mir leid, was dir alles passiert«, flüstert er, und seine Lippen streichen dabei über meine empfindliche Haut. »Das ist mehr, als ein einzelner Mensch verdient hat. Vor allem du.«

Ich erlaube mir, einen Augenblick lang einfach nur dazustehen, mich an ihn zu lehnen, seine Kraft zu borgen, bis ich meine eigene wiederfinde. Nur eine Sekunde lang. Zwei. Drei. »Wie bist du ihn losgeworden?«, würge ich schließlich heraus.

»Um ehrlich zu sein, habe ich Kaffee über ihn verschüttet«, sagt Benson. »Marie war einverstanden, mir zu helfen. Hat einen Riesenwirbel um ihn gemacht, während ich abgehauen bin.« Er blickt auf und begegnet meinem Blick. »Ich weiß nicht, wie viel Zeit wir damit gewonnen haben, aber immerhin habe ich es ohne ihn an den Hacken hierher geschafft.«

»Steht dein Auto vor dem Haus?«

»Ich bin zu Fuß gegangen – okay, ich bin eher gejoggt. So weit ist es nicht.«

Ich lache. Nicht aus vollem Herzen; es ist ein müdes Lachen. Aber wenigstens kann ich noch lachen.

»Okay«, sagt Benson. »Also erzähl mir, was heute Morgen bei Elizabeth passiert ist.«

»Nichts«, sage ich und unterdrücke den Drang, mich zu winden, während ich es komplett meide, über meine Begegnung mit Quinn zu sprechen. *»Sag es niemandem«*, hallt es laut in meinem Kopf wider. »Ich habe gelogen, sie hat gelogen; das hatte ich so ungefähr erwartet.«

»Und als du herausgekommen bist, hat der Typ mit der Sonnenbrille auf dich gewartet?«

Ich nicke und erinnere mich, dass der heutige Tag auch den großen Mann mit sich gebracht hat, der verschwunden ist, aber ich bekomme Kopfschmerzen bei dem Gedanken und bringe es nicht über mich, ihn zu erwähnen. Noch nicht. »Er muss wissen, was ich tun kann – sonst ergibt es keinen Sinn.« Aus dem Nichts heraus knurrt mein Magen. »Hast du Hunger?«, frage ich, winde mich aus Bensons Griff und mache mich auf den Weg in die Küche.

»Nein«, sagt Benson, aber er folgt mir trotzdem.

»Also, ich bin am Verhungern«, murmle ich und schnappe mir Fertigessen, das ich normalerweise nie anrühre: einen Becher von Reese' Joghurt, eine Dose Ananas in Scheiben, eine Packung Genueser Salami. Ich weiß nicht einmal, was Genueser Salami ist, aber ich werde sie essen.

»Glaubst du, es ist dieser Typ, vor dem mich Reese und Jay verstecken?«, frage ich, als ich die verschiedenen Packungen öffne.

»Es wäre möglich.« Er schaut mir nicht in die Augen, und ich glaube, es ist, weil er nicht will, dass ich die Angst in seinem Gesicht sehe.

»Na ja, es war nett, dich zu kennen, Benson.« Ich sage die

Worte spöttisch, aber es liegt ein eisiger Unterton darin – eine unbekannte Bitterkeit, die ich an mir nicht mag.

»Hey.« Bensons sanfte blaue Augen schauen mich wieder an. »Nur weil dich jemand verfolgt, heißt das nicht, dass du sterben wirst. Ich meine, er hat doch bisher nicht versucht, dir etwas anzutun, oder?«

Ich zucke unverbindlich die Achseln.

Benson schürzt die Lippen, dann beugt er sich auf den Ellbogen vor. »Also, nehmen wir einmal an, dieser Typ weiß, dass du Sachen machen kannst – und ich glaube, du hast recht, er weiß es«, fügt er hinzu, bevor ich meine Theorie verteidigen kann. »Glaubst du, Reese und Jay wissen es? Elizabeth? Deine Ärzte? Was meinst du, wie weit gleicht das schon der *Truman Show*?«

Ich halte mit einer Scheibe Ananas auf halbem Weg zu meinem Mund inne. *Wie weit es geht?* »Ich habe nicht die geringste Ahnung. Reese, Jay und Elizabeth schienen auf Quinn und die Dreiecke konzentriert. Ich weiß nicht einmal, was so besonders an ihnen ist, außer dass ich sie sehen kann und Elizabeth nicht.«

»Und all diese Dinge haben zur selben Zeit angefangen, als du Dinge machen konntest, richtig?«

Ich will nicht einmal *darüber* reden, aber ich schätze, ich habe wohl keine große Wahl. Ich muss mich dem stellen. »Das scheint mir ein zu großer Zufall zu sein, wenn das alles nicht irgendwie zusammenhinge. Ich sehe nur die Verbindung nicht.«

»Reese ist verreist und Jay arbeitet viel, richtig?«, sagt er – er will eindeutig auf etwas Bestimmtes hinaus.

Ich nicke und nehme die Salami in Angriff, rolle eine der

Scheiben auf und beiße versuchsweise hinein. Ziemlich gut. »Worauf willst du hinaus?«, frage ich, nachdem ich geschluckt habe.

»Vielleicht wollte sie zusätzliche Sicherheit, während sie nicht da ist. Du weißt schon, Augen und Ohren.« Benson nimmt sich auch eine Scheibe Salami und steckt sie in den Mund, aber die Bewegung ist so instinktiv, dass ich mir nicht sicher bin, ob er überhaupt etwas schmeckt.

»So etwas wie ein Leibwächter?« Das ergibt Sinn, auch wenn es – wenn es wahr wäre – bedeuten würde, dass Reese und Jay mich schon wieder anlügen.

Dennoch.

»Ja«, antwortet er und nimmt noch einen Bissen.

»Keine Ahnung«, grüble ich. »Meine *magischen Kräfte* sind ziemlich lahm. Warum sollten sie das Ganze für jemanden auf sich nehmen, der Sachen schaffen kann, die wieder zerplatzen? Es muss mehr dahinterstecken.«

Benson starrt mich nur an. »Konntest du etwas ... ich meine, etwas Übernatürliches, als du klein warst?«

»Ja, ich habe das Glas vom Terrarium einer Schlange verschwinden lassen, direkt bevor mein Aufnahmebrief von Hogwarts ankam.«

Benson sieht mich nur mit hochgezogener Augenbraue an.

»Ernsthaft, ich hatte eine völlig normale Kindheit. Es ist wirklich nichts Herausragendes an mir.«

Seine Hand fängt meine ab, als ich nach einer neuen Scheibe Salami greife, und umklammert meine Finger so schnell, dass es beinahe schmerzt. »Das stimmt nicht«, flüstert er. Dann lässt er los, als sei es nie passiert, und fährt fort.

»Hältst du es für möglich, dass deine Eltern in irgendeine Art von organisiertem Verbrechen verwickelt waren?«

Ich pruste los, bevor ich die Hand vor den Mund halten kann. »Wohl kaum«, sage ich. »Glaub mir, sie waren nicht der Typ dafür. Und, äh, wir hatten sicher nicht genug Geld, als dass einer von meinen Eltern heimlich in so etwas Extremes hätte verwickelt sein können.«

»Was ist mit Reese und Jay?«

Ich bin wieder ernst. »Das würde mich tatsächlich gar nicht überraschen. Reese vor allem. Sie ist echt verschwiegen, was ihre Arbeit angeht.« Ich zögere, dann spreche ich den Verdacht aus, der an mir nagt, seit Jay Reese gestern *Samantha* genannt hat. »Was, wenn … was, wenn sie eigentlich gar nicht meine Tante und mein Onkel sind?«

Benson zieht die Augenbrauen zusammen. »Könnte das denn sein?«

»Leider ja. Ich kannte sie vorher nicht. Sie könnten wer weiß wer sein. Und es scheint mir einfach ein zu großer Zufall zu sein, dass sie so daran interessiert sind, was mir gerade passiert, wenn sie bis vor acht Monaten kein Teil meines Lebens waren.«

»Wie kann es sein, dass du das nicht sicher weißt?«, fragt Benson. »Hast du sie vor dem Absturz nie getroffen?«

»Es ist ein bisschen … kompliziert.« *Wie alles in meinem Leben.* »Sie sind im Prinzip entfernte Verwandte, die bis vor, ich schätze mal zehn Jahren, nicht einmal in der Nähe waren, und ein paar meiner Erinnerungen von vor dem Absturz sind wacklig. Ich erinnere mich schon an Reese, glaube ich, aber es ist so lange her, dass es auch die Erinnerung an jemanden sein könnte, der ihr sehr ähnlich sieht.«

»Können dir das nicht deine, ich weiß nicht, deine Großeltern sagen?«

»Meine Stiefoma ist vor ein paar Jahren gestorben. Auf ihrer Beerdigung habe ich Reese eigentlich das letzte Mal gesehen, aber sie war ganz verheult und hatte eines von diesen schicken Schleierdingern am Hut, das einen Teil ihres Gesichts verdeckt hat. Wenn ich zurückdenke, erinnere ich mich nur an den Schleier. Er war durchscheinend, da bin ich mir sicher. Aber in meiner Erinnerung verdeckt er alles.«

»Andere Geschwister?«, fragt Benson, auch wenn ich den Verdacht habe, er ahnt meine Antwort.

»Na ja, du weißt, dass ich Einzelkind bin. Mein Vater war auch eines, bis Opa Reese' Mutter geheiratet hat. Und sie hat hauptsächlich bei *ihrem* Vater gelebt.«

»Und du hast nie versucht, mit jemandem Kontakt aufzunehmen, ich meine, von daheim?«

Meine Erinnerungen an Michigan sind die verschwommensten von allen; Namen und Telefonnummern entgleiten meinem Bewusstsein wie Sand, der mir durch die Finger rinnt. Aber es ist noch mehr – und schwer, jemandem zu erklären, der noch Familie hat. »Wenn du … alle verlierst … sieht dich niemand mehr wie vorher. Selbst die Ärzte und Krankenschwestern, die mich nicht kannten, haben mich mit diesen furchtbaren Blicken angeschaut.«

»Mitleid?«, flüstert Benson.

»Es ist mehr als Mitleid.« Ich fühle, wie jetzt ernsthaft die Tränen in mir aufsteigen, und schüttle den Kopf. »Meine Eltern …« Meine Stimme bricht. Ich hole Luft und nehme einen zweiten Anlauf. Wenn sie noch am Leben wären, würde das alles nicht passieren – na ja, das kann ich wohl nicht wissen. Aber selbst wenn es so wäre, könnte ich damit zu ihnen gehen. »Ich habe immer noch versucht, mit allem klarzukommen, und als Reese und Jay mir dann im Grunde die totale Abgeschiedenheit in ihrem Haus angeboten haben, habe ich sie angenommen.« Während ich es ausspreche, wird mir bewusst, dass ich wirklich eine Einsiedlerin bin.

Wenn ich verschwände, wie dieser Mann vor dem Süßigkeitengeschäft … würde es niemand erfahren.

Diese Möglichkeit entsetzt mich.

»Ich wollte einfach nicht zurück«, sage ich schließlich, »und so viel weniger die Person sein, die ich vorher war.«

Bensons Daumen streichen über meine Handrücken. »Du bist nicht weniger. Anders? Vielleicht. Ich kannte dich vorher nicht. Aber du kannst auf keinen Fall weniger sein.«

Ich nicke niedergeschlagen. Er hat mich vom Rand der Tränen zurückgeholt, aber nur knapp. Denn ich fühle mich tatsächlich nach weniger. *Alles* ist einfach … weniger.

»Also«, sagt Benson und lenkt mich wieder ab. »Sagen wir, Reese und Jay sind nicht, wer sie behaupten zu sein – und das könnte sein. Wie wären sie an dich herangekommen? Du warst noch siebzehn. Das Jugendamt übergibt dich nicht einfach irgendwem, der behauptet, dein nächster Verwandter zu sein.«

»Sie haben die Vormundschaft über das Testament meiner Eltern bekommen, glaube ich. Wäre es so schwierig, sich einen falschen Ausweis zu besorgen?«

»Ich denke, da bräuchte man mehr als das«, beharrt Benson.

»Ich weiß nicht. Mit genug Geld kannst du so ungefähr alles abziehen. Und wenn sie in irgendeine Art organisiertes Verbrechen verwickelt sind, garantiere ich dir: Sie haben Mittel und Wege.«

»Okay, sagen wir, das wäre der Fall.« Er breitet die Hände aus. »Wo sind dann die echten Reese und Jay?«

Ich atme ein. Darüber habe ich noch nicht nachgedacht. Nein, zwinge ich mich zur Ehrlichkeit. Ich *wollte* nicht darüber nachdenken. »Ist es allzu weit hergeholt zu glauben, sie haben sie umgebracht?«

»Ich denke nicht. Oder«, fährt Benson fort, bevor ich zu weit in diese morbide Richtung denken kann, »sie könnten auf einer Farm in Kansas leben und keine Ahnung haben, dass du noch lebst, weil man ihnen einen gefälschten Totenschein von dir vorgelegt hat.«

»Wie jämmerlich ist es, dass ich diese Vorstellung erstaunlich plausibel finde?«

»Nun, wir werden das herausfinden. Gemeinsam«, fügt er hinzu. »Ich mache jetzt keinen Rückzieher. Was auch immer du als Nächstes tun willst – ich bin dabei.«

»Na ja«, sage ich, beuge mich vor und versuche, all meinen Mut zusammenzunehmen.« Vielleicht sollten wir es ausnutzen, dass Reese weg ist.«

»Wie das?«

Ich schlucke trocken, und in diesem Moment merke ich, wie ernst dieser nächste Schritt ist.

Und wie entschlossen ich bin, ihn zu tun.

»Ich habe eine Idee.«

Benson verdreht nur die Augen. »Wieso habe ich bloß das Gefühl, dass mir diese Idee nicht gefallen wird?«

»Tja, das kommt darauf an«, sage ich in gespielt beiläufigem Ton. »Was hältst du von Einbruchdiebstahl?«

Kapitel 18

Ich habe jeden Schlüssel zweimal probiert, doch die Tür zu Reese' Büro bleibt stur verschlossen. Frustriert lehne ich den Kopf an die Tür – ein kompletter Reinfall. Benson steht hinter mir, die Arme vor der Brust verschränkt, und schweigt.

»Es tut mir leid«, sage ich kläglich. »Ich war mir sicher, dass diese Schlüssel funktionieren würden.«

»Das ist verständlich«, sagt Benson mit einem Anflug von Humor. »Ich glaube nicht, dass ich je so viele Schlüssel auf einem Haufen gesehen habe.«

»Ja, nicht wahr?«, sage ich trocken und halte den schweren Schlüsselbund hoch.

»Vielleicht solltest du es einfach mit einem großen Hammer versuchen? Oder einer Kettensäge oder so?«

»Und die Tür kaputt machen?« Ich seufze. »So viel zum Thema schlagende Beweise.«

»Touché.« Benson wirft einen finsteren Blick auf den Türknauf, seine Kiefermuskeln treten hervor. Dann trifft er offenbar eine Entscheidung, kauert sich hin und zieht seine Brieftasche heraus. »Darf ich?«

»Darfst was?«

Er holt etwas aus seiner Brieftasche, das aussieht wie zwei schmale Stäbe, faltet sie auseinander, und sie schnappen auf.

»Sind das *Dietriche*?«, frage ich vollkommen geschockt.

»Vielleicht«, sagt er und steckt einen davon vorsichtig ins Schloss.

»Dietriche im *Brieftaschenformat*?«, hake ich nach.

»Erste Regel des *Fight Clubs*«, murmelt er, auf seine Aufgabe konzentriert.

»*Fight Club*, von wegen!«, flüstere ich, während ich beobachte, wie er sachkundig an dem Schloss hantiert.

Nach ein wenig Gefummel dreht Benson eines seiner Stäbchen herum – und der Türknauf dreht sich mit. Die Tür schwingt an gut geölten Scharnieren auf. »So, bitte schön«, verkündet er, klappt seine kleinen Dietriche wieder zusammen und lässt sie in seine Brieftasche fallen.

»Wo hast du das gelernt?« Ich starre ihn verblüfft an. Und möglicherweise mit Ehrfurcht.

Aber er zuckt nur die Achseln, und ich habe den Verdacht, dass ich mehr auch nicht aus ihm herausbekommen werde.

Reese' Büro sieht … normal aus.

Es ist nicht so, als wäre ich noch nie hier gewesen. Reese lässt ihre Tür oft offen, wenn sie arbeitet. Ich habe sie sogar, als ich frisch eingezogen war, eines Tages gefragt, warum sie es abschließt, und sie hat gelächelt und mir die Schulter getätschelt. »Ich habe eine Menge Betriebsgeheimnisse hier drin.« Dann hat sie geseufzt, den Blick abgewendet und gesagt: »Aber um ehrlich zu sein, ist es hauptsächlich eine Gewohnheit.«

Gewohnheit. Klar.

Ich hole tief Luft und trete über die Schwelle. Alles ist super-organisiert, mit perfekten Papierstapeln auf dem Schreibtisch, einem Aktenschrank mit einer Topfpflanze darauf in einer Ecke und einer Korktafel voller Nadeln und Zettel daran an der Wand.

Zuerst versuche ich es bei dem Aktenschrank.

Abgeschlossen.

Natürlich.

Benson hat sich vorgebeugt und schaut unter die ordentlichen Papierstapel auf Reese' Schreibtisch. »Vielleicht in einer Schublade«, murmelt er und öffnet die flache Stiftschublade oben an dem Mahagonischreibtisch. »Bingo«, sagt er grinsend und hält einen kleinen Schlüsselring mit einem Schlüssel daran hoch.

»Was ist das?«

Als Antwort kommt er zu dem grauen Aktenschrank herüber und steckt den Schlüssel ins Schloss. Sein Körper ist so nahe, dass ich einen Hauch von seinem Deo riechen kann. Ich atme tief ein.

Er dreht den Schlüssel.

Das Schloss springt mit einem *Klick* auf.

»Hervorragend«, sagt Benson und trommelt die Fingerspitzen aneinander.

»Bücherei-Nerd«, murmle ich, hauptsächlich, um die Enttäuschung zu überspielen, die ich fühle, als er zurücktritt und mir Platz macht.

Die Schublade ist voller Akten mit Etiketten, fast alle von Reese' ordentlicher Handschrift beschriftet, aber ein paar tragen auch eine andere Handschrift. Sie sieht männlich aus, ist aber nicht die von Jay, und ich frage mich, mit wem sie zusammenarbeitet. Ich habe nie jemand anderen im Haus gesehen. Oder zumindest nicht in der Nähe des Büros. Auf den Etiketten stehen nur Namen. Ich schaue auf die Front der Schubladen, und sie zeigen an, welche Buchstaben sich jeweils darin befinden.

»Fangen wir vorn an«, sage ich trocken und beginne, die *A*s durchzusehen. »Reese hat Elizabeth gesagt, sie habe in ihren Akten nach Quinn gesucht. Ich schätze, das sind diese Akten.« *A-r, A-t, A-u, A-v, A-w.* »Nein. Kein Avery«, sage ich und schaue dort, wo seine Akte hätte sein müssen, noch ein paar davor und danach durch, nur für den Fall, dass sie nicht *genau* richtig alphabetisch eingeordnet ist. Ich halte inne, meine Fingerspitzen bleiben zwischen den Akten. »Also schätze ich, es besteht die Möglichkeit, dass er nichts mit alledem zu tun hat.« Es ist mehr ein Wunsch als eine logische Schlussfolgerung, aber ich bin nicht über Wünsche erhaben.

»Oder dass er dir einen falschen Namen genannt hat«, sagt Benson und sieht seltsam grüblerisch aus, wie er da an Reese' Schreibtisch lehnt.

Ich ignoriere ihn – ganz zu schweigen von den Schmetterlingen in meinem Bauch – und hole zitternd Luft, als ich die *A-F*-Schublade schließe und mich meiner eigentlichen Aufgabe widme. *Meiner* Akte.

M-T.

Michaels.

Die dritte Schublade von oben.

Die Schublade scheint zu glühen wie ein Neonlicht, und ich habe es eilig, sie zu öffnen, und doch Angst davor.

Benson kommt näher und klopft leicht mit dem Knöchel gegen das Etikett, als ich immer noch zögere. »Deshalb bist du hergekommen«, sagt er leise. Eine sanfte Hand berührt meine Schulter, und ich versuche, Kraft aus ihm zu ziehen wie durch emotionale Osmose.

Nach einem langen Moment nicke ich und greife nach dem Griff, drücke vorsichtig den Riegel, der die Schublade aufgleiten lässt, und enthülle Dutzende von cremefarbenen Aktenordnern. Ich habe das Gefühl, meine Welt schmilzt um mich herum, als ich sie sehe.

Tavia Michaels.

Ich wusste, sie würde da sein – das war ja der Grund, warum ich überhaupt in Reese' Büro eingebrochen bin. Um Antworten zu erhalten! Aber mit der Bestätigung ist das so eine Sache.

Ich ziehe die Akte heraus und starre sie gleichermaßen entsetzt und fasziniert an.

Sie ist ziemlich nichtssagend. Ein cremefarbener Ordner mit der kleinen Grafik einer Feder, die über einer Flamme schwebt, in der oberen rechten Ecke. Ich spähe zurück in die Schublade; die anderen Ordner tragen dasselbe Zeichen. Aber ich weiß nicht, was es bedeutet, und habe nicht die Zeit für Theorien.

Ich muss *meine* Akte anschauen.

Sie ist ziemlich dick – ich weiß nicht, ob mich das ermutigen oder entmutigen soll. Ich schlage den Deckel auf und blicke auf ein Foto von mir selbst in der zehnten Klasse.

Und, ähm, *kein* tolles Foto. Die zehnte Klasse war ziemlich peinlich.

»Aaach, schau dich an«, sagt Benson grinsend; den Arm hat er um meinen Rücken gelegt. »Du bist ja so süüüß!«

»Halt die Klappe, Depp«, sage ich, aber er hat es geschafft, die Spannung zu brechen. Ich lehne mich ganz leicht an seinen Arm und blättere zur nächsten Seite um.

Eine Geburtsurkunde. Meine Sozialversicherungskarte. Highschool-Zeugniskopien. Eine Kopie des Testaments meiner Eltern. Genau das Zeug, das man im Aktenschrank von jemandem erwarten würde, der überraschend zum Vormund eines verletzten Teenagers geworden ist.

Aber nach alledem – Fotos von meiner Kunst. Und nicht irgendwelche Fotos. Ich erkenne diese Fotos – *ich* habe sie gemacht.

»Woher hat sie die?«, frage ich laut und halte ein paar davon hoch.

»Hey, hast *du* das gemalt?«, fragt Benson und deutet auf ein Ölgemälde meiner Mutter, wie sie neben einem Fenster sitzt und Erdbeeren schneidet.

»Ja«, bringe ich heraus. Es ist eines meiner besten Stücke. Irgendwie habe ich es geschafft, die … *Essenz* dessen einzufangen, was meine Mutter ist. War.

Ich kann jetzt nicht an meine Mutter denken. Ich schlucke die Trauer hinunter – schiebe sie von mir –, dann drehe ich das Foto um, damit ich ihr Gesicht nicht mehr sehen muss.

Aber da ist noch ein Foto von einem Bild. Und noch eines und noch eines.

»Du bist wirklich gut«, sagt Benson und nimmt mir eines aus der Hand, um es sich genauer anzusehen.

Die Erkenntnis, dass er meine Arbeiten nie gesehen hat, ist seltsam. Kunst war so viele Jahre mein Leben. Und jetzt ist Benson so ein großer Teil meines Lebens. Und die Kunst nicht mehr. Es fühlt sich falsch an.

»Ich habe diese Fotos gemacht und an die Kunstschule geschickt, die mich aufnehmen wollte«, erkläre ich, mehr um mich selbst abzulenken. »Wie ist Reese da rangekommen?«

»Ähm, Huntington?«, fragt Benson vorsichtig.

»Ja, wie …« Aber meine Worte ersterben, als ich auf das Blatt Papier unter dem Fotostapel hinabschaue.

Es ist der erste Brief, den ich von Huntington bekommen habe.

Nein. Ein *Entwurf* des Briefes.

Mit Anmerkungen in Reese' Handschrift an den Rändern.

»Was soll das?« Ich packe die Ecke des Briefs und hebe ihn hoch, nur um darunter eine fertige Ausführung davon zu finden. Und die Broschüre, die sie mitgeschickt haben.

Und Abzüge der Fotos *in* der Broschüre.

»Aber… aber ich habe meine Sachen nicht nach New Hampshire geschickt – sie gingen in den Norden von New York.«

»Wie schwer ist es, Post weiterleiten zu lassen?«

»Aber es gab eine Website. Und eine Telefonnummer. Ich habe dort *angerufen*!« Jetzt kreische ich beinahe. Huntington war der *Grund*, warum wir überhaupt in das Flugzeug gestiegen sind. Wenn es nicht echt ist…

»Hier«, sagt Benson und zieht sein Handy aus der Tasche. »Wie war die Website?« Er öffnet die Internetseite auf seinem Handy und ich spreche ihm beinahe monoton die Internetadresse vor.

»Da haben wir sie«, sagt Benson, als sie geladen wird. »*Huntington Academy of the Arts*. Die Webseite ist immer noch online und da gibt es auch eine Telefonnummer.«

Wir schauen lange schweigend auf den Bildschirm.

»Ich kann anrufen«, bietet Benson an.

Ich habe Angst, Ja zu sagen. Trotz allem, was wir entdeckt haben, fühlt sich das wie ein spezieller Wendepunkt an.

Benson schaut auf seinen Bildschirm hinab und seine Denkerfalte erscheint zwischen seinen Augenbrauen.

Mit flatternden Nerven nicke ich. »Wir tun es.«

Er wartet ein paar Sekunden – gibt mir vielleicht die

Chance, meine Meinung zu ändern –, dann tippt er auf das Display und hebt das Telefon ans Ohr.

Nichts.

Nichts.

Nichts.

Dann klingelt das Telefon auf Reese' Schreibtisch schrill.

Meine Knie knicken ein, und ich sinke auf den Boden; der Wille, mein eigenes Gewicht zu tragen, hat mich verlassen. »Aber ich habe mit ihnen gesprochen!«, schreie ich, und meine Stimme ist so schrill, dass ich sie kaum wiedererkenne. »Da war eine Frau, und es war nicht Reese«, füge ich hinzu, bevor Benson etwas sagen kann. »Sie war überhaupt nicht wie Reese. Ich habe bestimmt *sechs Mal* mit ihr gesprochen. Das war auf keinen Fall Reese. Oder Elizabeth. Sie war irgendwie niedlich und fröhlich, wie eine Cheerleaderin. Wie … wie …« *Wie Barbie. Wie Elizabeth' Sekretärinnen-Barbie. Die sich alle erdenkliche Mühe gibt, niemals mit mir zu sprechen, die kaum je da ist, nicht einmal, wenn ich einen Termin habe.*

Das Herz hämmert mir in den Ohren.

Eins, zwei, drei, vier. Eins, zwei, drei, vier.

»Es war alles gefakt«, sage ich, und meine Stimme ist hohl und angespannt. »Warum … warum haben sie das getan?«

Ich höre Benson ein paar Mal langsam ein- und ausatmen. »Ich habe darüber nachgedacht.«

»Du wusstest es?«, schreie ich beinahe.

»Nein, nein«, sagt Benson, seine Hände umfassen meine Arme und streichen daran auf und ab, um mich zu beruhigen. »Ich wusste nichts von der Schulsache. Ich meine, ich habe über diese ganze Sache mit dem Flugzeug nachgedacht, im Licht all dessen, was passiert ist.«

»Und?«, frage ich, nachdem das Schweigen schwer geworden ist.

»Ich erwähne es nur ungern, ich meine, ich bin mir sicher, es ist immer noch ziemlich frisch und alles, aber vielleicht … vielleicht war es kein Zufall, dass du in einen Flugzeugabsturz verwickelt warst.«

»Was meinst du? Als könnte jemand …« Aber die Worte sind kaum aus meinem Mund heraus, als mir bewusst wird, was er damit sagen will. »Nein«, flüstere ich. »Auf keinen Fall.«

»Tavia, nach allem, was passiert ist, musst du es zumindest in Betracht ziehen.«

Die Verzweiflung zerrt an mir. »Nein. Nein! Ich bin *nicht* wichtig genug, dass jemand ein ganzes *Flugzeug* abstürzen lässt! Weißt du, wie viele Leute auf diesem Flug waren?« Ich schaffe es, nicht zu schreien, aber nur mit Müh und Not.

»Zweihundertsechsundfünfzig«, flüstert Benson. Natürlich hat er nachgeschaut.

»Es war ein Unfall.« Die Worte sind zittrig, als sie aus meinem Mund irrlichtern.

Benson schweigt, aber sein Blick lässt meinen nicht los. Gerade, als ich mir sicher bin, dass ich ihm nicht länger standhalten kann, sagt er: »Das glaube ich nicht, Tave.«

Ich sinke geschlagen zu Boden. Es ist eine Sache, meine Eltern in einem tragischen Unfall zu verlieren – ich habe gelernt, damit umzugehen –, aber Mord?

Ein Mord, der eigentlich *mir* galt?

»Benson?« Sein Name ist ein Krächzen aus meiner trockenen Kehle. »Ich bin niemand.«

»Du bist nicht niemand.« Er legt den Arm um mich, zieht mich an seine Brust, wo ich mein Gesicht vergrabe. Er streichelt meine kurzen Haare. »Denk darüber nach. Jemand muss dich ausfindig gemacht haben, als du in Michigan gewohnt hast. Sie haben dein Flugzeug sabotiert, haben versucht, *dich* wegen der Dinge, die du kannst, umzubringen. Es passt alles zusammen.«

Es passt wie angegossen – wie eine zweite Haut.

Die grässlichste zweite Haut der Welt.

Ich glaube, mir wird schlecht.

»Und warum bin ich dann noch am Leben?«

»Vielleicht … vielleicht hat sich etwas geändert.«

»Habe *ich* mich verändert?« Meine Stimme ist so hohl, dass sogar ich es hören kann, und ich bringe es nicht über mich, ihm in die Augen zu schauen.

»Was meinst du damit?«

»Nach dem Flugzeugabsturz ist alles aus den Fugen geraten. Hat mich der Absturz verändert? War ich immer so oder hat mich der Absturz zu etwas … etwas Seltsamem gemacht?« Ich blicke jetzt zu ihm auf. »Habe ich wegen meiner Kräfte einen Flugzeugabsturz überlebt, oder habe ich Kräfte, weil ich einen Flugzeugabsturz überlebt habe?«

»Ist das wichtig?«, flüstert Benson.

Ich schaue auf meine Akte hinab. »Vielleicht.« Als ich auf den Namen starre – *Tavia Michaels*, bin das überhaupt noch ich? –, verfestigt sich eine Überzeugung in meiner Brust. »Ich muss gehen, Benson. Ich muss hier raus. Weg von ihnen, weg von allen.«

»Du kannst nicht gehen, Tave.«

Wir reißen die Köpfe herum zur Tür, in der Elizabeth steht.

Mit einer Pistole.

Direkt auf uns gerichtet.

Kapitel 19

Ich denke nicht nach.

Ich habe keine Zeit.

Da ist ein Bild in meinem Kopf – ein Aufblitzen eines Bildes –, und ein Metallband erscheint aus dem Nichts, legt sich um Elizabeth' Körper, um ihre Hände, windet ihr die Waffe aus den Fingern. Noch mehr Bänder. Und noch mehr. *Eisen. Gusseisen*, wird mir klar, und es fühlt sich vage vertraut an, als hätte ich genau das schon einmal getan.

Aber jetzt kann ich nicht aufhören. Noch mehr Metall wickelt sich um Elizabeth – ihre Arme, ihre Schultern. Bald zieht das Gewicht sie zu Boden.

»Tavia, du … ach, du Scheiße, was hast du getan?« Benson starrt entsetzt auf die unförmige Falle, die Elizabeth auf den Boden fesselt.

»Ich weiß nicht. Es ist … einfach passiert.« *Schon wieder*. Was ist nur los mit mir, dass ich Leuten wehtun kann, ohne überhaupt bewusst darüber nachzudenken!

Ich schüttle den Gedanken ab und hebe die Akten vom Boden auf. »Komm! Wir haben nur fünf Minuten.«

»Tavia! Halt! Sprich mit mir!«, ruft Elizabeth, aber ich ignoriere sie, flitze zur Tür hinaus und laufe in mein Zimmer – Benson direkt hinter mir. »Du verstehst nicht, was das alles bedeutet. Es ist mehr daran, als du wissen kannst!«

»Tavia, stopp, du musst mal kurz darüber nachdenken.« Bensons Gesicht ist weiß und seine Worte stürzen übereinander wie Wildwasser. »Was tust du?«

Ich höre ihn kaum, während ich Socken, Unterwäsche und meine Lieblingsjeans in meinen Rucksack stopfe. »Ich muss hier raus. Ich brauche Antworten«, murmle ich mehr an mich selbst gerichtet als an ihn. Ein roter BH fällt auf den Boden, und ich empfinde nicht den leisesten Anflug von Unbehagen, als Benson ihn sieht, bevor ich ihn schnappe und mit dem Rest der Klamotten hineinstopfe.

Wir sind *weit* darüber hinaus.

»Tavia, ernsthaft. Wohin willst du?«

»Ist mir egal. Weg. Das ist alles, was zählt. Ich muss sofort weg!«

»Wohin denn?«, will Benson wissen und packt mich an den Schultern, um mich zu zwingen, ihn anzuschauen.

Ich will nicht – ich schaue an die Decke, auf seine Schultern, das Fenster, überallhin, nur nicht in seine sanften blauen Augen. Er schüttelt mich behutsam und ich kann es nicht mehr vermeiden. Ich sehe ihn an, sehe in seine Augen.

»Wohin?«, wiederholt er. »Und was machen wir mit ihr?« Er neigt den Kopf in Richtung Elizabeth, die mich immer noch ruft und anfleht, zurückzukommen.

»Sie haben meine Eltern umgebracht, Benson. Reese, Jay und Elizabeth – sie sind *alle* darin verwickelt. Sie haben sie ermordet. Sie haben mich dazu *gebracht*, in dieses Flugzeug zu steigen! Ich *weiß*, dass Reese und Elizabeth zusammenarbeiten; sie versuchen, etwas aus mir herauszubekommen, und dann werden sie Mein. Gehirn. Verbrutzeln.« Ein

Schluchzen formt sich in meiner Kehle, als mich die Hoffnungslosigkeit überspült. »Wenn ich nicht gehe, bin ich so gut wie tot.«

Er sagt nichts, aber sein Griff an meinen Schultern wird lockerer, und als ich mich ihm entziehe, um weiter Sachen in meinen Rucksack zu stopfen, versucht er nicht, mich aufzuhalten.

»Kann ich ein paar Tage bei dir wohnen?«, frage ich aus einer plötzlichen Regung heraus.

»Ich denke schon«, sagt er. »Aber …«

Ich weiß nicht sicher, ob ich es aushalten kann zu hören, was er sagen will. Ich bin jetzt schon so überfordert, dass meine Finger zittern, während ich in eine Socke greife und das Geld herausziehe, das mein ganzes persönliches Vermögen darstellt.

Es sind weniger als vierzig Dollar.

Ich bin so am Arsch.

Vielleicht kann Benson mir etwas leihen.

Nein. Ich kann nicht. Ich kann ihn nicht um noch etwas bitten.

Vielleicht sollte ich nicht einmal bei ihm wohnen. Was, wenn sie beschließen, ihn einfach auch umzubringen?

»Ich gehe nachschauen, ob Reese und Jay noch irgendwo Geld in ihrem Schlafzimmer haben.« Ich sollte einfach sagen, was ich meine: *Ich schaue mal, ob ich Reese und Jay Geld stehlen kann.*

Was soll ich sonst machen?

Ich denke, wenn ich müsste, könnte ich mir Geld herzaubern, wenn ich etwas kaufen will, aber wenn es fünf Minuten später verschwindet, wäre ich dann nicht trotzdem eine Diebin? Ich tue Menschen weh und stehle Sachen. Warum um alles in der Welt passiert das?

Wenn ich schon jemandem etwas wegnehmen muss, dann Reese und Jay, denn sie sind die Bösen.

Warum fühle ich mich dann trotzdem schuldig?

Vielleicht, weil ich weiß, dass meine Mutter in diesem Augenblick nicht stolz auf mich wäre, und bei diesem Gedanken will ich am liebsten innerlich sterben.

Nach einem raschen Blick den Flur entlang, wo ich immer noch Elizabeth schreien höre, gehe ich zu Reese' und Jays Schlafzimmer. Als ich nach dem Türknauf greife und ihn drehe, gibt er einfach nach.

Sie haben nicht abgeschlossen.

Sie vertrauen mir.

Dieser Gedanke steht in so himmelschreiendem Gegensatz zu meinen Taten, dass ich innehalte, die Hand immer noch auf dem Türknauf, und versuche, klar zu denken. Warum sollten sie mir vertrauen? Glauben sie, ich sei so ignorant? Oder glauben sie, ich stünde so unter ihrer Kontrolle, dass ich nicht gefährlich werden könnte?

Kontrollieren sie mich? Auch nach allem, was passiert ist, weiß ich immer noch nicht, was ich bin.

Sie aber schon.

Die Tür schabt über den Teppich, als ich sie aufdrücke, ein Flüstern in dem stillen Raum. Sie haben ein schickes, modernes Schlafzimmer mit einem polierten schwarzen Doppelbett und quadratischen silbernen Nachttischen. Ich überlege, ob ich wohl Fußabdrücke auf dem Teppich hinterlassen werde – und beschließe, dass es egal ist –, während ich zuerst auf Reese' Bettseite gehe und dann auf die von Jay.

Auf Reese' Nachttisch steht nur eine Lampe. Das überrascht mich nicht. Nachttische geben meiner Meinung nach die Persönlichkeit einer Person genauer wieder als jeder klinische Test. Reduziert, elegant und organisiert. Das ist Reese.

Dennoch bringt mir ein Blick in die flache Schublade siebzehn Dollar ein, sorgfältig gefaltet.

Jays Seite ist profitabler – sechsundvierzig Dollar –, aber es ist auch ein chaotischerer Haufen. Es ist wahrscheinlich Wochen her, wenn nicht Monate, dass er den Haufen Müll sortiert hat, den er eindeutig jeden Abend aus seinen Taschen leert.

Ich habe ungefähr hundert Dollar.

Damit komme ich nicht weit. Aber es ist ein Anfang.

Ich drehe mich um. Benson wartet in der Tür auf mich. Sein Blick ist besorgt.

Natürlich ist er das. Ich habe eben meine übernatürlichen Kräfte benutzt, um eine erwachsene Frau bewegungsunfähig zu machen, und stehle jetzt Dinge und laufe davon wie eine Verrückte.

Ich schlüpfe an ihm vorbei, ohne ihn anzusehen, und stopfe das Bargeld in die kleine Tasche meines Rucksacks. Dann sehe ich mich im Raum um und überlege, was ich sonst noch brauchen könnte. Ist es Diebstahl, den Laptop mitzunehmen, den sie mir geschenkt haben? Das kommt mir schlimmer vor als das Geld, das ich gerade geklaut habe. Aber der Computer gehört genau genommen *mir*.

Ich zögere. Was, wenn er verwanzt ist?

Nicht direkt verwanzt, aber was, wenn sie mich darüber finden können? Solche Sachen sieht man ständig in Krimis, und ich weiß wirklich nicht, ob das eine dieser Pseudo-Fakten ist, die sie grob übertreiben, oder ob man das tatsächlich kann.

Dennoch.

Nicht ganz entschieden schnappe ich ihn und stopfe ihn in meinen Rucksack, dann ziehe ich mit einem Ruck den Reißverschluss zu, bevor ich es mir anders überlegen kann.

Ich kann meine Kunstutensilien nicht anschauen. Sie fühlen sich wieder wichtig an. Notwendig – als könne ich Quinn ohne sie nicht finden.

Und ich *muss* Quinn finden, wenn ich Antworten will.

Aber ich kann sie nicht mitnehmen. Ich habe einfach keinen Platz.

Und jetzt muss ich entscheiden: Phoenix oder Camden?

Quinn sagte mir, ich solle ihn in Camden treffen, aber Reese schien zu glauben, es gäbe etwas Wichtiges in Phoenix. Etwas, das mit *mir* zu tun hat. Aber … Phoenix ist eine große Stadt. Ich wüsste nicht, wo ich anfangen soll zu suchen. Ich war noch nie dort.

Ich seufze. Irgendwie endet es immer damit, dass ich gezwungen bin, Quinn zu vertrauen. Quinn, der nie bleibt, der nie Fragen beantwortet.

Der mein Herz hüpfen lässt und mein Blut in Wallung bringt.

Also Camden.

»Ich bin so weit«, sage ich zu Benson, und ich hasse es, dass meine Stimme zittert. Ich fühle mich schwach, verwirrt. Ich kann Dinge aus dem Nichts erschaffen – ich sollte mich stark und verantwortlich fühlen.

Aber ich tue es nicht.

»Tavia, wir …« Benson zögert und leckt sich nervös die

Lippen. »Wir sollten besser verschwinden«, endet er, obwohl ich weiß, dass er etwas anderes sagen wollte.

Als wir in den Flur kommen, schreit Elizabeth: »Ich glaube, sie haben dich ausfindig gemacht, Tave. Du bist da draußen nicht sicher. Die Reduciata werden dich kriegen – sie wollen dich unbedingt, sie wollen dich mehr als alle anderen von unseren Erdgebundenen. Sie ...«

»Erdgebundene«, flüstere ich; den Rest von Elizabeth' Satz nehme ich nicht mehr wahr. Ich habe das Wort schon einmal gehört – während Elizabeth' Telefongespräch mit Reese. Aber es ist noch mehr. Ein Wort, das ein flüsterndes Echo in meinem Kopf auslöst. *Erdgebundene ... Erdgebundene ...*

Benson zieht leicht an meiner Hand. »Wir müssen gehen.«

»Bitte«, fügt Elizabeth mit leiserer Stimme hinzu – aber so, dass ich es offensichtlich trotzdem hören soll –, »du weißt noch nicht genug darüber, wie du deine Kräfte nutzen kannst, um dich wirklich schützen zu können.«

Ich schnappe nach Luft und wirble zu ihr herum. Sie *weiß* es.

Ein Satz steigt in meinen Mund auf und ergießt sich von meiner Zunge, bevor ich ihn aufhalten kann: *»Sum Terrobligatus; declarare fidem.«*

Elizabeth' Augen werden so groß, dass ich das ganze Weiße um ihre Pupillen sehen kann.

Doch sie sagt nichts.

Wut brodelt in mir, und ich bücke mich, um die Pistole aufzuheben, die sie fallen gelassen hat, und drehe mich zu ihr herum. *»Declarare fidem!«* Meine Hand zittert – eine Hand, die sich nicht wie meine anfühlt. Was sind das für Worte?

Was tue ich da? Ich unterdrücke ein Schluchzen, als alles, von dem ich dachte, ich wüsste es über mich selbst, sich in Luft auflöst.

Ich bin ein Monster.

»Curatoria«, keucht sie.

»Was hast du gerade gesagt?«, flüstert Benson.

»Ich habe keine Ahnung«, flüstere ich zurück.

Und ich weiß es wirklich nicht. Aber ich sollte! Ich bin mir sicher, ich sollte! Genauso *sollte* ich die Bedeutung all der Worte kennen, die Elizabeth gerade gesagt hat. Ich schiebe diese Gedanken weg, spanne den Hahn der Pistole und lasse das gruslige Klicken das Büro ausfüllen. »Du willst, dass ich dir vertraue; warum hast du dann eine Waffe auf mich gerichtet?«

»Weil ich nicht wusste, wie viel du über deine Kräfte weißt«, antwortet Elizabeth sofort; sie muss den Hals unangenehm verdrehen, um mich sehen zu können. »Wie viel Kontrolle du hast.«

Es gefällt mir nicht, aber was kann ich tun? Es könnte wirklich sein, dass ich gefährlich bin. Wahrscheinlich hätte ich sie töten können. Ich frage mich, ob sie die Pistole auch in ihrem Büro hatte, ob sie jedes Mal nervös wurde, wenn ich in ihr Wartezimmer kam.

Ihr leeres Wartezimmer.

Es ist *immer* leer.

Ich bin so eine Idiotin.

Wie kommt es, dass ich alles erst sehe, wenn es zu spät ist?

Das Wartezimmer war immer leer, jedes Mal, wenn ich eine Sitzung bei ihr hatte – abgesehen natürlich von Sekretärin Barbie. Jedes. Mal. Selbst wenn ich unangekündigt vorbeikam. Ich schätze, ich dachte mir, es sei keiner länger als unbedingt nötig da, weil sich schließlich keiner ernsthaft in der Praxis einer Seelenklempnerin erwischen lassen will.

Aber ich hätte es früher erkennen müssen.

»Ich will Antworten!«, sage ich fieberhaft. »Und wenn du lügst, siehst du mich *nie* wieder.«

Zu meiner Überraschung lächelt Elizabeth. Kein spöttisches, grausames Lächeln, sondern ein freundliches, *erleichtertes*. Ich kapiere es nicht, und einen Augenblick lang bringt es mich aus dem Gleichgewicht.

Aber ich grabe die Zehen in den Boden, um bessere Balance zu bekommen – ein alter Yoga-Trick. »Das werde ich nicht«, sagt Elizabeth und verharrt regungslos wie eine Statue – wahrscheinlich keine einfache Leistung.

Ich schlucke den Kloß in meinem Hals herunter. Ich darf jetzt nicht anfangen, mich schuldig zu fühlen.

»Hast du noch andere Patienten außer mir?« Beginne mit etwas, das du schon herausgefunden hast.

»Im Moment nicht.«

Ich wippe ein bisschen auf den Fersen, schockiert von ihrer Ehrlichkeit. »Bist du wirklich Doktorin?«

»Psychiaterin? Ja.« Sie lacht leicht, dann verzieht sie das Gesicht, als sie versucht, eine bequemere Position einzunehmen. »Glaub mir, das Medizinstudium war kein Spaziergang.«

»Und warum arbeitest du dann für Reese? Und versuch nicht, es abzustreiten!«, warne ich. »Ich habe euch zwei gestern am Telefon reden gehört.«

»Na super. Einfach super«, brummt sie, dann richtet sie ihre Aufmerksamkeit auf mich. »Ich streite nicht ab, dass ich *mit* Reese arbeite«, sagt sie vorsichtig, »aber um die ganze Wahrheit zu sagen: Ich arbeite nicht *für* sie. Wir arbeiten beide für die Curatoria.«

Schon wieder das unbekannte Wort. Ich ignoriere es – tue so, als wüsste ich genau, was es heißt. »Warum diese Scharade?«

»Um dir die Chance zu geben, wieder gesund zu werden, bevor …«

Die Haustür fliegt auf und unterbricht sie. »Nicht schießen!«, schreit Jay. »Tavia, bitte, tu das nicht!«

Meine geliehene Pistole schwingt zu Jay herum, dann zurück zu Elizabeth. Ich fühle Benson hinter mir, der mir in Gedanken zu verstehen gibt, ich solle vorsichtig sein, aber jetzt sind es zwei von ihnen, und ich weiß nicht, wer die größere Bedrohung ist.

Jay, beschließe ich; Elizabeth wird in Schach gehalten – zumindest im Augenblick, obwohl das Metall sicher bald anfangen wird zu verschwinden. Ich wende mich Jay zu, als er oben an der Treppe ankommt.

»Nicht schießen«, keucht er und hebt eine Hand, mit der anderen hält er sich die Seite. »Ich bin es nur.«

Als würde das irgendetwas ändern.

»Mark, sie weiß es«, sagt Elizabeth.

Mark?

»Liz«, schilt er; sein Blick ist wachsam. Und müde. Er sieht aus, als habe er seit Tagen nicht geschlafen. Ich sehe wahrscheinlich ähnlich aus. Sein Blick geht zwischen Elizabeth und mir hin und her, und ich kann erkennen, dass er verzweifelt versucht, herauszufinden, wie weit wir sind.

Ich habe nicht vor, ihm die Gelegenheit zu geben.

»Warum bist du hier?«, frage ich in einem tödlichen Flüstern und mache mit ausgestreckter Pistole einen halben Schritt auf ihn zu.

»Weil du in Reese' Büro eingebrochen bist«, sagt Jay mit erhobenen Händen.

»Woher weißt du *das*?«

»Die gesamte Wohnung wird überwacht, Tave. Deshalb sind wir beide hier.«

Ich knirsche mit den Zähnen; ich verwünsche mich, weil ich daran nicht gedacht habe. »Warum zum *Teufel* ist alles so gesichert?«

»Na ja, denk mal …«

»Tavia?« Bensons schreckerfüllte Stimme unterbricht mich. Mein Blick schweift für eine Sekunde von Jay ab, und ich sehe, dass die Bänder, die Elizabeth fesseln, sich aufzulösen beginnen.

Ich schließe die Augen, und neue Bänder bilden sich, die einen leisen Schmerzensschrei von Elizabeth auslösen.

»Tave, Jay!«

Meine Pistole schwingt wieder zu Jay herum, der anscheinend versucht hat, zu seinem Vorteil zu nutzen, dass ich ihm den Rücken zuwende. Er hat den Arm erhoben, doch sobald der Pistolenlauf wieder in seine Richtung zeigt, murmelt er einen Fluch und lässt die Hände sinken.

Fesseln bilden sich um seine Knöchel, wickeln sich um das Treppengeländer und halten ihn an Ort und Stelle fest.

»Komm schon, Tavia, das ist doch lächerlich!« Jay sieht eher verärgert als eingeschüchtert aus.

Ich beiße die Zähne zusammen und hebe die Waffe wieder. Ich hasse mich selbst dafür, obwohl ich weiß, dass ich keine andere Wahl habe. »Folgt uns nicht oder ich benutze die da … oder Schlimmeres«, füge ich hinzu und fühle mich sehr dumm dabei, aber sie scheinen wirklich Angst vor meinen Fähigkeiten zu haben. »Komm, Benson«, sage ich und schultere meinen Rucksack. »Wir müssen jetzt los.«

»Geh nicht mit *ihm*«, ruft Elizabeth. »Du weißt, wen du finden musst, und das ist nicht Benson!«

»Ich höre dir nicht mehr zu!«, fauche ich sie an.

»Bitte, Tavia, lass dich nicht von ihm verwirren. Du bist für einen anderen bestimmt. Ich weiß, du kannst es fühlen.«

Ich halte mir die Ohren zu und beginne, die Treppe hinunterzugehen.

»Tavia, warte, geh nicht!«, sagt Jay, und ich drehe mich bei der Panik in seiner Stimme beinahe um. »Meine Arbeit, wir haben Verbindungen zwischen den Reduciata und dem Virus gefunden, und wenn du gehst, weiß ich nicht, ob ich …«

»Ich kann – ich kann euch nicht mehr zuhören«, unterbreche ich ihn schreiend. »Ich kann nichts von dem glauben, was ihr sagt.« *Und wenn ich jetzt nicht gehe, wer wird dann noch kommen? Wie viele Leute kann ich mit meinen kurzlebigen magischen Tricks tatsächlich aufhalten?*

Ich schaue mich in Wohnzimmer und Küche um, als Benson und ich durch die Garagentür gehen. So viele Erinnerungen. Gute Erinnerungen. Die peinlichen, aber seltsam mütterlichen Momente mit Reese, die ausgelassenen Zeiten mit Jay, als ich das erste Mal im Leben das Gefühl hatte, einen Bruder zu haben.

Alles Lügen.

Bevor die Wut mich ersticken kann, wende ich allem den

Rücken und gehe hinaus in die Garage. Dann knalle ich die Tür hinter meinem alten Leben zu.

Sobald ich aus dem Haus heraus bin, lasse ich Elizabeth' Pistole klappernd auf den Boden fallen.

Benson öffnet den Mund – er findet wahrscheinlich, wir sollten sie mitnehmen –, aber ich bringe ihn mit einem Blick zum Schweigen. Ich kann nicht. Ich kann einfach nicht. Ich finde es schon schrecklich, gefährlich zu sein, einfach weil ich ich bin; ich werde nicht auch noch eine Waffe mit mir herumtragen.

Er akzeptiert meine Weigerung und zieht stattdessen den riesigen Schlüsselbund aus der Tasche. »Wir sind schon eingebrochen; wie wäre es jetzt mit Autodiebstahl?«

»Meinst du damit, wir sollten Reese' BMW nehmen?«, frage ich und merke, wie lächerlich meine Worte klingen – als wäre *das* das Schlimmste, das heute passiert ist.

Benson schluckt. »Eigentlich nicht. Aber mein Auto steht vor der Bücherei, und ich will nicht, dass du ungeschützt da rausgehst, was auch immer dort ist. Ich denke, du könntest versuchen, ein Auto zu machen, aber …«

»Es würde in fünf Minuten verschwinden«, sage ich und schneide seine Antwort ab, bevor ich überhaupt darüber nachdenke, es wirklich zu tun.

»Also gut«, stimmt er zu. »Abgesehen davon ist er schwarz; das ist unauffällig. Das funktioniert.«

Ich starre das windschnittige, glänzende Gefährt an. »Sie wird die Cops rufen.«

»Wird sie nicht.«

»Das ist ein Achtzigtausend-Dollar-Wagen, Benson. Glaub mir – sie wird die Cops rufen.«

Er dreht sich zu mir um. »Nein. Sie wird dich selber jagen. Und jetzt muss sie sich dafür erst einmal ein Auto besorgen. Keine Polizei; sie wird nicht das Risiko eingehen, entdeckt zu werden.«

»Da ist ein ganz schönes Glücksspiel«, sage ich leise.

»Lass uns das Glück herausfordern.«

Ich zögere; ich will Reese und Jay nicht mehr wehtun, als ich es schon habe.

»Tavia«, drängt Benson, »sie waren vielleicht Komplizen beim Mord an deinen Eltern.«

»Na gut«, sage ich und schlucke den Schmerz hinunter, der mit dieser Erinnerung in mir aufsteigt. »Aber ich fahre.« Denn wenn schon jemand ein Auto stehlen muss, dann werde ich das tun.

Kapitel 20

Meine Gedanken und ich schweigen in den ersten Minuten, während wir fahren. Ich halte mich an ruhige Straßen durch Wohngebiete und meide alle Orte, wo Leute nach uns suchen könnten. Nach *mir*.

Benson schickt jemandem eine SMS. »Meiner Mutter«, erklärt er.

Ich bin schon zu voll von Schuldgefühlen, um sonst noch etwas zu fühlen.

Ich weiß nicht, wohin wir fahren – ich habe mich gegen meinen ursprünglichen Plan, bei Benson zu wohnen, entschieden. Alles, was jetzt zählt, ist Abstand zwischen uns und Reese' und Jays Haus zu bringen. *Marks und Samanthas* Haus wohl eher. Genug Abstand, um zu denken, zu planen. Um irgendwie herauszufinden, wie ich es vermeiden kann, getötet zu werden.

Oder jemanden zu töten.

Wir kommen durch ein älteres Wohnviertel, ohne eine Spur von Jay, Elizabeth oder dem Sonnenbrillentypen auf unseren Fersen. Ich bin froh, dass ich mit Fahren beschäftigt bin; sonst hätte ich wie besessen jedes Haus nach einem glühenden Dreieck abgesucht. Gerade als ich das denke, fällt mir ein Straßenschild ins Auge, und ich merke, dass ich dabei bin, die Fifth Street zu überqueren. Instinktiv trete ich auf die Bremse und biege rechts ab, was Benson beinahe auf meinen Schoß wirft.

»Mann, warn mich nächstes Mal bitte vor!«, brummelt er und reibt sich die Seite, mit der er auf den Schalthebel gefallen ist.

»Tut mir leid«, sage ich, und auch wenn es stimmt, bin ich so konzentriert, dass ich sicher nicht ehrlich klinge. Ich nehme an, die Zeit für Subtilitäten ist lange vorbei, also halte ich einfach vor dem alten Haus und zeige darauf. »Siehst du das?«, frage ich und unterdrücke meine nervöse Spannung, während ich meinen Finger auf die Haustür richte.

Wenn ich bisher nicht wie eine Irre gewirkt habe, tue ich es jetzt.

»Was soll ich sehen?«, fragt Benson vorsichtig.

»Das Dreieck.« Es ist blass, aber es ist eindeutig da. »Siehst du es?«

»Wo?«, fragt Benson blinzelnd.

»Über der Tür. Es ist gräulich.«

Er späht über meinen Schoß, dann beugt er sich ein bisschen näher und drückt sich an mich. Ich halte den Atem an.

»Ich …« Er zögert, und in dieser Sekunde gestatte ich mir den Traum, dass er die mysteriöse Form vielleicht auch sehen kann. »Ich sehe nichts, Tave.«

Ich schlucke einen Kloß der Enttäuschung hinunter und fahre schweigend weiter, aber ich schaffe es nur einen Block weit, bevor ich wieder anhalte.

»Alles klar?«, fragt Benson und streicht mir mit den Fingern über die Hand.

Tränen steigen in mir auf, aber ich weigere mich, sie fließen zu lassen. »Nein … nichts ist klar.«

»Was ist los?«, fragt er sanft.

Mein Kinn zittert, und ich beiße die Zähne zusammen, damit es aufhört. »Du – du musst aussteigen. Du kannst von hier aus zu Fuß nach Hause gehen.«

Benson lehnt sich zurück, die Arme vor der Brust verschränkt, und zieht eine Augenbraue hoch. »Ach, wirklich?«

»Benson, ernsthaft, ich – ich muss weg und du kommst nicht mit.«

»Wovon redest du«, fragt er beinahe eisig.

»Ich fliehe vor einer Art übernatürlicher *Mafia*. Du hast gesehen, was ich mit Elizabeth und Jay gemacht habe – was ich beinahe deinem Mitbewohner angetan habe. Ich bin tierisch gefährlich, und du solltest nicht in meiner Nähe sein, geschweige denn in der Nähe der Leute, die mich *umbringen wollen.*«

Er schweigt lange, dann wendet er mir das Gesicht zu, streckt zögernd die Hand aus und legt seine langen Finger um meinen Oberschenkel. »Schau mich an.«

Ich will nicht. Will nicht diesen mühelosen Trost spüren, der von seiner Hand in mein Bein fließt. Ich will mich nicht dem stellen, was es bedeutet.

Oder was es vielleicht nicht bedeutet.

Aber er schweigt und wartet.

Ich hebe das Kinn, versuche, hart und stark auszusehen. Als würde ich ihm in den Hintern treten, wenn er versuchte, mir zu folgen. Aber ich habe den Verdacht, dass meine zitternde Unterlippe den Effekt ruiniert.

»Ich verlasse dich nicht«, flüstert Benson. »Ich – ich habe gerade erst verstanden, was du mir wirklich bedeutest. Ich weiß, es ist gefährlich.« Er hält inne und presst die Lippen aufeinander. »Wahrscheinlich sogar noch gefährlicher, als du glaubst. Aber ich komme mit.«

Seine andere Hand ruht jetzt an meinem Gesicht und zwingt mich, zu ihm aufzublicken. Ich weigere mich: Ich halte die Augen geschlossen. Doch lange halte ich es nicht aus. Seine blauen Augen blicken auf mich herab, so ruhig und bestimmt, dass wieder Schmetterlinge in meinem Bauch flattern.

»Wenn du mich aus diesem Auto wirfst und wegfährst, gehe ich zu Fuß zur Bibliothek – die von hier aus mehrere Kilometer entfernt ist, möchte ich hinzufügen –, hole *mein* Auto und fahre den ganzen Tag herum und suche dich.« Er lächelt schwach. »Erspar uns beiden die Mühe, ja?«

»Du weißt nicht, worauf du dich einlässt«, protestiere ich.

»Ich weiß *genau*, worauf ich mich einlasse.«

Er küsst mich so sanft, so kurz – es wäre einfach gewesen, abzustreiten, dass es überhaupt passiert ist, wenn sich mein Mund nicht angefühlt hätte, als stünde er in Flammen.

Ich entziehe mich, bevor ich vollends den Verstand verliere. Das ist nicht fair. »Aber … stört es dich nicht, dass ich die halbe Zeit an Quinn denke? Du weißt schon«, füge ich leise murmelnd hinzu, »immer wenn ich gerade nicht an dich denke.«

Sein Gesicht ist dicht an meinem, und ich weiß, ich sollte mich abwenden – ihn gehen lassen –, aber nach dem Stress des Tages sehne ich mich nach Körperkontakt. Ich sehne mich nach *ihm*. Sein Mund schließt sich über meinem, und ein winziger Laut entschlüpft meiner Kehle, als ich die Finger in seinen Nacken lege und ihn näher ziehe.

»Glaubst du, ich habe Angst vor ein bisschen Konkurrenz?«, neckt er mich spielerisch und zieht sich dabei ganz leicht zurück.

»Ich …« Meine Gedanken sind ein Durcheinander aus Benson und Quinn, aber ich schließe die Augen und küsse ihn, halte ihn fest, ergebe mich seinem Geschmack auf meiner Zunge.

Ein ohrenbetäubender Lärm reißt uns auseinander, als etwas durch die Rückscheibe kracht und direkt hinter meiner Schulter mit einem Rums einschlägt, der durch meinen Sitz zu spüren ist.

»Los!«, schreit Benson, und als ich mich vom Straßenrand löse, höre ich weitere Schüsse in den Wagen einschlagen, dass die Karosserie zittert, während ich versuche, die Kontrolle über das Fahrzeug zu behalten und auf der richtigen Straßenseite zu bleiben.

Benson kniet jetzt, das Gesicht hinter die Kopfstütze geduckt, und späht hinaus, während ich in einer wahnwitzigen Aktion um eine Ecke biege. »Das ist der Typ aus der Bibliothek!«, schreit Benson.

»Wie hat er uns gefunden?«, frage ich, während ich mit quietschenden Reifen um die nächste Ecke biege. »Wir sind *kilometerweit* entfernt!«

»Ich weiß nicht. Er muss … keine Ahnung, mich zu deinem Haus verfolgt haben?« Er setzt sich wieder richtig herum und schnallt sich an. Ich kann es ihm nicht verübeln.

Ich nehme die ersten zwei Abzweigungen, die ich sehe – eine rechts, eine links –, und hoffe, nicht in einer Sackgasse zu landen.

»Er ist vielleicht zu Fuß, aber er kürzt durch die Gärten ab. Wir müssen raus aus diesem Viertel.«

Ich nicke und suche nach einem guten Weg.

»Dieser Kerl sollte Marathon laufen oder so. Er ist *schnell*!«

»Ich bin schneller«, sage ich, biege endlich in eine belebte Straße ein und trete aufs Gas.

Eine Minute später wirft Benson noch einen Blick über die Schulter. »Er ist jetzt komplett außer Sicht«, sagt er. »Ich bin mir aber ziemlich sicher, dass er das Auto wiedererkennen würde.«

»Dann war Kaffee-auf-ihn-Schütten also nicht so effektiv, wie wir gehofft hatten?«, scherze ich und werfe ihm einen gespielt herablassenden Blick zu. Etwas – vielleicht das Adrenalin – hat mir sowohl meine Nerven als auch meinen Sinn für Humor zurückgegeben. Oder vielleicht kommt das auch nur davon, wenn man hinter dem Steuer eines so tollen Autos sitzt.

»Wohl nicht.« Benson schenkt mir den Anflug eines Grinsens, aber jetzt ist er derjenige, der nervös aussieht.

Ich habe herausgefunden, wo ich bin, und biege erneut rechts ab in Richtung Autobahn. »Letzte Chance«, sage ich, als ich einen knappen Kilometer vor der Autobahnauffahrt an einer roten Ampel halten muss. »Das ist die Wirklichkeit, Benson. Wenn du mit mir kommst, gibt es kein Zurück mehr.«

»Es gibt jetzt schon kein Zurück mehr«, sagt er und starrt geflissentlich durch die Windschutzscheibe.

»Benson?«, frage ich, als wir uns der Interstate 95 nähern. »Weißt du, wo Camden liegt?« Winziges Detail.

»Camden in Maine?«

»Gibt es noch ein anderes Camden?«

»Nicht dass ich wüsste. Zumindest nicht hier in der Gegend.«

»Dann ja.«

»Ja, das ist so eine coole alte Stadt … Ungefähr fünf oder sechs Stunden von hier. Im Osten. Na ja, Nordosten. An der Küste entlang.«

Perfekt. »Dann fangen wir dort an«, sage ich und setze den Blinker nach rechts.

»Warum?«

Sag es keinem. Die Worte hallen in meinem Kopf wider, als säße Quinn auf dem Rücksitz. »Nur so eine Ahnung.«

»Sie sind in Richtung Osten gefahren.« Er steht vor meinem Schreibtisch. Der, den ich verachte.

Ich blicke hinauf in mein eigenes, in dem dunklen Glas verzerrtes Spiegelbild. »Nimm die ab; ich hasse es, wenn ich deine Augen nicht sehen kann«, sage ich scharf. So scharf ich kann, wenn ich flüstere.

Belämmert nimmt er die Sonnenbrille ab. Ein Schaf, *denke ich bitter.* Genau das ist er. *So sind die meisten von diesen Menschen. Nicht, dass es wirklich ihre Schuld wäre. So wollten wir sie haben.*

»Konntest du ein paar Schüsse abgeben?«, frage ich, als seine Augen schließlich sichtbar sind.

»Einige mehr, und ich hätte sie womöglich noch getroffen.«

Ich lächle nur ganz leicht. »Perfekt«, sage ich. »Verängstigt und auf der Flucht. Genau so will ich sie haben.«

»Soll ich meine Männer zurückpfeifen?«

»Noch nicht«, sage ich und stelle sie mir vor. In Panik. Wie sie alles falsch macht. Sich benimmt wie ein Mensch, wofür

sie sich ja auch hält. »Bleib in ihrer Nähe – beobachte sie.« Ich ziehe eine Augenbraue hoch. »Willst du nicht sehen, was als Nächstes passiert?«

Kapitel 21

*I*ch weiß nicht recht, warum ich Benson nicht die Wahrheit darüber sage, wohin wir fahren. *Warum* wir dorthin fahren – vielleicht wegen meiner Abneigung gegen dramatische Szenen? Ich kann es wohl kaum gebrauchen, dass der Typ, den ich küsse, Stunden in meinem gestohlenen Auto auf der Fahrt zu dem Typen verbringt, den mein Herz nicht in Ruhe lassen kann. Ich stehe nicht besonders auf betretenes Schweigen.

Stattdessen sprechen wir über alles und jedes, nur nicht über die letzte Woche, und Benson lenkt mich ziemlich gut ab, wenn ich zu lange in Schweigen versinke. Wenn ich still bin, rasen meine Gedanken, und ich grüble unwillkürlich, wer – oder was – ich wirklich bin.

Ein Teil von mir ist sogar erleichtert – erleichtert, dass Elizabeth mit einer Pistole aufgetaucht ist, erleichtert, dass der Sonnenbrillentyp versucht hat, mich umzubringen –, denn das bedeutet, ich bin nicht verrückt. Andererseits habe ich heute meine Therapeutin und meinen Vormund in Ketten gelegt und ein Auto gestohlen, um ihnen zu entkommen. Etwas in mir weiß, wie das geht. Etwas, das ich nicht verstehe – eine Person, die ich nicht kenne. Das bringt mich dazu, alles infrage zu stellen – mein Leben, mich selbst, meine Erinnerungen. Wie viel von meinem Leben war eine Lüge? Bin *ich* eine Lüge?

Doch eine leichte Berührung von Bensons Fingern auf meiner Hand, ein müder Scherz, der Hinweis auf eine lustige Werbeanzeige – das alles holt mich ins Jetzt zurück. Sobald ich aus diesem Auto heraus bin, werde ich über die Katastrophe meines Lebens nachdenken müssen. Doch bis dahin lachen Benson und ich, reden und necken uns, gehüllt in eine kleine, viertürige eigene Welt.

Wegen Bauarbeiten und viel Verkehr auf den Straßen werden aus fünf oder sechs Stunden acht. Jedes Mal, wenn wir langsamer fahren müssen, ertappe ich mich dabei, wie ich ungeduldig mit den Fingern auf das Lenkrad trommle. Benson hält die ganze Zeit über durch die Rückscheibe Wache, und soweit er es beurteilen kann, folgt uns niemand. Jetzt, wo ich diese Sorge wenigstens vorübergehend los bin, kann ich nur noch daran denken, endlich anzukommen.

Camden bedeutet Quinn.

Und Quinn bedeutet Antworten.

Ich bin mir nicht sicher, was mich ungeduldiger macht. Trotz der letzten zwei Tage mit Benson kann ich die Vorstellung nicht aufgeben, bei Quinn zu sein. Quinn gibt mir das Gefühl, am Leben zu sein, wie ich es seit dem Flugzeugabsturz nicht mehr hatte, als habe ein Teil von mir geschlafen und er könne ihn ins Leben zurückbringen.

Und da ist diese Vertrautheit. Ich kann sie nicht abschütteln.

Hoffentlich erfahre ich die Ursache dafür, wenn wir ihn in Camden erst einmal ausfindig gemacht haben. Vielleicht kenne ich ihn ja doch. Vielleicht habe ich ihn *immer* gekannt.

So oder so – er wird die Antworten haben. Das *muss* ich glauben.

Jay hat viermal versucht, mich anzurufen. Na ja, viermal, bevor ich mein Handy ausgeschaltet habe. Ich überlege, ob ich es loswerden muss. Ich hasse das Gefühl, keine guten Wahlmöglichkeiten zu haben. Und ich finde es furchtbar, dass ich Jay nicht vertrauen kann. Ich habe mich wohl wirklich an diese letzte Hoffnung geklammert, dass nur Reese und Elizabeth in die Sache verwickelt sind – und dass Jay so ahnungslos ist wie ich.

Nach einer gefühlten Ewigkeit kommen Benson und ich ungefähr zu der Zeit in Camden an, wo alle Läden schließen und die Leute nach Hause gehen.

Die Gebäude sind alle alt und ziemlich niedrig, höchstens zwei Stockwerke hoch, und weit und breit ist keine Ladenkette in Sicht. Aber es gibt auch genauso wenig hell erleuchtete Schaufenster, wie ich sie aus Portsmouth gewohnt bin. Alles hat etwas Sauberes, aber Gedämpftes, Ziegelrotes an sich. Es ist, als sei die ganze Stadt aus den 1950er-Jahren hierher versetzt worden. Bäume beschatten saubere Gehwege, und überall um mich herum fegen Ladenbesitzer vor ihren Geschäften oder holen ihre Werbeaufsteller herein, damit sie abschließen können. Die geschlossenen Geschäfte sind nicht vergittert, was den Eindruck erweckt, als passiere hier niemals etwas Böses.

Vielleicht ist das auch so. Vielleicht hat mich Quinn deshalb hierhergeschickt.

Malerisch, beschließe ich. *Und klassisch*. Wäre ich aus einem anderen Grund hier, ich würde wahrscheinlich anfangen, die Stadt nach interessanten Gebäuden und Sehenswürdigkeiten abzugrasen, wie ich es in Portsmouth getan habe. Aber falls es hier etwas Besonderes geben sollte, haben wir es noch nicht entdeckt. Quinn schien zu glauben, ich wisse genau, wovon er sprach, als er mir sagte, ich solle hierherkommen.

War ich schon einmal hier?

Es fühlt sich nicht vertraut an. Ich betrachte die Geschäfte um mich herum, suche nach Symbolen, aber ich sehe nichts dergleichen – obwohl ich das vielleicht noch einmal überprüfen muss, wenn die Sonne scheint, so dunkel, wie es inzwischen ist.

»Wir müssen schon wieder tanken«, sage ich mit einem Blick auf die Tankanzeige.

»Das übernehme ich diesmal«, sagt Benson, als wir an einer altmodischen Tankstelle halten. Er steigt aus und geht ums Auto herum zur Zapfsäule.

»Was machen wir, wenn wir kein Geld mehr für Benzin haben?«, frage ich, während wir beide zuschauen, wie die Zahlen durchlaufen.

»Ich habe eine Kreditkarte«, sagt Benson gelassen, aber ich merke, dass er sich auch Sorgen macht.

»Können sie die Dinger nicht lokalisieren?«, seufze ich und lehne mich an die Fahrertür.

»Es gibt noch eine andere Möglichkeit, Tave …«, beginnt Benson zögerlich, und ich weiß, was er sagen wird. Ich meide dieses Thema, seit mir bewusst wurde, wie wenig Bargeld ich bei Reese und Jay gefunden hatte.

»Wenn wir wirklich in einer verzweifelten Lage sind, könntest du dann nicht einfach … du weißt schon?«

»Es verschwindet nach fünf Minuten, Benson. Das ist trotzdem Diebstahl.«

»Ich sagte *verzweifelt*. Ich rede nicht von jetzt.«

Ich blicke auf meine Schuhe hinab, während Benson den Tankstutzen zurückhängt, als der Tank voll ist. Voll mit dem Benzin, das er aus seiner eigenen – wahrscheinlich mageren – Studentenkasse gezahlt hat. Für mich.

»Es ist eigentlich nicht einmal das Stehlen«, platze ich heraus. Angesichts des Besitzstatus des Gefährtes, an dem wir beide lehnen, halte ich die Verdeutlichung für nötig. »Alles begann, als ich angefangen habe, meine … Kräfte zu benutzen – wie auch immer du sie nennen willst. Sogar bevor ich wusste, was ich tat. Wie mit dem Labello. Seitdem ist alles den Bach runtergegangen. Nicht du natürlich, aber so ungefähr alles andere. Ich glaube einfach nicht, dass es eine gute Idee ist, mein *Talent*« – ich flüstere das Wort – »zu nutzen, es sei denn, wir haben keine andere Wahl. Es ist unberechenbar und *gefährlich*.«

»Es ist deine Entscheidung«, sagt Benson und legt den Arm leicht um meine Schultern. »Ich werde dich nicht drängen.« Er schaut sich auf dem Parkplatz der Tankstelle um, dann beugt er sich zu mir vor. »Lass uns aber hier abhauen. Ich bin nicht gern draußen in aller Öffentlichkeit, wenn vielleicht unsere Namen und Gesichter in den Abendnachrichten kommen.«

Ich seufze. Es ist schrecklich, dass unser kleines »Abenteuer« nur allzu wahrscheinlich deshalb ein Ende nehmen wird, weil wir auf einer Fahndungsliste stehen.

»Soll ich mal eine Weile fahren?«, fragt Benson, und die Krämpfe in meinen Beinen bestehen darauf, dass ich sein Angebot annehme. Er setzt sich auf den Fahrersitz und schaut mich lange an, bevor mir klar wird, dass er auf meine Richtungsanweisungen wartet.

Ich habe aber keine. Jetzt, wo wir hier sind, sind seine Mutmaßungen genauso gut wie meine. Irgendwann fährt er zurück auf die Straße und in die Richtung weiter, in der wir auch vorher unterwegs waren.

Innerhalb von ein paar Minuten merke ich, dass die letzten beiden Häuser, an denen wir vorbeikamen, gute zwei Blocks auseinander standen und dass vor uns nichts in Sicht ist. Wir waren *in* der Stadt, und dann, ziemlich abrupt, waren wir wieder *draußen*. »Äh, Benson?«

»Ja?«

»Ich glaube nicht, dass wir noch in Camden sind.«

Er blickt sich nach dem Gras zu beiden Seiten der Straße und dem dichten Wald dahinter um, der außerhalb der Reichweite unserer Scheinwerfer liegt. »Ich glaube, das war's«, sagt er und klingt zum ersten Mal, seit er beschlossen hat, mit mir zu kommen, unsicher.

»Was tun wir jetzt?«

Er schaut zu mir herüber. »Du bist diejenige, die herkommen wollte. Ich dachte, du hättest einen Plan.«

»Nicht so richtig«, sage ich, plötzlich interessiert an der Landschaft.

»Na ja, wir können nicht einfach wieder umkehren, oder?«

»Ich glaube nicht.«

Seine Augenbrauen ziehen sich kurz zusammen, dann setzt er den Blinker und biegt vorsichtig in einen Feldweg ein.

»Was ist dahinten?«

»Ein Versteck für die Nacht«, sagt Benson mit einem Blick in den Rückspiegel. Er parkt Reese' Auto am Rand des Feldwegs an einem Wäldchen. »Hinter uns war keiner in Sicht und die Bäume verbergen uns vor Autos auf der Straße.«

»Glaubst du, der Typ mit der Pistole verfolgt uns noch?«

Er schweigt lange Sekunden, die in meinem Kopf heruntertícken. »Ich glaube, jemand, der motiviert genug ist, mit einer Pistole auf jemanden zu schießen, gibt nicht ohne einen verdammt guten Kampf auf«, sagt er in ruhigem Ton, der mir Angstschauder durch den ganzen Körper jagt. »Aber nach allem, was heute passiert ist, bin ich erschöpft. Und wenn du mal kurz überlegst, wie du dich fühlst, wette ich, es geht dir genauso.«

Ich habe nicht die Energie, zu versuchen, das Offensichtliche abzustreiten.

»Wenn wir nicht schlafen, sind wir morgen zu nichts nütze und entkommen auf keinen Fall jemandem, der dich umbringen will«, sagt er, sanfter diesmal, und hebt eine Hand, um mein Gesicht zu streicheln.

Ich blicke auf den Rucksack zwischen meinen Füßen hinab, und mir fällt auf, was ich vergessen habe – Kissen, Decken. Ich hatte nicht gerade viel Zeit zu planen. »Wir müssen den Motor ausmachen, oder?«

»Wir dürfen das Benzin nicht verschwenden.«

»Es wird kalt werden.«

»Unsere Körperwärme genügt, um diesen kleinen Raum warmzuhalten.«

Ich nicke wie betäubt. Ich wäre die Erste, die zugibt, dass ich mein Leben heute Morgen nicht besonders optimistisch gesehen habe, aber selbst ich hatte nicht erwartet, die Nacht irgendwo im Nirgendwo in einem gestohlenen Auto verbringen zu müssen und zu überlegen, ob uns warm genug sein würde, um überhaupt schlafen zu können.

Benson überlässt mir die Wahl, und ich nehme den Beifahrersitz, der sich beinahe waagerecht umlegen lässt, während er sich im rechten Winkel zu mir auf der Rückbank ausstreckt. Er hat recht – sogar in einem Mantel spüre ich dort, wo er liegt, nur Zentimeter von meinem Gesicht entfernt, seine Körperwärme aufsteigen.

Was mich eher *un*-schläfrig macht.

»Morgen sieht alles besser aus«, murmelt er, schon halb im Schlaf.

»Könnte auf jeden Fall nicht schlimmer aussehen«, flüstere ich, aber so leise, dass er mich nicht hören kann.

Nachdem Bensons Atmung tiefer und langsamer geworden ist, lasse ich die Tränen kommen. *Quinn!*, rufe ich in Gedanken. *Ich bin hier – ich habe getan, was du gesagt hast. Wo bist du?*

Kapitel 22

Ich erwarte nicht, schnell einzuschlafen; ich gehe davon aus, dass ich stundenlang in fruchtlosem Selbstmitleid versinken werde. Ganz zu schweigen von der allgemeinen Unbequemlichkeit, wenn man in einem Auto schlafen will. In einem *kalten* Auto. Doch als sich meine Augenlider flatternd öffnen, um mir einen schneebedeckten Wald zu zeigen, beleuchtet von einem überirdischen Glühen, weiß ich, das muss ein Traum sein. Ein Blick an dem umwerfenden Kleid hinab, das mir in silbern glänzenden Falten um die Beine wirbelt, bestätigt es.

Ich gehe ziellos durch den lichten Wald; Schneeflocken legen sich mit einer Kälteexplosion auf meinen ansonsten warmen Körper. Die lange Schleppe des Kleids schleift über den Pulverschnee hinter mir und hinterlässt eine flache Spur, die sich um die Bäume windet, während ich mich drehe und schlängle – nicht in Eile, aber auf der Suche nach etwas.

Sein Profil ist das Erste, was ich sehe. Wie immer sind seine Haare im Nacken zusammengebunden, auch wenn ein paar dünne Strähnen auf seinen gebräunten Wangen liegen. Ein Umhang bedeckt seine Schultern, hüllt seinen Körper in eine Schwärze, die beinahe mit dem Baum verschmilzt, an dem er lehnt. Er dreht den Kopf und laubgrüne Augen erwidern meinen Blick. Meine Brust zieht sich zusammen und ich schnappe bei seinem Anblick nach Luft. Sein Blick geht durch mich hindurch, in mich hinein, sieht meine Seele. Nach einem Augenblick der Betrachtung – als entdecke er etwas in mir, das ihn überrasche –, entspannt sich sein Gesicht, und er lächelt. Er streckt eine behandschuhte Hand aus und zwischen seinen Fingern erscheint eine blutrote Rose.

»Ich wusste, du würdest zu mir kommen.«

Quinns Worte durchbrechen eine unsichtbare Barriere, und ich laufe los; meine nackten Füße bewegen sich lautlos auf dem weichen Schnee. Die Rose fällt zu Boden, als er die Arme ausbreitet, ein Spiegel meiner eigenen, als wir uns nacheinander ausstrecken.

Ausstrecken.

Ausstrecken.

Mein Körper prallt an seine warme Brust, und seine Hände sind an meinen Wangen, ziehen mich zu sich, packen mich im Nacken. Ich habe keine Zeit, die Augen zu öffnen, bevor sein Mund mit weichen Lippen meinen findet. Es ist, als sei ein Damm in uns gebrochen, und alle Sehnsucht, jeder Wunsch wird erfüllt. Fingerspitzen streichen an meinen Seiten hinab, schlängeln sich hinter meinen Rücken, ziehen mich fester, näher heran. Ich umklammere sein Hemd, dünnes weißes Leinen unter seinem Umhang, und ziehe ihn zu mir herab.

Oder vielleicht ziehe ich mich auch selbst hoch.

Egal, was immer mich ihm näher bringt. So nahe sich zwei Seelen sein können, ohne zu einer zu verschmelzen. Seine Lippen verlassen meinen Mund, und bevor ich protestieren kann, finden sie meinen Hals, die Kuhle meines Pulses. Meine Finger fahren ihm durch die Haare, und ich zerre das

Haarband weg, sodass die Strähnen auf meine Hand fallen, sie seidig umschmeicheln – ich wusste, dass es sich genau so schön anfühlen würde.

Mit einem widerstrebenden Knurren löst sich Quinn von mir. Seine Hände umrahmen mein Gesicht, sein Blick bohrt sich in meinen. »Ich habe dir Dinge zu zeigen«, sagt er, und mein ganzer Körper erstarrt bei der Ernsthaftigkeit, die in seinen Worten liegt.

»Dann zeig sie mir«, flüstere ich mit mehr Anstrengung, als es eigentlich erfordern sollte. Meine Worte sind eine Dunstwolke in der Luft, die ein paar Sekunden lang unnatürlich zwischen uns hängt, bis ein verirrter Windstoß sie fortbläst.

Quinn zieht mich wieder an sich und sein Mund ruht dicht an meiner Wange. »Ich habe dir Dinge zu zeigen«, flüstert er wieder; seine Lippen berühren mein Ohrläppchen und jagen mir einen Schauder über den Rücken.

Schließlich löst er sich von mir und in seinen Augen liegt ein seltsamer Schatten. Seine Arme sinken von meiner Taille herab und er macht ein paar Schritte rückwärts.

Dann dreht er sich um.

Und geht fort.

»Quinn?« Die Worte sind ein Flüstern. Es ist *mein* Traum; er kann nicht weggehen. »Quinn?« Lauter jetzt hallt meine Stimme von den Bäumen wider und lässt die Eiszapfen klirren. »Quinn!« Die Bäume beben unter meinem durchdringenden Schrei; die Eiszapfen fallen klappernd zu Boden. Ich hebe meine Röcke an und versuche, ihm nachzulaufen, doch der Wald um mich herum wird dunkler, und bald kann ich nichts mehr sehen.

Mit ausgestreckten Armen taste ich mich durch die Dunkelheit, meine Handflächen kratzen schmerzhaft über die messerscharfe Rinde, wenn ich auf einen Baum stoße. Bald fühle ich, wie das Blut warm und dickflüssig an meinen Armen entlangläuft.

Wieder und wieder rufe ich seinen Namen, irgendwie weiß ich, dass ich dieser Dunkelheit entkommen kann, wenn ich ihn nur finde. Die Kälte, die mir noch vor Minuten nichts anhaben konnte, sengt sich in meine Knochen, und bald stolpere ich und falle.

Dann bricht der Schnee über mir zusammen und die Kälte vervielfacht sich drastisch. Ich rudere mit den Armen, und als ich das Gesicht himmelwärts hebe, merke ich, dass ich wieder in dem Traum bin, in dem ich ertrinke. Das eisige Wasser schneidet mir bis auf die Knochen, während sich die Schwärze über meinem Kopf schließt.

Quinn … Quinn … Meine Gedanken werden leiser, als mich der Schmerz einhüllt und ich loslasse.

Ich unterdrücke mit der Hand vor dem Mund einen Schrei, während ich versuche, mich in meiner dunklen, unbekannten Umgebung zurechtzufinden.

Reese' BMW.

Ich bin in Sicherheit.

Ich lebe.

Ich sinke auf dem Sitz zurück und liege in der Dunkelheit, während Gefühlswellen über mir zusammenschlagen, zu Strudeln wirbeln, die meinen Körper von tief innen schütteln. Angst, Sehnsucht und Verzweiflung in einer überwältigenden Mischung.

Nicht nur verzweifelte Sehnsucht nach Quinn, sondern

nach Antworten, Erklärungen. Ich weiß nichts und deshalb sitze ich so sicher in der Falle wie in Eisenketten.

Außerhalb des Wagens flattert etwas in der Dunkelheit. Die Fenster sind von unserer Körperwärme beschlagen, und ich hebe meinen Arm, um mit dem Ärmel einen Kreis freizureiben.

Etwas bewegt sich dort draußen.

Sie haben mich gefunden! Mein ganzer Körper spannt sich, und ich will gerade Benson mit einem Ellbogenstoß wecken, als ich goldene Haare aufblitzen sehe.

»Quinn.« Der echte Quinn. Sein Name entschlüpft meinem Mund als kaum wahrnehmbares Flüstern, während er näher kommt.

Jetzt steht er dicht vor dem Fenster, sein Blick bohrt sich in meinen. Er winkt mir mit einem gebogenen Finger, dann dreht er sich um und geht.

Ich lasse die Türschlösser aufschnappen und das Geräusch kommt mir in dem stillen Wagen ohrenbetäubend vor. Zum Glück regt sich Benson nicht. Ich versuche hinauszuschlüpfen, ohne ihn zu wecken, doch sobald die Tür aufgeht, flutet die Innenbeleuchtung das Auto mit Licht. »Was ist los?«, fragt er mit kratziger Stimme und stemmt sich auf die Ellbogen hoch.

»Ich muss mal«, lüge ich. »Schlaf weiter.«

Bensons Augen schließen sich schon wieder, als ich hinausschlüpfe und mich die kalte Luft nach der Wärme unserer Körper im Auto wie ein Schlag trifft. Es schneit stark, und auf der Welt um mich herum liegt diese intensive Stille, die nur starker, pudriger Schneefall mit sich bringt.

Ich schlinge die Arme um den Körper und spähe durch

die riesigen Flocken in die Dunkelheit, doch ich sehe Quinn nicht.

Ich hoffe, ich mache keinen Fehler. Aber Quinn würde mich nicht in die Gefahr locken; das *weiß* ich! Dennoch spähe ich in die Dunkelheit um mich herum, und meine Brust wird eng, als ich nur Reglosigkeit sehe.

Ich werfe einen Blick zum Auto zurück. Benson wird sich Sorgen machen, wenn ich zu lange weg bin. Entschlossen, meine Antworten so schnell wie möglich zu bekommen, gehe ich in die Richtung, von der ich glaube, dass Quinn sie eingeschlagen hat. Der Schnee liegt schon ein paar Zentimeter hoch und ich blicke auf meine Spuren hinab. Wenn ich schnell bin, kann ich ihnen auf dem Rückweg folgen.

Den Blick halte ich auf den verschneiten Boden gesenkt, als ich es höre: »Miss. Miss?«

Miss? Ich reiße den Kopf herum und einen Augenblick lang sehe ich nichts. Dann das Aufflackern einer Bewegung, das mein Herz rasen lässt. Ein Gesicht taucht auf, und mein Herz rast noch schneller, falls das überhaupt möglich ist.

Er ist schön im Mondlicht: ein dunkler, schneebefleckter Umhang hüllt ihn vom Hals bis zu den Knöcheln ein, sein Gesicht ist sanft und beinahe ausdruckslos.

»Ich wusste, du würdest zu mir kommen.«

Der Wind trägt die leisen Worte an meine Ohren, und einen Moment lang glaube ich, ich sei wieder in meinem Traum. Er hebt die Hände, als wolle er nach mir greifen – genau wie in dem Traum –, und ich muss mich zwingen, nicht zu ihm zu laufen, mich nicht mit derselben Hingabe in seine Arme zu werfen, wie ich sie in diesem illusionären Wald gespürt habe.

Als ich zögere, lässt er die Hände fallen, und der Moment ist vorbei.

Warum *bin* ich nicht zu ihm gegangen? Ich bin mir nicht sicher, ob ich die Antwort weiß.

Quinn dreht den Kopf, bevor ich sehen kann, ob Enttäuschung in seinem Blick liegt.

»Ich … ich habe von dir geträumt.« Meine Worte sind ein leises Murmeln, aber sie klingen laut in der Stille um uns herum. »Aber das weißt du schon, oder?«

Er beißt die Zähne zusammen. Das ist Antwort genug.

»Du hast in meinem Traum eine Rose gemacht«, sage ich, und die Vorahnung schnürt mir die Brust zu. »Du bist wie ich. Du … du machst Dinge.«

Wieder antwortet er nicht, aber ich bin mir sicher, ich habe recht.

»Quinn, bitte, was bin ich? Was sind *wir*?« Das Wort *Erdgebundene* blitzt wieder in meinem Kopf auf, aber es bringt mehr Fragen als Antworten.

»Ich habe dir Dinge zu zeigen«, sagt er einfach. »Hier entlang.« Er dreht sich um und geht direkt in den Wald, ohne sich umzuschauen, ob ich ihm folge.

Dieselben Worte. Derselbe merkwürdige Tonfall. *Ich habe dir Dinge zu zeigen*. Nicht: *Ich möchte dir etwas zeigen*. Ich zögere, bevor ich in die spinnwebartigen Schatten der astfreien Bäume trete. Es ist wie in allen Horrorfilmen, die ich je gesehen habe. Die, in denen das dumme Mädchen am Ende tot ist.

Aber ist das nicht das, was ich wollte? Bin ich nicht den ganzen Weg hierhergefahren, um ihn zu finden?

Ich durchforste meine Gefühle, suche nach etwas – einem

Zeichen, einem Omen, ich weiß es nicht –, doch obwohl sich mir der Kopf dreht und die Fingerspitzen kribbeln, ist es in Erwartung, nicht aus Angst.

Mit einem weiteren Blick auf das dunkle Auto, ziehe ich mein Handy heraus und schalte es ein. Vier neue Nachrichten: drei von Jay und eine von einer unbekannten Nummer. Ich schließe die Anzeige und schalte die Taschenlampenfunktion ein, bevor ich in die Dunkelheit des Waldes eintauche, um Quinn zu folgen. Die Dunkelheit in meinem Traum fällt mir wieder ein und ich reibe mir schaudernd die Arme.

Quinn ist wie ein Irrlicht, immer drei Meter vor mir, egal, wie schnell oder langsam ich bin. Ich habe es aufgegeben, ihn einholen zu wollen; dann geht er nur schneller. Ich konzentriere mich besser darauf, nicht gegen Büsche oder tief hängende Äste zu stoßen – einen brennenden Kratzer habe ich schon auf der Wange.

Die Angst, die ich weggeschoben habe, als ich angefangen habe, Quinn zu folgen, ist wieder da. Selbst wenn Quinn mir nichts tut, bin ich vollkommen ungeschützt. Ganz zu schweigen davon, dass ich Benson total schutzlos zurückgelassen habe. Falls jemand das Auto gefunden hat – der Sonnenbrillentyp, Elizabeth, wer zum Geier weiß schon, wie viele Leute mich suchen –, könnte er mit Leichtigkeit Benson kaltmachen und mir dann von hinten eine Kugel in den Kopf jagen. Am schlimmsten von allem ist, dass meine Leiche in diesem Wald vielleicht nie gefunden wird.

Der Gedanke jagt mir einen erneuten Schauder über den Rücken, und ich balle die Fäuste und zwinge mich, schneller zu gehen. Es ist zu spät, um jetzt noch umzukehren – ich werde mich einfach mit den Konsequenzen abfinden müssen.

Kapitel 23

Quinn steuert ungefähr in Richtung Camden zurück, aber immer noch tief innerhalb des Waldes. Es kommt mir vor, als seien wir schon Stunden unterwegs. Mit beinahe tauben Fingern schaue ich auf die Uhrzeitanzeige meines Handys.

Ich habe das Auto vor fast einer Stunde verlassen. Mir ist so kalt, dass ich kaum meine Zehen bewegen kann, und es schneit derart heftig, dass ich Quinn, der nur wenige Schritte vor mir ist, fast nicht sehen kann.

»Quinn«, rufe ich leise und jogge, um ihn vielleicht diesmal einzuholen. »Ich kann nicht mehr viel weiter«, sage ich, überrascht, als er mich tatsächlich näher kommen lässt. »Wie weit ist es noch?«

Doch er schweigt. Ich schaue mich um, meine Handylampe schneidet schmale Strahlen in den dichten Wald. Wir müssen fast vier Kilometer vom Wagen entfernt sein, aber abgesehen davon habe ich *keine* Ahnung, wo ich bin. Ich versuche, nicht darüber nachzudenken, wie kalt mir sein wird, bis ich wieder zurück bin.

Oder wie hoch die Sonne bis dahin stehen wird.

»Da sind Leute …« Ich stolpere und brauche einen Moment, bis ich mich wieder gefangen habe. »Leute, die mir folgen. Die auf mich *schießen*. Ich kann nicht einfach so weggehen. Mein … Freund Benson ist immer noch dahinten im

Wagen. Quinn!«, rufe ich flüsternd, aber meine Stimme wird von dem frischen Pulverschnee gedämpft.

Der Lichtstrahl meines Handys streift einen schneebedeckten Erdhügel, aus dem welkes Gras ragt, und zieht meine Aufmerksamkeit auf sich, und als ich einen Schritt darauf zumache, bewegt sich Quinn mit mir in dieselbe Richtung.

»Hier entlang«, flüstert er. Er zeigt auf den kleinen Hügel und ich gehe weiter. Blätter und Schnee knirschen unter meinen Füßen.

Plötzlich brechen meine Füße durch eine unkrautige Pflanzendecke und ich falle auf den Hintern; meine Beine sind bis zu den Knien in Laubwerk versunken.

»Ich habe diese Stufen speziell so gefertigt, dass sie nicht zu sehen sind.« Quinns Stimme über mir klingt ruhig.

»Na, vielen Dank für die Warnung«, brummle ich. Die Kälte tut ihr Übriges zu meiner Laune. Ich spüre schon, wie der weiche Schnee durch meine Jeans schmilzt und meine Unterwäsche durchweicht. Großartig. Ich will nur hoffen, dass sich dieser Mitternachtsspaziergang lohnt. Mein Geduldsfaden ist ganz kurz vorm Reißen und eine Unterkühlung wird meine Laune auch nicht bessern.

Quinn sagt nichts, er schaut nur in die Ferne, während ich genug Schutt wegräume, dass ich die sechs Steinstufen hinuntergehen kann, die vor einer verwitterten Tür enden, die aussieht, als würde sie direkt an dem Hügel lehnen. *Ein Unterschlupf. Endlich.*

Ich halte inne, als etwas an meinem Bewusstsein kratzt. Ich mustere die Tür und die Stufen, bedeckt mit altem Laub und Ästen. Obwohl er wusste, wo dieser Ort ist, hat Quinn diese Stufen nicht betreten. Zumindest nicht in letzter Zeit. So eine Überwucherung kann man nicht vortäuschen. »Warum warst du vorher nie hier?«, frage ich und starre auf einen raffinierten Schließmechanismus. »Hättest ein bisschen sauber machen können, bevor du mich hierherbringst.«

»Ich habe auf dich gewartet.«

Ich erlaube mir kurz, seinen Blick zu erwidern, die flüssige Hitze seiner Augen in mich fließen und meine Brust wärmen zu lassen. Nur einen Augenblick – dann wende ich mich widerstrebend ab und versuche, das runde Schloss zu öffnen.

»Es ist abgeschlossen.« Ich überlege, ob dieser ganze Ausflug umsonst war, und versuche, meine Frustration zu unterdrücken.

»Du kannst es öffnen. Wann immer du wünschst.«

»Wie wäre es mit jetzt?«, brummle ich. Meine Finger und Zehen tun langsam weh, und ich wünschte, ich wäre aus dem Wind heraus, und sei es nur für ein paar Minuten. Ich überlege kurz, ob ich ganz einfach Wärme *machen* kann, oder vielleicht einfach etwas, das Wärme produziert, aber ich scheue vor der Vorstellung zurück. Ich bin noch nicht verzweifelt; und bei meiner Erfolgsgeschichte würde ich wahrscheinlich den ganzen Wald niederbrennen und Camden gleich mit. Quinns Stimme unterbricht meine trüben Gedanken.

»Diesmal leite ich dich an, Becca.«

»Tavia!«, korrigiere ich mit klappernden Zähnen; am liebsten würde ich handgreiflich werden. Ich habe mein *Leben* aufs Spiel gesetzt, um zu ihm zu kommen – ganz zu schweigen von Bensons Leben –, und er nennt mich beim falschen Namen! Ich bezwinge den Drang, einfach zu gehen. Denn dann wäre diese ganze Eskapade wirklich ein totaler Reinfall gewesen. Ich *muss* wissen, was hinter dieser Tür ist. Doch der Ärger brodelt in meinem Hinterkopf.

Mehr als ein Brodeln. Er *kocht*.

Vielleicht wird mich *das* warmhalten.

»Siehst du die vier Stifte?«, fragt er.

Ich blicke hinab und bemerke, dass sich in einer tiefen Nische über dem seltsamen Schloss vier Eisenstifte befinden. Sie sind gleich breit, aber alle sind verschieden lang. Ich kauere mich neben die Tür und leuchte mit meinem Handy. Das Schloss hat sechs Löcher, genau die richtige Größe für die Stifte.

»Der längste kommt in das dritte von oben«, sagt Quinn, und ich taste nach den Stiften und stecke den längsten in das kleine Loch. Ich muss ein bisschen rütteln, bis er an seinen Platz schnappt.

Quinn nennt mir die nächsten drei Stifte, und als sie alle drin sind, umfasse ich einen großen Knauf und drehe ihn im Uhrzeigersinn, bis ich ein metallisches Klicken höre. Meine Hände berühren die Oberfläche der Tür, sind aber so taub, dass ich nichts fühle.

Ich drücke, doch nichts passiert. Am Ende muss ich die Schulter gegen die Tür rammen, bevor sie mit einem Quietschen, das die stille Nachtluft durchschneidet, ein paar Zentimeter aufgeht. Ich versuche, nicht an all die Leute zu denken, die mich nur zu gern umbringen würden und das vielleicht gehört haben könnten.

Als ich mich umsehe, schaut Quinn nicht annähernd so nervös aus wie ich, andererseits weiß er auch, was vor sich geht. Befreit von dem mit der Zeit geschrumpften Rahmen, schwingt die Tür an ihren knarzenden Eisenscharnieren auf.

Das Geräusch schabt an meinen Trommelfellen, und ich öffne die Tür gerade weit genug, dass Quinn und ich durchschlüpfen können.

Eine Welle des Gestanks nach Moder, Papier und feuchtem Staub steigt mir in die Nase. Ich würge und huste dann, als ich noch eine Lunge voll von der muffigen Luft einatme und mir sage, wie froh ich sein kann, dass ich aus dem Schneegestöber und dem wirbelnden Wind heraus bin. Ich leuchte um mich, aber der Lichtstrahl ist zu schmal, um viel erkennen zu können. Hauptsächlich Kisten. Etwas, das aussieht wie Bücher, die in dickem braunem Papier eingebunden sind, aber an den Kanten durchgerissen. Vielleicht sogar durchgekaut.

Denk nicht einmal darüber nach.

Oder über die Tatsache, dass mein Handyakku jede Minute den Geist aufgeben könnte. Vielleicht könnte ich eine Taschenlampe *machen*? Weiß ich, wie man eine Taschenlampe macht? Ich knirsche mit den Zähnen – darum werde ich mich kümmern, wenn es so weit ist. Hoffentlich werde ich es nicht müssen.

Es gibt einen langen Holztisch voller körniger Erdklumpen – die wahrscheinlich von der wurzeldurchzogenen Decke gefallen sind –, übersät mit einem Durcheinander aus Papieren und mehreren Gegenständen, die ich aus der Entfernung nicht identifizieren kann. Als habe jemand den Raum eilig verlassen. Ich trete vor, meine Füße machen auf dem warmen, weichen Höhlenboden kein Geräusch.

Ein Buch, mehrere verstreute Blätter Papier, ein paar angelaufene Silberschmuckstücke. Münzen.

Münzen?

Ich schaue genauer hin, dann hebe ich eine auf. Das Metall fühlt sich schwer an. Massives Gold. Ich glaube nicht, dass das echtes Geld ist, aber ich fühle mich schon wie eine Diebin, nur weil ich eine anfasse. Die eiskalte Oberfläche scheint sich in meine Handfläche zu brennen.

Ich lege sie wieder hin und wende mich stattdessen dem offenen Buch zu.

Es ist mit derselben Schmutzschicht bedeckt wie der Rest des Tisches, und ich beuge mich tiefer, um den Schutt von einer der Seiten wegzuschnippen, wobei ich versuche, ihn nicht auf dem brüchigen Papier zu verschmieren. Ich wünschte, ich hätte eine Art Bürste oder Tuch.

Das Licht meines Handys scheint in die Nähe meiner Finger, und mein Verstand schnappt ein paar Worte auf, bevor ich die Seite gesäubert habe.

So gefällst du mir gut.

Ein warnendes Kribbeln durchfährt mich, und ich halte den Atem an, versuche, keinerlei Reaktion zu zeigen, als ich noch mehr von der Erde wegwische und mich bemühe, die verblasste, schnörkelige Schreibschrift zu lesen.

Bevor ich ihn aufhalten konnte, berührte er meine Wange und flüsterte: »Du bist schön, weißt du das?« Nie hatte ein Mann auf diese Weise mit mir gesprochen!

Mein Atem geht stoßweise und schnell, doch mein Blick jagt schon weiter.

Vor allem nicht Mr Quinn Avery, nach dem sich jedes Mädchen der Stadt verzehrt, mag er auch nur ein Zugezogener sein. Ich hätte ihn ohrfeigen sollen, gehen, ihn beschämen. Doch ich stand nur wie von einem Zauber an Ort und Stelle gebunden. Es mag so gewesen sein. Verzaubert von diesen grünen Augen.

Ich weigere mich, Quinn anzusehen – das kann unmöglich sein richtiger Name sein, nicht nach dem hier. Ich gebe vor, nichts gesehen zu haben, und blättere behutsam bis zum Titelblatt vor.

Ich weiß, was ich finden werde, aber ich brauche noch einen Beweisfetzen. Meine Finger zittern, als ich die Titelseite erreiche und den Namen lese, der dort eingeätzt ist.

Rebecca Fielding.

Becca.

Ich wirble mit wie eine Waffe erhobenem Handy zu Quinn herum, bevor er tun kann, was auch immer er an finsteren Machenschaften vorhat. Doch mein Lichtstrahl zeigt mir einen leeren Raum, wo Quinn eben noch gestanden hat. Ich habe noch nicht entschieden, ob er ein gewöhnlicher Stalker oder Mörder ist, oder ob er mit dem Sonnenbrillentypen im Bunde ist oder wer auch immer mich jagt, aber ich werde *nicht* darauf warten, dass er wiederkommt.

Schnell schnappe ich mir das Tagebuch, laufe zum Eingang und stürme hinaus, ohne mir die Mühe zu machen, die Tür zu schließen. Ich muss zu Benson!

Abrupt bleibe ich stehen.

Meine Fußspuren sind komplett verschwunden.

Gute fünf Zentimeter unberührte Schneedecke hat sich in der kurzen Zeit, die ich in der Erdhöhle verbracht habe, über alles gelegt, und jetzt habe ich nichts, dem ich folgen könnte. Ich bin desorientiert, aber ich habe eine ungefähre Ahnung, aus welcher Richtung wir gekommen sind. Solange ich in diese Richtung laufe, müsste ich – im schlimmsten Fall – auf der Hauptstraße herauskommen.

Von dort aus werde ich Benson finden können. Hoffentlich, bevor ich mich zu Tode friere. Und bevor die Leute, die uns jagen, *mich* finden.

Ich weiß nicht einmal mehr, welche Leute damit gemeint sind.

Angestrengt lausche ich auf das Geräusch von Schritten hinter mir, während ich durch den Wald stürme, ohne mir die Mühe zu machen, leise zu sein. Mein Bein pocht, meine Lungen schmerzen von der frostigen Luft, und mehr als laufen kann ich nicht. Die Schneeflocken stechen mir ins jetzt schon eiskalte Gesicht und vernebeln mir die Sicht, bis ich das Gefühl habe, ich laufe im Kreis.

Vielleicht tue ich das auch.

Dankbarkeit erfüllt mich, als ich Lichter zwischen den hohen Bäumen erspähe, und in kürzerer Zeit, als ich es für möglich gehalten hätte, bin ich wieder auf der Straße.

Aber ich bin nicht in Sicherheit.

Ich bin auf der falschen Seite von Camden; deshalb war ich so schnell auf der Straße. Um zu Benson zu gelangen, werde ich den ganzen Weg durch die Innenstadt gehen müssen.

Es gibt keine andere Möglichkeit.

Es ist jetzt nach zwei Uhr morgens, auf den Straßen herrscht geisterhafte Stille, abgesehen von ein paar Betrunkenen, die wahrscheinlich auf dem Nachhauseweg zu kitschigen Bed-and-Breakfast-Pensionen sind. Ich falle auf, da bin ich mir sicher. Aber ich habe den Verdacht, keiner wird mich aufhalten, solange sie keinen großen Typen in Kleidung aus der Zeit des Unabhängigkeitskrieges hinter mir herjagen sehen.

Und dann würde *er* gefangen.

Und er könnte mich nicht mehr quälen.

Ich hasse mich dafür, dass mir die Tränen übers Gesicht laufen und eisige Linien auf meinen Wangenknochen bilden. Ich war mir so sicher – jeder Instinkt in mir schrie, ich könne Quinn vertrauen. Es ist schlimm genug, wenn man der eigenen Familie und der Therapeutin nicht trauen kann. Jetzt kann ich nicht einmal mehr mir selbst trauen.

Vielleicht konnte ich das nie.

Mein Körper ist so erschöpft, dass ich es kaum erkenne, als ich endlich auf der anderen Seite der Stadt angekommen bin. Der Gehweg endet, wird zu einem bröckeligen Seitenstreifen voller nasser Hügel aus frischem Schnee, und mir rutschen die Füße weg. Mir fällt kein Wort ein, das schlimm genug wäre, um die Qual zu beschreiben, die in meine Hüfte schießt, als ich hart auf der Seite lande, also beiße ich stattdessen die Zähne zusammen und unterdrücke ein schwaches Wimmern. Ich nehme mir eine Sekunde – vielleicht nur eine halbe Sekunde –, um in die schneeflockengesprenkelte Dunkelheit hinter mir zu spähen.

Die Andeutung einer Bewegung.

Quinn?

Ich weiß es nicht, aber ich bin wieder auf den Beinen und laufe weiter, bevor mein Verstand verarbeiten kann, was auch immer meine Augen gesehen oder nicht gesehen haben.

Endlich erreiche ich die Straße, wo wir das Auto geparkt haben. Jeder Muskel meines Körpers schmerzt, und meine Hände sind so taub, dass ich kaum die Schlüssel greifen kann, als ich sie aus meiner Tasche fische. Ich reiße die Tür auf und lasse mich auf den Fahrersitz fallen; meine Finger drücken sofort den Knopf zum Verschließen. Ich versuche immer noch mit tauben Fingern zitternd den Schlüssel ins Zündschloss zu stecken, als Bensons Stimme an meine Ohren dringt.

»Was ist los?«, will er wissen und klingt nicht besonders schläfrig. »Was ist passiert?«

»Quinn hat mich gefunden; wir fahren.«

»Quinn? Aber du« – er zögert, dann fügt er kleinlaut hinzu –, »du bist wegen Quinn hergekommen; du … du magst ihn.«

»Nicht mehr«, sage ich, aber der Schmerz in meiner Brust straft mich Lügen.

Meine Lungen brennen, und meine Beinmuskeln protestieren, als ich aufs Gaspedal trete und mich zwinge, unterhalb der Geschwindigkeitsbegrenzung zu bleiben. Ich bin dankbar, dass ich noch lebe.

Ich hätte nie nach Camden kommen sollen. Ich bin so dumm. Quinn war nie vertrauenswürdig – er hat mich immer links liegen lassen. Warum dachte ich, dieses Mal würde es anders sein?

Mein ganzer Körper ist angefüllt mit dem tiefsten, traurigsten Leid, das ich je erfahren habe. Es ist sogar irgendwie schlimmer als in dem Moment, in dem mir bewusst wurde, dass meine Eltern tot sind. Die Welt dreht sich, und ich will am liebsten schreien, das Universum verfluchen, weil es ihn mir genommen hat, gerade als ich auf den Geschmack kam.

Ich möchte weinen, aber ich bin über den Punkt hinaus.

Er ist weg.

Ich bin allein.

Und ein Teil meines Herzens, den ich nicht kannte, zerbricht.

Kapitel 24

Am nächsten Morgen konzentriere ich mich auf die Nachrichten im Fernsehen. Alles, nur nicht Benson anschauen. Es gibt weitere Opfer des rätselhaften Virus – diesmal in einer Kleinstadt in Texas. Das erinnert mich an Jay. Mark. Wie auch immer sein Name tatsächlich lautet. Ich überlege kurz, ob er wirklich an dem Virus arbeitete oder ob das auch eine Lüge war.

»Wir können keine Verbindung zwischen den Opfern oder ihren Wohnorten feststellen. Kein wie auch immer gearteter roter Faden«, sagt die Reporterin und starrt in die Kamera, als sei dies die wichtigste Story aller Zeiten.

Wer weiß, vielleicht ist sie es.

Ich zucke zusammen, als die Türklingel ertönt, und versuche, mich möglichst unauffällig umzudrehen und hinzuschauen. Nur ein Typ in Wranglers. Sein Blick geht über mich hinweg, bevor sich sein Gesicht erhellt und er einer Frau zuwinkt, die in einer Sitzecke wartet.

Ich erlaube mir wieder zu atmen.

»Okay. Ich bin fertig«, sagt Benson und klatscht die Hände auf den Tisch.

Ich zucke bei dem Krach zusammen und verschütte fast meinen Tee.

»Tave«, sagt Benson, leiser jetzt. Wahrscheinlich, weil alle in dem schäbigen kleinen Restaurant zu uns herüberschauen. Inklusive der Kellnerinnen. Das ganze Restaurant ist viel zu eng für meinen Geschmack – es ist wie eines dieser Diner aus alten Filmen, in denen die Tische so dicht beieinanderstehen, dass man einfach den Kopf drehen und sich ins Gespräch am Nachbartisch einmischen kann.

Was hier sicherlich regelmäßig passiert.

Ich weiß nicht genau, in welcher Stadt wir sind. Gestern Nacht bin ich einfach gefahren, bis ich mich sicher gefühlt habe. Nicht *sicher*, aber sicher genug, um zu schlafen.

Eine Weile. So gut man das in nassen Jeans kann.

Benson hat keine Fragen gestellt, aber ich hatte das komische Gefühl, dass er nicht viel geschlafen hatte, während ich weg war.

Und wenn man bedenkt, wie wir uns herumgewälzt haben, als ich erst einen neuen Parkplatz gefunden hatte, hat auch keiner von uns in den wenigen Stunden bis zum Morgen viel geschlafen.

Als die Sonne aufging, konnte ich sehen, dass ich uns in eine weitere ältliche Stadt wie Camden geführt hatte – eine Rückkehr in die Fünfziger, nur mit Smartphones als Ergänzung. Ich glaube, das machen sie tatsächlich mit Absicht – helle Ladenfronten, Schaukelstühle vor den Geschäften. Ich habe sogar einen Typen den Gehweg fegen sehen.

Die Leute hier sehen aus, als wäre ihr Tagesablauf immer gleich, und ich wette, die meisten von ihnen müssen nicht einmal mehr ihr Frühstück bestellen. *Das Übliche, Flo*, kann ich sie in meinem Kopf sagen hören. Und sie nickt nur und bringt es heraus, denn der Koch hat es schon vorbereitet.

»Bitte, sprich mit mir!« Benson greift nach meiner Hand.

Ich zucke zurück, bevor mein matter Verstand in die Gegenwart zurückkehrt.

»Ich habe dich nicht bedrängt; ich habe versucht, dir Freiraum zu geben. Ich habe keine der *Million* Fragen gestellt, die ich zu all dem habe, was wir seit gestern erfahren haben. Aber du hast uns nach Camden gebracht, und versuch nicht, mir zu erzählen, das sei eine Zufallsentscheidung gewesen«, sagt er und schneidet meinen Protest ab, zu dem ich nicht einmal die Energie habe. »Ich weiß, es hatte etwas mit Quinn zu tun. Also habe ich gewartet; ich habe darauf vertraut, dass du einen Grund hattest, es mir nicht zu sagen. Dann bist du mitten in der Nacht unter dem Vorwand, du müsstest mal, davongeschlichen und bist *zwei Stunden später* wiedergekommen – ja, ich habe es bemerkt und mir jede Sekunde davon Sorgen gemacht, denn als mir klar wurde, dass du nicht wirklich pinkeln warst, konnte ich dir nicht mehr folgen. Du warst schneebedeckt und halb erfroren, und du hast gesagt, du hättest Quinn gefunden und magst ihn nicht mehr – was ich, nur damit du es weißt, total unterstütze –, und dann fährst du wie eine Verrückte zwei Stunden, um dann auf dem Parkplatz vor einem Waffelrestaurant mitten im Nirgendwo auf dem Fahrersitz einzupennen, ohne ein Wort zu sagen. Sprich mit mir, *Maple Bar*.«

Ich muss ein bisschen über diesen Gebäck-Spitznamen lächeln.

»Na, geht doch«, flüstert er und berührt meine Unterlippe. »Komm schon. Du wirst dich besser fühlen, wenn du es mir sagst.« Ich spüre, wie seine Fingerspitze unter meinem Auge entlangstreicht, und da merke ich zum ersten Mal, dass mir Tränen über die Wangen rollen.

Benson zögert kurz, dann rutscht er von seiner Bank und kommt auf meine Seite der Sitzecke, legt beide Arme um mich und drückt mich eng an sich.

»Na los, wein dich aus. Mein Hemd muss sowieso gewaschen werden.«

Ich kichere und bekomme Schluckauf, und das bringt mich einfach zum Lachen und Weinen, alles gleichzeitig. Ein paar Minuten lang sitzen wir so, mein Gesicht an Bensons Schulter vergraben, seine Arme fest um mich gelegt. »Du hältst mich bestimmt für dumm.«

»Nee«, sagt er und versucht, mir eine Haarsträhne hinters Ohr zu streichen, aber sie ist immer noch zu kurz, um dort zu bleiben. »Leute tun ständig irrationale Dinge für die Leute, die sie lieben.« Er zögert, dann fügt er flüsternd hinzu: »Wirklich dumme Dinge.« Ich blicke auf, als er aufhört zu sprechen, aber nach ein paar Sekunden drückt er mich ein bisschen fester.

Ich schenke ihm ein halbes Lächeln, fühle mich aber nicht danach. Als ich heute Morgen aufgewacht bin, unnatürlich auf dem Vordersitz zusammengerollt, die Knie gegen das Lenkrad gestützt, tat mir jeder Muskel im Körper weh. Obendrein habe ich jetzt von einem Ast eine lange Schramme quer über dem Gesicht. Meine Beine schmerzen vom Laufen und meine Arme einfach vom Angsthaben.

Aber das balanciert die Taubheit aus, die mich innerlich einhüllt.

»Du hattest recht«, flüstere ich an dem weichen Stoff seiner Jacke. »Mit Quinn, meine ich. Er – er ist gefährlich und besessen und … und … du hattest recht.«

Seine Hände an meinen Armen sind plötzlich angespannt.

»Hat er dir wehgetan?«, fragt er mit flammendem Blick. »Hat er auch nur einen Finger an dich gelegt? Ich bringe den Mistkerl um!«

»Nein, nein«, sage ich, bevor er noch lauter werden kann. »Mir geht's gut. Versprochen. Ich bin nur …«

»Müssen wir die Polizei rufen?«

Ich fühle die Tränen aufsteigen, als Quinns Verrat wieder über mich hinwegspült, aber ich dränge sie zurück – ich werde keine Träne mehr seinetwegen vergießen! »Nein. Genau genommen hat er gar nichts getan. Und selbst wenn, hätte ich der Polizei nichts zu erzählen. Sein Name ist nicht einmal Quinn. Alles, was er mir je erzählt hat, ist eine Lüge.«

»Tavia, ernsthaft, hat er dir etwas getan?«

»Er hat mich nicht angerührt. Er hat mich nur in diesen alten … Keller geführt. Er war irgendwo versteckt.«

»Ein versteckter Keller?«, fragt Benson, nicht direkt ungläubig, aber da ist zumindest ein Anflug davon.

Ich öffne meinen Rucksack und ziehe nach einem raschen Blick nach allen Seiten das alte Tagebuch heraus.

Bensons Mund entfährt ein beeindruckter Pfiff, als er nach dem Buch greift. »Du bist gut«, sagt er und lächelt jetzt im Ernst, während ich ein leichtes Erröten über sein Kompliment spüre. Ich sehne mich nach seiner Anerkennung, auch wenn ich nicht recht weiß, warum. Vielleicht brauche ich nur jemanden, der mir glaubt, dass ich nicht verrückt bin.

Nur übersinnlich.

Und magisch.

Und etwas namens *Erdgebundene*.

Ich bin *so was von* verrückt.

»Das ist echt beeindruckend.« Als Benson die Seiten umblättert, klappert etwas auf den Tisch.

»Ach, du meine Güte«, sage ich und nehme die Goldmünze auf. »Die wollte ich nicht mitnehmen.«

»Ist das …?« Benson schaut mir in die Augen.

»Ich glaube schon.«

Er hält sie hoch, dreht sie und betrachtet, wie das Licht darauf schimmert. »Ist es wirklich schlimm, wenn wir die behalten?«, fragt er mit Anspannung in der Stimme.

»Ich bringe sie *nicht* zurück«, sage ich. »Da gehe ich nie wieder hin!«

»Zehn Tankfüllungen«, sagt Benson, steckt die Münze in die Tasche und wendet sich wieder dem Tagebuch zu. »Das lag also einfach da drin?«

»Wow! Benson, schau!« Ich schließe das Tagebuch, und auf dem Buchdeckel ist ein Dreieck, jede Seite mindestens fünfzehn Zentimeter lang. »Das kannst du doch sehen, oder?«, frage ich ein bisschen paranoid.

»Ja«, sagt Benson ruhig. »Das Dreieck; das kann ich sehen.«

Ich zeichne die flache Einbuchtung mit dem Finger nach, um alle drei Seiten herum. Ein merkwürdiges Flackern durchquert mein Blickfeld, und ich sehe eine weitere Hand, die meinen Fingern folgt.

Aber ich blinzle und sie ist wieder weg.

Während ich ein Seufzen über diese erneute Vision unterdrücke, blättere ich zur ersten Seite des Tagebuches. »Kurz, bevor wir reingegangen sind, hat er mich Becca genannt.«

»Rebecca Fielding«, sagt Benson leise, den Blick auf die verschnörkelte Schrift gerichtet. »1804.«

Schweigend blättere ich das Buch durch; Benson lässt mich in Frieden. Die Dunkelheit in meiner Brust breitet sich aus, als ich mehr und mehr vertraute Worte finde. »Es steht alles hier drin«, sage ich, während ich vorsichtig umblättere und jeder neue Eintrag die Waffeln, die ich gerade gegessen habe, schwerer und schwerer in meinem Magen macht. »Alles, was er je zu mir gesagt hat. Schau, hier spricht sie davon, dass er ihr *Dinge zu zeigen* hätte. Hier bittet er sie, ihm zu vertrauen. Wie er alles vermasselt und ihr Angst gemacht hat. Und dieser Teil« – ich zeige auf eine Textpassage –, »das ist der Teil, den ich gestern Nacht gelesen habe. Es ist Wort für Wort, was er zu mir gesagt hat. Er ist besessen von dieser toten Rebecca und versucht, seine kranken Fantasien mit Mädchen von heute nachzuspielen. Mit … mit *mir*. Aber es könnte auch noch andere geben. Er könnte ein verdammter Massenmörder sein!«

Ein harter Ausdruck liegt auf Bensons Gesicht, als er sich über das Buch beugt. »Das ist so abgefahren«, sagt er.

Ich blättere zurück zum Anfang und ein Name springt mir ins Auge. »Benson!« Ich spüre, wie mir das Blut aus dem Gesicht weicht, als ich die Passage lese.

»Was?«, fragt er, beugt sich noch tiefer über die Seite und schaut, wohin ich deute. Sein unbestimmter Gesichtsausdruck sagt mir, dass er nicht versteht, was mich so durcheinanderbringt.

»Hier steht, sie hat ihn zum ersten Mal gesehen, als sie an seinem Haus vorbeiging und er auf seine kleine Schwester aufpasste.«

Benson versucht es ernsthaft, aber sein Gesicht ist vollkommen leer.

»Als ich ihn das erste Mal gesehen habe, war *auch* ein kleines Mädchen bei Quinn! In Portsmouth, vor ein paar Tagen. Glaubst du… glaubst du, er hat sie entführt?« Mein Herz schlägt wild, als ich darüber nachdenke, über was für einen Psychopathen wir da vielleicht gestolpert sind.

»Das kann nicht sein«, sagt Benson. »Ich weiß nicht, wie er das Mädchen dazu gebracht hat, die Rolle zu spielen, aber wir hätten etwas in den Nachrichten gehört, wenn ein kleines Mädchen vermisst würde.«

Das ergibt Sinn, und ich versuche, mich an Bensons Zuversicht zu klammern, um mich zu beruhigen. »Aber das Haus war auch weg«, denke ich laut. »Als ich zurückgegangen bin, war es nicht mehr da. Es *war nicht real.* Vielleicht war das kleine Mädchen auch nicht real.«

»Vielleicht ist auch dieser Quinn nicht real«, sagt Benson, und es liegt ein leicht feindseliger Unterton in seiner Stimme.

»Nein«, sage ich ablehnend, immer noch auf die Worte in dem Tagebuch konzentriert. »Er spricht mit mir. Er hat die Tür von dieser Erdhöhle aufbekommen. *Er* ist definitiv real.«

»Das Tagebuch ist auch real«, sagt Benson. »Nicht nur körperlich real«, fügt er hinzu und klopft mit den Knöcheln leicht auf den Buchdeckel. »Es scheint authentisch zu sein. Glaubst du, Quinn ist einfach irgendwo darüber gestolpert?«

»Ich weiß nicht«, gebe ich kleinlaut zu. »Ehrlich gesagt hatte ich nicht die Zeit oder Energie, über irgendetwas nachzudenken, außer dass ich eine total Idiotin war.«

»Nein«, sagt Benson und streicht mit der Hand über meinen Arm. »Solche Leute sind immer supercharismatisch und nett und so. Ich meine, komm schon, jedes Mal, wenn ein

Massenmörder gefasst wird, was sagen dann die Nachbarn? *Ach, er war so ein netter Kerl.*«

»Jetzt geht es mir auch nicht besser«, murmle ich und lege den Kopf auf den Tisch.

»Was ich sagen will: Es ist nicht deine Schuld, dass er gruslig ist; es ist seine.«

Mein Verstand sagt mir, dass es stimmt – aber ich fühle mich nicht so.

»Also … dann sieht es so aus, als hätte Quinn vielleicht gar nichts mit dieser … dieser … *Erdgebundenen*-Sache zu tun?«, fragt er zögernd.

Ich starre ihn einen Augenblick verständnislos an. »Ach ja«, sage ich, und fühle mich jetzt noch niedergeschlagener. »Die Tatsache, dass ich Gegenstände aus dem Nichts erschaffen kann, wurde gerade auf den zweiten Platz der Liste der Dramen meines Lebens verschoben. Großartig.« Ich kralle meine Hände ineinander. »Aber nein. Ich glaube, er ist wie ich, Benson. Ich glaube, er kann das, was ich auch kann. Zumindest weiß er davon.«

»Du hast mit ihm darüber gesprochen?«

»Irgendwie schon. Glaubst du, er arbeitet mit dem Sonnenbrillentypen zusammen?«

»Er schleppt dich mitten in einer verschneiten Nacht allein irgendwohin und lässt dich dann allein? Ob er für diesen Typ arbeitet oder nicht – ich denke, wir können davon ausgehen, dass es mit ihm sicher nichts Gutes auf sich hat, Tave.«

Ich lasse den Kopf auf meine Arme fallen. »Was du nicht sagst«, murmle ich. Ich fühle mich wie die letzte Idiotin.

Benson schaukelt ein paar Mal vor und zurück. »Vielleicht sollten wir nach Rebecca und dem ursprünglichen Quinn suchen«, sagt Benson. »Auf Mikrofiche. Auch wenn wir angesichts der Epoche wahrscheinlich mehr über Quinn als über Rebecca finden werden«, fügt er mit einer hochgezogenen Augenbraue hinzu.

»Warum?«

»Weil er ein Mann war«, sagt Benson trocken.

»Stimmt.«

Er beugt den Kopf dicht über den Tisch und grinst. »Bei den munteren Gesellen und den Polyesterhosen hier werden wir doch bestimmt auch irgendwo eine Bücherei finden.«

Ich nicke stoisch. »Okay, das machen wir.«

Er rutscht aus der Sitzecke und hält mir eine Hand hin. Ich verziehe das Gesicht, als ich aufstehe, und Bensons Hände gehen unwillkürlich an meine Taille. »Bist du sicher, dass es dir gut geht?«, fragt er. »Du siehst aus, als hättest du Schmerzen.«

»Das heilt wieder«, sage ich. Und ich hoffe, es stimmt. Meine Schrammen werden weggehen, aber ich kann mir nicht vorstellen, diesen unglaublichen, aber schrecklichen Sog zu Quinn hin je wieder loszuwerden. Ich werfe noch einen Blick auf den Fernseher, wo sich die Reporterin immer noch über das Virus auslässt. Sie blickt in die Kamera, das Gesicht so ernst, dass es schon fast an feierlich grenzt.

Und dann flackert sie.

Ich schnappe laut nach Luft und Benson schaut sich nach mir um.

Genau wie das halbe Restaurant.

»Hast du das gesehen? Sie hat geflackert!«

Ungefähr zehn Köpfe wenden sich dem Fernseher zu.

»Haben Sie hingeschaut?«, frage ich eine ältere Frau, die in meiner Nähe sitzt. »Haben Sie sie flackern sehen?«

»Na ja, manchmal ist der Service nicht perfekt. Aber Flo lässt uns umsonst fernsehen, also finde ich nicht, dass wir uns beschweren sollten.«

»Nicht der Fernseher, die Frau! Die Reporterin!« Mein Verstand schreit mich an, den Mund zu halten – um nicht noch verrückter zu erscheinen, als ich es sowieso schon tue, und wenigstens keine Szene zu machen. Doch jetzt, wo ich angefangen habe zu reden, kann ich anscheinend nicht mehr aufhören. »Die Frau, nicht die Szene hinter ihr. Nur die Frau. Sie war eine Sekunde weg. Haben Sie es nicht gesehen?«

Ich schaue mich um. Vergesst die Hälfte – jetzt starren mich *alle* im Restaurant an.

»Tave, wir müssen gehen.« Bensons Stimme dringt endlich zu mir durch, und ich senke den Kopf und wende mich in die Richtung, in die er mich führt. Er hält mich mit einer Hand am Ellbogen und steuert mich zum Auto. »Was war das?«, fragt er, als wir schließlich außer Hörweite sind.

»Die Reporterin, sie hat geflackert! Genau wie die Frau, die mir das Pflaster gegeben hat, und der Typ vor dem Süßigkeitengeschäft. Keiner außer mir sieht es.«

Benson schaut mich lange mit geschürzten Lippen an. »Wir müssen hier weg. Wenn Quinn weiß, dass wir gestern Nacht in Camden waren, wissen es vermutlich auch andere Leute, davon müssen wir ausgehen. Wir müssen in Bewegung bleiben.«

Ich nicke, nicht sicher, ob Benson mir nicht glaubt oder ob er nur genauso perplex ist wie ich. »Kannst du eine Weile fahren?«, frage ich.

»BMW fahren? Ich fürchte, dazu musst du mich zwingen«, sagt er grinsend.

Ich verdrehe die Augen, als wir beide einsteigen. Ich denke, ich sollte nicht überrascht sein, dass Jungs sogar im Angesicht von Tod, Magie und Mysterien schicke Autos mögen.

Kapitel 25

Hey, Baklava, wir sind da«, sagt Benson und stupst mich in die Rippen.

Ich muss eingeschlafen sein. »Hast du mich gerade ernsthaft Baklava genannt?«, brumme ich und werfe den Arm über die Augen, als mich die Mittagssonne blendet.

»Halt dich nicht mit Kleinigkeiten auf – ich habe eine Bücherei gefunden.«

Ich grummle etwas, das wahrscheinlich besser ungehört bleibt.

»Dein Telefon hat auf der Fahrt ständig geklingelt«, sagt Benson und ignoriert mein Gebrummel. »Ich habe es nicht aus deiner Tasche herausbekommen, um es abzuschalten.«

Und ich war anscheinend so weggetreten, dass ich es nicht einmal gehört habe. Ich hole es heraus und schaue auf den Bildschirm.

Sechs unbeantwortete Anrufe.

»Jay«, murmle ich, als ich es in die Tasche zurückschiebe. »Der Mann gibt nicht auf.«

In der Bibliothek fragen wir uns zum Mikrofiche-Labor durch, und ich merke, dass es mir schon besser geht. Benson hat bewiesen, dass ich ihm vertrauen kann, und die Bibliothek – sogar diese moderne – fühlt sich wie ein sicherer Hafen an. Solange ich hier bin, mit ihm, komme ich klar.

Wie Benson vorhergesagt hat, gibt es in der Datenbank einen Verweis auf Rebecca Fielding und sieben auf Quinn Avery.

»*Captain* Quinn Avery«, sagt Benson. »Sieht aus, als hätte er irgendein Schiff besessen.« Er schreibt sich ein paar Aktenzeichen heraus, dann fängt er an, mit geübter Effizienz winzige Filme aus Aktenschränken zu ziehen. »Hier«, sagt er und reicht mir den ersten. »Du fängst an, während ich die anderen heraussuche.«

Bibliotheks-Nerds sind die besten.

»Hier ist eine ganze Geschichte über ihn«, sage ich, während ich den Artikel überfliege. »Du hattest recht – er war der Kapitän eines Frachtschiffs.« Ich lese weiter, während Benson Schubladen öffnet und schließt. »Komisch«, murmle ich, dann füge ich lauter, damit Benson mich hören kann, hinzu: »In diesem Artikel steht, dass er verschwunden ist, als er gerade richtig anfing, sich einen Namen in der Seefahrt zu machen.«

»Verschwunden?«, fragt Benson. Er stellt einen kleinen Stapel Filme neben mir auf den Tisch und zieht sich einen Stuhl heran.

Ich deute auf den Bildschirm, während ich weiterlese. »Ja. Er lebte am Rand von Camden – das erklärt total, warum Quinn, der Psycho, mich dort hinbestellt hat –, und eines Nachts gab es einen riesigen Aufruhr, Pistolenschüsse und massenhaft Lärm. Als Nachbarn zum Haus kamen, waren alle vier Wände total von Kugeln durchsiebt, im Inneren war alles zerstört und geplündert, aber es war niemand da.« Ich beuge mich vor und lese weiter. »Man hat nie Leichen gefunden, aber weder von ihm noch von der Tochter eines ortsansässigen Bankiers hat man je wieder etwas gehört.« Ich wende mich Benson zu. »Glaubst du, das war Rebecca?«

»Das kommt mir wahrscheinlich vor«, sagt Benson, den Blick auf den Bildschirm gerichtet.

»Das wäre ein *riesiger* Skandal gewesen, oder?«

»Mord und eine verbotene Liebesaffäre im frühen 19. Jahrhundert? Oh ja.«

»Kann das Zufall sein?«

»Was?«

»Dass der Original-Captain Avery Frauen verführte und sie vielleicht entweder ermordet hat oder für seine Taten selbst ermordet wurde?« Wieder flattert Furcht in meiner Brust.

»Zufall? Das bezweifle ich. Aber die Frage ist: Hat der Quinn von heute wegen seiner dunklen Vergangenheit seine Identität gewählt, oder hat er nur jemanden in der Geschichte gesucht, der zu seinen Lieblingsverbrechen passt?«

Verbrechen. Ein furchtbares Wort, um Quinn zu beschreiben.

Was ist bloß los mit mir? Auch nach gestern Nacht versuche ich immer noch, seine Taten zu rechtfertigen.

»Und warum ich?«, frage ich leise. »Ich kann nicht erkennen, was das alles mit mir zu tun haben soll.« Ich lese noch einen Abschnitt, dann wende ich mich ganz zu Benson um. »Glaubst du, er macht Leute ausfindig, die können, was ich kann? Glaubst du, es gibt noch mehr wie mich?«

»Das scheint möglich«, sagt Benson zögernd.

Ich frage mich, ob er welche gefunden hat. Ob sie noch leben.

Ich schlucke trocken und rolle den Text weiter nach unten.

Plötzlich dreht sich die Welt um mich, und ich kann das laute Keuchen nicht unterdrücken, das mir entschlüpft.

Er ist es.

Es ist eine Zeichnung, kein Foto – wahrscheinlich nach seinem Verschwinden angefertigt. Aber er ist es eindeutig. Ich kann den Blick nicht von diesen Augen abwenden. Sanfte grüne Augen, die der Künstler gut eingefangen hat, sogar in Schwarz-Weiß. Ich strecke die Hand aus und berühre seine scharfen Wangenknochen, dann bin ich entsetzt, als ich den Atem anhalten muss, um ein Schluchzen zu unterdrücken. Meine Gefühle sind ein tobender Orkan in mir.

»Das ist er, Benson!«

»Quinn? Du meinst, der Typ, den du heute Nacht gesehen hast?«

Ich kann nicht sprechen; ich nicke nur. Bevor ich Zeit habe, den Gedanken zu verarbeiten, drücke ich auf den Knopf zum Ausdrucken.

»Das ist echt abgefahren«, sagt Benson. »Bist du dir sicher?«

»*Genau so* sieht er aus«, sage ich mit unsicherer Stimme.

»Dieser Typ muss wirklich hardcore sein«, sagt Benson und beugt sich dicht über das Bild.

Die Zac Brown Band beginnt zu spielen, und ich brauche gute fünf Sekunden, bis mir klar wird, dass es der Klingelton meines Handys ist. Instinktiv gehe ich ran und halte es, ohne nachzudenken und den Blick immer noch auf den Mikrofiche-Bildschirm gerichtet, ans Ohr. »'lo?«

»Tavia, Gott sei Dank. Leg bitte nicht auf!«

Ich erstarre, als Reese' Stimme an meinem Ohr ertönt und Eisschauer über meinen Rücken jagt.

»Ich bin gerade zurückgekommen und Jay hat mir alles erzählt. Bitte lass uns mit dir reden! Du bist in solcher Gefahr. Wo bist du? Sag uns einfach …«

Ich beende das Gespräch mit einem zittrigen Finger und fühle, wie mir alles Blut aus dem Gesicht weicht. *Ich bin ans Telefon gegangen? Was zum Geier habe ich mir dabei gedacht?* Das sind die Fehler, die mich umbringen könnten. Mich *und* Benson. »Ich muss das hier loswerden«, sage ich, und ich bin mir nicht sicher, ob ich mit Benson spreche oder mit mir selbst. Es war einfach, den Gedanken an Reese und Jay wegzuschieben, seit ich Portsmouth verlassen habe – ich hatte den Kopf voll mit Quinn.

Doch mein Handy ist eine Verbindung zu ihnen, daher kann ich es nicht behalten.

Ich gehe zum Drucker, sammle die wenigen Blätter Papier ein und drücke sie an die Brust. »Ich muss weg«, murmle ich, ohne recht zu wissen, mit wem ich spreche. Was ich tue.

Das Handy.

Werde das Handy los.

Völlig fixiert auf diesen Gedanken, will ich gehen und schreie fast auf, als ich Bensons Hand auf meinem Arm spüre. Mein Impuls ist, ihn wegzureißen, aber rationale Gedanken schieben sich in mein Bewusstsein, und ich weiß wieder, wer er ist.

Es ist Benson. Er hilft mir.

Er ist der Einzige, der das kann.

»Tavia?« Seine Hand ist immer noch auf meinem Arm.

Ich verlangsame meine Atmung und zwinge mich zur Konzentration, bis ich langsam wenigstens einen Anschein von Ruhe spüre. »Ja?«

»Warte auf mich«, sagt er leise. »Lass mich meine Sachen holen.«

Alles, was ich gerade wegen Quinn, Reese, Jay und Elizabeth spüre, ist zu intensiv. Es füllt meinen Kopf und mein Herz, bis ich zu voll bin, um etwas für Benson zu fühlen. Und ich kann nicht in seiner Nähe sein, wenn ich mich so fühle.

Flieh!, schreit mein Verstand, und mein Atem geht flach und hektisch. Der verzweifelte Wunsch, mein Handy loszuwerden – allen Kontakt mit Reese abzubrechen –, ist wie ein Zwang, dem zu widerstehen beinahe wehtut.

Sobald er sich umdreht, gehe ich weiter – in Richtung der Türen.

»Miss, Miss?« Es ist nicht Quinns Stimme, doch die Erinnerung an die Worte, die er gestern Nacht sagte, überschwemmt mich, erstickt mich in Kummer. Ich senke den Kopf und gehe schneller.

»Tave!« Bensons Stimme ist zu laut für eine Bibliothek, doch ich bleibe trotzdem nicht stehen. Mir ist bewusst, dass ich davonlaufe, aber es ist einfach alles zu viel. Ich kann nicht hierbleiben, keine Sekunde länger.

»Sie müssen die Kopien bezahlen«, ruft mir die Bibliothekarin tadelnd nach.

Als ich an den Türen ziehe, wage ich einen Blick zurück zu Benson, der mit Verzweiflung im Blick an der Ausleihe steht und in panischer Hast seine Brieftasche herauszieht.

Jetzt oder nie.

Der Wind schlägt mir ins Gesicht, als ich die Bibliothek verlasse und auf die Straße hinaustrete. Ich weiß nichts über diese Stadt, also wähle ich irgendeine Richtung und gehe so schnell ich kann, den Kopf gesenkt, das Handy fest in der Hand.

Ich wünschte, ich könnte es mit meinen Fingern zerquetschen.

Als ich außer Sicht der Bibliothek bin, halte ich inne, um zu Atem zu kommen, und lehne mich an die rote Ziegelwand eines unscheinbaren Bürogebäudes. Ich werfe einen Blick auf die Ausdrucke, die jetzt knittrig sind, nachdem ich sie an die Brust gedrückt habe. Als ich sie vor mich halte, um besser sehen zu können, fällt ein dicker Regentropfen herab und verschmiert einen Teil des Textes. Ich schnappe entsetzt nach Luft und jogge noch ein paar Schritte in den Schutz eines Vordachs, bevor ich mich mit dem Rücken an der Wand auf den Boden kauere. Wenigstens schneit es nicht. Noch nicht.

Meine Gedanken wirbeln durcheinander, während ich auf die Zeichnung starre. Der Porträtierte sieht genau wie Quinn aus. Ich meine, es ist keine Fotografie, also könnte es feine Unterschiede geben, aber sie müssten schon sehr fein sein. Ihre Gesichter sind dieselben, bis hin zur Knochenstruktur. Ich habe die Schatten unter dieser markanten Stirn gezeichnet, die Erhebung dieser Wangenknochen, die eckige Linienführung dieser Kinnpartie. So etwas kann man nicht mit einem Kostüm und Farbe fälschen.

Ich bin mir nicht einmal sicher, dass man es mit Chirurgie rekonstruieren könnte.

Wer um alles in der Welt *ist* Quinn Avery?

Als habe er seinen Namen in meinen Gedanken gehört, kommt Quinn um die Hausecke schräg gegenüber. Mein Kopf wendet sich ihm zu, und ich merke, dass ich seine große, schlanke Gestalt gar nicht sehen muss, um zu wissen, wenn er erscheint; ich *fühle* ihn. Er kommt auf mich zu und meine Augen finden sein Gesicht. Er sieht mich direkt an und die Entschlossenheit in seinem Blick erschreckt mich.

Lähmt mich. Meine Gliedmaßen sind aus Stein. Er kommt weiter auf mich zu, seine Schritte sind lang und gemächlich. Als er weniger als sechs Meter von mir entfernt ist, reiße ich mich endlich aus meiner Reglosigkeit. Das Klappern meines Handys, das auf den Gehweg trifft und zerschellt, ist mir egal. Ich wirble herum und laufe davon.

Ich weiß nicht, wohin, ich weiß nur – es ist weg von *ihm*.

Doch dann setzt Geschrei ein.

Ich reiße die Augen auf, und die Zeit scheint langsamer abzulaufen, als ich mich umschaue und ein dunkelblaues Auto gegen Quinn knallen und ihn einen Augenblick gegen die Wand drücken sehe. Einen endlosen Augenblick lang. Dann dringt ein scharfes Knacken an meine Ohren, füllt meine Welt, die Wand gibt nach und begräbt Quinn in einem Haufen zerbrochener Backsteine.

Das Letzte, was ich sehe, bevor meine Welt sich zu drehen beginnt, ist ein bekanntes Gesicht. Das Gesicht, das bedeutet, dass sie uns wieder gefunden haben.

Kapitel 26

Ich wache in gemütlicher Dunkelheit auf, schwebe langsam aus einem Nebel in Sicht einer orangefarbenen Sonne, die durch einen Himmel von Ästen an beinahe kahlen Bäumen dringt. Ich brauche ein paar Sekunden, bis mir wieder einfällt, wo ich bin.

Reese' Auto. Quinn. Benson. Quinn!

Durch den schläfrigen Schleier hindurch versuche ich mich zu erinnern, was passiert ist. Was passiert ist, nachdem …

Nachdem das Auto Quinn erwischt hat.

Nachdem das Auto Quinn *getötet* hat.

Das kann er auf keinen Fall überlebt haben.

Die Szene schießt mir durch den Kopf: das zerbeulte Auto, bedeckt mit Ziegelsplittern, die Motorhaube verschluckt von einem klaffenden Loch in der Ziegelmauer.

Zwing mich nicht, es zu sehen. Ihn. Das Blut.

Ich kneife die Augen zu und schiebe die Erinnerung von mir. Versuche, das letzte Mal zu vergessen, als ich von Blut und Tod umgeben war. Ich drücke die Tür auf, brauche unbedingt frische Luft, kämpfe dagegen an, mich aufs Polster zu übergeben.

Zum Glück pocht mein Kopf, als ich die Tür aufdrücke und die Beine hinausschwinge, nicht wie damals, als ich nach dem Flugzeugabsturz aus dem Koma aufgewacht bin.

Diesmal habe ich wirklich nur geschlafen.

Ich kann aufstehen, aber es ist mühsamer, als es sein sollte. Mein Körper ist vollkommen ausgelaugt, als sei ich die letzten drei Tage auf einen Berg gestiegen. Es fühlt sich an wie die ersten Wochen nach dem Flugzeugabsturz, als selbst einfache Bewegungen Aufgaben von herkulischen Ausmaßen waren.

Ich denke nicht gerne an diese Tage.

Ich schlinge die Arme um mich und schaue mich um. Benson. Wo ist er? Ist er hier? Ich bin sicher nicht selbst gefahren.

Es dauert noch ein paar Sekunden, doch dann erinnere ich mich. Benson, der mich auf die Beine zieht und wegschleppt, bevor die Polizei da ist.

Und noch etwas, das ich gesehen habe … Jemand. Jemanden, den ich kannte.

Dann war da die Hysterie. Vollkommen außer Kontrolle, als zöge jemand an meinen Marionettenfäden. Tränen, verzweifelte Worte, als ich Benson von Quinn erzähle. Die harte Linie von Bensons Mund. Er, wie er mich in den Wagen drängt und seinen Mantel über mich drapiert.

Dann nichts mehr.

Ich schaudere bei der schrecklichen Erinnerung. Ich bin immer noch müde, aber wenigstens fühle ich mich wie ich selbst. Ich will nie wieder jemand anderes als ich selbst sein.

Ein Geräusch reißt mich aus meinen Gedanken. Ich höre Benson, sehe ihn aber nicht. Wir haben irgendwo in einer fremden Gegend am Straßenrand gehalten, und ich finde Benson schließlich hinter einem Baum, wo er telefoniert.

Streitet.

Ich trete näher, versuche, Worte aufzuschnappen, aber er unterbricht sich ständig, als rede jemand auf ihn ein.

»... nicht, was wir besprochen haben. Aber ...« Ich sehe, wie er sich mit der Faust an die Hüfte schlägt. »Ich verstehe«, sagt er ein paar Sekunden später, dann legt er auf, ohne sich zu verabschieden.

»Wer war das?« Meine Stimme klingt quietschend.

Benson wirbelt mit einem Luftschnappen herum und seufzt auf, als er mich sieht. »Mach nächstes Mal ein bisschen Krach, ja?«, sagt er mit einem schwachen Grinsen.

»Tut mir leid.« Es klingt lahm, aber was soll ich sonst sagen? »Ist alles in Ordnung?«

»Ja, Mitbewohnerkram«, sagt er und deutet auf das Telefon.

Ich nicke. Ich weiß nicht, was er meint, und mein Hirn ist immer noch zu benebelt, als dass es mir etwas ausmachen würde.

»Wie fühlst du dich?«, fragt er.

Ich lache. »Als könnte ich heute Nacht auf keinen Fall schlafen.«

Benson zuckt hilflos die Achseln. »Tut mir leid, ich habe es nicht über mich gebracht, dich zu wecken.« Er schweigt kurz, dann legt er die Finger unter mein Kinn. »Ich mache mir Sorgen. Du bist so müde.«

»Hey!«, kontere ich. »Ringe unter den Augen sind jetzt angesagt.« Aber mein Witz verpufft.

»Ich meine nicht körperlich.« Er mustert mich wieder lange, als wolle er noch etwas sagen, doch ich behalte meinen herausfordernden Blick bei, und nach ein paar Sekunden lässt er seine Hand fallen.

Sein Gesichtsausdruck ist so seltsam – da sind mehr Emotionen, als ich deuten kann, und ich ertappe mich dabei, wie ich mir wünsche, ich hätte meine Kohle mitgebracht, damit ich ihn auf Papier einfangen kann und ihn vielleicht auf diese Weise besser verstehe. Ich hebe die Hand zu seinem Gesicht, und er neigt sich dagegen, fängt sie zwischen Gesicht und Schulter ein. Ich trete näher, aber er räuspert sich und hebt sein Handy, also höre ich auf. »Ich habe einen kleinen Onlinebericht darüber gefunden, was heute passiert ist«, sagt er.

»Ach ja?«, sage ich sofort neugierig.

»Da stand nicht viel, nur dass ein leeres Auto auf einem Hügel geparkt und die Handbremse nicht angezogen war.« Er blickt von dem Bildschirm auf und sagt: »Sie sagen, es wurde niemand verletzt.«

»Niemand wurde verletzt? Aber…« Ich schließe den Mund, um die Worte abzuschneiden. »Bist du sicher?« Ich muss fragen. Ich *weiß*, was ich gesehen habe. Die Bilder haben sich in mein Gehirn eingebrannt.

»Das steht in dem Bericht. Sie schreiben, die Büromitarbeiter seien gerade zum Mittagessen gegangen, deshalb war das Gebäude leer.«

»Und da ist nichts über… über…«

»Nichts über Quinn«, beendet Benson meinen Satz.

Ich stehe lange im Gitterschatten der Bäume. Ich habe keine Ahnung, was mit meinem Leben passiert. Es fühlt sich an, als splittere es langsam. Noch bricht es nicht auseinander, aber es ist voller spinnwebartiger Risse.

Dabei wurde es doch gerade besser.

Und dann das.

Es ist, als hätte der seelische Heilungsprozess, den ich nach dem Unfall durchgemacht habe, nie stattgefunden.

»Ich habe ihn gesehen«, sage ich.

»Ich glaube dir.«

»Nicht Quinn – ich meine, Quinn natürlich auch, aber …« Ich hole beruhigend Luft, als die schattenhafte Erinnerung endlich Form annimmt. »Ich habe den Sonnenbrillentyp gesehen. Aus Portsmouth. Nur aus dem Augenwinkel, eine Sekunde nach dem Unfall, aber ich *weiß*, er war es«, sage ich schnell, bevor Benson mich unterbrechen kann.

Er versucht es nicht. Es ist, als habe er es bereits gewusst. Andererseits war er ja ebenfalls da. Er hat den Kerl wahrscheinlich auch gesehen und wollte nicht, dass ich es weiß.

Ich blicke zu Benson auf, zwinge mich, ihm in die Augen zu schauen. »Sind *alle* darin verwickelt? Du hast mich gestern gefragt, was ich glaube, wie tief das geht, und ich wusste es nicht. Ist das eine Verschwörung, Benson?«

Benson schweigt. Er verschränkt die Arme vor der Brust, dann überlegt er es sich anders und schiebt die Hände stattdessen in die Hosentaschen. Obwohl mein Verstand danach schreit, er möge einfach etwas sagen, stehe ich schweigend da und beobachte ihn. Vielleicht zuckt mein Auge.

»Was, wenn Quinn ein Geist ist?«, fragt Benson leise.

Ich lache los, bevor ich mich stoppen kann. »Ernsthaft? Nein. Es gibt keine Geister.«

»Es gibt auch keine Leute, die Labellos, Stifte und Stressbälle aus dem Nichts hervorzaubern können. Denk mal darüber nach, Tave, es würde alles erklären: die altmodischen Kleider, das Ding mit Rebecca Fielding, dass ihn ein Auto überfährt und keiner es bemerkt.«

»Es gibt keine Geister«, wiederhole ich, doch meine Stimme ist so leise, dass es fast ein Flüstern ist. Meine Gedanken rasen. Ich habe ihn sterben sehen. Aber habe ich wirklich das Blut gesehen oder hat mein Gehirn das ergänzt? Ich schüttle den Gedanken ab und versuche, zu analysieren, was ich *weiß*. Quinn ist immer altmodisch angezogen; er taucht aus dem Nichts auf und verschwindet urplötzlich; er lässt mich *nie* zu Wort kommen – es ist beinahe, als könne er mich nicht hören. Und dieser merkwürdige Ort, an den er mich gestern Nacht geführt hat, sah doch aus, als habe ihn keiner mehr betreten, seit …

Seit …

Zweihundert Jahren. Mein Verstand zwingt mich, den Gedanken zu beenden.

»Er hat mich nie berührt«, sage ich und schaue Benson mit großen Augen an.

Benson sagt nichts, er mustert mich nur mit einem grimmigen Ausdruck, der mir sagt, er weiß, dass es Sinn ergibt.

»All die Male – sogar wenn wir miteinander gesprochen haben –, er hat mich nie berührt.« Ruckartig hebe ich das Kinn. »Bin ich jetzt auch noch Hellseherin?«

»So was wie ein Medium? Vielleicht.«

»Benson, ich sehe Dinge, die *andere Leute nicht sehen.* Die ganze Zeit. Das kann ich nicht mehr leugnen.«

Benson nickt, sagt aber nichts.

»Glaubst du, das kommt durch meine Operation?«

»Deine Hirnoperation?«

»Ja. Als ich im Krankenhaus war, habe ich diese irrwitzige Website gefunden, die behauptet, ein Hirntrauma könne einem paranormale Fähigkeiten verleihen. Ich fand das damals unglaubwürdig, aber jetzt?« Hilflos breite ich die Arme aus.

Benson schiebt seine Brille höher. »Das klingt für mich nicht sehr wahrscheinlich. Aber was weiß ich schon? Anscheinend gar nichts.«

Etwas passt nicht. »Außer …«, sage ich, und die Idee nimmt Gestalt an, während ich spreche. »Es kann nicht *komplett* von meiner Hirnoperation ausgelöst sein. Reese und Elizabeth haben mich in dieses Flugzeug gelockt. Sie haben *erwartet*, dass etwas in der Art passiert. Du kannst nicht einfach vorhersagen, dass jemand, der ein Hirntrauma hat, plötzlich zu … ich weiß nicht, einem X-Man oder so etwas wird.«

»Ich wünschte, ich wüsste, was sie wissen«, sagt Benson mit einem Seufzen.

»Ich auch.« Ich sinke auf einen moosbedeckten Baumstumpf.

Vor zwei Wochen war ich eine normale Waise und Überlebende eines Flugzeugabsturzes, die vor den Medien versteckt wurde. Und heute? Ich weiß nicht einmal, was ich bin.

»Elizabeth hat mich Erdgebundene genannt«, sage ich nach einer Weile. »Was glaubst du, was das heißt?«

Benson starrt mich ausdruckslos an. »Ich weiß nicht«, sagt er.

»Es läuft alles auf Quinn Avery hinaus«, sage ich schließlich. »Auf den alten, meine ich. Alles. Ich glaube …« Ich will es eigentlich nicht einmal laut aussprechen. »Ich glaube, ich muss mir noch mal den Ort anschauen, an den er mich gebracht hat.«

»Du hast gesagt, du willst nie wieder dorthin zurück …«, antwortet Benson, doch ein Funkeln in seinen Augen verrät sein Interesse.

»Ich weiß, aber vielleicht müssen wir genau das tun, um alles zu verstehen.«

Benson nickt nachdenklich. »Falls Quinn Antworten hatte, sind sie wahrscheinlich dort.«

»Ich will nicht allein hingehen. Kommst du mit?«

»Natürlich«, sagt Benson, und in seiner Stimme schwingt Aufregung mit.

Der Ort jagt mir eine Höllenangst ein, aber ich habe den Verdacht, für ihn ist es eine Art Ausflug für Erwachsene.

»Die Sonne geht in ungefähr einer Stunde unter, aber ich kann in Camden eine Taschenlampe besorgen«, sagt er, dann wird er rot. »Ich habe, während du geschlafen hast, in einer Stadt angehalten und die Goldmünze verkauft. Ich hoffe, es macht dir nichts aus; wir hatten kein Benzingeld mehr.«

Ich wische seine Sorgen mit einer Handbewegung beiseite. »Dafür war sie da.«

Er nickt und legt leicht den Arm um mich, als wir zum Auto zurückgehen. Ich habe keine Ahnung, wie ein über zweihundert Jahre toter Kerl – bei dem Gedanken zucke ich zusammen – uns helfen kann, aber alles dreht sich um ihn. Es *muss* eine Verbindung geben.

Abgesehen davon will der irrationale Teil von mir unbedingt mehr über Quinn herausfinden. Es ist egal, dass er tot ist – dass er womöglich die ganze Zeit ein Geist war –, er ist immer noch derjenige mit den Antworten.

Ich steuere den Wagen von der schattigen Lichtung weg, und Benson hilft mir, die richtige Straße zu finden. Nachdem ich den Tempomat eingestellt habe, drückt er meine Hand. Dann öffnet er Rebeccas Tagebuch und blättert durch die Seiten. »Bist du dazu gekommen, noch mehr zu lesen?«, fragt er.

»Seit heute Morgen? Wann hätte ich das tun sollen?«, antworte ich gedehnt. »Bevor oder nachdem ich meinem Mörder entkommen bin?«

Benson blättert die Seiten um – langsam, aber nicht langsam genug, um wirklich viel zu lesen.

»Schau dir das an«, sagt er und neigt das Tagebuch in meine Richtung.

»Benson, ich fahre. Lies es mir vor.«

»Ich kann nicht. Es ist ein Code.«

»Ein Code? Ehrlich?« Ich wage einen Blick, doch die winzige, makellose Handschrift ist zu klein, um etwas zu erkennen.

»Kein richtiger Code, glaube ich. Eher wie eine andere Sprache, aber ich kenne sie nicht. Es sieht irgendwie lateinisch aus, aber nicht so richtig. Vielleicht eine alte Form einer anderen romanischen Sprache?«

»Super«, sage ich, und mein Herz wird ein bisschen schwer. »Eine fremde Sprache, und dann auch noch aus dem 19. Jahrhundert.«

»Es sieht so aus, als ginge das so für den Rest der Einträge«, sagt er und blättert weiter, bis er auf leere Seiten stößt. »Diese komische Sprache und ein Haufen Zeichnungen.«

»Was steht direkt vor diesen Einträgen?«, frage ich und zwinge mich, mich auf die Straße zu konzentrieren.

Benson blättert zurück, die Seiten nun langsamer wendend. »Es geht immer um Quinn. Wie verliebt sie ist. Dass er ihr Dinge zeigen will, genau wie er es dir gesagt hat.«

Ich zucke bei der Erinnerung innerlich zusammen, vor allem jetzt, wo Benson und ich … was genau sind wir, wenn Quinn aus der Sache raus ist?

Na ja, körperlich.

Leider sucht er uns immer noch heim.

»Mal sehen, sie ist mit ihm verabredet. Es ist ein Geheimnis. Sie glaubt, er wird ihr einen Antrag machen.« Er blättert zur nächsten Seite. »Dann diese fremde Sprache. Ich überlege, ob …«

»Was?«, frage ich, als er sein Handy herauszieht, ohne den Satz zu beenden.

»Ich gebe es in Google translate ein, mal sehen, ob etwas dabei herauskommt.«

»Gott segne Google«, murmle ich sarkastisch.

»Das ist komisch«, sagt er nach ein paar Minuten.

»Was?«

»Na ja, es *ist* Latein. Irgendwie. Es ist nah am Lateinischen. Google übersetzt nicht alles, weil die meisten Wörter falsch geschrieben sind.«

»Glaubst du, wir können das ganze Ding irgendwie übersetzen?«

»Vielleicht. Ich kann ein paar Wortstämme der falsch geschriebenen Wörter herausfinden, aber …« – er blickt zu mir auf – »es wird echt lange dauern, den Sinn herauszubekommen.«

»Was haben wir schon, wenn nicht Zeit?«, antworte ich leise.

Aber es ist eine himmelschreiende Lüge.

Seit das Auto mich beinahe erwischt hätte, ist es, als würde ich eine Stoppuhr in meinem Kopf die Zeit herunterticken hören.

Und ich bin mir nicht sicher, was passieren wird, wenn sie bei null ankommt.

Kapitel 27

Die Tür steht immer noch offen. Genau wie ich sie zurückgelassen habe.

»Siehst du?«, sagt Benson, als ich darauf hinweise. »Er ist so was von ein Geist. Kann nichts anfassen.«

»Von mir aus«, sage ich, denn ich will ihn nicht noch ermutigen. Benson ist unerträglich, wenn er weiß, dass er recht hat.

Und das hat er normalerweise.

Aber das liebe ich an ihm.

Liebe? Ich versuche, nicht weiter darüber nachzudenken.

»Glaubst du, hier ist sonst noch jemand?«, frage ich flüsternd – als würden wir auf heiligen Boden vordringen.

»Keine Fußabdrücke«, bemerkt Benson. »Und es hat mitten in der Nacht aufgehört zu schneien. Wenn sie also nicht hereingeschlichen sind, direkt nachdem du gegangen bist, denke ich, wir sind sicher.«

»Wir bleiben nicht lang«, sage ich und ziehe meinen Mantel enger um mich.

»Dagegen habe ich nichts einzuwenden«, sagt Benson trocken.

Ich will durch die offene Tür schlüpfen, doch Benson hält mich auf und untersucht stattdessen den Schließmechanismus. »Das ist echt genial«, sagt er, als ich erkläre, wie er funktioniert. »Es ist wie ein Kombinationsschloss. Dieser Quinn ist – war – schlau.«

Ich werde rot. *Wieso fühlt es sich an, als gelte das Kompliment mir?*

Aus einer Kuriertasche, die er um die Schulter hängen hat, zieht Benson die riesige Taschenlampe, die wir vor einer halben Stunde gekauft haben. *So* viel besser als mein armseliges Handylicht.

Das Handy, das hundertdreißig Kilometer entfernt in Einzelteilen auf einem Gehweg liegt. Wahrscheinlich auch noch von einem Ziegelstein zerquetscht. Dieser winzige, einfache Gedanke nimmt mir teilweise die Angst, wenn auch nur ein bisschen.

Der unangenehm feuchte Geruch trifft mich, sobald wir die kleine Höhle betreten. Mit ihm kommen die Erinnerungen an letzte Nacht in erschreckender Klarheit – Quinns Gesicht, das nicht im Mindesten geisterhaft aussieht, dicht vor meinem. »Hey, sollten Geister nicht durchsichtig sein?«, frage ich, während Benson mit der Taschenlampe herumleuchtet.

»Ich glaube nicht, dass das irgendwer sicher weiß.«

»Er sah so real aus«, sage ich, und die Sehnsucht in meiner Stimme ist mir ein bisschen peinlich.

»Komm mal hier herüber«, sagt Benson und winkt mich zu sich an den Tisch, wo ich das Tagebuch gefunden habe.

»Bilder«, keuche ich, als er ein paar eingerollte Blatt Papier umdreht. »Ich habe nicht viel ausgekundschaftet, als ich gestern Nacht hier unten war.« Es sind kleine, flüchtige Aquarellskizzen von Quinn, wie ich ihn noch nie vorher gesehen habe; er lächelt den Künstler an, das Haar lose und zerzaust, oder blickt nachdenklich in die Flammen einer gemütlichen Feuerstelle. Mir stockt der Atem, als Benson das letzte umdreht.

Quinn mit einer Frau.

Es porträtiert die beiden von hinten, Hand in Hand. Ich kann ihr Gesicht nicht sehen, nur eine große, schmale Gestalt und braune, zum Zopf gebundene Haare. Eine heftige Eifersucht, die überhaupt keinen Sinn ergibt, spült über mich hinweg, erfüllt mich mit einer merkwürdigen Feindseligkeit, die mir Übelkeit verursacht.

»Rebecca?«, vermutet Benson über meine Schulter hinweg.

Ich schlucke trocken und antworte mit schwacher Stimme: »Wahrscheinlich.« Ich habe nie verstanden, was es bedeutet, jemanden wirklich zu hassen, aber als ich auf dieses Bild starre und meine Finger die Ecken so fest umfassen, dass sie weiß werden, denke ich, so muss es sich wohl anfühlen.

»Ach, du meine Scheiße!« Benson hält eine schmutzige Münze hoch und pustet ein bisschen Staub herunter. »Da ist ein ganzer Haufen davon.«

»Nimm sie«, sage ich. »Ich finde, das ist mir Quinn schuldig, nachdem er mein Leben zerstört hat.«

Während Benson überlegt, wie viel Werte diese Höhle wohl birgt, fange ich an, mich umzusehen. »Meinst du, wir können deine Taschenlampe benutzen, um diese Kisten hier aufzubrechen?«, frage ich.

»Warum machst du nicht einfach eine Brechstange?«, schlägt Benson vor.

Ich atme tief ein. Es mag abergläubisch klingen, aber jedes Mal, wenn ich meine Kräfte benutze, passiert etwas Schlimmes. Aber was soll ich sonst tun? Benson bitten, mit bloßen Händen den Deckel abzureißen?

Meine Finger beben, als ich die Hand hebe und mir das Werkzeug in meiner Hand vorstelle. Einen Augenblick später halte ich ein ziemlich kurzes Brecheisen in der Hand. Ich wende den Blick ab, als Benson es mir abnimmt. Danach ist es eine Sache von Sekunden, bis er den Deckel aufgestemmt hat.

Wir knien uns beide hin, um in die Kiste zu spähen.

»Nett«, sagt Benson und hebt einen schweren Beutel hoch, der metallisch klingelt. Ein rascher Blick hinein und er pfeift. »Mann, dieser Quinn war echt stinkreich!«

»Gib her!«, schelte ich und reiße ihn ihm aus der Hand. »Wir sind keine Grabräuber.«

»Das hier ist kein Grab«, sagt Benson. »Und dieser Beutel ist bestimmt eine fünfstellige Summe wert. Mindestens.« Er grinst. »Denk mal darüber nach, wie viel Benzin und Studentenfutter wir uns davon leisten können.«

Ich werfe ihm einen finsteren Blick zu und lege den Beutel neben mich auf den Boden.

Allerdings liebe ich Studentenfutter …

»Ooh, schau dir das an!«, sage ich und ziehe ein Buch heraus, in dessen Ledereinband das vertraute Dreieck eingeprägt ist. »Hier ist noch ein Tagebuch.« Ich schlage es auf und erwarte Rebeccas blumige Schrift, aber eine klare, maskuline Handschrift springt mir ins Auge. »Ich glaube, das war Quinns.«

Auf der ersten Seite steht kein Name, aber die zweite Seite trägt eine Liste von Namen und Daten, mit Quinns Namen an der Spitze. Es gibt keine sich wiederholenden Nachnamen, und es scheint kein Muster zu geben – allerdings gehen sie zurück bis 1568. Dann gibt es noch drei Namen ohne Datum.

Ich blättere um und halte das Buch auf Armeslänge von mir, als mich Worte anspringen, die dreimal so groß sind wie die gewissenhafte Liste auf der vorherigen Seite.

Wenn du kein Freund bist, dann mögen die Götter deiner armen Seele gnädig sein, solltest du weiterlesen.

Mit großen Augen lese ich die Worte ein zweites Mal. »Benson?«

»Hier drin ist noch ein Gemälde und eine Taschenuhr. Abgefahren.«

»Benson?«

»Hey, auf diesem Bild ist ein Haus. Was willst du wetten, dass es das …«

»Benson!«

Er blickt auf und ich drehe das Buch zu ihm um. »Bin ich eine Freundin?« *Eine Freundin eines Geistes?*

Benson zieht eine Augenbraue hoch. »Glaubst du, das ist wirklich wichtig? Er ist tot.«

»Er sucht mich schon seit einer Woche heim!«, entgegne ich schrill, auch wenn *heimsuchen* eigentlich nicht das richtige Wort dafür ist.

Dennoch erstarrt Benson. »Da hast du auch wieder recht.« Er schürzt die Lippen. »Er hat dir die Kombination gezeigt. Ich glaube, das ist ein ziemlich gutes Zeichen, dass es ihm nichts ausmacht, wenn du das liest.«

Ich nicke, aber das Adrenalin lässt meine Finger zittern, als ich umblättere und die Schrift wieder normal groß ist.

Ich bin Quinn Avery. Ich bin ein Erdgebundener. Ich bin

ein Schöpfer. Wenn Ihr diese Worte lest, bete ich, Ihr möget ein treuer Freund oder meine eigene Wiedergeburt sein. In dieser Truhe findet Ihr die Werkzeuge, die notwendig sind, um mich wiederherzustellen. Doch wenn Ihr das habt, sucht und findet Rebecca. Nichts auf dieser weiten Welt ist von größerer Wichtigkeit. Findet sie. Gebt ihr die Halskette.

»Rebecca.« Ich flüstere ihren Namen leise, er brennt auf meiner Zunge. Er will, dass ich sie finde? Ihren Geist, nehme ich an. Warum? Damit sie bis an ihr Ende glücklich und als Geister zusammenleben können? Ich zwinge meine Finger, sich zu entspannen, als mir bewusst wird, dass ich das Tagebuch so fest umklammere, dass ich schon anfange, die Buchdeckel zu verbiegen.

»Das heißt also …« Benson zögert. »Du hattest recht. Er ist auch ein *Erdgebundener*. War. Du weißt schon.«

Ich ignoriere die unausgesprochene Aussage, dass *ich* folglich auch eine Erdgebundene bin. Ich weiß nicht, was das heißt, und ich bin mir nicht sicher, ob ich bereit bin, es herauszufinden.

»Ich frage mich, ob sein Zeug auch verschwindet«, sinniere ich leise.

»Na ja, wenn du Quinns Geist das nächste Mal siehst, solltest du ihn fragen«, sagt Benson und späht wieder in die Kiste.

»Er beantwortet keine Fragen«, sage ich und blättere das Tagebuch durch, nur um festzustellen, dass es nach den ersten ungefähr zehn Seiten leer ist.

»Du sagtest, du hättest Gespräche mit ihm geführt.«

»Ich *dachte*, es wären Gespräche, aber alles, was er je zu mir gesagt hat, finde ich in Rebeccas Tagebuch. Es ist, als …«

Ich lasse das Tagebuch in den Schoß sinken. »Als sei er weniger ein Geist als vielmehr ein *Echo* der Vergangenheit. Ich glaube, deshalb hat er mich Becca genannt, obwohl ich ihm gesagt habe, mein Name sei Tavia.« Ich weiß noch, wie wütend mich das gemacht hat. Jetzt fühle ich mich seltsam apathisch.

Kurz denke ich darüber nach, was das über mich aussagt, aber ich habe zu viele andere Fragen, die zuerst beantwortet werden wollen. Wichtigere Fragen. *Viel* wichtigere.

Ich wende mich wieder dem Tagebuch zu. »Hey, schau mal!«

Benson späht mit mir auf die Seiten, als ich auf zwei sorgfältig gezeichnete Symbole zeige.

»Das ist das von den Akten in Reese' Büro«, sage ich und deute auf die Zeichnung einer Feder und einer Flamme, unter der das Wort *Curatoria* steht. »Das ist das Wort, das Elizabeth benutzt hat. Ich schätze, das ist ein Name, kein Wort.«

»Ergibt Sinn«, sagt Benson leise.

Ich überlege. Ich habe mein Handy nicht mehr, aber vor ein paar Tagen habe ich ein Foto von einem total abgeschabten Symbol an einem Gebäude in Portsmouth gemacht. Es war so verblasst, dass ich nur etwas Rundes über etwas mit Wellenlinien erkennen konnte. Aber es könnte eindeutig dieses Symbol gewesen sein.

»Das hier nicht«, sage ich und bewege den Finger zur gegenüberliegenden Seite. »Das hat die falsche Form.« Es ist ein Anch, aber statt eines geschlossenen Kreises beschreibt die Oberseite eine Kurve nach außen und bildet stattdessen die Form eines Hirtenstabs. »*Reduciata*«, sage ich. »Jay und Elizabeth haben das beide gesagt.« Ich versuche zu lesen, aber Benson leuchtet ständig zurück in die Kiste, die er aufgebrochen hat.

»Schau dir das an«, sagt er und hält ein kleines, gerahmtes Bild in meine Richtung, damit ich es sehen kann. Es ist eindeutig vom selben Künstler wie die anderen auf dem Tisch, aber dieses ist viel kleiner und das einzige mit Rahmen, das wir gefunden haben. Zu sehen ist ein gelbes Haus in einer Baumgruppe, die ungefähr zur Hälfte herbstlich gefärbt ist. »Ich wette, es ist das Haus, in dem er umgebracht wurde.«

»Er wurde nicht dort umgebracht.« Die Worte sind mir rausgerutscht, bevor ich darüber nachdenken kann.

Ich schaue Benson mit offenem Mund an – *woher weiß ich das?* – und greife nach dem Bild. Sobald meine Finger die spröden Kanten des Ölgemäldes berühren, bricht eine Lawine verzerrter Bilder und verschwommener Gefühle über mich herein.

»Es war ein Trick«, bringe ich heraus, als das Sperrfeuer der Empfindungen meine Konzentration bricht. Meine Finger legen sich um den Rahmen, greifen ihn fester, als die Worte aus meinem Mund strömen und ich Quinn beinahe wieder spüren kann, irgendwo in den Zerrbildern und dem Lärm, doch ich werde fast betäubt durch ein scharrendes Dröhnen, geblendet von waberndem Nebel. »Sie waren nie wirklich in Gefahr – nicht von den Waffen ausgehend –, aber sie mussten … mussten … ich kann nicht! Hilf mir, Benson!« Ich halte ihm das Bild hin, aber ich kann es nicht loslassen, während das Gefühl von Feuer an meinen Armen emporzüngelt und rasselnde statische Aufladungen in meinen Ohren dröhnen.

Benson entreißt mir das Bild und wirft es hinter sich auf den Boden, bevor er die Arme um meine Oberarme legt. Ich breche in seinen Armen beinahe zusammen, doch ich schaffe es rechtzeitig, die letzten Reste an Kraft meinen müden Muskeln abzuringen, um mich zu fangen.

»Was ist passiert?«

»Ich … ich weiß es nicht. Ich habe das Bild berührt, und es war … als wüsste ich, was mit Quinn passiert ist. Oder was nicht passiert ist, glaube ich.« Schwarze Punkte verschwimmen vor meinen Augen, und ich habe Angst, dass ich ohnmächtig werde. Ich habe das Gefühl, als sei ich gerade mit einem leeren Magen einen Marathon gelaufen.

»Ich kann hier nicht länger bleiben«, sage ich und halte mir die Augen mit den Händen zu.

»Kein Problem. Wir können ein andermal wiederkommen.«

Ich nicke stumm – ich will *nie wieder* herkommen –, und Benson nimmt das Bild und wirft es zurück in die Kiste, zurück in die Dunkelheit. Er sammelt ein paar von den anderen Gegenständen ein und packt sie in seine Kuriertasche. Ich lehne an der bröckelnden Höhlenwand und halte den Blick gesenkt, damit ich das Bild nicht noch einmal sehen muss. Allein beim Gedanken daran fühle ich mich ein bisschen mulmig, als säße ich in einer schlechten Achterbahn.

So soll es nicht sein. Der Gedanke kommt mir ungebeten in den Sinn.

Das Tagebuch gleitet mir vom Schoß, doch ich fange es rechtzeitig auf.

»Ich bin es nur«, sagt Benson.

»Das will ich mitnehmen.«

»Wie du willst. Solange es dich nicht durcheinanderbringt wie das Bild.«

»Das wird es nicht«, beharre ich. Ich habe keinen Grund zu dieser Annahme, aber irgendwie weiß ich, dass es stimmt. »Ich brauche es.«

Die Worte kommen aus meinem Mund, aber sie klingen nicht wie meine.

Kapitel 28

Ich glaube nicht, dass ich fahren kann«, sage ich, als wir eine halbe Stunde später durch die scharfen eisigen Windböen endlich Reese' Auto erspähen. Mir schwimmen wieder diese leuchtenden Punkte vor den Augen, als ich halbherzig versuche, Benson zu helfen, die dünne Schneeschicht von der Windschutzscheibe zu fegen. »Kannsu mir wasu essen besorng?« Die Worte kommen nur undeutlich aus mir heraus, und ich muss mich konzentrieren, aufrecht stehen zu bleiben, als ich den Autoschlüssel aus der Tasche wühle. Ich bin sogar zu müde, um mir Sorgen über die Leute zu machen, die uns verfolgen, obwohl ich nach dem Zwischenfall mit dem Auto eigentlich doppelt auf der Hut sein sollte.

Vor allem, weil ich im Moment vollkommen nutzlos bin. Aber angesichts unserer Wanderung durch die Eiseskälte des Waldes und der Tatsache, dass er mich halb tragen musste und dann auch noch seine Tasche voller Sachen aus der Höhle, kann ich mir vorstellen, dass sich Benson auch nicht mehr allzu agil fühlt.

Nachdem er mir ins Auto geholfen und mich angeschnallt hat, fragt er: »Musst du dich erbrechen? Du siehst aus, als sei dir schlecht.«

Ich schüttle den Kopf und von der Bewegung wird mir übel. »Brauch was zu essen. Verhungere.«

»Ich glaube, du solltest dir selbst etwas herzaubern.«

»Hilft nichts«, widerspreche ich, lehne die Stirn an die Scheibe und schließe die Augen. »Verschwindet in fünf Minuten. Auch das, was ich schon gegessen hab.«

»Ja, aber wenn du in den zehn Minuten, die ich brauche, bis ich dir *echtes* Essen besorgt habe, mehr machst, kannst du das Essen, das verschwindet, immer ersetzen. Das muss zumindest ein bisschen helfen.« Bensons Blick fleht mich an, nicht mit ihm zu streiten.

Es braucht ein paar Sekunden, bis ich die Worte erfasst habe und mir auffällt, dass das eine ziemlich geniale Idee ist. Doch ich kämpfe dagegen an. Der Gedanke, etwas zu verdauen, das ich mit meiner grusligen Magie geschaffen habe, verursacht mir Übelkeit. Noch *mehr* Übelkeit.

Ich kann noch durchhalten; es muss hier irgendwo Fast Food geben. Pommes. Ich kann lang genug bei Bewusstsein bleiben, bis ich ein paar gute, salzige Pommes bekomme. Das Bild in meinem Kopf ist so lebhaft, dass ich dem Drang widerstehen muss, mir die Lippen zu lecken.

Erst als ich spüre, wie die Hitze durch meine Jeans dringt, blicke ich nach unten und sehe eine Schale perfekte Pommes Frites auf meinem Schoß. Meine Hände greifen nach ihnen, während mein Kopf schreit, sie seien nicht echt und dass ich sie nicht anrühren solle. Doch Benson hat recht – ich muss *jetzt* etwas essen. Ich verbrenne mir fast die Zunge, als ich sie in den Mund schiebe und versuche, mich zu erinnern, wie man kaut. In weniger als zwei Minuten ist die Schale leer.

»Mach mehr«, sagt Benson und klingt jetzt sehr ernst, während er über die gepflasterte Straße zurück in Richtung Camden rumpelt.

Diesmal wehre ich mich nicht und bald esse ich mich durch eine weitere Schale Pommes. Sie wärmen mich auf und füllen meinen Blutzucker schneller wieder auf, als ich es für möglich gehalten hätte. Als die Schale leer ist, hole ich ein paar Mal Luft, bevor ich noch eine mache. Die erste Schale wird bald verschwinden, und mir wird klar, dass ich keine Wahl mehr habe: Ich muss weiteressen, damit mein Blutzuckerspiegel nicht wieder absackt. Wahrscheinlich diesmal noch tiefer.

Ich mache einen weiteren Haufen Pommes und beschwöre dazu eine große Tasse heiße Schokolade herauf. Stetig, aber nicht so hektisch, wie ich angefangen habe, kaue und nippe ich, bis ich mich langsam wieder normal fühle.

»Hamburger oder Tacos?«, fragt Benson zweifelnd, während sein Blick zwischen zwei Fast-Food-Läden hin und her geht, die bestenfalls fragwürdig aussehen. Wenigstens haben sie auf.

»Oh, Hamburger, bitte. Irgendwas Doppeltes mit Pommes – mit echten – und eine Cola. Aber nicht light.« Ich stopfe mir noch eine Handvoll Pommes in den Mund, und beim Gedanken an einen Hamburger läuft mir das Wasser darin zusammen.

Es gibt keinen Drive-in und Benson dreht sich mit strengem Blick und der Hand auf dem Türgriff zu mir um. »Iss weiter. Ich bin so schnell zurück, wie ich kann.«

»Beeil dich«, sage ich lächelnd. Ich beschummle meinen Körper, und ich weiß nicht, wie lange ich das noch tun kann, bevor er rebelliert.

Eine Handvoll Pommes hält auf halbem Weg zu meinem Mund inne, als mir klar wird, dass die letzten Tage genauso waren wie damals, als ich aus dem Koma aufgewacht bin. Ich habe den ganzen Tag gegessen und geschlafen. Sie sagten, das käme daher, dass mein Gehirn riesige Mengen Nachschub zum Heilen braucht. Das führt mich zu der Frage, was zum Geier mein Hirn jetzt tut – was dieses Bild getan hat, dass mein Körper so viel Hilfe braucht, um sich davon zu erholen.

Reese' Worte darüber, dass ich ausbrennen könnte, kommen mir wieder in den Sinn, und mir wird neuerlich übel. Was für eine schreckliche Metamorphose mache ich durch? Ich versuche, die Gedanken beiseitezuschieben, und zaubere mir eine zweite heiße Schokolade herbei. Übelkeit oder nicht – ich muss weiteressen, sonst bekomme ich große Probleme.

Zwölf Minuten vergehen, ich denen ich fünf Schalen Pommes und beide Tassen heiße Schokolade geleert habe, bis Benson zurückkommt. Der Geruch der Burger erfüllt den Innenraum des Autos, und ich wische die magischen Pommes eilig von meinem Schoß auf den Boden, um nach den beiden Tüten zu greifen.

»Pass auf, Tave!«, schnappt Benson, als sich überall Pommes verteilen. »Das ist ein BMW!«

Männer. »Ist in fünf Minuten alles verschwunden«, erinnere ich ihn. »Mit Fettflecken und allem.«

»Na ja, die hier sind echt«, sagt Benson mürrisch. »Also sei vorsichtig.«

Ich nehme mir eine Sekunde Zeit, um ein paar Servietten auf meinem Schoß auszubreiten, bevor ich meinen gigantischen Burger auswickle und einen großen Bissen nehme. Wir kauen lange schweigend, während ich nach und nach spüre, wie mein Organismus sich wieder stabilisiert.

»Das war eine echt gute Idee«, sage ich, als ich kurz innehalte, um durchzuatmen. »Ich wäre sicher ohnmächtig geworden, bevor wir hier gewesen wären.«

»Und ich will nicht einmal darüber nachdenken, wie ich *das* einem Fremden hätte erklären sollen, der uns am Straßenrand gesehen hätte«, sagt Benson grimmig.

»Ohne Witz«, murmle ich. Wir essen noch eine Weile weiter. »Danke.«

»Es ist nur Essen«, erwidert er grinsend.

»Nein, ernsthaft.« Ich drehe mich ganz zu ihm herum. »Danke für *alles*. Du bist nicht ausgeflippt, du glaubst mir sogar dann, wenn ich verrückt klinge; alles, Benson.«

»Gern geschehen«, sagt er, und mir fällt unwillkürlich ein Klecks Senf direkt über seiner Lippe auf.

Ich lächle und strecke den Finger aus, um ihn wegzuwischen. »Du hast da was«, flüstere ich, als sein Blick dunkler wird – nein, tiefer – und mich ganz flatterig vor Nervosität und Wonne auf meinen Sitz fesselt. Er fasst nach meiner Hand und hebt meine Finger an seine Lippen, um jeden einzeln kurz zu küssen.

»Ich danke *dir*!«, flüstert er mit einer Eindringlichkeit, die ich nicht verstehe, aber in der ich schwelge. Ich verberge mein albernes Grinsen hinter meinem Burger und wir beenden unsere Mahlzeit schweigend.

Als ich so voll bin, dass es mir schon fast unangenehm ist, wische ich mir das Fett von den Fingern und greife nach Quinns Tagebuch, während Benson zu Ende isst.

»Hör dir das an«, sage ich und zeige auf einen kurzen Abschnitt. »*Von den Bruderschaften vertraut den Curatoria, doch nur mit Vorsicht, und den Reduciata gar nicht. Gebt keinem von ihnen Eure Geheimnisse preis. Sagt den Reduciata vor allem nichts von Rebecca. Wenn Ihr wisst, wo sie sich befindet, täuscht sie.«* Ich denke daran, wie Elizabeth diesen Namen hervorgestoßen hat – Reduciata. »Was glaubst du, was die Reduciata sind?«

»Keine Ahnung«, sagt er mit vollem Mund.

»Muss jemand Böses sein«, sage ich und blättere weiter. »Reese und Elizabeth haben sich Sorgen gemacht, Quinn sei ein … Reduciate? So müssen sie ihre Mitglieder nennen.« Ich deute auf den Abschnitt. »Ich habe so ein Gefühl, er war keiner.«

»Klingt, als hätte diese Rebecca echte Probleme gehabt«, sagt Benson, der jetzt über meine Schulter mitliest.

»Quinn auch. Das sind so altmodische Formulierungen – ich werde sie sorgfältig lesen müssen –, aber er spricht davon, dass er Gold lagert, um sich *gegen die Katastrophe zu wappnen*, und hier, dass er gehetzt wird *wie ein Hase auf der Treibjagd*.« Ich halte inne, als mich ein komisches Gefühl überkommt. »Klingt wie wir, oder?«

»Leider ja.«

»Er sagt, wir sollen den Curatoria nicht vertrauen, aber wenn ich es richtig verstehe, laufen sie immer vor den Reduciata davon.« Ich grüble schweigend über den Namen. »Reduciata; das klingt irgendwie wie Illuminati. Vielleicht sind das beides Geheimbünde, die versuchen … ich weiß nicht, die Regierung zu beeinflussen?«

»Damals gab es keine großartige Regierung«, sagt Benson. »Oder zumindest nicht die Vereinigten Staaten. Noch nicht.«

»Stimmt. Aber ich glaube nicht, dass sie nur in den Vereinigten Staaten operiert haben. Schau.« Ich halte ihm das

Buch hin. »Hier siehst du eine Zeichnung von einer Pyramide und das Anch stammt aus dem Alten Ägypten.« Ich lese den Abschnitt und versuche, Quinns altmodische Prosa zu verstehen. »Es sieht aus, als steckten die Reduciata und die Curatoria hinter den Pharaonen im Alten Ägypten – und hätten darum gekämpft, diejenigen mit der wahren Macht zu werden. Hier steht, die Pyramiden wurden gebaut, um ihre Besitztümer zu horten, so ähnlich wie die Höhle von Rebecca und Quinn.«

»Das klingt ein bisschen weit hergeholt. Allerdings haben die Leute ihre Mythen damals ziemlich ernst genommen.«

»Na ja, das haben sie doch wirklich mit den Pyramiden gemacht, oder? Sie mit den Besitztümern der Pharaonen gefüllt? Sie haben sogar Diener da drin lebendig begraben.«

»Ja, aber … die Pyramiden, ernsthaft?«

Meine Finger zögern am Fuß der Seite. »Die Pyramiden. Benson, die Pyramiden sind Dreiecke. Dreiecke, die in alle vier Richtungen zeigen.«

»Ich … kann dir nicht folgen«, sagt Benson und klingt beinahe misstrauisch dabei.

»Die Curatoria und die Reduciata haben Symbole; meinst du nicht, die Erdgebundenen hätten auch welche? Es muss das Dreieck sein. Deshalb hat Reese gesagt, das Dreieck ändere alles. Denk darüber nach. Wenn du ein alter Ägypter wärst und jemanden sehen würdest, der Dinge kann wie ich, was würdest du tun?«

»Ihn steinigen?«, schlägt Benson vor.

Ich versetze ihm einen Klaps auf die Schulter. »Oder ihn zu deinem *Anführer* machen. Vielleicht«, füge ich hinzu und muss grinsen, als mir der Gedanken kommt, »entscheidest du sogar, dass deine Pharaonen *Götter* sind. Auch wenn sie es eigentlich nicht sind«, füge ich eilig hinzu. »Ich finde, das ergibt echt Sinn!«

Diesmal nickt Benson. »Verstehe. Schreibt er noch etwas darüber?«

»Es ist schwer zu erkennen«, sage ich, ohne meine Enttäuschung zu verbergen. »Mehr als das bisschen habe ich über die zwei Gruppen nicht herausgefunden.« Ich gluckse verbissen. »Den Rest denke ich mir aus.«

»Und du bist sicher, dass Quinn nicht in dieser Hütte gestorben ist?«, fragt Benson, während er unseren Müll zusammenknüllt.

»Nein. Sie sollten zwar«, sage ich und muss dafür meine Aufmerksamkeit mit Gewalt von dem Tagebuch losreißen – von dem bisschen, das drinsteht. »Aber … sie sind entkommen.« Ein Schmerz entsteht, als ich versuche, darüber nachzudenken, aber weil ich etwas gegessen habe, ist er nicht so überwältigend.

»Woher weißt du das?«

»Es ist, als ob man versucht, einen Film zu beschreiben, den man vor langer Zeit gesehen hat. Du erinnerst dich an den Handlungsstrang, aber nicht an alle Einzelheiten. Und je mehr du versuchst, dich zu erinnern, desto schwerer wird es.«

»Vielleicht versucht Quinn, durch dich zu sprechen, und das Bild war so etwas wie ein übernatürliches Tor.«

Ich schaue ihn mit hochgezogener Augenbraue an. »Er hat zufällig irgendeine kaputte Teenagerin ausgesucht, um durch sie zu kommunizieren?«

»Nicht zufällig«, beharrt Benson. »Eine andere Erdgebundene. Wie er. Vielleicht funktioniert es nur so.«

Ich denke darüber nach und es ergibt einen furchtbaren Sinn. Ich gebe zu, ich will keine Erdgebundene sein – was auch immer das sein soll. Ich will nicht besonders sein. Aber wenn Quinn mich ausgewählt hat, muss es *irgendetwas* geben, das ich für ihn tun kann. »Ich glaube, wir müssen zu dem Haus, Quinns Haus, zu dem aus dem Zeitungsartikel.«

»Problem. Wir wissen nicht, wo …«

»Ich schon«, flüstere ich, als die Erkenntnis in mir dämmert. »Ich weiß, wo es ist.«

Benson schaut auf die Uhr am Armaturenbrett, ohne seine Skepsis zu verbergen. »Jetzt ist es zu spät, und ehrlich gesagt glaube ich nicht, dass du noch zu irgendetwas fähig bist.«

Ich nicke schwach. »Vielleicht morgen?«

Er runzelt konzentriert die Stirn. »Wenn du willst.«

Eine zufriedene Schläfrigkeit überkommt mich. »Ja, will ich. Ich muss – ich muss es herausfinden.«

»Ich weiß«, sagt Benson mit einem lauten Seufzen, und es scheint mir eine seltsame Antwort zu sein, aber er ist wahrscheinlich auch erschöpft.

»Wir sollten einen Platz zum Schlafen suchen; ich kippe demnächst um.«

Jetzt geht ein Lächeln über sein Gesicht. »Dein Wunsch ist mir Befehl.« Er schaut in den Rückspiegel, dann fährt er los. »Schlaf ruhig«, sagt er, als er den spärlichen Verkehr überblickt. »Es dauert ungefähr zwanzig Minuten.«

»Wohin fahren wir?«

»Schlaf einfach. Es ist eine Überraschung.«

Ich fühle mich, als hätte ich kaum die Augen geschlossen, als Benson mich auch schon wieder in die Seite knufft.

»Wir sind da.«

Ich verstehe nicht, warum er mich weckt, nur um mir zu sagen, dass es Zeit zu schlafen ist, bis meine erschöpften Augen das Licht einfangen.

Ich war nie so glücklich, ein einfaches Holiday Inn zu sehen. »Übernachten wir hier?«, frage ich und klebe praktisch mit der Nase an der Scheibe.

»Nein«, sagt Benson. »Ich habe dich nur hergebracht, um dich mit einer echten Dusche in Versuchung zu führen. Wir können wieder fahren.«

Diesmal bekommt seine Schulter einen Stoß, aber mein Hirn lässt die Worte *echte Dusche* nicht aus seinen Klauen.

Ich schnappe meinen Rucksack – ein bisschen schuldig fühle ich mich schon, dass ich die Einzige bin, die saubere Klamotten dabeihat – und sehe die Gegenstände im Kofferraum durch, um zu entscheiden, was am wichtigsten ist. »Die Tagebücher«, entscheide ich schließlich. »Die muss ich mit hinein nehmen. Ich muss sie lesen.« Weiter komme ich nicht. Mein Verstand ist immer noch vernebelt. Daher nimmt Benson sie an sich.

»Gehen wir rein. Ich will nicht, dass dich jemand sieht.«

»Das wird schon«, sage ich, als könnten allein die Worte es wahr machen. »Wo sind wir?«

»Freeport. Das ist knapp hundert Kilometer von Camden entfernt, aber es ist eine Stadt, in der wir noch nicht waren. Ich versuche, uns nicht in Gefahr zu bringen«, beendet er seinen Satz murmelnd.

»Du machst das super«, sage ich, froh, dass er vorsichtig ist. Wer auch immer uns folgt, er ist schlau und hartnäckig, und sosehr ich diese Eigenschaften normalerweise bewundere, mag ich sie weniger, wenn sie dazu eingesetzt werden, um mich … zu töten. Während wir den Parkplatz überqueren, gehe ich etwas enger neben Benson und lasse meine Schulter seine streifen. »Du bist mein Superman.« Ich tippe an seine Brille. »Mit Brille und allem.«

»Ich bin kein Held«, sagt er leise.

Ich fühle mich mutig, deshalb lasse ich meine Hand in seine gleiten und verschränke unsere Finger. »Du bist *mein* Held.«

Er drückt meine Hand und schließt die Tür auf, und ich versuche, nicht zu nervös zu werden, weil ich ein Hotelzimmer betrete. Allein. Mit Benson.

»Wie wäre es, wenn du schon mal duschen gehst«, sagt Benson, der zögernd in der Tür stehen geblieben ist, weil er wahrscheinlich gerade zur selben Erkenntnis gelangt ist wie ich. »Ich muss noch ein bisschen von diesem Gold verkaufen.«

»Jetzt?«, frage ich, und die Panik, dass er geht, ist weit schlimmer als die Panik, dass er bleiben könnte.

»Ich mache es lieber bei Nacht, wenn weniger Gefahr besteht, dass das Auto erkannt wird«, sagt er, den Blick auf den Teppich gesenkt. »Ich habe auf dem Weg in die Stadt gesehen, dass da eine Pfandleihe eines dieser ›Goldankauf‹-Schilder im Schaufenster hatte. Wenn ich es heute Nacht noch erledigt bekomme, können wir morgen gleich loslegen.«

Seine Schüchternheit ist merkwürdig ermutigend und ich trete zu ihm und lege die Hände an seine Hüften. »Ich wünschte, wir könnten jetzt gleich loslegen.«

»Ich auch«, sagt er, kaum laut genug, dass ich es hören kann. Er zögert, dann neigt er den Kopf ein wenig näher zu mir. »Bist du sicher, dass es okay ist, wenn du ungefähr eine Stunde hier allein bleibst?«, flüstert er.

Was soll okay eigentlich heißen? Es ist nicht dieselbe Definition, die ich gestern hatte oder letzte Woche oder letzten Monat. Im Moment bedeutet »okay«, dass ich am Leben bin. »Klar«, sage ich, aber ich weiß, ich kann unmöglich sehr überzeugend klingen.

Benson zieht mich dichter an sich. Unsere Stirnen berühren sich, und eine Weile glaube ich, mehr wird er nicht tun. Dann zeichnet er mit einem Finger meinen Kiefer nach und hebt mein Kinn. Der Kuss ist kaum mehr als ein Streifen seiner Lippen, aber er ist wie flüssiger Trost, der sich in meinen Bauch ergießt und durch meine Gliedmaßen verbreitet.

»Geh duschen. Und es ist okay, wenn du dich schlafen legst – ich weiß nicht, wie lange ich brauchen werde.«

Ich nicke in dem Wissen, dass ich niemals werde schlafen können, bis er wieder da und in Sicherheit ist. »Sei vorsichtig.«

»Mach keinem die Tür auf«, warnt er mich, obwohl er weiß, dass das nicht nötig ist.

»Nur dir«, verspreche ich und halte den Augenkontakt, bis sich die Tür zwischen uns schließt. »Nur dir«, wiederhole ich und lasse die geflüsterten Worte frei.

Kapitel 29

Fünf Minuten später stelle ich mich unter eine brühheiße Dusche und seufze vor Vergnügen. Nachdem ich mich zweimal eingeseift habe, knete ich meinen schmerzenden Nacken, dann blicke ich an mir hinab und mache eine Bestandsaufnahme meines traurigen, geschundenen Körpers. Die rosa Narben auf der rechten Seite von dem Flugzeugabsturz – schmale Linien, wo zwei gebrochene Rippen meine Haut durchstoßen haben, eine Narbe mit Klammerspuren am Oberschenkel, wo sie meine am schlimmsten gebrochenen Knochen mit einer Metallplatte wieder zusammengesetzt haben, sogar meine vergleichsweise kleinen Narben von den Schläuchen – sind mir jetzt so vertraut, dass es mir schwerfällt, mich zu erinnern, wie ich ohne sie ausgesehen habe.

Ich schüttle den Kopf, als ich an Elizabeth' Behauptung denke, ich sei eine Erdgebundene. Dieser von Schmerzen geplagte Körper, übersät von Narben, sollte Beweis genug sein, dass sie falschliegt. Sie irrt sich. Ein übernatürliches Wesen könnte nicht so kaputt sein. Hätte ich nicht meine *Gabe*, ich hätte ihr überhaupt nicht geglaubt.

Und jetzt habe ich neue Wundmale.

Einen riesigen lila Bluterguss von dem Sturz auf der Flucht vor Quinn gestern Nacht an meiner linken Hüfte. Die Ränder fangen gerade an, gelb zu werden, und die Mitte ähnelt einer Aubergine. Meine Knie und Hände habe ich mir heute am Straßenpflaster aufgeschürft und sie brennen immer noch ein bisschen von dem energischen Schrubben vor ein paar Minuten.

Als ich nach der Quelle eines vagen Pochens im Oberarm suche, sehe ich den Schatten von sich gerade bildenden Blutergüssen, wo Bensons Finger sich eingegraben haben, als er mich von dem Unfallort weggezogen hat.

Als er mich gerettet hat.

Die Blutergüsse bringen mich zum Kichern und ich schüttle den Kopf. Ich werde es ihm nicht sagen. Er würde sich schrecklich fühlen. Benson könnte mir nie wehtun. Nicht absichtlich.

Manchmal glaube ich, er ist der Einzige.

Meine Mutter.

Mein Vater.

Aber die sind fort.

Ein Gefühl der Schuld blitzt in mir auf, als mir bewusst wird, dass ich in den letzten Tagen kaum an meine Eltern gedacht habe. Langsam, so langsam, dass ich es bis zu eben diesem Augenblick nicht bemerkt habe, ist Benson an ihre Stelle gerückt. Die Person, der ich alles anvertrauen kann. Nicht nur lebensverändernde Geheimnisse wie meine Kräfte und die Leute, die versuchen, mich umzubringen, sondern auch alberne Sachen. Wie ich damals in der vierten Klasse einmal so lachen musste, dass ich mir in die Hose gemacht habe, oder wie ich versucht habe, das Vögelchen zu retten, das aus dem Nest gefallen war … und wie ich geweint habe, als es unvermeidlicherweise starb. Dinge, die man nur mit echten Vertrauten teilt.

Mit der *Familie.*

Ich richte mich überrascht auf, als das Wort durch meine Gedanken rast und sich dann festsetzt.

Aber warum sollte Benson nicht meine Familie geworden sein?

Ich denke wieder an Elizabeth' Warnungen vor ihm und der Zorn heizt meine Wangen auf. Niemand, niemand hat sich als so loyal wie Benson erwiesen. Ich würde ihn jederzeit allen anderen vorziehen.

Ich stehe unter der heißen Brause, bis mein ganzer Körper rosa ist, dann lasse ich mir Zeit beim Anziehen und trockne zuerst meine kurzen Haare mit dem lauten Hotelföhn, ziehe danach ein einfaches, schmales T-Shirt und eine Gymnastik-Caprihose an und schmiere mir am Schluss noch etwas von der Hotel-Bodylotion auf die zerkratzten Arme und Hände. Es fühlt sich alles so luxuriös an.

Ich bin zu überdreht, um zu schlafen. Ich versuche es mit Fernsehen, aber alle Sender sprechen nur von einem neuen Ausbruch des mysteriösen Virus – diesmal in einer kleinen Stadt knapp nördlich der kanadischen Grenze.

Eine hundertprozentige Sterberate. Das dreht mir den Magen um.

Jays Worte hallen in meinem Kopf wider: *Meine Arbeit, wir haben Verbindungen zwischen den Reduciata und dem Virus gefunden, und wenn du gehst, weiß ich nicht, ob ich …*

Was wollte er sagen? Zum ersten Mal wünsche ich mir beinahe, ich wäre geblieben. Ich wünschte, ich hätte zugehört. Könnte etwas so Verheerendes, so Willkürliches das Werk einer Organisation sein, die nichts Besseres zu tun hat, als ein achtzehnjähriges Mädchen zu jagen? Es erscheint mir möglich.

Jetzt ist ein Arzt in den Nachrichten, der die Symptome des Virus zusammenfasst, die möglichen Arten der Ansteckung und die Übertragungswege. Ich schließe die Augen; ich will es nicht hören.

Ich habe schlechte Nachrichten so satt.

Ich schalte den Fernseher aus und drehe mich zu den beiden alten Tagebüchern um. Ich hatte seit dem Morgen noch nicht einmal die Möglichkeit, Rebeccas Tagebuch zu überfliegen, also blättere ich bis zum Ende, um mir diese mysteriöse Sprache anzuschauen.

Die Handschrift ist dieselbe, aber Benson hat recht: Sie ist unlesbar.

Daher wende ich mich Quinns viel kürzerem Tagebuch zu.

Es geht nicht in die Tiefe, aber die kurzen Beschreibungen genügen. Falls man Quinn Glauben schenken kann, haben diese zwei Gruppen – Bruderschaften nennt er sie – die Finger in allem, von der Französischen Revolution über die Tempelritter bis zum Konzil von Nizäa. Geschichte ändern.

Geschichte *machen*.

Und ich hätte merken müssen, wie allgegenwärtig das Dreieck im Lauf der Geschichte immer war und ist. Die Templer, die Freimaurer, die Ägypter; es ist sogar auf den modernen Dollarscheinen! Die Erdgebundenen – und durch sie diese Bruderschaften – haben sich durch die Geschichte der Zivilisation gegraben.

Wenn ich vorher Angst hatte, bin ich jetzt in *Panik*.

Kein Wunder, dass sie uns immer einen Schritt voraus zu sein scheinen. Sie haben *Tausende* von Jahren Übung.

Als ich das Türschloss höre, macht mein Herz einen Satz

und beginnt zu rasen. Benson streckt vorsichtig den Kopf herein – wahrscheinlich, um nachzusehen, ob ich schon schlafe.

Ich schaue auf die Uhr und bin erschrocken, dass es zwei Stunden her ist, seit er gegangen ist. Ich habe kaum gemerkt, wie die Zeit vergangen ist.

Er kommt herein und schließt ohne ein Wort die Tür hinter sich. Dann bleibt er lange mit dem Rücken zu mir stehen, und als er sich schließlich umdreht, hebe ich luftschnappend beide Hände an den Mund. Sein Auge färbt sich lila und wird morgen sicher ein riesiges Veilchen sein und ein Kratzer oben an seiner Wange ist blutverschmiert. Seine Haare sind zerzaust und die Knöchel seiner rechten Hand bluten durch eine Serviette.

»Ach, du meine Scheiße, Benson, was ist mit dir passiert?« Ich eile zu ihm, aber er streckt warnend die Hand aus, und ich bleibe stehen.

»Bitte nicht«, sagt er, und seine Stimme klingt spröde, beinahe brüchig. »Ich glaube, meine Rippen sind geprellt.«

»Was um alles in der Welt ist passiert?«

»Pack deine Sachen, wir müssen weg.«

»Was meinst du mit weg?«

»Nicht weit, aber wir sind hier nicht sicher. Gegenüber ist ein anderes Hotel.«

»Aber ...«

»Bitte, Tavia, wir haben keine *Zeit*!«

Die Verzweiflung in seiner Stimme treibt mich an. Ich kreise im Raum, schnappe alles, was ich sehe und stopfe es in meinen Rucksack. Ich halte die beladene Tasche vor die Brust und verstecke mich unter meiner Kapuze, als Benson die Tür wieder öffnet. Eisige Luft strömt herein und wirbelt um meine nackten Waden und sockenlosen Füße in den Tennisschuhen, doch als Benson sich umdreht und mich fragt, ob ich bereit zum Gehen sei, nicke ich.

Wir sprinten durch den Schnee, haben Mühe, nicht auf dem eisigen Pflaster auszurutschen, als wir von einem Hotelparkplatz zum anderen wechseln. Benson führt mich um das Gebäude herum zu einem langen Seitentrakt mit Zimmern und fasst dann in seine hintere Hosentasche. »Stell dich da rüber, vor mich«, sagt er.

Ich tue verwirrt, was er sagt, verstehe es aber, als ich sehe, wie Benson mit seinen winzigen Dietrichen an dem alten Sicherheitsschloss hantiert.

»Du hast uns kein Zimmer gebucht?«, flüstere ich.

»Willst du unbedingt morgen tot sein?«, gibt er mit vollkommen uncharakteristischer Ungeduld zurück.

Da verstehe ich, was für eine Angst er hat. »Nein«, antworte ich leise. »Danke.«

Die Tür öffnet sich Augenblicke später, und Benson macht mir ein Zeichen, einzutreten. Als er das Licht einschaltet, sehe ich, was ein Spiegelbild des Zimmers sein könnte, in dem wir eben waren. Andere Farben, eine Lampe weniger, ansonsten austauschbar.

Das Schweigen zwischen uns wird dichter.

»Was ist mit dir passiert?«, frage ich schließlich; ich ertrage den Verdacht nicht, dass er *meinetwegen* Ärger bekommen hat. Meine Gedanken fliegen zurück zu dem Sonnenbrillentyp, der es anscheinend geschafft hat, uns bis zur Bibliothek zu verfolgen. Und heute Abend waren wir wirklich nicht besonders vorsichtig. Nicht vorsichtig genug.

»Können wir bitte nicht darüber sprechen?«, fragt Benson

und klingt so müde, dass ich beinahe nachgebe, aber ich kann es einfach nicht auf sich beruhen lassen.

»Die Kurzversion«, bitte ich.

»Ich bin zu einem Pfandleiher gegangen, wie ich dir gesagt hatte, und habe das Gold in Bargeld eingetauscht, und ich war so darauf fixiert, wie viel uns das einbringt, dass ich schlampig wurde. Hab nicht aufgepasst. Es war dunkel und ich … man konnte sich leicht an mich anschleichen.«

»Oh nein«, sage ich, denn ich weiß, was kommt.

Benson wendet sich ab und fängt an, seine Taschen auf den Nachttisch zu leeren, inklusive einem dicken Packen Zwanziger. Oder sind das Hunderter? Er fährt matt fort: »So ein Typ springt heraus und hält mir eine Waffe an den Kopf und will wissen, wo du bist.«

»Wo *ich* bin?« Ich hatte recht; mir wird übel. »Was hast du getan?«

Ohne sich umzudrehen, hebt er seine umwickelte Faust. »Ich habe ihm in die Zähne geboxt.« Er gluckst freudlos. »Das hat ihm nicht besonders gefallen«, sagt er und zeigt auf sein jetzt schon dunkel werdendes Auge.

Ich schlucke trocken und überlege, ob er sich Knochen in der Hand gebrochen oder nur die Haut verletzt hat. »Wie bist du davongekommen?«

»Ich habe ein paar gute Schläge gelandet, die Waffe fiel in den Schnee und ich habe es ins Auto geschafft. Er hat nicht geschossen. Wahrscheinlich wollte er mich nicht umbringen, bevor er herausgefunden hat, wo du bist.«

»Benson.« Meine Finger streichen über seinen klammen Mantel seinen Rücken hinauf.

»Tu das nicht«, sagt er. »Bitte.«

»Okay«, flüstere ich verständnislos.

»Du bist sauber«, murmelt er als halbherzige Erklärung. »Und ich stinke total. Du solltest mich besser nicht anfassen.«

»Ich …« Aber was soll ich sagen? Die Wahrheit ist, dass ich mich so danach sehne, ihn anzufassen, dass ich mich kaum beherrschen kann. Aber das würde nichts helfen.

»Ich sollte duschen«, sagt er, und ich drehe mich um, versuche, ihm die Privatsphäre zu geben, die er so offen fordert, aber nach ein paar Sekunden höre ich unterdrückte Flüche. Ich blicke mich um und sehe, dass er es geschafft hat, seinen zweireihigen Mantel abzustreifen, aber Schwierigkeiten hat, mit seiner verletzten Hand sein Hemd aufzuknöpfen.

»Lass mich helfen.« Ich eile zu ihm, doch Benson springt zurück wie ein schreckhaftes Kaninchen. Er sieht fast so erschöpft aus wie ich – als sei er in der letzten Woche fünf Jahre gealtert.

Ich halte inne und schaue ihn einen Moment mit meinem Künstlerblick an. Ich frage mich, ob ich auch so aussehe, ob Reese deshalb so besorgt war. Sieht man es in meinem Gesicht genauso wie in Bensons? Wenn ja, dann *kann* ich es nicht verbergen.

»Benson«, flüstere ich sanft, aber bestimmt. Er setzt sich, doch in seinen Augen steht immer noch dieser gehetzte Blick. Ich bewege mich langsam, öffne zuerst alle Knöpfe vorn und lege sein weißes T-Shirt darunter frei. Dann rolle ich den linken Ärmel herunter; der rechte ist schon bis zum Ellbogen aufgerissen.

»Jetzt kann ich weitermachen«, sagt er, aber ich bringe ihn mit einem festen Blick zum Schweigen, und er bleibt zahm, als ich vorsichtig den nassen Stoff abstreife und den Saum seines T-Shirts anhebe, um nachzuschauen.

»Oh, Benson«, flüstere ich. Sein ganzer Oberkörper ist mit dunklen Prellungen übersät, die ungefähr so schlimm aussehen wie die an meiner Hüfte. »Dreh dich um!«, sage ich, aber er packt den Saum seines T-Shirts und steht breitbeinig und schweigend da.

Ich gebe auf. Wenn sein Rücken auch nur halb so schlimm aussieht wie seine Brust, weiß ich nicht, ob ich ihn überhaupt sehen will. »Bist du sicher, dass keine Rippe gebrochen ist?«, frage ich, entsetzt über die Prügel, die er einstecken musste.

Weil er mich nicht verraten wollte.

»Ich bin mir über gar nichts mehr sicher«, sagt er mit leiser, rauer Stimme.

Langsam greife ich nach seinem Kinn und drehe seinen Kopf nach beiden Seiten, um ihn zu mustern. Er schließt die Augen, und ich beiße mir auf die Unterlippe, als ich die Platzwunde an seinem Wangenknochen sehe und einen Kratzer, den ich bisher noch gar nicht bemerkt hatte. Er zieht sich bis zum Haaransatz hinauf, wahrscheinlich von dem verbogenen Bügel seiner Brille. »Ben«, murmle ich, und unter seinen geschlossenen Lidern löst sich eine einzelne Träne und zieht eine Spur über seine Wange. Ich stelle mich auf die Zehenspitzen, ohne mich an ihn zu lehnen, und küsse sie fort; das Salz schmeckt bitter auf meinen Lippen, und ich koche innerlich über den Menschen, der meinem Benson so etwas angetan hat.

Dann kauere ich mich hin, und mir wird klar, wie sehr diese Sache Benson zugesetzt hat, als er sich unaufgefordert aufs Bett setzt und mich seine Schuhe aufknoten lässt. Er protestiert kurz, als ich anfange, ihm die Socken von den Füßen zu ziehen, aber er wehrt sich nicht groß.

Als ich nach seiner Hose greife, atmet er hörbar ein. »Nur den Knopf«, sage ich aus meiner gebeugten Haltung neben seiner Schulter, »dann kannst du duschen gehen.«

Er nickt, und nachdem ich ihm vorsichtig die Hose geöffnet habe, stütze ich ihn an seinem unverletzt aussehenden Ellbogen und helfe ihm auf. Er unterdrückt ein Stöhnen und schlurft ins Bad.

Ich starre lange auf die geschlossene Tür. Die Schuldgefühle kochen in mir hoch, erfüllen mich mit beißender Scham. Wenn ich nicht wäre, wäre Benson gar nicht hier und hätte keine Schmerzen. Ich kann mich nicht herausreden; es ist meine Schuld.

Ich liege hilflos auf dem Bett und höre durch die dünne Wand, wie Benson unter die Dusche und dann wieder heraussteigt. Der Hotelföhn geht an und läuft und läuft, und ich frage mich, ob er wirklich etwas damit tut oder nur versucht, seine leisen Schmerzenslaute zu übertönen. Fast eine halbe Stunde vergeht, bis Benson frisch geduscht die Tür öffnet und jetzt schon ein bisschen besser aussieht.

Nicht mehr ganz so angeschlagen.

»Du bist immer noch wach?«, fragt er, ohne mich anzusehen und hinter der Tür versteckt, sodass nur Kopf und Schultern sichtbar sind. Seine nassen Haare sehen dunkler aus und sind frisch gekämmt, aber nicht gestylt, was ihn jünger aussehen lässt.

»Ich warte auf dich«, sage ich vom Bett aus und frage mich, woher ich den Mut habe. Ich drehe die Finger umeinander und weiß nicht recht, ob ich eher vor Furcht trunken bin oder aus Vorfreude.

Benson errötet, als er das Badezimmerlicht ausschaltet und hinter der Tür hervorkommt. Jetzt verstehe ich und muss ein kleines Lächeln unterdrücken. Im Gegensatz zu mir hat er keine sauberen Kleider – er trägt sein T-Shirt und eine Boxershorts, wahrscheinlich frisch getrocknet dank dem Föhn.

»Es tut mir leid, dass es nur ein Bett gibt«, murmelt er, immer noch, ohne mich anzusehen. »Ich hatte keine Zeit, es mir anzuschauen. Ich … ich kann einfach … ich schlafe auf der Couch.«

»Das musst du nicht«, platze ich heraus. »Ich meine, hier ist massenhaft Platz, weißt du?«

»Ich … ich glaube nicht, dass das eine gute Idee ist.«

Ich nicke und versuche, meine Enttäuschung zu verbergen. Schließlich ziehe ich die schwere, aber warme Decke höher, die sich federleicht und weich anfühlt, nachdem ich durchgefroren und nass versucht habe, im Auto zu schlafen. Aber meine Augen wollen sich einfach nicht schließen lassen.

Benson holt sich die Zusatzdecke aus dem Schrank und schüttelt sie aus, dann breitet er sie über die Couch, die eher ein Zweisitzer ist. Bei seiner Größe weiß ich, dass seine Beine über die Kante hängen werden, und ich kann mich nicht entscheiden, ob ich das Bild vor meinem inneren Auge eher urkomisch oder verheerend finde. Als er sich vornüberbeugt, spannt sich sein weißes T-Shirt über den Schultern, und ich kann darunter den Schatten von etwas Schwarzem sehen. Ich unterdrücke ein Lächeln, als mir klar wird, dass es eine Tätowierung ist. Das wollte er mir also nicht zeigen, als ich versuchte, ihm das T-Shirt auszuziehen. Ich frage mich, was für ein Tattoo ein Typ wie Benson sich wohl machen lässt.

Und ich frage mich, ob er es bereut.

Als er sein »Bett« gemacht hat, schaut Benson auf die karge Couch hinab. Ich wünschte, ich könnte ihm etwas Besseres *machen*. Trotz meines Widerstrebens, meine Kräfte zu benutzen, hätte ich für ihn nicht gezögert. Nicht eine Sekunde.

Aber was nützt ein verschwindendes Bett? Ich fühle mich so hilflos.

Ich merke, dass Benson auf mein Bett starrt, zu dem zweiten flauschigen Kissen neben dem, auf dem ich liege.

Ich sehe sein Zögern, aber die Aussicht auf dieses winzige bisschen Komfort ist stärker, und er kommt auf mich zu und zeigt auf das Kissen. »Darf ich?«

»Natürlich.«

Ich fühle mich so *anständig*.

Sein langer Arm streckt sich nach dem Kissen aus und ich halte sein Handgelenk fest. »Bleiben?«, frage ich.

Nur ein Wort.

Er schenkt mir ein angespanntes Lächeln. »Nein, wirklich, wir schlafen beide besser, wenn …« Seine Stimme verebbt, und er zeigt auf das Sofa, geht wieder darauf zu, während ihm die Worte fehlen. Er schaltet das Licht aus, und ich höre, wie er sich mit raschelnder Decke hinlegt.

Ich versuche zu schlafen, doch das Bett kommt mir zu groß vor, und ich fühle mich merkwürdig unsicher. »Benson?«, flüstere ich, nachdem ich zwanzig Minuten lang versucht habe, mein rasendes Hirn zu beruhigen.

Er schießt hoch. »Alles klar?«, fragt er panisch.

Schuldgefühle kriechen in mir hoch; er war vermutlich gerade eingeschlafen. »Mir ist kalt.«

»Ich drehe die Heizung höher«, sagt er ohne eine Spur Widerwillen in der Stimme; seine Decke ist schon zur Seite geworfen.

»Nicht so«, sage ich, und das Blut rauscht mir in den Ohren.

»Was?«

»Nicht so«, wiederhole ich. »Ben, bitte, halt mich einfach fest.« Meine Stimme ist zuerst klar, aber als ich ende, kaum noch zu hören.

»Tave, ich … ich sollte nicht. Du …« Etwas, das seltsam schluchzerartig klingt, schneidet ihm das Wort ab, und dann, bevor ich weiß, wie mir geschieht, wird die Decke von der leeren Bettseite aus zurückgeworfen, und Benson zieht mich beinahe wild an sich – er stöhnt, als seine Arme mich an seine Rippen pressen.

»Vorsicht!«, warne ich. »Ich tue dir weh.«

»Das ist mir egal«, keucht er, seine Lippen streichen über meinen Hals, die Finger hat er in meinen weichen, sauberen Haaren vergraben. »Ich will dich so sehr, es ist mir völlig egal.« Er drückt mich an sich, seine Finger graben sich in meinen Rücken, und der Schmerz fühlt sich gut an; jetzt verstehe ich ihn besser.

Und dann sind seine Lippen auf meinen, teils wild, teils weich wie Blütenblätter, und ich kralle mich in sein T-Shirt und ziehe ihn an mich. Meine Beine verschränken sich mit seinen, unsere Hüften treffen sich, verschmelzen, während seine Finger über die Haut zwischen meinen Shorts und dem T-Shirt gleiten.

Jeder einzelne Nerv in meinem Körper steht in Flammen, singt Engelschöre, die in meinem Kopf widerhallen, sperrt alle Worte, alle Zweifel, alle Ängste aus. Ich küsse ihn selbstvergessen, mir ist egal, dass ich kaum weiß, was ich tue. Es ist nicht wichtig; mit Benson ist alles richtig. Ich höre nicht auf, bis wir beide nach Luft schnappen. Er streicht mir mit den Händen die kurzen Haare aus der Stirn, bevor er mein Gesicht an seine warme Haut direkt über dem Halsausschnitt seines T-Shirts drückt und meinen Kopf unter sein Kinn legt.

Wir brauchen keine Worte mehr, als wir nebeneinander liegen, unsere Herzen schlagen zuerst schnell, dann langsamer, pochen beinahe im Chor. Ich lasse meinen Atem in einem langen Seufzen herausströmen und mein ganzer Körper entspannt sich zum ersten Mal seit gefühlten Wochen. Ich will wach bleiben, das Gefühl auskosten, ohne die wilde Verzweiflung in Bensons Armen liegen zu können, die die meisten unserer Begegnungen begleitet haben, die auch nur in Richtung Romantik gingen. Doch mein Bewusstsein treibt allzu bald davon, und als ich die Augen wieder öffne, ist es Morgen.

Kapitel 30

Er ist schön im morgendlichen Sonnenlicht.

Schön scheint mir ein komisches Wort für einen Jungen, aber es passt. Der Lichtstrahl, der durchs Fenster fällt, bringt die Spitzen seiner Wimpern zum Glühen, und trotz der lila Prellung unter seinem Auge sieht er ohne seine Brille jungenhaft aus.

Er wacht langsam auf und lächelt, als er merkt, dass ich ihn beobachte. »Ich hatte ein bisschen Angst, es wäre nur ein Traum gewesen«, sagt er mit rauer Stimme.

Wir müssen beide total erschöpft gewesen sein, denn es ist fast elf. Ich würde gern liegen bleiben – den ganzen Tag zusammen eingeschlossen verbringen, nur mit einer Dusche und einem Bett –, aber weil wir es geschafft haben, meinen Verfolgern ganze zwölf Stunden zu entkommen, wollen wir beide möglichst schnell wieder los und ihnen einen Schritt voraus *bleiben*.

Vor allem, weil wir heute zurück nach Camden wollen.

Ich schultere meinen Rucksack, während Benson sich die Tagebücher schnappt, doch als wir das Zimmer verlassen, steuert Benson nach rechts, statt nach links, *weg* von dem Hotel, in dem wir gestern Abend eigentlich ein Zimmer gemietet hatten. Wo immer noch Reese' Auto geparkt ist.

»Wo willst du hin?«, frage ich.

»Uns ein Auto besorgen«, sagt er mit demselben grimmigen Blick, den er hatte, nachdem er überfallen wurde. Als sei gerade etwas Schlimmes passiert und es käme etwas noch Schlimmeres.

Ich verstehe nicht, warum er so zögerlich wirkt, bis er sich nach beiden Seiten umschaut und sich neben einem dunkelgrünen Honda herunterbeugt und an dem Schloss herumfummelt. »*Klaust* du dieses Auto?«, frage ich entsetzt.

Er zögert, dann blickt er zu mir auf. »Ich würde eine Menge illegale Dinge tun, um dich vor Gefahren zu bewahren, Tave«, sagt er mit einer Eindringlichkeit, die mich bis in die Zehenspitzen wärmt. »Sei einfach froh, dass das hier keinem wehtut.«

Ich versuche, so zu tun, als leistete ich keine Beihilfe zu einem Verbrechen – *noch* einem Verbrechen –, als ich auf der Beifahrerseite einsteige. Benson zögert, dann wendet er und fährt um das Gebäude herum zum Holiday Inn. »Ich will nur mal schauen.«

Es ist nicht zu übersehen.

Vier Polizeiautos und ein Feuerwehrwagen stehen mit Blaulicht um unser ehemaliges Hotelzimmer herum. Mein Blick geht sofort zu dem schwarzen Rauch, der von dem verkohlten Stück Metall aufsteigt, das einmal der BMW war. Ein Feuerwehrmann begießt ihn mit einem schwachen Wasserstrom, und ich brauche eine Sekunde, bis ich erkenne, dass das Auto auf dem Dach liegt.

Ich reiße den Blick los und drehe mich auf dem Sitz, um das Hotelzimmer zu sehen, in dem wir fast geschlafen hätten. Die Tür liegt in mehreren Stücken auf dem Weg und zersplittertes Glas von dem großen Vorderfenster bedeckt den Boden. Die Vorhänge hängen zerschlissen links und rechts von dem leeren Fensterrahmen, und ich kann gerade noch die Matratze ausmachen, die an der Wand lehnt, und den umgekippten Fernseher.

»Schau nicht mehr hin«, sagt Benson, und ich richte den Blick nach vorn.

»Lass uns hier verschwinden«, sage ich, nicht im Geringsten beschämt über das Zittern in meiner Stimme. Ich greife nach seiner Hand und löse den Griff wieder, als mir einfällt, dass es die verletzte ist. Er schenkt mir als Antwort ein schmerzverzerrtes Lächeln.

»Und wohin fahren wir?«, fragt er, als wir uns der Autobahn nähern.

»Das Haus stand am Stadtrand von Camden«, sage ich, nachdem ich trocken geschluckt habe. »In die Richtung.«

Ich weiß jetzt, was Quinn ist – er ist nicht wie die Leute, die mich jagen: die Reduciata, der Sonnenbrillentyp oder Reese und Jay, wer auch immer sie sind – er ist wie ich. Er ist ein Erdgebundener.

Außerdem ist er ein Geist, der mir nichts tun kann. Aber *etwas* kann er tun. Seit ich ihn zum ersten Mal gesehen habe, hat er eine gewisse Kontrolle über mich, meine Gefühle. Ich würde nicht sagen, dass er mich direkt dazu zwingen kann, Dinge zu *tun*, aber es ist beschämend, daran zu denken, wie ich mich von Benson weggeschlichen habe, um ihm in den Wald zu folgen.

In die Dunkelheit.

Alles Mögliche hätte passieren können. Und was am schlimmsten ist – ich *wusste* es. Und bin trotzdem gegangen.

Doch dieses Hotelzimmer. Das Auto. Ich glaube nicht,

dass ich bisher verstanden habe, *wie* bösartig die Leute sein können, die hinter uns her sind. In der Nacht, in der ich Quinn gefolgt bin, hätte es Benson sein können, der zu einem Klumpen verbrannt wird.

Er wäre gestorben, weil ich ihn verlassen habe.

Als dieser Gedanke in mein Bewusstsein vorgedrungen ist, genügt es nicht mehr, seine Hand zu halten. Ich schlinge meinen Arm um seinen, drücke ihn an meine Brust, den Kopf leicht an seine Schulter gelehnt, während er fährt. Ich muss die Wärme seiner Haut spüren, das Geräusch seines Atems, das entfernte Schlagen seines Herzens. Alles Zeichen, dass er noch lebt.

Dass er noch mir gehört.

Und ich verspreche mir in Gedanken, es niemals zuzulassen, dass diese Leute ihn mir wegnehmen.

Ich wünsche mir einfach, ich hätte eine bessere Vorstellung davon, wer *diese Leute* sind. Oder zumindest, wer genau die Sache im Hotel abgezogen hat. Leider habe ich mehrere Möglichkeiten. Reese und Jay – aber ich glaube nicht, dass sie so etwas tun würden. Gewalt dieser Art erscheint mir eher das Ding des Sonnenbrillentyps zu sein. Aber für wen arbeitet er? Für die Reduciata? Diese ganze Sache wäre um einiges leichter, wenn ich wüsste, vor *wem* ich eigentlich davonlaufe.

Wir sind noch ungefähr zwei Kilometer von Camden entfernt, als sich ein Kloß in meinem Magen bildet. Wieder in eine Stadt zu fahren, in der ich schon zweimal war, scheint mir mehr als ein bisschen gefährlich, auch wenn wir nicht genau an denselben Ort gehen. In einer so kleinen Stadt wie Camden ist es kein großer Unterschied, ob ich zu Quinns

Haus oder zu seinem Versteck fahre. Wer auch immer uns folgt, er muss wissen, dass wir gestern hier waren, bevor wir zum Holiday Inn weitergefahren sind. Es ist wahrscheinlich, dass derjenige auch von dem ersten Mal weiß, als wir hier gehalten haben. Ich stelle mir vor, wie sie mit gezogenen Waffen auf der Lauer liegen, und es kommt mir nicht sehr unwirklich vor.

»Bereit?«, fragt Benson, als das Ortsschild von Camden in Sicht kommt.

Ich weiß nicht, ob ich mehr Angst davor habe, was da auf uns warten könnte … oder dass nichts sein wird. Kein Haus, keine Antworten, nicht einmal Hinweise. Wenn ich hier keine Antworten finde, bin ich mir nicht sicher, ob wir genug haben, um bis morgen zu überleben. »So bereit es eben geht.«

Nach ein paar Minuten biegen wir in eine Straße außerhalb von Camden ein, und ich spüre, wie sich meine Brust endlich langsam entspannt, als die Gebäude spärlicher werden. Weniger Orte, an denen sich ein Mörder verstecken könnte. Ich hätte gern nur *einen* Tag, ohne dass jemand versucht, mich umzubringen. Das scheint mir nicht zu viel verlangt.

Wir fahren jetzt auf einer holprigen Landstraße durch einen Wald. »Da müsste bald eine Straße kommen«, sage ich und beuge mich suchend vor.

Benson deutet auf einen kaum noch sichtbaren Feldweg, der von jahrzehntelanger Vernachlässigung spricht, und das Auto verlässt rumpelnd das Straßenpflaster. Er grinst. »Bin froh, dass du keine Serienmörderin bist«, sagt er und beugt sich herüber, um mich mit der Schulter anzustupsen. »Denn das hier wäre ein Superplatz, um eine Leiche loszuwerden.«

Danke für dieses Bild im Kopf, denke ich, obwohl ich weiß, dass er mich mit dieser Bemerkung nur aufheitern wollte. Irgendwie fühlt sich dadurch alles aber nur noch ernster an. Gefährlicher. »Wenigstens haben wir keinen gesehen, der uns verfolgt«, bringe ich als Antwort heraus. Ich kann *fühlen*, wie das Haus sich uns nähert, nicht umgekehrt. »Es kommt gleich«, sage ich und spähe zwischen die Bäume. Ich entdecke einen Pfad, der fast völlig überwuchert ist und selbst für einen Kleinwagen nicht annähernd breit genug, und weise Benson darauf hin.

»Also zu Fuß weiter?«, fragt er, und ich nicke wortlos. Meine Kehle ist wie eingefroren.

Es ist das komplette Gegenteil von gestern Abend: Die Sonne scheint heute mit voller Kraft und schmilzt den ganzen Schnee, der vor zwei Nächten gefallen ist. Ich würde es gern als gutes Omen sehen, aber eigentlich ist es nur wieder ein Zeichen dafür, wie kaputt die Welt ist.

Der Weg ist matschig und glitschig von nassem Gras, und junge Blätter lassen Wassertröpfchen auf unsere Köpfe fallen, wenn wir sie streifen. Aber wir müssen nicht weit gehen; der Weg endet, wo einmal ein weißer Lattenzaun war, wie ich weiß. Es ist allerdings nichts mehr von ihm übrig.

Vom Zaun oder vom Haus.

Enttäuschung steigt in mir hoch. Es war dumm zu glauben, Quinns Haus sei noch hier und sähe genauso aus wie auf dem Bild. Ich suche mir einen Weg durch Generationen von gefallenem Laub und rufe mir in Erinnerung, dass zwei Jahrhunderte eine lange Zeit sind. Mein Blick folgt dem Weg zum Haus, das unsichtbar ist, abgesehen von der Erinnerung, die sich genauso nach meiner anfühlt wie nach der von Quinn.

Ich trete näher, dorthin, wo das Haus einmal war.

Man sieht jetzt fast nichts mehr – ein unterbrochener Umriss dessen, was *vielleicht* einmal ein Fundament war, überzogen von grünem Moos. Ein Haufen alter Steine deutet an der Nordseite auf einen Kamin hin, doch es könnte genauso gut ein Steinhaufen sein, den Kinder vor zwanzig Jahren aufgetürmt haben. Meine Zehen finden die Kante einer Steinbarriere, die mehr oder weniger gerade verläuft, und ich folge ihr vorsichtig und hoffe, dass sie mir das Gebäude näherbringt, das hier vor so langer Zeit stand. Erst als sie um die dritte rechtwinklige Ecke führt, bin ich mir sicher, dass dies wirklich das Fundament war.

»Wow«, flüstert Benson, als ich wieder bei ihm bin und er zum selben Ergebnis kommt. »Das ist es wirklich.«

Das ist es.

Ich *fühle* es.

Es ist das Gefühl der Vertrautheit, das ich in Camden erwartet hatte. Und jetzt verstehe ich – es ist nicht die Stadt, es ist *hier*. Dieser Ort. *Hier* wollte Quinn mich haben.

Als könne er seinen Namen in meinen Gedanken hören, schwingt Quinns Anwesenheit in mir, erfüllt meine Seele mit einer lautlosen Musik wie die Vibrationen einer riesigen Glocke. Mein Rucksack gleitet mir von den Schultern. Hier, wo ich stehe, war der Hauseingang. Es war kein großes Haus – nicht, dass Häuser damals allgemein groß gewesen wären. Aber groß genug für einen.

Zwei, flüstert es in meinem Kopf, und ich fauche beinahe laut aus Eifersucht, während ich den Gedanken fortschiebe. *Warum bin ich eifersüchtig?* Ich will Quinn nicht! Er ist nicht einmal real!

Und Benson ist hier. Benson, der sich für mich verprügeln ließ. Der mich letzte Nacht warmgehalten hat.

Ich zwinge meinen Blick zurück zu der Andeutung von Ruinen und stelle mir vor, wie das Haus aussah, soweit ich es nach dem kurzen Blick auf das Gemälde in Quinns Geheimversteck beurteilen kann. Gelb, mit glatter Holzvertäfelung. Zwei Fenster links und rechts von der Tür.

Und Vorhänge. Der Gedanke kommt ungebeten. *Rot karierte Baumwollvorhänge.*

Das Bild blitzt so lebendig in meinem Kopf auf, dass ich einen Schritt zurücktrete und aufblicke.

Zu einem Haus.

Einem realen Haus.

Nicht wirklich real, erinnere ich mich, während ich über die Vision nach Luft schnappe. Es ist wie Quinn – es sieht echt aus, kann es aber nicht sein.

Wo ich jetzt stehe, war die Eingangsveranda. Sie spannt sich über die ganze Hausbreite und dünne weiße Säulen stützen das Dach. Glitzernde Windspiele wiegen sich in einer sanften Brise.

Windspiele.

Genau wie die, die ich bei Reese und Jay auf die Veranda gehängt habe.

Ich habe sie selbst quer über die Vorderveranda gespannt. Hatte sie vor ein paar Monaten auf einem Flohmarkt in der Stadt gefunden. Reese hatte gelacht und gesagt, ich könne ein Dutzend davon aufhängen, wenn ich wollte.

Also habe ich es getan.

Quinns Haus hatte auch Windspiele.

Jetzt sehe ich schon Verbindungen, wo eigentlich gar keine sind, schelte ich mich selbst. *Massenhaft* Leute sammeln Windspiele.

Natürlich sehe ich in letzter Zeit eine *Menge* Dinge, also ist das wahrscheinlich nicht das beste Argument.

Doch als ich zur Haustür schaue, kann ich ein Luftschnappen nicht unterdrücken.

Ein goldenes Dreieck glüht so hell über der Tür, dass man es kaum anschauen kann. Kühn und unübersehbar, könnte hier auch genauso gut wörtlich ausgeschrieben stehen: Dies ist das Haus eines Erdgebundenen.

Die Tür scheint mich zu sich zu winken, lockt mich, und auch wenn ein rationaler Teil meines Verstandes weiß, dass sie nicht echt ist, kann ich nicht widerstehen. Ich trete vor und strecke die Hand aus.

Sie schmilzt direkt durch den Türknauf. Natürlich kann ich ihn nicht berühren. Aber …

Ich beiße die Zähne zusammen und gehe weiter. Ein prickelndes Gefühl knistert über meine Haut, als ich durch die undurchsichtige Tür trete und mich im Haus wiederfinde. Mit offenem Mund schaue ich mich in dem Raum um, erblicke das fröhlich brennende Feuer im Holzofen in der Ecke und die hellgraue Steineinfassung über der Feuerstelle.

Ich lasse meinen Blick in die andere Ecke schweifen und erschrecke, als ich dort eine Frau stehen sehe. Sie wendet mir den Rücken zu, und ich spüre, dass sie summt, auch wenn ich nichts höre. Es kommt mir vor, als seien alle meine Sinne außer dem Sehsinn gedämpft.

Sie zieht eine Patchworkdecke über ein geschnitztes Himmelbett. Als die Decke liegt, wirft sie ein Kissen in die Luft und schüttelt es zwischen den Händen auf, bevor sie es aufs Kopfende plumpsen lässt.

Ich kann ihr Gesicht nicht sehen, aber ich erkenne den dicken braunen Zopf von dem Bild. *Rebecca.* Sie müssen zusammen gewohnt haben.

Wieder überspült mich diese deplatzierte, irrationale Eifersucht, und ich schnappe nach Luft. Als habe sie mich gehört, dreht Rebecca sich um.

Ich taumle rückwärts, als ich ihr Gesicht sehe.

Sie ist ich.

Oder jemand, der genauso aussieht wie ich.

Das ergibt keinen Sinn. Es sei denn, mein verrücktes Gehirn projiziert mich selbst in die Szene …?

Ihr Blick geht ins Nichts – eindeutig wandern ihre Gedanken –, und sie hebt die Hände und berührt etwas um ihren Hals.

Ich sehe eine Halskette, und ein Gefühl, als habe sie sie mir gestohlen, durchfährt mich wie ein Stoß. Am liebsten würde ich die Hand ausstrecken und ihr das schimmernde Silber aus den Fingern reißen. Ich drücke die Fingerknöchel gegen die Zähne und zwinge mich zu bleiben, wo ich bin.

Immer noch schweigend, dreht sich Rebecca zur Tür, und ihre sanften braunen Augen leuchten auf.

Ich zittere und zwinge mich, mich nicht zur Haustür umzudrehen, um zu sehen, wer hereingekommen ist.

Ich weiß, wer es ist.

Quinn.

Ein Hut fliegt an mir vorbei, landet auf dem Bett, und mein Arm prickelt so, dass es sich wie eine Explosion anfühlt, als ich spüre, wie er an mir vorbeigeht und durch meinen

Arm streift. Nun ist er in meinem Sichtfeld, und meine Beine zittern, dann geben sie unter mir nach, als jedes Gefühl, das ich in den letzten zwei Tagen zu leugnen versucht habe, hindurchströmt, mich erfüllt, überfließt – so viel, dass meine Haut es nicht halten kann.

Als Nächstes kommt sein Mantel, und ich balle die Fäuste auf den Bodendielen, als er an seinen langen, schlanken Armen heruntergleitet und sich zu dem achtlos hingeworfenen Hut auf dem Bett gesellt.

Quinn streckt die Arme nach Rebecca aus, und sie tritt vor, ihre Körper schmelzen mit einer Richtigkeit zusammen, die ich nicht bestreiten kann. Ein Schrei der Bestürzung steigt in meiner Kehle auf, und ich beiße die Zähne zusammen, um ihn nicht herauszulassen.

Ich höre Benson hinter mir, aber nur undeutlich, wie ein Echo aus einer anderen Welt. Jemand, den ich früher einmal kannte.

Ich sollte mich umdrehen – ich sollte zuhören, doch ich bin auf den quälenden, süßen Schmerz des Anblicks von Quinn konzentriert, wie er eine andere im Arm hält. Er legt die Hand an ihre Wange, sein Daumen zeichnet ihre Kinnpartie nach. Ich hebe die Hand zu meinem eigenen Gesicht, als könne ich diese Hände zwingen, *mich* statt sie zu berühren.

Mein Herz rast, dann wird es plötzlich langsamer, und jeder Atemzug ist so anstrengend, dass ich überlege, ob die Pein oder die Verzückung mich zuerst umbringen wird – ich bin mir sicher, eines davon wird es sein. Viel länger werde ich es nicht mehr aushalten.

Gerade, als mir klar wird, dass die Pein gewinnen wird,

habe ich ein Gefühl, als werde meine Seele aus dem Körper gerissen, und dann blicke ich auf mich selbst hinab.

Aber nur einen Augenblick lang.

Ich komme an.

Komme an einem vertrauten Ort an.

Ich bin zu Hause.

Wo ich hingehöre.

Kühles Metall liegt schwer auf meiner Brust und mein Blick hebt sich und trifft auf einen Oberkörper in einem weißen Hemd. Beharrliche Finger heben mein Kinn an, um warmen Lippen zu begegnen, während ein Arm mich näher zieht.

Natürlich. Mein Verstand sieht es, bevor ich selbst es erkenne, und mein Herz beeilt sich, ihn einzuholen.

Er hält diese Frau im Arm.

Er liebkost Rebecca.

Er küsst *mich*.

Kapitel 31

Quinns Lippen fühlen sich unbeschreiblich weich an, und ich habe ein bisschen Angst, ich könnte an der Ekstase, die durch meinen ganzen Körper schießt, sterben. Innerlich bebe ich, doch Rebeccas Hände, *meine* Hände, sind ruhig, als sie die Enden seines Halstuchs finden und sanft daran ziehen. Eine ungezügelte Lust flutet mich, als sich der Knoten unter geschickten Fingern löst.

Ich blicke zu seinem Gesicht auf.

Und alles kommt in einem Aufblitzen der Erkenntnis zusammen. Meine Finger, meine Augen, mein Mund.

Mein Quinn.

Rebeccas Gedanken fluten durch mein Gehirn. *Meine* Gedanken. Nicht heute; es *waren* meine Gedanken. Ich versuche, mich gegen sie zu wehren, die Invasion meines Gehirns zu verhindern, aber es fühlt sich so richtig an, so vertraut, und am Ende entspanne ich mich und erlaube mir, einfach Rebecca zu *sein*.

Wie damals.

Ich kann nicht widerstehen, als meine – Rebeccas – Hände Quinns Gesicht wieder herabziehen; seine Bartstoppeln fühlen sich unter meinen Fingerspitzen samtig an. Er hebt den Kopf, und ich versuche, ihn wieder zu mir herunterzuziehen, aber meine Hände wollen nicht gehorchen. Ich kann es nicht steuern – das hier ist damals passiert, vor zweihundert Jahren. Ich kann nicht eingreifen; ich kann nur meine Rolle spielen, dieselben Gedanken denken, die sie gedacht hat.

Als ich das erst verstanden habe, verschmilzt unser Bewusstsein, und ich habe nicht mehr das Gefühl, einen Kinofilm zu sehen, sondern bin dort, in der Szene. *Ich laufe mit ihm zum Fenster und schnappe erschrocken nach Luft, woraufhin er mich fest in den Arm nimmt. Ein Halbkreis von mindestens fünfzig Männern mit maskierten Gesichtern und brennenden Fackeln auf Pferden umstellt uns. Jeder der Männer hat ein Gewehr auf der Schulter; viele haben zwei. Ich weiß nicht, ob sie Hexenjäger oder Reduciata sind; aber wir sind schon beiden entgegengetreten.*

Das Problem ist: Falls es die Reduciata sind, wissen sie, wie sie uns töten können.

Ich klammere mich an Quinn, schaue durch die Fenster, als die Reiter ausschwärmen und den Kreis um das ganze Haus schließen.

Wir können nicht davonlaufen.

Tränen brennen in meinen Augen, und ich muss tief atmen, um sie zurückzudrängen. Nicht, weil ich Angst habe – wir sind alles andere als wehrlos –, sondern weil das bedeutet, dass wir gehen müssen. Wir haben hier im Geheimen mehr als ein Jahr zusammengelebt. Es war ein sicherer Hafen.

Der Himmel.

Es ist immer ein Kampf für Erdgebundene, zusammen zu sein, aber hier haben wir diesen Kampf gewonnen. Wir haben einander gefunden und eine Liebe freigesetzt, die die meisten Menschen nur in glückseligen Momenten süßer Träume erfassen können.

Und es war unsere Realität.

Diese Männer – diese Bestien – nehmen uns alles weg.

Quinn hat die Hände in meinen Haaren, und seine Lippen murmeln: »Sei stark.« Seine Nase streift mein Ohrläppchen. »Ich brauche dreißig Sekunden.« Meine Finger krallen sich in sein Hemd, zehren von seiner Kraft als Nahrung für meine eigene. Noch ein Atemzug und ich blicke in seine Augen.

Es muss jetzt sein.

Ich reiße mich los und fliege zur Tür, stürme hinaus in die kalte Nachtluft. Der eisige Wind ohrfeigt mich, ich sauge gefrorene Luft in meine Lungen und muss in der wintergeküssten Kälte husten.

Die Arme um meine schmerzende Brust geschlungen, hebe ich den Kopf zu den schnaubenden Pferden, die mich umgeben.

Und zu den schwarzen Gewehrläufen.

Dutzende von ihnen, auf mich gerichtet, die Pferde Schulter an Schulter in einem so engen Bogen, dass ich nicht entkommen kann.

Mein Blick schweift von den Waffen zu den Gesichtern der Reiter. Sie sind alle gut verhüllt, doch nicht einmal eine Maske kann ihre Augen verbergen. In diesen Augen – in allen – brennt der Hass.

Die Mordlust.

Kein Funken Gnade.

Achtundzwanzig, neunundzwanzig, dreißig. Bitte, ihr Götter, lasst ihn bereit sein.

Ich wirble wieder zum Haus herum, mein Zopf schwingt in der Dunkelheit herum, seine Spitze ist steif von der Kälte. Ohne Zögern wende ich ihnen den Rücken zu und bete, dass sie mir die drei Sekunden geben werden, die es brauchen wird, um die Tür zu schließen.

Ich höre amüsiertes Kichern, und obwohl mir unbändige Wut in die Eingeweide schneidet, weiß ich, dass ihre Herzlosigkeit mir am Ende das Leben retten wird.

Ich knalle die Tür zu und das Knallen wird von der Explosion von Waffen aus allen Richtungen übertönt. Mein Mund öffnet sich zu einem durchdringenden Schrei, dann legt sich eine eisenharte Hand um mein Handgelenk und reißt mich zu Boden. Ein weicher Stoff bedeckt meinen Mund, um den Schrei zu ersticken, und Quinns waldgrüne Augen blicken in meine, beruhigen mich augenblicklich, während das Getöse der Gewehrschüsse über meinem Kopf weitergeht.

Plötzlich verdreht er die Augen zum Himmel und wir sind in totale Schwärze gehüllt.

»Nein«, flüstere ich, und es hallt in meinem Kopf wider, statt aus Rebeccas Mund zu kommen.

Ich kann ihn nicht sehen. Er ist fort!

»Nein!«, schreie ich lauter, doch mein Kopf schmerzt, als sich mein Schädel mit den Echos eines Schreis füllt, der meinem Mund nicht entkommen kann.

Meine Seele wird herausgerissen, und ich bin wieder in Tavias – *meinem* – geschundenen Körper, umgeben von den Ruinen meines – Rebeccas – Hauses. Etwas hält mich zurück, und ich wehre mich dagegen und versuche, mich zu befreien.

Ich will zu ihm zurück.

Quinn!

»Hör auf, Tavia! Ich bin's!«

»Nein, das – das bist nicht du«, schluchze ich. »Du bist fort!

Komm zurück!« Der wehklagende Laut erklingt jetzt wieder in meinen Ohren statt gefangen in meinem Schädel, und irgendwie kapiere ich, dass ich zurück in der Gegenwart bin.

Ich bin ich. Ich bin nicht mehr Rebecca.

Ich fand es nie so schrecklich, ich zu sein.

Meine Brust bebt, und ich merke – so qualvoll langsam –, dass es Bensons Arme sind, die mich festhalten.

»Tave, schau mich an!«, sagt Benson, und ich spüre Finger an meinem Kinn, die mein Gesicht nach oben wenden. Blaue Augen bohren sich in meine.

Blau.

Nicht grün.

Blau.

Benson.

Tavia.

Mein Verstand kommt nicht damit klar, und ich habe das Gefühl, als risse mich etwas entzwei, während Tavia und Rebecca um die Oberhand kämpfen.

»Tavia, sprich mit mir!«

Er hat Angst.

Warum hat er Angst? *Ich* bin diejenige, die stirbt.

Das Knirschen von totem Laub unter meinem Rücken, als ich auf den Boden falle, reißt mich schließlich in die Wirklichkeit zurück, und ich sauge Luft in meine Lunge, während sich in meinem Kopf alles dreht.

Hatte ich den Atem angehalten?

Ich atme wieder und besänftige meine schmerzenden Lungen. Ich muss ganz aufgehört haben zu atmen. »Mir geht es gut«, flüstere ich und versuche, genauso mich zu beruhigen wie Benson.

»Bist du sicher?« Sein Gesicht ist dicht vor meinem und seine Augen sehen verängstigt aus.

Alle meine Knochen sind Pudding, aber ich schaffe es zu nicken.

»Was ist passiert?«

»Wir sind entkommen.« Die Worte sind aus meinem Mund heraus, bevor mir bewusst wird, dass ich weiß, was passiert ist. »Wir sind entkommen!« Ich kämpfe mich auf die Beine und schiebe Benson von mir, um genau in die Mitte des bröckelnden Fundaments zu laufen, wo ich anfange zu graben. Steine und Äste reißen meine Fingernägel ein, aber ich spüre keinen Schmerz. »Hilf mir!«, flehe ich Benson an; die Verzweiflung schnürt meine Brust zusammen.

»Helfen wobei?«, fragt er neben mir.

»Graben.«

Er zögert, und zunächst glaube ich, er werde es nicht tun, doch nach ein paar Sekunden kommt er mit zwei dicken Stöcken wieder und hält mir einen von ihnen hin.

Es braucht zwanzig Minuten und beinahe dreißig Zentimeter, bevor wir auf etwas Festes stoßen. »Das ist es«, sage ich und stoße einen Seufzer der Erleichterung aus.

Ich bin nicht verrückt.

Und nur dieses eine Mal irre ich mich vielleicht nicht.

Die Zeit vergeht, während wir ein eisernes Viereck ausgraben. Als wir versuchen, es zu öffnen, sind wir beide schmutzig, und es braucht unsere gemeinsame Kraft, um mit aller Macht an dem gusseisernen Griff zu ziehen, bevor sich der Deckel zu heben beginnt. Ich schreie erschrocken auf, als mehrere große Käfer herauskrabbeln, doch gleich darauf knie ich davor und spähe hinein.

»Sind da Skelette?«, fragt Benson und blinzelt über die Kante des dunklen Hohlraums.

»Nein, wir sind *entkommen*«, sage ich wieder. Die Panik ist fort, und ich fühle mich merkwürdig selbstsicher, als ich in das Loch hinabspringe, das nicht mehr als einszwanzig auf einszwanzig groß sein kann. »Ich habe sie abgelenkt, während Quinn das hier geöffnet hat. Ich bin zurückgekommen, wir haben uns versteckt, er hat einen Schutzschild gemacht, oben aus Holz, damit es aussah wie der Boden, und darunter Gusseisen, um uns vor den Kugeln zu schützen. Wir haben den Tunnel genommen. Ich habe neue Erde geschaffen, um den Weg hinter uns aufzufüllen. Kein Mensch hätte uns folgen können. So sind wir zu der Erdhöhle gekommen!«

Benson starrt mich entsetzt an und ich bin auch ein bisschen entsetzt. Was habe ich gerade gesagt? Neue Erde geschaffen? Aber vor meinem inneren Auge kann ich es sehen – ich *fühle* es! Ich krieche einen Tunnel entlang, lasse endlich das furchtbare Geräusch der Schüsse hinter mir. Denke an Erde, male sie mir aus, stelle sie mir vor, genau wie alles andere, das ich je geschaffen habe.

Und dann ist sie da – so klar, als sei es gerade in diesem Augenblick passiert – und blockiert den Tunnel, dämpft alle Geräusche, lässt mich und Quinn in Schweigen und Dunkelheit zurück.

Dunkelheit.

Die Erinnerung daran, Rebecca zu sein, entgleitet mir, lässt mich leer zurück, und ich schiebe sie weg, ich will meinen Körper für mich selbst.

Die Halskette, sagt ihre Stimme in meinem Kopf, bevor sie loslässt.

»Die Halskette«, wiederhole ich laut, beinahe willenlos. »Ich muss die Halskette suchen. Sie … sie hat die Antworten.« Meine Worte ergeben keinen Sinn, aber sie hallen als die Wahrheit in meinem Körper wider. Ich strecke die Hand aus, und Benson hilft mir, über die niedrige Kante des schmutzigen Lochs zu krabbeln, wo ich innehalte, auf dem Boden knie, versuche, mich selbst zu verstehen.

Wer bin ich?

Das war einmal eine einfache Frage.

»Tave, bitte, ich verstehe nicht, was du sagst. Was um alles in der Welt ist gerade passiert?«

Der Klang meines Namens – meines *heutigen* Namens – reißt mich aus der Vergangenheit, und ich schaue zu Benson auf.

»Benson.« Sein verängstigter Blick trifft auf meinen. Ich habe seine Gegenwart kaum bemerkt, aber jetzt sehe ich sein Gesicht wieder, schlammverschmiert. Und plötzlich erinnere ich mich. Ich erinnere mich an ihn. Erinnere mich, dass er der wichtigste Mensch in meinem Leben ist. Ich schlinge ihm die Arme um den Hals, als er sich vor mich kniet, und klammere mich an ihn. Wenn ich ihn einfach festhalte, wird mich der emotionale Wirbelsturm nicht wegpusten können.

»Tavia, du musst …«

Ich unterbreche ihn, indem ich seinen Mund mit meinem verschließe. Leidenschaftlich packe ich seine Jacke und ziehe ihn an mich. Ich werfe ein Bein über seine Knie, setze mich auf seinen Schoß, die Schenkel links und rechts von seinem Oberkörper, mein Gesicht ist jetzt oberhalb von seinem, ich flehe ihn an, mich daran zu erinnern, wer ich bin.

Dass ich Tavia bin.

Dass ich Benson liebe.

Der Gedanke lässt mich zurückzucken. Ich schaue in seine blauen Augen hinab – besorgte, verwirrte Spiegel meiner eigenen –, und mir wird klar, dass ich diese Augen jeden Tag für den Rest meines Lebens sehen will. Scheiß auf Elizabeth, scheiß auf ihre Warnungen; das ist meine Entscheidung. *Er* ist meine Entscheidung.

»Benson.« Das Wort ist ein Flüstern, bevor ich ihn wieder küsse. *Ich liebe ihn*. Die Wahrheit dieser Erkenntnis erfüllt mich, belebt mich neu, gibt mir eine Kraft, die ich noch vor Sekunden nicht hatte.

Er versucht, sich von mir zu lösen, etwas zu sagen, aber ich lasse ihn nicht. Ich drücke den Mund auf seinen, gerade so fest, dass es wehtut, aber ich weiche nicht zurück, genauso wenig wie er. Hände schieben sich in Jacken, tasten nach Haut. Seiner. Meiner. Ich fühle ihn unter meinen Beinen, an meinen Hüften, und eine primitive Gier kriecht über meinen Körper.

Mehr.

Er stöhnt, und ich erinnere mich dunkel, wie zerschlagen er ist, aber darum kann ich mich jetzt nicht kümmern. Ich brauche die Festigkeit seines Gewichts an mich gedrückt, das Gefühl seines rasenden Herzens, das an seinem Hals pulsiert, wenn meine Finger seine warme Haut liebkosen.

Ich muss mich *geerdet* fühlen.

Bensons Mund löst sich von meinem, und leise Keuchlaute entschlüpfen mir, als seine Lippen sich ihren Weg an meinem Hals hinab suchen, schwelgen, lieben, mich so sehr brauchen wie ich ihn. Wir sind fieberhaft, als hätten wir nur wenig geliehene Zeit.

Es liegt nahe.

Nein.

»Verlass mich nicht!«, bringe ich heraus, bevor ich seinen Mund wieder für mich beanspruche.

»Niemals«, knurrt er. Unsere Körper sind so nahe, dass wir uns wie einer fühlen, als ich die Arme um ihn lege, ihn so fest an mich drücke, wie ich kann – erfüllt von einer irrationalen Furcht, dass er sonst verschwindet.

Ich kann beinahe Rebecca in meinem Kopf wehklagen hören, aber ich schiebe alle Gedanken an sie beiseite. Alle Gedanken an Quinn.

Ich werde mir Benson nicht von Rebecca wegnehmen lassen. Ich weiß, was sie mit Quinn hatte. Was *ich* mit Quinn hatte. Die Tiefe dieser Hingabe, das Vergnügen, Geliebte zu sein, die eine Person zu haben, die alles weiß.

Sie hatte es mit Quinn.

Jetzt will ich es mit Benson.

Kapitel 32

Schluchzer erschüttern meinen Körper, bevor ich merke, dass ich angefangen habe zu weinen. Und fast sofort, nachdem ich es bemerkt habe, lache ich; lache über die Macht, die Rebecca über mich auszuüben versucht, sobald ich jemanden anderen als Quinn will.

»Raus aus meinem Kopf!«, schreie ich zum Himmel hinauf, und sie zieht sich zurück, aber ihre Präsenz ist immer noch da, mischt sich langsam mit mir, und ich weiß, es ist nur eine Frage der Zeit, bis es nicht mehr sie und ich heißt, sondern *wir*.

»Tave«, sagt Benson, die Hände immer noch um mein Gesicht gelegt. Ich atme beruhigend durch und erde mich selbst, indem ich ihn betrachte – seine Brille mit dem Metallrahmen, leicht verschoben, der Schmutzstreifen quer über seine Stirn, seine Lippen. Sie sind rot von meinen rauen Zuneigungsbekundungen, und ich will nichts weiter, als sie noch einmal küssen.

Ich versuche, etwas zu sagen, aber meine Zähne klappern sowohl von der Kälte als auch vor Nervosität, und ich bringe nichts Verständliches heraus.

»Komm her«, sagt Benson und öffnet mir seine Jacke. Ich schmiege mich eng an seine Brust, und er wickelt mich ein, so gut er kann, und hält mich an sich gedrückt, während das

Schnattern zu einem Zittern am ganzen Körper wird und dann langsam abklingt.

»Kannst du jetzt darüber sprechen?«, flüstert Benson.

Ich hebe nicht den Kopf; ich bin mir nicht sicher, ob ich dieses Geständnis machen kann, wenn ich ihn anschaue. »Ich habe alles gesehen. Die Nacht, als wir sterben sollten.«

»Du meinst, du hast es durch Quinn gesehen?«

Ich schüttle wild den Kopf. »Nein, das hatte ich total falsch verstanden. Es ging nie um Quinn; es ging um mich! Quinn versucht nicht, mich zu beherrschen – er versucht nur, mich dazu zu bringen, mich zu erinnern, wer ich bin.«

»Und wer bist du?«

»Ich bin Rebecca Fielding.« Es laut zu sagen, ist eine Bedrohung für meine Verbindung zur Realität. Vor weniger als einer Woche war der Gedanke, *einen Fremden zu lieben,* verrückt. Wo hat mich das hingeführt? »Ich war es. Vor zweihundert Jahren war ich sie, und ich war hier. Mit Quinn. Wir sind …«

Wir sind Erdgebundene. Das Wort in Rebeccas Kopf. Das Wort, das Elizabeth ausgesprochen hat. Das ich in Quinns Tagebuch gelesen habe.

Aber da ist noch ein anderes Wort. Eines, das mich bis ins Mark erschüttert und mir Angst macht.

Götter. Ich bin eine Göttin. Aber das werde ich nicht laut aussprechen. Ich wage es kaum, die Worte zu denken, aber ihre Wahrheit hallt in mir wider. Obwohl ich mir immer noch nicht ganz sicher bin, was sie bedeuten.

Monatelang habe ich meine Grenzen akzeptiert, die Teile von mir, die niemals verheilen werden. Habe akzeptiert, dass ich weniger bin, als ich einmal war.

Doch jetzt bin ich nicht mehr weniger.

Ich bin *mehr*. So viel mehr.

Ich bin für immer. Ich bin ewig. Ich bin mächtig über alle Vorstellungen hinaus. Deshalb kann ich Dinge machen. Rebecca konnte es. Quinn konnte es. Und jetzt kann ich es. Der Deckel aus Gusseisen, den Benson und ich ausgegraben haben, genau wie die eisernen Fesseln, mit denen ich Elizabeth in Schach gehalten habe. Ich verstehe, warum sie mir in dem Augenblick so vertraut vorkamen.

Und das ist nur ein Bruchteil dessen, was ich kann.

Rebecca und Quinn waren besser, als ich es jetzt bin. Meine Schöpfungen verschwinden – ihre sind zweihundert Jahre später immer noch da.

Ich habe dasselbe Potenzial. Aber ich muss *etwas tun*. Und nicht *irgendetwas* – das Wichtigste auf der Welt.

Es wird meine Fähigkeiten erschließen … wenn ich mich nur erinnere, was es ist.

Ich fange wieder an zu zittern. Durch diese Macht wird alles gefährlicher, düsterer. Vielleicht kann ich sie nutzbar machen, aber wenn nicht, könnte sie uns alle zerstören.

»Ich verstehe nicht«, sagt Benson, und seine Stimme ist wacklig. »So was wie ein früheres Leben?«

»Ja. Und nicht nur eines. Hundert. Tausend. Als Erstes habe ich Rebecca gesehen, genauso wie ich Quinn immer gesehen habe. Aber dann war es, als würde sich meine … meine Seele, denke ich, aus mir lösen, und ich war *in* Rebecca und habe aus ihren Augen geschaut und alles gefühlt, was sie in der Nacht gefühlt hat, als sie versuchten, sie umzubringen.«

Benson schweigt, aber seine Stirn ist gerunzelt, man kann sein Grübeln förmlich sehen.

»Und es war … vertraut. Ich wusste, ich war schon in diesem Körper.« *Es war wie nach Hause kommen*, denke ich. Aber ich sage es nicht.

»Also, dann … erinnerst du dich jetzt?«

»Irgendwie schon. Erinnerungsblitze. Es ist nicht viel«, gebe ich zu. »Aber sie … ich hatte solche Angst. Sie sind hinter ihr her, Benson.«

»Wer?«

»Die Reduciata.« Allein das Wort zu sagen, löst einen Aufruhr der Angst in meinem Inneren aus.

Er schluckt trocken.

»Und deshalb sind sie hinter mir her. Weil sie ich *ist*. Ich darf nicht zulassen, dass sie mich fangen. Sie würden … sie würden …« Ich weiß nicht, wie ich diesen Satz beenden soll. Aber das Entsetzen, das mein Inneres zu Knoten verdreht, genügt, um mir zu sagen, dass ich lieber sterben würde, als unter der Aufsicht von Reduciata zu leben.

Wieder.

Wieder?

»Du kannst dir nicht einmal vorstellen, was sie tun würden«, sage ich schließlich mit leiser Stimme. Ich schüttle die furchtbaren Erinnerungen ab.

Nicht einmal Erinnerungen – Schatten, Andeutungen von Erinnerungen.

»Wir können auch nicht zu den Curatoria gehen. Ich muss das selbst machen.« Panik bebt in mir und ich wirble wieder zu Benson herum. »Nicht *allein*«, betone ich, als ich seinen verzweifelten Gesichtsausdruck sehe. »Bitte hilf mir?«

Er streckt die Hand nach meiner Schulter aus, dann überlegt er es sich anders und lässt die Hände sinken. »Wofür brauchst du mich?«

»Ich brauche …«

Die Halskette. Rebeccas Stimme, nehme ich an. Sie klingt so sehr wie meine eigene.

»Die Halskette«, plappere ich folgsam nach. »Die, von der Quinn in seinem Tagebuch geschrieben hat – dann erinnere ich mich.« Ich will Rebecca nicht noch mehr Zugang zu meinem Kopf – zu meinem Herzen – geben, aber irgendwie weiß ich, dass die Kette mir mehr Macht verleihen wird, nicht weniger. Ich *muss* diese Macht haben.

»Glaubst du, sie ist in der Erdhöhle?«, fragt er.

»Das kann nicht anders sein.«

»Gehen wir zurück zum Auto.« Er hilft mir auf die Beine, doch meine Finger und Zehen sind taub, und ich stolpere.

»Vorsichtig«, sagt Benson, legt den Arm um mich und führt mich fort von den Ruinen des Hauses, in dem ich vor Ewigkeiten gelebt habe. Ich lehne den Kopf an seine Schulter und wünsche mir, wir könnten das alles ein paar Stunden vergessen und einfach zum Hotel zurückgehen. In irgendein Hotel. Je weiter weg, desto besser.

Aber ich kann nicht. Ich muss mich erinnern und dann so schnell wie möglich hier weg, bevor sie mich einholen. Ich kann mich schützen, Benson schützen, aber nur, wenn ich mich erinnere.

Erinnern.

Ein paar Tropfen geschmolzener Schnee von den Bäumen fallen auf mein Gesicht, als eine Windbö die über uns aufragenden Zweige findet. Die plötzliche Kälte sticht mir auf der Haut und ich bin wieder ich selbst. Jetzt wieder ganz. Obwohl ich weiß – so sicher, wie ich weiß, dass der Himmel blau ist und das Gras grün –, dass ich in einem anderen Leben Rebecca Fielding war.

»Ich fahre«, sagt Benson. »Wir sollten nicht zu lange an einem Ort bleiben, wenn du verfolgt wirst – vor allem nicht in der Nähe dieses Hauses. Oder dem, was einmal das Haus war. Wenn sie von Quinn wissen, wissen sie vielleicht auch schon von diesem Haus.«

»Nur eine Sekunde«, sage ich und greife an ihm vorbei auf den Beifahrersitz. »Sie könnte bei den Sachen sein, die du eingepackt hast.« Ich öffne Bensons Tasche und durchwühle den Inhalt.

Ein Ring, eine kleine Börse, immer noch fast voller Gold, und ein klumpiges Bündel, eingepackt in ein Taschentuch.

Das ist alles.

Eine Energie, die nur ich sehen kann, pulsiert darin, und ich weiß, schon bevor meine Finger danach greifen, was darin ist. Ich ziehe an den Fäden, mit denen das gelbe Taschentuch in groben Stichen zusammengenäht ist.

Die Halskette.

Sie ist da.

Sie gehört mir.

Meine Hände zittern so, dass ich die Fäden nicht lösen kann. »Benson? Könntest du bitte …?«

Er nimmt den zarten Stoff in die Hand und hält ihn ein paar Sekunden, bevor er die dünnen Fäden löst und einen schweren Anhänger enthüllt, der silbern und rot glänzt.

Es ist der aus meiner Vision.

Er schaut angespannt auf die Kette hinab. »Das wird alles zurückbringen?«

»Ich glaube schon.«

Er versucht, etwas zu sagen, aber seine Stimme bricht, und er bleibt ein paar Sekunden still. »Und was dann?«, fragt er schließlich und schaut mich dabei nicht an.

Ich trete vor, und er drückt die Halskette an sich, als wolle er sie mir vorenthalten, aber ich greife nicht danach. Ich streiche ihm über die Arme, wie er es so oft bei mir getan hat.

Langsam.

Ruhig.

Irgendwie muss ich Benson helfen, mit allem zurechtzukommen. Ihm helfen zu sehen, dass ich ihn immer noch brauche – den Typ brauche, der mit mir die vergangene Woche durch die absolute Hölle gegangen ist. Er hat nicht darum gebeten, er hätte nichts damit zu tun, wenn ich nicht in sein Leben getreten wäre. Wenn ich nicht auf der Suche nach Hilfe in die Bibliothek gekommen wäre.

Hilfe. Wenn er damals nur gewusst hätte, in was er da hineingeraten würde.

Meine Hände erstarren, und die Worte kommen aus meinem Mund, bevor ich sie aufhalten kann. »Benson, wenn du die Zeit zu dem Tag zurückdrehen könntest, an dem wir uns kennengelernt haben, und du wüsstest, was passieren würde, hättest du dann einen Rückzieher gemacht?«

Er blickt auf mich herab und seine Augen sind leer.

Er denkt nach.

Denkt *wirklich* nach.

Ärger über sein Zögern steigt in mir auf, aber ich trample ihn nieder. Es ist eine wichtige Frage, die man nicht auf die leichte Schulter nehmen sollte.

»Nein«, flüstert er schließlich.

»Ich auch nicht. Und das«, sage ich und deute auf seine Faust, die immer noch fest um den Anhänger geschlossen ist, während die Kette sich wie Sand daraus ergießt, »wird nichts ändern. Mir ist egal, was Rebecca will, Benson. Ich will dich. Und das hier wird uns Antworten geben.«

»Du verstehst nicht«, flüstert er. »Dem Gefühl nach wird es nicht gleich sein.«

»Benson Ryder, leg die Halskette hin!«, befehle ich.

Er lässt die Kette auf den Kofferraum des Autos fallen, misstrauisch und verwirrt. Sobald sie aus seiner Hand heraus ist, schiebe ich die Arme in seine Jacke, unter sein T-Shirt. Er zittert, als meine Finger seine nackte Haut berühren.

»Benson?« Mein Herz schlägt wild.

Er schaut mich nur an und ich könnte in dem Schmerz in seinem Blick ertrinken.

»Ich liebe dich. *Dich.*« Ich küsse seine Unterlippe, es ist eher ein sanftes Streicheln seiner Haut als ein Kuss. Ein Prickeln überläuft meinen Körper und ich unterdrücke ein Lächeln.

Ich habe es gesagt.

Ich habe es ernst gemeint.

Ich stelle mich auf die Zehenspitzen und küsse die Kratzer in seinem Gesicht, dann seine Nase, seine Wangen. Ich lasse meine Hände an seinem Hals hinaufgleiten und ziehe ihn zu mir herab, küsse ihn sanft, umschmeichle ihn mit meinem Mund. »Sie kann nichts an meinen Gefühlen ändern«, murmle ich an seinen Lippen.

»Das weißt du nicht«, flüstert er, und in seiner Stimme liegt eine Qual, die ich zu gerne heilen würde.

Ich verschränke meine Finger mit seinen und drücke sie

an mein Herz. »Ich schon. Du bist das Beste, was mir je passiert ist, und ich glaube, du hast mehr als bewiesen, was du alles für mich tun würdest.« Ich küsse seine Fingerknöchel, einen nach dem anderen, und meide die rote, aufgeschürfte Haut an seiner rechten Hand. »Jetzt bin ich an der Reihe, es *dir* zu beweisen.«

Ich blicke zu ihm auf. Sein Gesicht ist angespannt von Gefühlen, die ich nicht recht interpretieren kann. Er holt mühsam Luft und zieht seine Hand weg. Dann wendet er sich halb ab und nimmt das leinenumwickelte Bündel auf. »Soll ich?«, flüstert er beinahe ehrfürchtig.

»B-bitte«, stottere ich.

Er hebt die Halskette hoch und Rubine glitzern in einem Sonnenstrahl. Die Kette ist lang, und Benson bedeutet mir, mich umzudrehen. Dann hängt der Anhänger vor meinem Gesicht, immer noch an Bensons Fingern. Er zögert, und ich spüre seinen Atem dicht an meinem Ohr – ein und aus, als lautes Zischen.

»Egal, was jetzt passiert«, flüstert er, »ich liebe dich auch.«

Er lässt die Halskette über meinen Kopf gleiten.

Kapitel 33

In dem Augenblick, als das Metall meine Haut berührt, befinde ich mich mitten in einem Wirbelwind von Licht und Farben, die vor meinen Augen aufblitzen, strahlend, quälend, blendend in ihrem Glanz. Ich grabe die Finger in Bensons Arm, auf der Suche nach etwas, woran ich mich festhalten kann, um nicht fortgerissen zu werden.

Doch der Sturm tobt nur in meinem Kopf, und schnell muss ich die Augen vor der Welt verschließen und versuchen, den Aufruhr in mir zu beruhigen, auf ein vernünftiges Maß zu dämpfen. Während sich der Schmerz aufbaut, klammere ich mich an den Gedanken an Linderung. *Rebecca hat das schon mal gemacht; sie weiß, wie man damit umgeht.* Verzweifelt überlasse ich ihr meinen Verstand und irgendwie nimmt sie mir tatsächlich die über mich hereinbrechenden Erinnerungen ab.

Sie werden deutlicher, auch wenn es immer noch ist, wie einen Film im Schnelldurchlauf anzuschauen. Szenen wie eine Filmmontage, die nur Bruchteile von Sekunden vor meinen Augen aufblitzen, bevor sie wieder weg sind – lange, bevor ich sie erkennen oder verstehen kann. Doch bald wirbeln sie erneut grell und wild; Rebecca kann sie auch nicht zähmen.

»Benson, ich kann es nicht anhalten!«

Der Druck in meinem Kopf steigt weiter, und ich greife mir an die Schläfen, will ihn mildern, nur einen Moment Ruhe. Einen Augenblick, um wieder zu Atem zu kommen. Ich fühle, wie Rebecca dasselbe versucht, doch nichts funktioniert, und der Druck baut sich weiter auf, drückt gegen meinen Schädel, bis ich Angst habe, dass buchstäblich meine Schädelknochen bersten könnten.

Sie nützt uns nichts, wenn ihr Gehirn zerstört wird. Die Worte blitzen in meinem Kopf auf, und jetzt verstehe ich, worüber sie sich Sorgen gemacht haben.

Jemand schreit, und ich glaube, das bin ich.

Hände greifen nach mir, Arme legen sich um mich, und obwohl meine Augen wieder offen sind, sehe ich nur Schwärze. Bilder rasen, und gerade als ich bereit bin aufzugeben, sehe ich einen goldenen Blitz in den verwischten Szenen.

»Quinn, hilf mir!«, flüstere ich mit zusammengebissenen Zähnen, die klappern, wenn ich spreche.

Und dann sind seine Augen da, ruhig und grün inmitten eines ungestümen Meeres von Erinnerungen. Ich konzentriere mich auf diese Augen und der verrückte Wirbel ebbt ein winziges bisschen ab.

Doch es genügt.

Ich versuche, die Oberhand zu gewinnen, und es ist, als schwömme ich durch Teer auf ein sehr trübes Licht zu. Sehr schwach, aber es ist da. Quinns Augen erhalten mein Gleichgewicht, und Rebeccas und mein Geist verschmelzen – wir sind eins, wir sind *wir* – und ich weiß, was ich tun muss. Gemeinsam strecken sich unsere Gedanken aus wie ein Netz und zügeln die Energie, die in mich ausgegossen wurde, und irgendwie halte ich sie fest. Sie erfüllt jeden Zentimeter von mir, bis ich schwören könnte, dass meine Haut zum Bersten gespannt ist, doch diesmal kann ich sie kontrollieren.

Mein Atem wird langsamer, und als ich wieder blinzle, begrüßt mich ein undeutliches Grün. Es dauert noch eine Weile, bis ich die sonnengetränkten Blätter deutlich sehen kann, aber schließlich kehrt meine klare Sicht zurück. Mein Kopf liegt in Bensons Schoß und ich auf dem spärlichen Gras direkt hinter dem Honda. Ich versuche, mich zu bewegen, doch alles tut weh. Nach ein paar Sekunden gebe ich auf und drehe nur die Augen zu Benson.

Der Wald ist eine Oase der Stille, bis Benson sie mit einem ohrenbetäubenden Flüstern unterbricht: »Geht's dir gut?«

Ich nicke. Ich habe Schmerzen, als sei ich von einem Blitz getroffen worden, aber ich bin in Ordnung. Ich bin mehr als in Ordnung.

Und ich bin *voll*.

Doch ich habe keine Worte, um das auszudrücken; keine, die er verstanden hätte. Ich hätte es vorher auch nicht verstanden. Es geht über das normale menschliche Verständnis hinaus.

Ich gehe wohl über das menschliche Verständnis hinaus.

Ich bin etwas anderes. Mein Kopf tut weh und ich schließe die Augen – das Sonnenlicht überwältigt meine Sinne. Aber ich weiß jetzt, was ich bin.

»Tut es noch weh?«

Ich versuche nicht, es abzustreiten. »Nicht mehr so schlimm.« Wenn ich spreche, muss ich ein Wimmern unterdrücken. »Es ist, als sei gerade eine ganze Bibliothek in mein Gehirn gegossen worden, und jetzt ist kein Platz mehr«, bringe ich heraus.

»Hast du deshalb geschrien?«

Ich blicke zu ihm auf, und zum ersten Mal, seit ich die Kette berührt habe, sehe ich ihn klar, mit meinen Tavia-Augen. Er ist blass und ein Schweißfilm überzieht seine Stirn. *Was habe ich getan?* »Es tut mir so leid, Benson.« Auch wenn ich nicht genau weiß, was mir so leidtut. Dass ich ihm Angst gemacht habe? Dass ich ihn überhaupt in diese Lage gebracht habe?

Alles?

»Du hast geschrien und geschrien«, flüstert er. Seine Stimme bebt und er will mir nicht in die Augen schauen. »Ich dachte, du würdest innerlich zerbrechen und sterben. Ehrlich.«

»Ich auch«, sage ich und greife nach seiner Hand.

Er bewegt den Arm, fährt sich mit den Fingern durchs Haar, einen Moment blitzt Härte in seinen Augen auf.

Doch ich habe nicht genug Platz in meinem Kopf, um es zu analysieren.

Ich liege mit dem Kopf in seinem Schoß, die Knie hochgezogen, für Minuten, die sich anfühlen wie Stunden, während der Schmerz abebbt, langsam, ganz langsam, wie das Meer, wenn es sich zurückzieht. Die grünen Blätter, die krümelige braune Erde, die struppigen Grashalme anzustarren, lenkt mich genug ab, damit ich in meinem Kopf vorsichtig Platz für all das machen kann, was ich eben erfahren habe.

Alles, was ich bin.

»Ich bin genau das, was sie gesagt haben«, flüstere ich und entlasse damit mein Geständnis in die Realität.

»Sie?«, fragt Benson; seine zittrigen Worte sind kaum ein Hauch im Wind.

»Elizabeth. Jay. Sie haben nicht gelogen. Ich bin eine Erdgebundene – ich bin eine Göttin.« Das Wort kommt zum ersten Mal über meine Lippen, und es ist nicht ganz so beängstigend, wie ich befürchtet hatte. Aber fast.

»Wie … Gott mit einem großen G?«

»Nein. Etwas anderes.« Begriffe sausen mir durch den Kopf und machen es mir schwer, in Worten zu denken. »Ich bin eine gestaltende Göttin. Aber … verflucht. Ich habe etwas … Ich habe etwas falsch gemacht. Vor langer Zeit.«

Benson bleibt still, aber ich muss reden. Ich entdecke mein Wissen, während es mir über die Lippen kommt, und irgendwie nimmt es etwas den Druck in meinem Kopf.

»Ich schaffe Dinge aus dem Nichts. Ich bin eine Schöpferin, wie Quinn. Wir sind gemeinsam Schöpfer. Seit Generationen und Generationen zusammen. Ich kann alles machen. Alles«, sage ich mit Verwunderung.

»Eine Göttin«, sagt Benson, und seine Stimme ist so leise, dass ich nicht sicher bin, ob ich ihn gehört hätte, wenn mein Ohr nicht an seinem Bauch ruhen würde.

Ich spüre, wie ein leichtes Kichern in mir aufsteigt. »Zum Beispiel einen Baum«, sage ich hysterisch lachend. »Oder einen Berg. Oder ein Gebäude. Einfach *Puff!* Egal, was.«

»Oder eine Pyramide«, sagt Benson, der meinen verrückten Gedankengängen folgt.

Ich nicke. »Ich war eine Erdschöpferin. Es gab viele von uns. Wir haben die Landschaften der ganzen Welt geschaffen. Sie war … sie gehörte uns. Geschenkt von … ich weiß es nicht. Jemand Größerem. Jemand Stärkerem. Aber wir wurden gierig.« Konkrete Erinnerungen herauszuquetschen, ist wie der Versuch, einen Stahlklotz mit bloßen Händen auszuwringen, und mein Körper beginnt, von der Anstrengung zu zittern. »Wir haben Menschen geschaffen. Als – als unsere Diener. Wir haben übertrieben. Wir wurden verflucht.«

»Von wem?«

Ich schüttle den Kopf. »Ich weiß es nicht.«

»Daran erinnerst du dich nicht?«

»Nein. Aber ich erinnere mich, dass Rebecca sich daran erinnert.« *Quinn hat es ihr gesagt.* »Wir haben unsere Verantwortung missbraucht«, doch die Worte sind Teil einer Proklamation – eines Satzes –, der in meine Erinnerungen eingebrannt ist. »Uns wurde die Unsterblichkeit genommen. Irgendwie. Wir wurden sterblich, aber unsere Seelen blieben an die Erde gebunden. Wir leben wieder und wieder unter den Wesen, die wir geschaffen haben. Suchend, immer suchend.«

»Wonach sucht ihr?«

»Nach unserem *diligo*«, sage ich und prüfe das ungewohnte Wort auf der Zunge.

»Was heißt das?«

»Den wir schätzen und lieben«, sage ich, ohne ihn anzusehen. »An die Erde gebunden, aneinander gebunden«, flüstere ich. *»Reus ut terra, reus una.«*

Quinn.

Aber …

Nein.

»Die Reduciata versuchen, die Erdgebundenen zu töten, bevor sie sich mit ihren Geliebten wiedervereinigen können.«

»Deshalb haben sie versucht, dich umzubringen?«, murmelt Benson.

»Nein. Bei mir ist es mehr als das. Ich … ich weiß etwas. Ein Geheimnis. Ein Geheimnis, das alles zerstören könnte.«

»Was für ein Geheimnis?«, fragt Benson. Sein Atem geht jetzt in kurzen, keuchenden Stößen.

Aber ich schüttle nur den Kopf. »Ich erinnere mich nicht. Etwas, etwas, das ich nicht einmal Quinn erzählt habe, weil es zu gefährlich war. Das wollten die Männer, die zu unserem Haus kamen, loswerden. Dieses Wissen. Etwas … etwas über die Reduciata und die Curatoria. Ach!«, knurre ich. »Es tut schon weh, nur darüber nachzudenken.« Ich zwinge mich, tief einzuatmen, und berge das Gesicht in Bensons Hemd.

»Diese Namen haben lateinische Wurzeln«, sagt Benson, und ich schaue verwirrt zu ihm auf. »Was denn?«, fragt er schuldbewusst. »Ich habe sie auf meinem Handy nachgeschaut, nachdem ich sie in Quinns Tagebuch gelesen hatte. *Curare* heißt ›erhalten und bewahren‹. Reducere bedeutet …«

»Reduzieren«, unterbreche ich ihn bitter. »Töten.«

»Nein«, sagt Benson leise. »Es bedeutet ›anführen‹.«

Ich bin still und versuche, dieser neuen Erkenntnis eine Bedeutung zu geben, doch mein Kopf ist zu müde.

»Ich schätze, deshalb ist ihr Symbol dieses Anch-Ding. Das Anch für die Ewigkeit und der Schäferstab für die Führerschaft.«

»Was ist mit dem anderen?«

»Welches andere?«

Nachdenken tut so weh. »Die Feder mit der Flamme.«

Benson kaut auf seiner Unterlippe und schaut ein paar Sekunden in den Himmel hinauf. »Vielleicht ein *Phönix*? Du weißt schon, sie sterben und werden wiedergeboren, wie die Erdgebundenen.«

»Und jedes Mal stärker«, sage ich, ohne recht zu wissen,

wessen Worte das sind. »Wenn die Curatoria ihren Job machen, werden die Erdgebundenen stärker.«

Ich weiß nicht einmal, was das bedeutet, aber die Anstrengung bringt mich wieder zum Schweigen.

»Kannst du dich aufsetzen?«, fragt Benson nach einer Weile.

»Vielleicht.«

Er hilft mir auf und erlaubt mir, mich an ihn zu lehnen. Meine Muskeln schmerzen und ich bin wieder hungrig. Ich versteife mich, als mir klar wird, dass ich jedes Mal, wenn ich etwas tue, das damit zu tun hat, eine Erdgebundene zu sein, hungrig werde. »Ich habe Hunger. Die ganze Zeit«, sage ich mit ausdrucksloser Stimme.

»Was?«, fragt Benson.

»Seit dem Absturz habe ich die ganze Zeit Hunger. Aber vor allem, seit ich angefangen habe, meine Kräfte zu benutzen.« Ich blicke zu Benson auf. »Und Reese und Jay haben die ganze Zeit versucht, mich dazu zu bringen, mehr zu essen. Sogar Elizabeth hat mir gesagt, ich müsse über meine Schuldgefühle hinwegkommen und essen. Sie wussten es alle – mein Erdgebundenen-Körper muss mehr essen.«

»Das ergibt wohl Sinn«, sagt Benson langsam. »Du machst etwas aus dem Nichts, und ich nehme an, dein Gehirn arbeitet im Turbogang. So etwas braucht Treibstoff.«

»Aber es war erst nach dem Absturz. Ich war immer eine Erdgebundene; man *wird* nicht zur Erdgebundenen. Alles fing nach dem Absturz an. Was an dem Absturz hat diesen Teil von mir … geweckt?«

Benson seufzt. »Ich habe keine Ahnung, Tave. Ich entdecke jetzt erst, wie wenig ich eigentlich weiß«, murmelt er.

Ist er sauer? Oder nur verwirrt und gefrustet wie ich?

Ich kann nicht mehr denken.

»Wir sollten gehen«, sage ich. »Ich brauche etwas zu essen und wir müssen weg.«

»Ich glaube, du brauchst noch ein paar Minuten«, sagt Benson und stützt mich, als ich unsicher auf die Beine komme.

»Wir haben vielleicht keine paar Minuten mehr. Irgendwer weiß sicher von diesem Ort.« Meine Worte sind schleppend und ich hole tief Luft und konzentriere mich besser. »Unterschätze die Bruderschaften nicht. Das könnte dein Tod sein.«

Rebeccas Erinnerungen flitzen durch meinen Kopf wie Glühwürmchen, scheinen auf und erlöschen beinahe zufällig. Die Begegnung mit Quinn, unser Leben, unsere Flucht, die Erdhöhle, das Tagebuchschreiben.

Das Tagebuch.

»Ich brauche das Tagebuch«, sage ich. »Rebeccas.« Ich gehe auf die Autotür zu, und Benson beeilt sich, mich zu stützen. »Ich muss sichergehen ...« Ich schnappe es mir und blättere die Seiten um, bis ich zu der seltsamen Sprache komme, und ein Lächeln breitet sich über mein Gesicht. Ein Grinsen. Dann werfe ich den Kopf zurück und lache. Es schallt durch den Wald. »Ich kann es lesen! Oh, Benson, sie war genial! Das ist Latein – nicht genau Latein, wie du sagtest. Ein Gebrauchslatein. Es ist ...« Ich denke nach, versuche, die Einzelheiten aus einer Erinnerungsdatenbank zu suchen, die wie ein Schrank ist, den ich nur einen Spalt öffnen kann. »Es stammt aus Rom – aus dem alten Rom.« Mein Kopf hämmert von der Anstrengung, diese winzige Information herauszusuchen.

Ich blicke überrascht auf, als Benson schnaubt. »Vulgärlatein?«, fragt er. »Du kannst Vulgärlatein lesen?«

»Es ist nicht vulgär«, kontere ich.

»Nein, so nennt man das Gebrauchslatein – ich habe letztes Semester etwas darüber gelesen. Es entstand ungefähr 800 vor Christus, als die Römer versucht haben, im ganzen Reich eine universelle Sprache zu schaffen. Es ist im Grunde die Ursprungssprache *aller* romanischen Sprachen. Und du kannst es lesen.« Er grinst. »Das ist der Hammer.«

Ernüchtert blicke ich auf das Tagebuch hinab. »Hier stehen meine Antworten. Sie hat es für mich in der Erdhöhle gelassen. Sie ist unsere persönliche Pyramide, genau wie es in Quinns Tagebuch stand. Ein Ort, wo wir alle unsere Sachen versteckt haben, damit wir uns eines Tages erinnern können. Wir haben sie genau für so einen Fall geschaffen. Damit wir uns aufeinander stützen konnten, nicht auf eine der Bruderschaften. Nach dieser Nacht sind wir gegangen. Wir sind nie zurückgekehrt.«

»Aber ihr seid entkommen. Ihr seid nicht gestorben. Was ist passiert?«

»Ich bin irgendwann gestorben«, sage ich, und etwas bricht in mir entzwei. Die Erinnerung kommt tröpfchenweise zurück. Ich muss würgen und kämpfe mit geballten Fäusten dagegen an. *Bitte frag nicht, bitte frag nicht*. Wenn er fragt, wird er die Gefühle wieder entfachen, und ich werde es alles wieder spüren müssen, und ich bin mir nicht sicher, ob ich das durchhalte.

»Wie bist du gestorben?«

Ich schaue zu ihm auf, während die allzu bekannte, betäubende Kälte über mir hereinbricht. »Ich …« Ich stütze mich an ihm ab, als die Kälte, die nur in meinem Kopf existiert, mich lähmt. »Ich bin ertrunken. In einem See.«

Der Albtraum meiner letzten Augenblicke als Rebecca spielt sich wieder vor meinem inneren Auge ab, bis mein ganzer Körper vor Kälte zittert. Ich kann keine Einzelheiten spüren – weiß nicht, warum, wo, wann. Ich weiß nur sicher, dass *sie* es waren – die Reduciata. Dieses Wissen brennt in meinem Geist wie ein sengendes Feuer, das eine sehr dünne Schicht Eis schmilzt. »Sie jagen mich. Schon über zweihundert Jahre lang. Speziell mich. Sie haben mich so oft getötet. Ich … ich denke, sie sind diejenigen, die mein Flugzeug abstürzen ließen.«

Bensons Hände schließen sich um mich.

In meinem Körper rast jetzt verrückte Energie. »Natürlich, Benson, das ergibt alles Sinn!«

»Total«, sagt Benson trocken.

»Ich wurde wiedergeboren. Nicht nur jetzt, hundert Mal. Tausend Mal.« Ich lehne mich mit einem Ächzen an ihn, als die Bandbreite dieses Gedankens meinen Kopf schmerzen lässt. Dann reiße ich die Augen auf. »Und sie jagen mich durch Menschenalter, versuchen, ihr Geheimnis – was auch immer es ist – zu bewahren! Die Curatoria haben mich aufgespürt – mich mit dem Versprechen einer schicken Kunsthochschule gelockt, um mich zu beschützen, bis sie mich wecken konnten, genau wie Elizabeth es gesagt hat. Aber die Reduciata haben es herausgefunden – haben das Flugzeug abstürzen lassen. Alles, um ihr Geheimnis zu bewahren.« Meine Augen werden noch größer, als mir die Konsequenzen klar werden. »Sie würden jeden töten, um mich zu kriegen. *Jeden*, der ihnen im Weg steht.«

Wie ihn zum Beispiel.

Kapitel 34

Du musst ihn finden, nicht wahr?«, sagt Benson nach einer Weile, sein Gesicht ein Bild der Seelenqual.

»Wen?«

Seine Hände sind eiskalt, als ich sie berühre. »Quinn. Wer auch immer er jetzt ist.«

»Quinn?« Ich weiß nicht einmal, wie wir auf dieses Thema gekommen sind. Es fühlt sich fremd an. Falsch. Ich brauche Quinn nicht, ich brauche Benson.

Oder nicht?

Seit wann habe ich eigentlich auch nur den leisesten Zweifel? Und wie kann ich ihn loswerden?

»Wenn du wiedergeboren wurdest, wurde er es auch, oder?«

»Ja, natürlich«, sage ich, als sei das das Offensichtlichste auf der Welt. Und in diesem Moment ist es das auch. »Die Erdgebundenen sind niemals tot – ihre Seelen ziehen einfach von einem Körper zum nächsten.«

Seine Hände sind fest um meine Finger gelegt, und ich kann spüren, wie sein Herz schlägt.

Nicht schlägt – rast.

Hämmert.

»Dann musst du ihn finden. Es ist … es ist die einzige Möglichkeit, deine Sicherheit zu gewährleisten.«

Ich starre ihn teils entsetzt, teils verwundert an. Ich werde Benson nicht verlassen – aber mein Verstand schreit, dass ich bei Quinn wirklich sicherer sein werde. Woher weiß Benson das?

»Und – und ich werde dir nicht im Weg stehen«, fährt er flüsternd fort. »Ich wusste, alles würde sich verändern, wenn du dich erinnerst. Und auch wenn ich…«

»Nein«, unterbreche ich ihn. »Nein, Benson. Das will ich nicht.« Ich ringe diese Gefühle, diesen Zweifel nieder. »Ich bin mein eigener Herr. Ich mag eine Göttin sein, und die Bruderschaften mögen denken, mir wäre ein Weg vorgegeben, von dem ich nicht abweichen darf, aber sie irren sich. Ich kann *wählen*, und das werde ich tun.«

»Diese Leute jagen dich wegen eines Geheimnisses, das du vor zweihundert Jahren kanntest – glaubst du, sie geben jetzt einfach auf?« Benson schüttelt den Kopf, als sei er frustriert von sich selbst. »Ihr beide müsst zusammen sein. Und ich…« Seine Stimme bricht, sein Griff wird noch fester, und die Worte, die er als Nächstes sagt, scheinen ihn körperliche Anstrengung zu kosten: »Ich werde dir helfen.«

Mein Kopf fühlt sich zu schwer auf meinem Hals an, aber ich zwinge mein Gesicht nach oben, um ihm in die Augen sehen zu können. »Nein, Benson, nein. Ich will ihn nicht. Ich will *dich*.«

»Aber – aber du bist jetzt Rebecca.«

Ich lege ihm die Hände ums Gesicht. »Ich bin *nicht* Rebecca. Ich *war* es, absolut. Aber jetzt bin ich es nicht mehr. Ich bin Tavia und ich liebe *dich*, Benson.«

Er schweigt lange, bevor er flüstert: »So einfach ist es nicht.«

»Kann es aber sein.«

»Leute versuchen, dich zu töten, Tave. Das ist wichtiger.«

Mein Daumen berührt seinen Wangenknochen, direkt unter der Platzwunde. »*Nichts* ist wichtiger.«

Seine Stimme klingt verzweifelt, und eisige Furcht drückt mir das Herz zusammen: »Aber in diesem Haus, nach deiner Vision, hast du gesagt …«

»*Ich* habe gar nichts gesagt«, widerspreche ich, ein bisschen sauer, dass er glaubt, ich würde mich so leicht von ihm abwenden. »*Rebecca* hat eine Menge Dinge gesagt, bevor ich die Kontrolle wiederhatte. Das will *sie*, Benson. Aber sie hat heute nicht das Sagen. Sondern *ich*.«

Bensons Augen sind groß, und dann schließt er den Mund und beißt die Zähne zusammen, dass die Kiefermuskeln hervortreten. »Ich habe nur … ich bin davon ausgegangen, ich meine, du hattest ganze Leben mit ihm, oder?«

»Ich glaube, ja, aber …«

»Alles, was du in den letzten drei Tagen getan hast, hat sich darum gedreht, zu Quinn zu gelangen, Quinn zu verstehen, diese mysteriöse Aufgabe auszuführen, die Quinn dir gestellt hatte. Nicht Rebecca – dir.« Seine Hände umklammern jetzt meine Arme, nicht um mich festzuhalten, sondern eher um sich von mir fernzuhalten. Ich löse seine Hände, und er schaut bedrückt drein, bis ich vortrete und den Kopf an seine Schulter lehne und so vorsichtig wie möglich die Arme um ihn schlinge.

»Ich dachte, ich sei vielleicht in ihn verliebt; das stimmt. Ich dachte, dieses verzweifelte Gefühl der Besessenheit sei Liebe. Und vielleicht ist es auf eine Art Liebe. Aber es ist nicht die Art, die ich mag.« Ich löse mich etwas von ihm und sehe ihn an. »Rebecca wird immer in mir sein. Und es gibt vielleicht – andere, die irgendwann hervorkommen. Aber ich werde sie nicht mein Leben wählen lassen.« Ich neige den Kopf zurück, damit ich Bensons Gesicht sehen, ihm in die Augen schauen kann. »Ich will ihn nicht, Benson. Ich will dich. Ich liebe ihn nicht.« Ich hole tief Luft. »Ich liebe *dich.*«

Der Moment zieht sich in die Länge und alles ist still. Bensons Augen starren in mich, suchen nach der Wahrheit. Vielleicht auch nach Lügen.

Aber da sind keine. Die Gefühle, die ich für Quinn habe, werden immer da sein – das verstehe ich jetzt, und ich kann nicht einen ganzen Teil von mir beseitigen, vor allem nicht so einen großen wie meine vergangenen Leben –, aber wenn ich aus meiner langen Genesung eines gelernt habe, dann ist es, jeden Tag so zu leben, als wäre es mein letzter.

Und wenn heute mein letzter Tag ist, will ich ihn mit Benson verbringen.

Er sieht schockiert aus, also lege ich eine Hand in seinen Nacken und ziehe seine Lippen zu meinen herab. Benson erwacht zum Leben, schlingt die Arme um mich, drückt mich an sich. Schmerzliches Stöhnen an meinem Mund, aber er lässt mich nicht los; sein Kuss ist hart, als wolle er mich auf eine Art kennzeichnen, wie es Worte allein nicht können.

Seine Finger streicheln mich in der Nähe meiner Narbe, dann streichen sie darüber. Ich erstarre, erwarte, dass er … ich weiß es nicht einmal so recht. Sich zurückzieht? Draufdrückt? Zumindest Fragen stellt. Aber seine Wange reibt über meine Stirn, und seine Hände setzen ihre sanfte Erkundung fort, als habe er es nicht bemerkt. Er lässt die Finger seitlich an meinem Gesicht entlanggleiten und wärmt meine klamme Haut.

»Tave«, flüstert er mit federleichten Lippen.

»Was denn?«, flüstere ich zurück, und meine Finger finden eine sensible Stelle an seinem Hals und lassen ihn erbeben.

Er neigt den Kopf, damit sein Mund direkt an meinem Ohr ruht. »Lauf mit mir weg!«

»Was meinst du?«

»Lass uns abtauchen«, sagt er und drückt meine Hand so fest, dass einer der Risse auf seinen rechten Fingerknöcheln wieder aufbricht und ein winziges Tröpfchen Blut herausrinnt. »Diese Leute, die dich jagen – Reduciata, Curatoria, wer auch immer –, wenn du hierbleibst, werden sie dich finden. Und wenn sie dich finden, werden sie dich *töten*.« Er senkt den Blick und schaukelt ein paar Mal vor und zurück. »Ich wollte eigentlich vorschlagen, dass du das Geld nimmst und allein gehst, um Quinn zu finden, wer auch immer er jetzt ist, aber wenn – wenn du wirklich mich willst …«

»Ja, Benson«, unterbreche ich ihn; ich will ihm nicht den kleinsten Zweifel darüber lassen.

»Dann – dann komme ich mit. Aber wir müssen schnell und gründlich sein. Diese Leute haben uns immer wieder gefunden, und ich kann nicht zulassen, dass sie dir etwas tun. Nicht jetzt. Wir müssen in den Untergrund gehen, Tave, ich meine es ernst. Es wird hart werden. Mein Handy hierlassen, das Auto loswerden, unsere Identitäten wechseln, *alles*.« Die Angst in seinen Augen erschreckt mich so, dass alle Freude verschwunden ist.

»Was ist mit deiner Familie?«, frage ich. »Das ist nicht so wie vor ein paar Tagen, als du Portsmouth verlassen hast.

Wenn wir heute weglaufen, weiß ich nicht, ob es jemals ein Zurück geben wird.«

»Wird es nicht«, sagt er entschlossen.

»Du hast deine Entscheidung schon getroffen.«

»Ich habe es gestern entschieden – mit dir oder ohne dich werde ich abhauen. Ich stecke schon hüfttief in der ganzen Sache drin. Wenn wir beide in verschiedene Richtungen verschwinden würden, wären wir wahrscheinlich sicherer.« Er seufzt. »Aber um die Wahrheit zu sagen, bin ich bereit, so ungefähr alles zu riskieren, um bei dir zu sein.«

»Ich habe keine Familie mehr, Benson. Aber ich kann nicht so tun, als wäre das bei dir auch so. Du wirst deine Mutter und deinen Bruder vielleicht nie wiedersehen können.«

Er senkt den Blick, die Gefühle brennen in seinen Augen. »Ich kann nicht – ich kann mein Leben nicht mehr für sie leben. Manche Bande sind stärker als Blutsbande; *du* bist jetzt meine Familie.«

Dieselben Worte, die erst gestern mein Denken ausgefüllt haben. Es ist die endgültige Bestätigung, die ich brauche.

Ich und Benson.

Benson und ich.

Wir werden es mit der Welt aufnehmen und gewinnen.

Benson drückt meine Hand. »Wir sollten gehen. Sofort.«

Ich nicke mit plötzlicher Zuversicht. »Wie sollen wir abhauen?«, frage ich. »Ich meine, wo wir doch das Auto loswerden müssen?« Das *gestohlene* Auto. Vielleicht werden die Cops es finden und es dem Besitzer zurückgeben.

»Greyhound?«, schlägt Benson vor. »Es ist nicht luxuriös oder so, aber damit kommen wir weit genug weg, um über unsere Möglichkeiten nachzudenken. Wir können ein paar

Blocks von der nächsten Station parken und den Honda dalassen. Du suchst die Stadt aus«, sagt er und macht einen Schritt auf mich zu, bis sein Gesicht dicht vor meinem ist. »Wir fahren, wohin auch immer du willst.«

»Solange wir zusammen sind, ist das nicht wichtig.«

Er küsst meine Stirn, dann zieht er sein Handy aus der Tasche und sieht jetzt sogar noch mehr wie der Superman aus, als den ich ihn immer gesehen habe. »Ich suche einen Busbahnhof heraus, dann werfe ich es in eine Mülltonne.«

»Das hast du aus einem Film.«

Er lacht. »Vielleicht, aber die Guten gewinnen in den Filmen immer, stimmt's?«

Ich will in Richtung Auto gehen, doch Benson hält meine Hände fest. »Wenn wir in den Bus steigen«, sagt er zögernd, »müssen wir reden. Wirklich … reden.«

»Absolut«, sage ich, aber mein Herzschlag beschleunigt sich ein bisschen beim Blick in sein Gesicht.

»Ich finde, wir sollten sofort reden.«

Wir wirbeln beide zu der Stimme herum, die in unser Gespräch eindringt, nur um eine anscheinend immer noch leere Lichtung zu sehen. Dann hören wir in einem Kreis um uns herum das unverkennbare Klicken von Pistolen, die entsichert werden. Ich klammere mich an Benson und suche mit Blicken den Waldrand ab. Gerade als ich mir sicher bin, dass niemand erscheinen wird, bevor sie uns erschießen, tritt Jay hinter einem Baum hervor.

Kapitel 35

Lasst uns alle die Ruhe bewahren«, sagt Jay in ruhigem, ausgeglichenem Ton, der den Wunsch in mir weckt, ihn zu schlagen. In meinem Kopf wirbeln die Verteidigungspläne durcheinander.

Noch mehr Gusseisen, Gewehre, kugelsicheres Glas … angenommen, ich könnte überhaupt so etwas Hightechmäßiges machen, wovon ich plötzlich nicht mehr überzeugt bin.

Aber Benson ist hier.

Ich werde ihn nicht in Gefahr bringen.

Ich *darf* ihn nicht in Gefahr bringen.

Das ist das Problem mit der Liebe.

»Friedensangebot«, sagt Jay und zieht meine Aufmerksamkeit wieder auf sich. Er hält etwas hoch, das ich vage als ein paar von den biologischen, 100%ig natürlichen Proteinriegeln erkenne, die Reese immer im Haus hat.

Eine seltsame Nostalgie überkommt mich. Das wird nie wieder mein Leben sein.

»Niemand ist hier, um dich zu töten, Tave«, sagt Jay, als lese er meine Gedanken. »Das alles …« Seine Handbewegung schließt die unsichtbaren Waffen um uns herum, verborgen von den großblättrigen Bäumen, ein. »Nur eine Vorsichtsmaßnahme. Nach dem, was du mit Elizabeth und mir gemacht hast, denke ich, ist das verständlich.«

Er schiebt sich vor, als nähere er sich einem schreckhaften Fohlen. Trotz seiner Aussage scheint er keine Angst vor *mir* zu haben; er sieht aus, als mache er sich Sorgen, ich könnte Angst vor *ihm* haben.

Womit er recht hat. Ich bin starr vor Angst. Aber ich will es ihn nicht merken lassen.

Die Sonne scheint mit einer Macht auf die Mitte der Lichtung herab, die der bitteren Kälte der letzten Tage trotzt, doch abgesehen davon fließt in meinen Adern Eiswasser.

»Ich weiß, du musst etwas essen«, sagt Jay, der mir immer noch die Riegel hinhält. »Ich weiß nicht genau, was du gemacht hast, aber ich habe genug Erdgebundene auf der Flucht gesehen, um diesen Blick wiederzuerkennen; du hast noch ungefähr fünf Minuten, bis du ohnmächtig wirst.«

Obwohl jede Faser meines Körpers auf Flucht ausgerichtet ist, zwinge ich mich, ihm in die Augen zu schauen, mache dann zwei langsame Schritte vorwärts und schnappe mir die Eiweißriegel, um mich sofort zu Benson zurückzuziehen. Ich reiße das Papier auf und nehme einen Bissen, ohne Jay aus den Augen zu lassen.

Um die Wahrheit zu sagen: Er sieht furchtbar aus. Diese Ringe unter den Augen – sie sprechen von mehr als Schlaflosigkeit. Und seine Haut ist in einem merkwürdigen Zustand – als sei sie zu groß geworden und hänge nun von ihm herab. Beinahe als schmelze sie. »Alles klar, Jay?«, frage ich mit einem halb gekauten Riegel im Mund.

Jay antwortet nicht, macht nur eine kleine Bewegung, und Reese und Elizabeth treten aus dem Dickicht hervor und gesellen sich mit derselben zögerlichen Langsamkeit zu ihm. Ich habe schon den nächsten Riegel aufgerissen und einen großen Bissen genommen, aber bei ihrem Anblick wird mein Mund trocken.

Als wüsste ich, dass sie die Wahrheit sagen.

Als ob es wahrscheinlich von Anfang an ein Fehler war, sie zu verlassen.

Aber sie sind immer noch diejenigen, die die Kontrolle über die Waffen haben, die auf mich gerichtet sind – und auf den Typen, den ich liebe. Es ist schwer, sie nicht als Feinde zu sehen, wenn sie mit Waffen auf uns zielen.

»Wir wollen nur reden«, beschwichtigt Reese, bevor ich etwas sagen kann.

»Warum tut ihr das?«, frage ich, als der zweite Riegel weg ist – was erstaunlich schnell geht –, und öffne bereits den dritten. »Ich dachte, ihr wärt Curatoria. Solltet ihr Erdgebundenen nicht helfen?«

Sollten sie?

Sollten sie. Sagt man.

Rebecca hielt sie immerhin für vertrauenswürdiger als die Reduciata, aber was für ein Maßstab ist das?

»Das sind wir«, sagt Reese. »Und wir tun unser Äußerstes, um dich am Leben zu erhalten, aber du machst es uns nicht gerade leicht.«

Der erste Schreck lässt nach und ich habe keine Angst mehr.

Jetzt bin ich stinksauer.

»Wenn ihr mir wenigstens ein *kleines* bisschen an Informationen anvertraut hättet, wäre ich vielleicht nicht so nervös gewesen. Habt ihr eine Ahnung, wie die letzte Woche für mich war?«, blaffe ich.

»Wenn du *uns* wenigstens ein kleines bisschen davon erzählt hättest, was du durchmachst, hätten wir dir vielleicht helfen können«, erwidert sie emotionslos.

Ich klappe den Mund zu. Ich werde dieses Schuldzuweisungsspielchen nicht mitspielen. »Ihr seid nicht meine Tante und mein Onkel, oder?«, frage ich, ohne mir Mühe zu geben, den Vorwurf in meiner Stimme zu verbergen.

Die Frage hängt sekundenlang in der Luft. »Nein«, sagt Reese schließlich. »Mein Name ist Samantha. Sammi.«

Ich lache beinahe über den Spitznamen. Er passt zu ihren burschikosen blonden Haaren und der puppenhaften Statur, widerspricht ihrer formellen, geschäftsmäßigen Persönlichkeit aber total. »Und du?«, sage ich und reiße den Kopf zu Jay herum, der, wie ich merke, jetzt an einem Baum lehnt – als sei stehen zu anstrengend.

»Mark. Einfach Mark«, fügt er unbehaglich hinzu.

»Und warum habt ihr so getan, als ob?« Meine Worte sind wie Geschosse.

»Um deine Vormundschaft zu bekommen, ohne dich gleich mit allem auf einmal zu überfallen. Es war schwer genug für dich, mit dem Tod deiner Eltern zurechtzukommen – ganz zu schweigen von dem körperlichen Trauma –, auch ohne dir noch einen Haufen übernatürlichen Kram aufzudrücken. Wir haben versucht, vorsichtig zu sein und dich gleichzeitig außer Gefahr und versteckt zu halten.«

»Habt ihr meine echte Tante und meinen Onkel umgebracht, bevor ihr ihre Identitäten gestohlen habt?«

»So arbeiten wir nicht, Tavia«, blafft Sammi eindeutig beleidigt. »Sie sind wohlauf und denken, du seist bei dem Absturz gestorben. Und glaub mir – Passagierdaten zu fälschen, ist kein Spaziergang.«

»Tavia«, ergreift Elizabeth zum ersten Mal das Wort, »wenn ich je etwas gesagt habe, das du geglaubt hast, dann glaube mir bitte auch dies: »Sammi, Mark und ich haben jeden Moment unseres Lebens des ganzen letzten Jahres dafür verwendet, Gefahren von dir abzuhalten.«

»Ganz zu schweigen von den achtzehn Jahren davor«, murmelt Reese.

Elizabeth wirft ihr einen Blick zu und fährt fort: »Wir hätten dich bei dem Flugzeugabsturz fast verloren und dieser Fehler plagt uns seither jeden Tag. Es gibt keine drei Leute auf der Welt, bei denen du sicherer bist als bei uns. Das verspreche ich dir.«

Sicherer als bei Benson?, denke ich ironisch. *Keine Chance.* Aber ich sage nichts, sondern greife nur hinter mir nach Bensons Händen. Er steht ruhig da, lässt mich reden, toben, anklagen. Aber er hat sich keinen Zentimeter gerührt, seine warme Brust ist eine feste Stütze an meinem Rücken. So unerschütterlich wie jeder dieser uralten Bäume. Durch ihn fühle ich mich stark. Mutig. Besser.

»Bitte«, sagt Elizabeth, »lass dich von uns an einen sicheren Ort bringen – wir können dann über alles nachdenken, was du willst, aber wir fordern das Schicksal heraus, wenn wir hier im Freien bleiben.«

»Wir sind ziemlich weit weg von der Straße«, antworte ich sarkastisch und zeige auf das dichte Laubwerk um uns herum.

»Alles außer kugelsichere Wände ist meiner Meinung nach im Freien«, schnauzt Reese. »Bitte lass dich von uns in ein sicheres Haus bringen.«

»Ich gehe mit euch nirgendwohin«, gebe ich zurück. »Ich

will nichts mit den Curatoria oder den Reduciata zu tun haben.«

»Um ehrlich zu sein, glaube ich nicht, dass du allein lange durchhalten wirst. Ich habe die Reduciata noch nie jemanden so unerbittlich jagen sehen. Ein Flugzeug abstürzen lassen?«, sagt Mark und bestätigt damit meinen Verdacht. »Das ist sogar für sie ungewöhnlich. Wir haben es ungefähr eine Stunde, nachdem es passiert ist, zu dem Autounfall in Bath geschafft, und um ehrlich zu sein, dachten wir, sie hätten dich in diesem Hotel in Freeport erwischt.«

Ich beiße die Zähne zusammen. Sie waren nie weit hinter mir. Aber immer noch weiter weg als die Reduciata, die näher und näher gekommen sind. Am liebsten würde ich mir Benson schnappen und davonlaufen – der Wunsch ist so groß –, aber wäre das ein Todesurteil für uns beide?

»Sie wollen *dich*«, fährt Mark fort. »Speziell dich, und das unbedingt. Nach dem Flugzeugabsturz mussten wir dich verstecken, denn als du die einzige Überlebende warst, wussten die Reduciata sofort, dass es ihnen nicht gelungen ist, dich zu ermorden. Nur eine Erdgebundene hätte diesen Absturz überleben können.«

Meine Finger umklammern Bensons eiskalte Haut. »Was an diesem Absturz hat alles ins Rollen gebracht? Ich verstehe das nicht. Damals wusste ich überhaupt nichts.«

»Der Selbsterhaltungstrieb eines Erdgebundenen ist unglaublich stark«, sagt Reese – Sammi – schlicht, als sprächen wir über das Flugverhalten von Schmetterlingen. »Bewusstsein, das an Vorahnung grenzt, Selbstverteidigungsreflex in Disziplinen, die der Erdgebundene seiner bewussten Erinnerung nach nie gelernt hat, solche Dinge. Plötzliches Wiedererwachen von Mächten in lebensbedrohlichen Situationen ist das Geringste, was ich zu meinen Zeiten gesehen habe. Der schlichte Drang, am Leben zu bleiben, hat deine Fähigkeiten geweckt. Wir sind nicht ganz sicher, *was* du getan hast, aber irgendwie haben deine Instinkte eingesetzt, und du hast etwas geschaffen, um dich zu retten.«

Jetzt schnürt es mir die Kehle zu, als die naheliegendste Frage über mich hereinbricht wie ein Felsblock. »Ich war das? *Ich* habe mich am Leben erhalten?«, flüstere ich, und ich kann in Elizabeth' Augen sehen, dass sie weiß, was als Nächstes kommt. Ich blinzle, aber das lässt nur die Tränen über meine Wangen laufen – brennende Spuren auf meiner Haut. »Und warum konnte ich sie dann nicht auch retten?«

»Ich glaube nicht, dass deine unbewussten Instinkte etwas außer Selbsterhaltung tun könnten«, sagt Mark mit – echtem oder unechtem – Mitgefühl in der Stimme. »Du darfst dich deshalb nicht schuldig fühlen, Tavia.«

Tue ich aber.

Wenn ich – auch ohne meine Kräfte bewusst zu verstehen – mich selbst retten konnte, dann hätte ich auch sie retten können.

Und ich habe es nicht getan.

Benson schlingt mir den Arm um die Taille, und ich klammere mich an ihn, zwinge meine Lungen mehrmals, sich zu füllen, obwohl es sich anfühlt, als würde mir ein Messer in die Brust gebohrt.

Die Wahrheit sollte einfach sein. Und das hier ist nicht einfach. Es ist ein Märchen. Und zwar nicht die Märchenprinz-küsst-Prinzessin-Art, sondern die, in der der Wolf die

Großmutter frisst, die Meerjungfrau zu Schaum wird und der Tänzerin die Füße abgehauen werden.

»Woher wusstet ihr überhaupt, wer ich bin?«, presse ich hervor.

»Ach, Tave, so viele Nachforschungen«, sagt Sammi, und der bloße Gedanke scheint sie müde zu machen. »Generationen von Nachforschungen. Wir in meiner Familie sind schon seit zehn Generationen Curatoria; die Mitgliedschaft in beiden Bruderschaften ist oft eine Familienangelegenheit.«

»Wie die Mafia«, sagt Benson trocken. Es ist das erste Mal, dass er das Wort ergreift.

Reese wirft ihm einen verärgerten Blick zu, fährt aber fort, als habe er nichts gesagt. »Seit ich mit sechzehn von meinem Vater ausgebildet wurde, verbringe ich mein Leben damit, nach den Erdgebundenen zu suchen. Wir haben eine Menge Methoden, die aber alle weder einfach noch narrensicher sind. Ehrlich gesagt, wenn du nicht in jedem Leben gleich aussehen würdest, glaube ich, wir wären hoffnungslos verloren.«

Ich erinnere mich an die Vision von Rebecca. Längere Haare, aber ansonsten identisch.

»Ich … ich habe, um genau zu sein, eine gewisse Verbindung zu dir«, sagt Sammi.

»Was für eine Verbindung?« Ich kann das Misstrauen nicht aus meiner Stimme heraushalten.

Sie greift in die große Tasche an ihrer Hüfte, und ich trete zurück und breite schützend vor Benson die Arme aus, doch Sammis Hand zieht einen Ordner mit dem Symbol der Feder und der Flamme hervor. Sie kommt auf mich zu, den Ordner wie eine weiße Fahne erhoben.

Es fühlt sich seltsam an, Aktenordner im Wald auszutauschen, während braunes Laub unter unseren Füßen knirscht, aber was an den ganzen Erfahrungen der letzten Tage war nicht merkwürdig? Ich nehme den Ordner vorsichtig und versuche, Sammi nicht aus den Augen zu lassen, selbst als ich den Deckel aufschlage.

Es ist merkwürdig, mein eigenes Gesicht zu sehen, das mir aus einem Bild entgegenschaut, an das ich mich nicht erinnere. Es hat diesen Sepiaton, den alte Fotos annehmen, und ich sehe mich selbst in einem weit ausgeschnittenen Pulli und Jeans mit hohem Bund; ich liege auf dem Bauch und lese ein Buch. »Wann ist das?«, frage ich, während ich die ganzen kleinen Details meines Gesichts studiere, die ich über die Jahre so gut kennengelernt habe.

Es ist seltsam, wie fremd sie jetzt aussehen.

»Vor achtzehn Jahren«, sagt Sammi, und ich erinnere mich an ihre kryptische Aussage von vor ein paar Minuten.

Ich runzle die Stirn. »Ich bin jung gestorben.«

»Ja, das bist du.«

Mit dem Finger berühre ich ein weiteres Gesicht auf dem Foto – das scharfe Kinn einer Samantha im Teenageralter. Kürzere Haare, ein bisschen dünner, aber eindeutig sie. »Das bist du.«

»Ja, das bin ich als Teenager, und das bist du als Sonya. Und trotz allem«, fügt sie mit einem Lachen hinzu, »bist du heute *so* viel umgänglicher.«

»Streitlustig«, lese ich von der nächsten Seite in der Akte ab, aber es liegt kein Humor in meiner Stimme. Im Moment kann ich noch gar nichts von alledem amüsant finden.

»Das fasst es ganz gut zusammen. Du hast uns nicht vertraut, auch nachdem wir dir deine Erinnerungen zurückgeben konnten. Und du hast uns *gar* nichts erzählt.«

Ich erreiche das Ende des Dokuments und alles in mir zieht sich ablehnend zusammen. »Hier steht, ich hätte Selbstmord begangen. Wenn ihr Curatoria-Leute so hilfsbereit und vertrauenswürdig seid, warum habe ich das dann getan?«

Sammi schweigt lange und dreht ihren Ehering. Als sie das Wort ergreift, ist ihre Stimme leise und ernst. »Das Band zwischen Partnern ist so stark, dass es für einen Erdgebundenen oft der Lebensinhalt ist. Direkt bevor wir dich fanden, haben wir deinen Partner gefunden. Sein Name war damals Darius. Doch wir waren nicht die Einzigen, die ihn gefunden haben. Leider hat er zu viele Spuren hinterlassen und die Reduciata haben ihn aufgespürt … und …« Sie breitet die Hände aus. »Du musst das verstehen, Tavia. Für einen Erdgebundenen ist der Tod nicht dasselbe wie für uns andere. Er ist nicht das Ende; er ist eher so etwas wie ein Reset-Knopf. Es war nicht so, dass du nicht mehr leben wolltest, sondern dass du auf derselben Zeitachse wie Darius sein wolltest. Oder Quinn. Wie auch immer du ihn nennen willst. Du wolltest nicht dreiundzwanzig Jahre älter sein als er, wenn du seine neue Inkarnation gefunden hast. Du wolltest im selben Alter sein, damit ihr beide vielleicht eine Chance auf ein langes gemeinsames Leben habt.«

»Also habe ich mich *umgebracht*?«, frage ich. Die kühle Logik dieser Tat macht sie nicht weniger grausig.

»Für mich war es auch hart«, gibt Sammi zu. »Obwohl ich verstand, was es bedeutete. Seit damals habe ich einen großen Teil meines Dienstes als Curatoriate dafür aufgewendet, dich und Darius zu finden und euch wieder zusammenzubringen. Um es wiedergutzumachen. Es ist mein Lebenswerk. Als ich dann also letztes Jahr deinen Malstil von den wenigen Stücken her wiedererkannt habe, die wir von Rebecca haben, konnte ich endlich den ersten Schritt meiner Mission vollenden.«

»Tja, jetzt kannst du aufhören. Ich will nicht mit ihm zusammen sein.« Ich nehme wieder Bensons Hand, verschränke die Finger mit seinen und lächle. »Ich will mit Benson zusammen sein. Wir brauchen dich nicht, und wir brauchen ganz sicher nicht diesen Typen – Darius, Quinn, wie auch immer. Wir brauchen nur einander.«

Benson lächelt zurück, aber er sieht nervös aus – kribbelig. Seine Hand umklammert meine, als habe er Angst, ich könnte jeden Augenblick davonlaufen.

»Willst du ihn nicht einmal sehen?«, fragt Sammi.

»Wen sehen?«

»Deinen Partner, Quinn Avery. Wer er heute ist?« Sie hält eine weitere Akte hoch.

Ich versuche, nicht betroffen zu sein. Ich habe einen Jungen, der mich liebt; ich brauche sicher nicht noch einen. Aber Sammi hält sie mir weiter hin, und am Ende gebe ich meine vorgespielte Nonchalance auf, schnappe sie und schaue auf das Etikett.

»Logan Sikes«, lese ich.

Ich halte die Akte, zähle bis drei, öffne sie.

Und da ist er.

Ein zwanzig mal dreißig Zentimeter großes Bild von einem Typen – einem Teenager, genau wie ich. Irgendwo in meinem Hinterkopf jubelt eine Stimme, die ich vage als die von Sonya erkenne. *Es hat funktioniert!* Und noch während ich sie wegschiebe, wird mir klar, dass sie recht hat. Wir sind gleich alt. Wir könnten zusammen sein – ein ganzes Leben gemeinsam haben.

Es gibt nur ein Problem.

Ich will ihn nicht.

Ich nicht.

Sie wollen ihn. Sie sehnen sich so nach ihm, dass ich mir nicht sicher bin, ob mein Gehirn mit diesem Dilemma klarkommen wird, ohne zu zerreißen.

Stockend strecke ich die Finger aus, um Quinns vertrautes Gesicht zu berühren. Es wirkt moderner an diesem Logan. Seine Haare sind kürzer, zerzaust und hängen ihm beinahe in die grünen Augen, statt mit einem Band zum Zopf gebunden zu sein. Jeans und T-Shirt sehen so seltsam an ihm aus, und doch wirkt er sehr vertraut, wie er einen Blick über die Schulter wirft.

Ich kann mein Herz verleugnen, mich an Benson klammern, Elizabeth' Warnung ignorieren, Rebeccas und Sonyas Stimmen aussperren.

Doch diesen Augen kann ich nicht entkommen.

Ich kenne diese Augen. Ich habe diese Augen geliebt. In sie geschaut, während sie mich liebten. Hunderte von Malen. Tausende. Mein Atem fühlt sich scharf an, während ich in seine Augen schaue und hypnotisiert bin.

Verzweifelt zwinge ich meinen Blick zu dem Datum am unteren Ende des Fotos. »Das wurde gestern aufgenommen?«, keuche ich, und Sammi nickt; sie missdeutet meine Betroffenheit als Freude.

»Als er zur Schule ging. Ich habe ihn selbst gesehen. Aus Fleisch und Blut, nicht diese Vision von Quinn Avery, die du die letzte Woche immer gesehen hast. Er ist real. Das ist der Grund, warum ich so plötzlich nach Phoenix musste. Er wohnt dort.«

Phoenix. Ich wäre beinahe hingefahren. Den *Geister*-Quinn zu treffen, hätte mir fast das Herz und die Seele zerrissen; was hätte es mit mir gemacht, den echten Logan zu sehen?

Sammi beugt sich vor. »Es tut mir leid, dir nicht früher gesagt zu haben, dass ich glaubte, ihn gefunden zu haben – ich hätte es tun sollen – aber … Tavia, es hätte mich fast kaputt gemacht, als du dich umgebracht hast, während ich für dich verantwortlich war. Ich war dabei, als mein Vater dir sagte, dass Darius tot sei. Du – du kannst dir nicht einmal vorstellen, was für eine Hoffnungslosigkeit ich in deinem Blick gesehen habe. Oder vielleicht kannst du es dir auch vorstellen«, sagt sie ironisch. »Du erinnerst dich sicher daran.«

Ich zögere. »Eigentlich nicht. Ich erinnere mich nicht an viel. Hauptsächlich an mein Leben als Rebecca, aber auch das ist vage. Ich … ich *fühle*«, fahre ich fort, ohne recht zu wissen, wie ich es besser beschreiben soll, »dass es eigentlich nicht auf diese Art passieren sollte. Dass dieses ganze Erinnerungsding einfacher sein müsste.« Ich lasse die ungestellte Frage in der Luft hängen.

»Du weißt nichts mehr von Sonya? Gar nichts?«, fragt Sammi.

»Nur eine … Vertrautheit«, gebe ich zu. »Ein Fragment einer Stimme in meinem Kopf.«

»Erinnerst du dich …« Aber sie unterbricht sich. »Jetzt ist nicht der richtige Moment; wir können später über Sonya reden. Liz hat nach dem Absturz massenweise recherchiert, und ihre Theorie ist, dass deine Hirnverletzung alles schwieriger macht. Aus demselben Grund war es auch so schwer für dich, wieder mit dem Malen anzufangen.«

»Deshalb haben wir uns Sorgen gemacht, dass wir dich noch mehr schädigen könnten«, fährt Elizabeth fort.

»Wird es immer wehtun?«, frage ich mit schwacher Stimme, und allein bei dem Gedanken an den Schmerz, den die Halskette ausgelöst hat, ist mein ganzer Körper angespannt.

Sammi blickt auf. »Es …«

»Die Gehirne von Erdgebundenen funktionieren nicht genauso wie unsere – nicht einmal wie bei denen von uns, die Erdgebundene in der Verwandtschaft haben«, unterbricht Elizabeth. »Das ist der Grund, dass du Dinge siehst, die wir anderen nicht sehen können.« Sie zögert. »Wie die glühenden Dreiecke.«

Ich reiße die Augen auf und versuche, danach zu fragen, aber Elizabeth unterbricht mich.

»Soweit wir sagen können, verbinden sich die Synapsen anders und feuern auch anders. Was wir noch nicht genau wissen, ist, wie deine Hirnverletzung das beeinflusst. Aber nein, es sollte *nicht* wehtun.« Sie zögert; sie versteht, wie schlimm es gewesen sein muss, obwohl ich es nicht ausgesprochen habe. »Ich weiß nicht, ob es auch weiterhin ein schmerzhafter Prozess sein wird, aber jetzt, wo der Anfang durch eine deiner Schöpfungen gemacht ist, müsste das Schlimmste vorbei sein. Von jetzt an wird es hoffentlich nur noch ein Durchsehen der Erinnerungen sein, die du schon aktiviert hast.«

»Ich hatte gehofft, Logan auf irgendeine Art mitbringen zu können und eure Erinnerungen gleichzeitig zu wecken.«

Sammis Stimme ist leise und ruhig, aber ich habe lange genug mit ihr zusammengelebt, um ihre Frustration herauszuhören. »Aber dass du weggelaufen bist, hat uns ziemliche Steine in den Weg gelegt.«

»Wenn du erwartest, dass ich mich dafür entschuldige, wird das eine lange Nacht«, sage ich und lehne mich, die Akte in den verschränkten Armen an mich gedrückt, enger an Benson.

Ich werde sie nicht zurückgeben.

»Ich erwarte gar nichts. Wir wissen, wo Logan ist; wir bringen dich heute Abend zu ihm.« Sie blickt auf und schaut mir in die Augen. »Wenn nötig, mit Gewalt.«

»Was meinst du damit: mit Gewalt?«, blaffe ich. »Das ist ja wohl ein bisschen melodramatisch.«

Sammi schaut Mark an und sie führen einen kurzen Dialog mit Blicken. Ich stütze eine Hand auf die Hüfte und warte, bis sie entschieden haben, ob sie mich weiterhin anlügen wollen. Aber Mark nickt leicht und Sammi wendet sich mit ehrlich gehetztem Blick zu mir um.

»Mark hat das Virus.«

Kapitel 36

Das Virus? Das aus den Nachrichten?«, frage ich und greife nach Bensons Hand. Ich umklammere seine Finger so fest, dass ich weiß, es muss ihm wehtun, aber er beschwert sich nicht.

»Ich schätze, er hat noch zwölf bis achtzehn Stunden«, würgt Sammi heraus.

Ich schaue zu Mark hinüber – jetzt verstehe ich seine welke Haut, die tiefen Schatten unter den Augen, sogar die Anzeichen von Erschöpfung, die ich gesehen habe, bevor ich weglief; er stirbt.

Und dann, als ich gerade den Blick abwenden will, flackert er. Ich keuche auf.

Jetzt verstehe ich es. Ich sehe, was andere nicht sehen können, weil ich eine Erdgebundene bin. Die Reporterin im Fernsehen – wahrscheinlich tot oder todkrank. Die Frau, die mir das Pflaster gab: mit ziemlicher Sicherheit gestorben. Was ist mit dem Mann vor dem Süßigkeitengeschäft? Wenn Flackern der Virus ist, was ist dann komplettes Verschwinden? Ich schüttle den Gedanken ab; dafür ist jetzt keine Zeit.
»Was hat das mit mir zu tun?«, frage ich bebend.

»Etwas hat sich verändert, als du diesen Flugzeugabsturz überlebt hast, Tave. Damals wollten sie dich töten – sie wollten es unbedingt. Und jetzt? Jetzt wollen sie dich *haben*.«

»Fast hätte ich es geglaubt«, brumme ich und denke an den Sonnenbrillentyp, der auf mich geschossen hat, das Auto, das mich beinahe erwischte, den ausgebrannten BMW vor dem Hotel.

»Glaub mir«, sagt Sammi, »wenn die Reduciata wirklich deinen Tod wollten, hätte dich das Auto in Bath nicht verfehlt. Sie sind keine Amateure. Das war kein gescheiterter Mordversuch; es war eine Botschaft – eine Warnung. Ich wünschte nur, ich wüsste, für wen sie bestimmt war. Sie *wollen*, dass du dich erinnerst, und dann werden sie versuchen, dich zu entführen. Und unsere Quellen sagen, es ist, weil du etwas über das Virus weißt.«

»Das stimmt aber nicht!«, protestiere ich.

»Tavia, Marks einzige Überlebenschance ist, dich wieder mit Quinn – Logan – zusammenzubringen, euch beide zu verbinden und dich wieder aufleben zu lassen. Hoffentlich wirst du dich dabei erinnern, wofür dich die Reduciata brauchen.«

»Aber ich kann nicht … ich …«

»Tavia, ich biete dir eine Chance, mit Logan zusammen zu sein. Mit *achtzehn*«, fügt sie hinzu, und ich höre einen fieberhaften Unterton in ihrer Stimme. »Ein ganzes Leben zusammen zu haben. Das wolltest du immer; warum kämpfst du gegen mich?«, fragt sie mich. Ihr Geduldsfaden wird dünner – sie hat überhaupt nicht mitbekommen, dass ich mein Leben vor nicht einmal einer Viertelstunde stattdessen Benson geschenkt habe.

Ich werde dieses Versprechen halten.

Irgendwie.

Sammi holt tief Luft und fährt sich mit den Fingern durch

die kurzen Haare, um sich wieder unter Kontrolle zu bekommen. »Auf uns wartet ein Privatjet; du kannst unterwegs schlafen und wir besorgen dir etwas Besseres zu essen.«

»Nein.« Meine Stimme scheint über die Lichtung zu dröhnen, und ich könnte schwören, ich höre Leute hinter den Bäumen rascheln.

Sammi erstarrt. »Was meinst du mit Nein? Du musst das tun. Und wir haben nicht mehr viel Zeit! Nicht nur Mark, sondern alle. Heute sind vierundsechzig Menschen an dem Virus gestorben und diese Zahl wird sich noch erhöhen.« Sie wedelt mit der Hand durch die Luft, zeigt auf nichts, auf die Welt, auf alles andere. »Ich weiß nicht, was genau die Reduciata von dir wollen, aber es muss etwas mit dem Virus zu tun haben; sonst würden sie dich einfach töten. Du verstehst das nicht – sie haben Pläne, etwas brodelt, und in den letzten Jahren haben sich ihre Methoden *geändert*. Sie bereiten sich vor …«

»Es ist mir egal!«, schreie ich und unterbreche endlich ihren Redestrom. »Was auch immer sie planen, ist nur ein Augenblick in *Tausenden* von Jahren Geschichte, Blutvergießen und Intrigen, und ich will *raus*!« Ich wende mich an Mark. »Es tut mir ehrlich leid, Mark, aber ich. Kann. Dir. Nicht. Helfen. Ich weiß nichts über das Virus.« Ich wende mich wieder Reese und Elizabeth zu. »Ich will nichts mit den Curatoria oder den Reduciata zu tun haben, und wenn du so ein Interesse daran hast, mir zu helfen, wie du sagst, dann wirst du das respektieren.« Meine Knie sind weich, aber ich zwinge mich, ruhig zu bleiben – den Anschein von Kontrolle aufrechtzuerhalten.

»Denk darüber nach, Tavia«, sagt Sammi und vermeidet

es sorgfältig, Benson anzuschauen, als sie ihre Taktik ändert. »Das ist deine Chance, eine wahre Göttin zu sein und *die Menschheit zu retten*. Meinst du nicht, nach deinem Fluch ist das die ultimative Wiedergutmachung? Außerdem ist es deine Gelegenheit, ein *ganzes Leben* mit deinem Partner zu leben. Du wirst das doch nicht aufgeben, um ein paar Jahre mit einem Kerl zu verbringen, den du gerade erst kennengelernt hast?«

»Nichts für ungut«, murmelt Mark ironisch.

»Um den heißen Brei herumzureden, hilft keinem«, gibt Sammi zurück, ohne den Blick von mir abzuwenden. »Glaubst du, du kannst die Tausende von Jahren Sehnsucht und Liebe bekämpfen, an die du dich jeden Tag mehr erinnern wirst? Und warum solltest du das wollen, wenn du mit ihm zusammen sein *und* etwas tun kannst, um die Reduciata aufzuhalten?«

»Du kannst mich nicht dazu zwingen, mich in jemanden zu verlieben, nur weil es ›das Schicksal‹ so will«, argumentiere ich, doch mein Magen fühlt sich hohl an, während ich versuche, die Schuldgefühle zu unterdrücken. Aber ich kann nicht die Heldin sein, für die sie mich halten! Ich weiß nichts über dieses Virus!

»Nein«, sagt Sammi leise. »Das kann ich nicht.« Dann zeigt sie auf meinen Kopf. »Aber *sie* können es. Die Hunderte von Frauen in dir, Hunderte von Frauen, die ihn lieben. Und sie werden stärker und lauter werden, bis du den Tag verfluchst, an dem du nicht in Logans Arme gelaufen bist, als du die Chance dazu hattest. Das ist ganz einfach die Realität. Glaubst du, du seist die erste Erdgebundene, die ein eigenes Leben hatte, bevor ihre Erinnerungen erwachten? Die

Leute, die ich gesehen habe, die Tagebücher, die ich gelesen habe – du kannst nicht dagegen ankämpfen, Tave. Und bis du das gemerkt hast, wirst du tot sein, der Großteil der Menschheit wird ausgerottet sein, und es wird zu spät sein. Denk bitte gut darüber nach.«

Ich starre sie trotzig an, und sie starrt zurück: ihr Blick aus Wut und Angst scharf wie ein Rasiermesser.

Sie lügt nicht – zumindest sagt sie, was sie für die Wahrheit hält.

Doch die Wahrheit liegt, genau wie die Schönheit, im Auge des Betrachters.

»Tavia.« Bensons Stimme ist leise und schwach, aber sie vibriert mitten in meiner Brust. »Vielleicht hat sie recht.«

»Nein, Benson, hat sie nicht!« Ich drehe mich zu ihm um, und er nimmt mein Gesicht in seine Hände, hält meine Wangen, sein Gesicht ist nur Zentimeter von meinem entfernt.

»Ich bleibe, so lange du willst«, sagt er in einem Flüsterton, der nur für mich bestimmt ist. »Aber dieses Virus wird die Welt vernichten. Und wenn du der Schlüssel dazu bist, es zu stoppen – dann musst du diese Chance ergreifen. Wenn sie recht hat, wirst du diese Entscheidung eines Tages bereuen. Ich weiß, wie sich das anfühlt, und … Ich weiß nicht, ob ich damit klarkommen würde.«

»Ich glaube nicht, dass sie recht hat«, widerspreche ich. »Ich weiß gar nichts! Und ich glaube auch nicht, dass Rebecca etwas weiß.«

»Ist es das Risiko wert?«

»Ja«, beharre ich, und ich mache mir nicht die Mühe zu flüstern – es ist mir egal, ob sie es hören. »Benson, jeder

Mensch, den ich je in meinem Leben geliebt habe, wurde mir entweder durch den Tod oder durch Verrat entrissen«, sage ich und zeige zu den Menschen, die ich als Reese und Jay lieben gelernt hatte. »Die Chance, meinen eigenen Herzenswunsch zu erfüllen und mit dem Menschen zusammen zu sein, den ich will, *ist es wert.*« Das ist meine Wahrheit; *er* ist meine Wahrheit.

Sammi blinzelt, ausnahmsweise ist sie ruhig. »Tavia, ich wollte das eigentlich nicht auch noch auf den Tisch bringen, aber du *musst* dich mit deinem Partner wiedervereinigen«, sagt sie rundheraus. »Oder ihr werdet beide sterben. Für immer.«

»Wovon sprichst du?«, will ich wissen. Ich trete mit erhobenem Kinn vor. »Ich bin eine Erdgebundene. Meine Seele ist unsterblich und für alle Zeit an diese Erde gebunden.« *Wieder Rebeccas Stimme.* Ich schiebe sie nicht weg; sie weiß, wovon sie spricht.

»Das haben wir Tausende von Jahren geglaubt«, erwidert Sammi. »Aber dank eines Reduciata-Erdgebundenen, der vor ein paar Jahrzehnten zu uns gekommen ist, haben wir herausgefunden, dass es nicht ganz stimmt. Wir haben versucht, es unter Verschluss zu halten, aber du musst die Wahrheit hören.«

Ich fühle mich wacklig und muss mich an Bensons Brust lehnen, um aufrecht zu bleiben. Wenn ich mich auch nicht an alle meine Leben erinnern kann – eigentlich sogar an keines meiner Leben –, spüre ich ein Fundament der Wahrheit, das Tausende, vielleicht Millionen Jahre zurückreicht, dass es immer einen nächsten Tag geben wird, ein weiteres Leben, noch eine Chance, es besser zu machen, besser zu sein. Allein der Hinweis, dass diese Wahrheit in Gefahr sein könnte, erschüttert mich bis ins Mark. »Meine Existenz hängt von der Wahl meines Freundes ab?«, blaffe ich, und meine Stimme trieft vor Unglauben.

Sammi schaut mich seltsam an, während Elizabeth vortritt. »Du erinnerst dich nicht, warum du ihn finden musst, oder?«

Ich habe Angst zu antworten, vor ihnen dumm und unselbstständig zu wirken. »Es geht hier nicht um Liebe, Tave. Es geht um Leben und Tod – deinen Fluch.«

»Weil ich Menschen geschaffen habe?«, frage ich zitternd.

Elizabeth nickt. »Du weißt, dass die Dinge, die du erschaffst, in ungefähr fünf Minuten verschwinden? Wenn du wieder mit Quinn in Verbindung bist, werden sie bleiben.«

»Was eigentlich der am wenigsten wichtige Teil ist«, fügt Sammi hinzu. »Die Mächte der Erdgebundenen sind wie ...« Sie zögert. »Wie kann ich es am besten erklären? Sie sind wie eine Batterie. Und jedes Leben, in dem ihr euch findet, lädt diese Batterie auf. Eure Kräfte werden nicht nur bleiben, sondern auch stärker werden. Und durch jedes Leben, in dem ihr euch nicht verbindet, werden sie schwächer.« Sie wirft Mark einen Blick zu und die Furcht in ihren Augen gefällt mir nicht. Keine Angst *um* mich, sondern Angst *vor* mir. Sie hat Angst, es mir zu sagen. Angst davor, was ich tun werde. »Und wie Batterien sind sie irgendwann aufgebraucht.«

»Nein«, sage ich ablehnend. »Wir existieren seit Anbeginn der Zeit. Wir sind nicht einfach irgendwann *aufgebraucht*.«

»Doch. Wenn zu viele Lebenszeiten vorübergehen.«

Ich sage nichts.

Es ist *unmöglich*.

»Jahrhundertelang haben wir geglaubt, dass die Reduciata von Gier getrieben werden – hauptsächlich von Machtstreben. Das stimmt zwar, aber es ist schlimmer, als wir dachten. Beide Bruderschaften führen akribisch Buch. Die Reduciata haben es als Erstes entdeckt, aber wir haben schnell die Bestätigung gefunden. Erdgebundene besitzen eine Art endliche Kraftquelle, und es braucht sehr viel von dieser Macht, um wiedergeboren zu werden. Wenn sie ihren Partner über lange Zeiträume nicht finden – und diese Quelle auffüllen –, geht ihnen irgendwann die nötige Energie aus, damit ihre Seele … wandern kann.«

Ich strecke die Hände aus, als könnte ich sie zum Schweigen bringen. Als wäre es nicht wahr, wenn sie es einfach nicht ausspräche.

»Irgendwann bist du dann also, wenn du stirbst, wirklich tot. Genau wie wir anderen«, fügt sie flüsternd hinzu. Als ich nichts sage, fährt sie fort, wahrscheinlich, um das unbehagliche Schweigen zu füllen, aber vielleicht auch aus einem anderen Grund. »Das versuchen die Reduciata. Sie glauben, wenn sie genug Erdgebundene-Paare töten, wird ihre Macht auf die übrig gebliebenen Götter übergehen. Sie versuchen, sich die Macht zurückzuholen, mit der die Erdgestalter – das waren die Erdgebundenen vor dem Fall – ursprünglich ausgestattet waren. Und sie haben ihren Job schon ziemlich gut gemacht.«

»Wie viele?«, flüstere ich.

»Wie viele was?«

»Wie viele Lebensspannen?«

Sammi zögert. »Sieben.«

Die Rechnung geht auf. Zweihundert Jahre, seit ich mit Quinn zusammen war. »Dies ist mein siebtes Leben, oder?«

Sammi nickt.

»Und Logans?« In meinem Kopf ist er schon zu seinem neuen Selbst, seinem neuen Namen übergegangen.

»Soweit wir wissen, auch seines«, bestätigt Sammi.

Die Botschaft ist brutal und eindeutig: Wenn ich mit Benson durchbrenne, enden Logan und ich beide, sobald wir sterben.

Und vielleicht geht die Welt mit uns unter.

Vor fünf Minuten dachte ich noch, ich würde alles für die Liebe aufgeben – aber jetzt? Werde ich die Liebe aufgeben müssen, um die Welt zu retten?

Ich lasse den Kopf hängen und Sammi interpretiert es als Zugeständnis. »Du wirst es nicht bereuen«, sagt sie, und in ihrer Stimme flackert Aufregung.

Bevor ich ihr widersprechen kann, sucht sie eine Weile in ihrer Aktentasche herum, dann kommt sie mit etwas zwischen den Händen auf mich zu. »Als ich dich kennengelernt habe«, beginnt sie, »als du Sonya warst, hattest du solche Angst vor uns. Vor allem Angst, von den Reduciata entdeckt zu werden. Und dann, als du erfahren hast, dass Darius getötet wurde, da … da wolltest du dich nicht an dieses Leben erinnern müssen. Nie wieder. Du wolltest uns nichts geben, womit wir deine Erinnerung wecken konnten, hast uns nie mehr als das absolut Notwendige erzählt. Aber eines Tages kam ich herein, und du hattest auf dem Boden gelegen und gelesen und unbewusst die Kante des Teppichs geflochten. Es war nicht viel, aber genau genommen hast du es gemacht.«

»Du meinst, ich habe es mit meinen Kräften gemacht?«, frage ich verständnislos.

Sie schüttelt den Kopf. »Ich sage dir seit Monaten, dass

eine Künstlerin zu sein ein Teil deines Wesens ist. Du musst nichts Übernatürliches machen, um etwas zu schaffen, das dir zu erinnern hilft – oder was bliebe Zerstörern sonst? Du musst es nur *machen*. Normalerweise in Form von Kunst, Malerei, Bildhauerei oder« – sie zeigt auf meine Halskette – »Schmuck. So einfach es ist – ich bin mir sicher, dieses Stück Teppich zählt. Ich habe beide Enden zusammengebunden und die geflochtene Teppichfranse abgeschnitten. Ich habe sie nicht für besonders wichtig gehalten; ein Erinnerungs-Sog durch eine Schöpfung aus irgendeinem deiner Leben müsste eigentlich alle anderen Erinnerungen auch wiederherstellen. Aber ich habe es trotzdem zur Sicherheit aufgehoben. Und jetzt?« Sie hebt die Wimpern und zeigt eindringliche blaue Augen. »Ich weiß nicht, ob du dich an dieses Leben erinnern willst oder nicht. Was auch passiert ist, das dich so paranoid gemacht hat – du hast es uns nicht erzählt. Vielleicht bleibt es besser vergraben. Aber ich denke, diese Wahl solltest du für dich selbst treffen.«

Ich habe Angst, die Hand auszustrecken, aber ich muss es auch nicht. Sammi schüttelt schon den Kopf.

»Fass es nicht an«, sagt sie. »Schau es nicht einmal an. Erst, wenn *du* beschließt, dass du es willst. Diese Erinnerungen sind *vielleicht* irgendwo in deinem Kopf – aber wenn Elizabeth recht hat, brauchst du *das* hier vielleicht, um Sonyas Erinnerungen zurückzubekommen. Ich stecke es hier hinein.« Sie schiebt einen Plastikbeutel in eine kleine Seitentasche meines Rucksacks. »Jetzt liegt es an dir.« Dann, bevor ich ihr Geständnis überhaupt verarbeiten kann, geht sie.

»Ich rufe den Pilot und lasse ihn die Startvorbereitungen

treffen. Schnapp dir, was du mitnehmen willst, aus dem Auto, das ihr *geliehen* habt«, ruft sie über die Schulter zurück. »Wir lassen es hier. Vielleicht findet es seinen Weg nach Hause.«

Ich drehe mich zu Benson um und lehne die Stirn an seine Schulter, ziehe Kraft aus ihm, während er die Arme um mich legt und mich an sich zieht. Ich habe das Gefühl, als hätte mein Körper keine Energie mehr nach allem, was ich heute gehört und gelernt habe.

Ach, was sage ich: in den ganzen letzten Tagen.

Er ist meine Verbindung zur Realität. Nein, mehr als das – zu meiner geistigen Gesundheit.

»Ich weiß nicht, was ich tun soll«, gebe ich zu, die Lippen dicht an seinem Ohr.

»Fangen wir damit an, deine Sachen einzusammeln«, flüstert er. »So bist du bereit, wenn du weglaufen willst. Aber« – er zögert – »wenn du es wirklich immer noch willst, ist es am besten, wir gehen heute Abend mit ihnen und laufen morgen weg. Wenigstens sind wir dann Tausende Kilometer weit weg.«

»Verzeih mir, wenn ich deine Zuversicht nicht teile, dass ein Flugzeug uns sicher irgendwo hinbringen wird«, sage ich düster.

Er drückt verstehend meine Hand, bevor er sich zur Mittelkonsole vorbeugt und sein Handy hervorholt. Einen Moment blickt er darauf, dann wird sein Gesichtsausdruck hart, und er wirft es, so weit er kann, zwischen die Bäume.

Ich belausche Sammi, während ich meinen Rucksack zum Bersten mit all den Dingen aus der Erdhöhle und den Tagebüchern vom Vordersitz fülle. Ich schaue auf, als Mark flucht. Er starrt auf sein klingelndes Telefon, geht aber nicht ran.

»Es ist schon wieder Daniel. Irgendwann werde ich rangehen müssen. Was soll ich ihm sagen?«

»Alles, nur nicht die Wahrheit«, sagt Sammi ironisch.

»Wer ist Daniel?«, frage ich. Ich erinnere mich an den Namen aus dem Gespräch in ihrem Schlafzimmer wieder, das ich belauscht habe.

Auch ein Gespräch, in dem es darum ging, die Wahrheit vor diesem Daniel zu verbergen.

»Ein hohes Tier bei den Curatoria«, antwortet Elizabeth für Sammi.

Mein Herz hämmert warnend. »Warum vertraut ihr ihm dann nicht?«

Die drei Erwachsenen werfen sich Blicke zu und sagen nichts.

»Oh bitte«, sage ich so bitter, dass alle drei die Köpfe zu mir herumreißen. »Wir sind in dieses Schlamassel geraten, weil ihr nicht mit mir reden wolltet. Habt ihr nichts dazugelernt?«

Sammi nickt und winkt mich näher. »Wir sind auf Anzeichen von Korruption gestoßen, sozusagen … unter den höheren Chargen der Curatoria. Vor allem, was deinen Fall angeht.«

Ich denke an den Sonnenbrillentyp, ganz zu schweigen von allem anderen, was seither passiert ist. Ich war sicher, es seien Reduciata-Mörder, und Sammi deutete das auch an. Haben wir uns beide geirrt? Ich knirsche mit den Zähnen und wünsche mir, ich könnte mich erinnern, was ich laut den Reduciata wissen soll – um was auch immer es sich handelt.

»Also versuchen wir, nur um sicherzugehen, unsere Pläne so weit wie möglich vor ihnen geheim zu halten. Sogar die sechs Bewaffneten, die ich mitgebracht habe«, sagt sie mit einer Geste zu den Bäumen hin, »sind alte Freunde meines Vaters, die wissen, wie man seinen Vorgesetzten etwas verschweigt. Wir könnten mit alledem auch falschliegen«, beeilt sich Sammi hinzuzufügen. »Aber wir wollen dich nicht in Gefahr bringen.«

Ich schlucke; Quinns Worte hallen in meinem Kopf wider. *Vertraut den Curatoria, doch nur mit Vorsicht.* Mit Vorsicht, allerdings. Anscheinend trauen sie sich gegenseitig auch nicht besonders weit über den Weg.

»Lasst uns hier verschwinden«, sagt Sammi und macht ihren versteckten Leibwächtern ein Zeichen, ihr zu folgen.

»Nein.«

Das Wort ist leise, beinahe unhörbar, aber Sammi hört es.

»Tavia …«

»Nein.« Jetzt sage ich es lauter. Ich halte ihr die Akten hin. »Danke dafür, aber ich werde nicht euer Pfand sein.«

»Darum geht es nicht.«

»Das ist egal. Ich muss diese Entscheidung selbst treffen. Und das heißt, ich gehe heute Abend nicht mit euch. Das heißt nicht, dass ich euch nicht in Sachen Virus helfen werde«, füge ich hinzu, bevor sie etwas sagen kann. »Aber Tatsache ist: Ich traue den Curatoria nicht.«

»Tavia«, fängt Sammi an. »Ich will dich nicht zwingen müssen. Ich …«

»Lass mich gehen, und ich verspreche dir, du wirst wieder von mir hören. Und zwar bald. Ein Zeichen des guten Willens«, sage ich mit Herausforderung im Blick. »Aber wenn ihr versucht …« Eine Bewegung hinter ihrer Schulter fällt mir ins Auge, und ich keuche beinahe auf, als ich merke, dass es Quinn ist.

Die Vision von Quinn – nicht der echte Quinn.

Er trägt nicht den Mantel und den Hut, die er trug, als ich ihn das erste Mal sah, und doch wirkt er so dicht neben dem Honda fehl am Platz.

Er schaut nicht *mich* an; er blickt finster den Weg entlang, auf dem wir vor Stunden hergefahren sind.

Ich fühle mich wie in Zement gegossen. Benson zieht mich weg und sagt etwas, aber ich bin taub für seine Worte und stehe mit offenem Mund da.

Quinn macht einen halben Schritt vorwärts und hebt das Kinn wieder mit demselben forschenden Blick in Richtung des Weges. Dann, ohne Vorwarnung, reißt er den Kopf herum, und sein finsterer Blick ist den Bruchteil einer Sekunde auf mich gerichtet, bevor er verblasst und verschwindet.

Und ich verstehe.

Wir sind zu lange geblieben.

»Sie sind hier«, flüstere ich, und mein Kopf ruckt in die Richtung, in die Quinn so finster gestarrt hat.

Jede Bewegung erstarrt – alle sind still.

»Sie sind hier!«, schreie ich, als ein vergessener Instinkt die Oberhand gewinnt. Ich höre nur ein scharfes Knacken, sehe ein blendendes Licht, bevor ich in eine Explosion von glühender Hitze und sengenden Flammen eingehüllt werde.

Kapitel 37

Etwas in mir entreißt meinem Verstand die Kontrolle und ich falle auf ein Knie. Meine Hände schwingen zu den Seiten und über meinen Kopf, Dokumentseiten flattern um mich herum zu Boden.

Um mich herum vibriert ein Geräusch, das meine Trommelfelle durchbohrt und dennoch merkwürdig gedämpft ist. Heiße Luft füllt meine Lungen und ich unterdrücke einen Hustenreiz.

Dann ist es still.

Nein, nicht still; Feuer prasselt und tost. Aber die Explosion ist vorüber.

Ich betaste meine Arme.

Ich bin nicht verbrannt.

Tanzende orangefarbene Flammen lecken an den Bäumen hinauf, verschlingen die knisternden Blätter. Ich blicke auf, aber da ist nur Schwärze. Ich stehe im Schatten.

»Au! Verdammt!«, flucht Benson neben mir, der sich aufgerappelt hat, nur um sich dann den Kopf an etwas über uns zu stoßen und wieder zu Boden zu sinken.

Wir befinden uns in einem runden Schutzraum aus etwas Schwarzem. Ich hebe die Hände, meine Fingerspitzen streichen über die Oberfläche, die so heiß ist, dass ich mich beinahe verbrenne. »Gusseisen«, flüstere ich, als ich das Material erkenne. Genau wie der Schild, der Quinn und Rebecca vor zweihundert Jahren vor den Kugeln schützte.

Na ja, wenigstens weiß ich, wem ich zu danken habe.

»Tavia, Benson!«, ruft Elizabeth. Ich wende mich ihr mit großen Augen zu, als mir klar wird, was passiert ist.

»Ich habe das gemacht!« Die Worte brechen als Schrei aus mir heraus. »Heilige Scheiße, Elizabeth, ich habe es geschafft! Ich …« *Ich habe diesmal mehr als nur mich selbst gerettet.*

»Wir müssen hier raus«, sagt Benson, der meine Hände so fest drückt, dass es schmerzt. »Ich kann nicht – warum – *das ist alles meine Schuld!*« Er lässt mich los und fährt sich mit beiden Händen durch die Haare, sein abgehacktes Keuchen klingt laut in dem kleinen Raum.

»Schon gut, Ben«, sage ich und versuche, nach seinen Händen zu greifen, aber sie flattern außerhalb meiner Reichweite.

Er schaut mir in die Augen, und es ist, als habe er gerade erst erfasst, dass ich hier bin. Er wirft die Arme um mich und seine Finger bohren sich in meinen Rücken. »Es tut mir leid«, flüstert er an meinem Hals. »Ich wollte das nicht. Ich habe versucht zu entkommen.«

»Benson, was …«

Benson erhebt sich auf die Knie und zerrt an seiner Jacke, reißt sie sich vom Leib. Er umklammert mein Bein, um meine Aufmerksamkeit zu wecken. »Schere, Tave!«

»Was?«

»Mach mir eine Schere! Bitte«, fügt er hinzu.

Ich habe keine Zeit für moralische Zwickmühlen. Nicht, wenn drei Leben zu retten sind. Ich kann das! Schere. Ich schließ die Augen und zwinge meine Gedanken zur Konzentration. Ein Gewicht erfüllt meine Hand und ich gebe Benson die Schneiderschere.

Sie ist identisch mit der, die früher im Nähkorb meiner Mutter lag. Quälend vertraut. Es ist wie mit dem Medaillon, das ich aus Versehen geschaffen habe. Irgendwo am Rand meines Bewusstseins glüht eine Glühwürmchen-Erinnerung. *Ich mache, was ich kenne.*

Benson schnappt sie und beginnt, seine Jacke zu zerschneiden. Ich verstehe immer noch nicht, was er tut, aber ich würde ihm mein Leben anvertrauen. Elizabeth' Leben.

»Wasser«, sagt er, bevor er hustet. Diesmal bin ich vorbereitet.

Flüssigkeit ergießt sich von meinen nach oben gerichteten Handflächen und er tränkt die Stoffstücke und reicht uns beiden jeweils eines davon.

»Sollte ich das Feuer nicht einfach mit Wasser löschen?«, frage ich verwirrt, als ich mich an den riesigen Wasserschwall erinnere, den ich zustande gebracht habe, als Bensons Mitbewohner so ein Arsch war.

Aber Benson schüttelt den Kopf. »Wenn wir rauskommen, sieht man uns vielleicht hinter dem Feuer nicht. Wenn du es löschst, sind wir leichte Beute.«

Ich nicke, und wir drücken den nassen Stoff auf unsere Münder und kauern uns zusammen, während die Lufttemperatur rasch steigt.

»Da lang«, schreit Elizabeth über das Geräusch der Flammen hinweg, die die Bäume verzehren, und zeigt mit dem Finger. »Unsere Autos stehen dort in der Straße – vielleicht erreichen wir eines. Egal, was passiert, bleibt nicht stehen!«

Benson nickt mit einer Ruhe, von der ich mir nicht vorstellen kann, dass er sie tatsächlich fühlt.

»Was ist mit Sammi und …«, versuche ich zu fragen, aber Elizabeth unterbricht mich.

»Denk nicht an sie«, befiehlt sie. »Wir müssen gehen. Dieser Schild ist nicht permanent; er wird sich jede Sekunde auflösen.«

Sammi und Mark. Reese und Jay. Sie waren nicht nah genug, um sie zu retten.

Ich habe wieder versagt.

Mein linker Fuß rutscht auf etwas aus.

Die Akten!

In den wenigen Sekunden, die noch bleiben, sammle ich die Seiten auf, die ich sehen kann. Mehrere sind angesengt, und ich will nicht darüber nachdenken, wie viele für immer verloren sind. Ich habe keine Zeit, sie in meinen Rucksack zu stecken, also klemme ich sie mit einem Arm vor die Brust und schnappe mit der anderen Hand Bensons Hand.

Elizabeth schaut uns an und nickt. »Los!«

Wir ducken uns unter dem Schild hervor, und ich keuche, als mir eine beinahe greifbare Wand aus Hitze ins Gesicht schlägt und mich einen Augenblick lähmt, bevor kühle Tropfen meine Stirn sprenkeln und die Hitze erträglicher machen.

Es regnet.

Mehr als Regen; es gießt plötzlich. Doch es hat keine Auswirkungen auf die brüllenden Flammen.

Benson packt meine Hand fester und zieht mich mit sich.

Mein Herz erstarrt, als ich sie sehe.

Ihre Leichname sind halb verkohlt, und ich hätte Mark nicht einmal erkannt, wenn ich nicht gesehen hätte, dass es

Sammi ist, die schützend in seinen schwarzen Armen geborgen ist. Er hat seinen Körper über ihren geworfen, doch ein zerbrechlicher menschlicher Schutzschild war nicht genug. Die Explosion muss ihre linke Seite verbrannt und sie auf der Stelle getötet haben, hat aber ihre rechte Seite gespenstisch unversehrt gelassen. Ihre Augenlider sind gnädigerweise geschlossen, aber glühend rot, und ich reiße meinen Blick los und spüre Übelkeit in mir aufsteigen.

Elizabeth führt uns an, weicht den Flammen aus, während Benson und ich ihr folgen.

Sie ist beinahe am Rand der Lichtung, als sich ihr Fuß in etwas verfängt und sie auf das brennende Auto zustolpert. Sie schreit, als sie gegen das glühend heiße Metall fällt, doch der Laut wird beinahe von dem wütenden Feuer verschluckt.

Und dann sind die Flammen plötzlich weg.

Fort.

Die Zerstörung bleibt, doch das orangefarbene Feuer ist verschwunden. Beinahe, als sei es durch Magie ausgelöscht worden.

Ausgelöscht.

Natürlich. Jetzt erinnere ich mich. Gleiche und Gegensätze. Es gibt Schöpfer wie mich.

Und es gibt Zerstörer. Der Begriff, den Sammi benutzt hat. Ich habe ihn nicht hinterfragt, weil ich in meinem Inneren wusste, dass er richtig war.

Hier ist noch ein Erdgebundener.

Benson zieht mich weg, zerrt mich auf den Rand der Lichtung zu. »Wir müssen weg, *sofort*!«

Als wir uns gerade umdrehen, höre ich einen anderen

Laut – so vollkommen dissonant, dass ich glaube, ich hätte ihn sogar in einem Wirbelsturm gehört.

Ein Kichern.

Ein langer Schatten nähert sich, doch die dämmerige Luft ist zu trüb, um ein Gesicht zu erkennen, bis die Gestalt den Kopf hebt.

»Marie?«, flüstere ich vollkommen verdutzt. Ihre Haare sind streng aus dem Gesicht gebunden, statt wie sonst in weichen Wellen zu fallen, und ihr hautenger Hosenanzug und ein großer Silberanhänger sind Welten entfernt von den Kleidern und Strickjacken aus der Bibliothek. Sie ist groß und steht aufrecht, mit einer majestätischen Ausstrahlung, die sowohl von Macht als auch von Stolz spricht. Sogar mit Regenrinnsalen, die über ihr Gesicht fließen, sieht sie aus wie eine Göttin.

Benson drückt mich so fest an sich, dass ich kaum atmen kann. »Lauf!«, befiehlt er, dann stößt er mich weg.

Ich zwinge meine Beine, sich zu bewegen, starte wie aus der Pistole geschossen, doch bevor ich auch nur einen Meter gekommen bin, schlängelt sich ein muskulöser Unterarm vor und schlingt sich um meinen Hals; plötzlich packen Hände nach meiner Taille, meinen Beinen, ziehen mich von Benson weg. Der eisige Lauf einer Pistole wird an meine Schläfe gedrückt, und ich erstarre, als ich die Worte höre: »Eine Bewegung und du bist tot. Für immer.«

Ich zwinge mich, stillzustehen, aber meine Augen suchen nach Benson, der sich gegen seine Fänger wehrt. »Stopp! Nein! Lass sie in Ruhe! Ich habe dir gesagt …« Ein scharfes Knacken unterbricht seine Worte, und ich kann einen

Schrei nicht unterdrücken, als Bensons Kopf von der Kraft des Schlags gegen seine Schläfe zur Seite geworfen wird.

Ich schaue mich um und sehe ungefähr ein Dutzend Gesichter. Den Sonnenbrillentyp kann ich nicht ausmachen, aber ohne seine Brille – ganz zu schweigen davon, dass die Äste der Bäume kreuz und quer Schatten auf die Gesichter der Umstehenden werfen – könnte er jeder von ihnen sein.

»Schon gut, Ben«, sage ich, ohne einen Muskel zu bewegen. »Mir geht es gut.«

»Ach, ist das süß«, sagt Marie in einem Ton, der so wenig ihrer ruhigen Bibliothekarinnenstimme ähnelt, dass ich erstarre. »Er hat die Erdgebundene dazu gebracht, sich in ihn zu verknallen. Das war sogar für einen Reduciate übertrieben, Benson.«

»So ist das nicht«, sagt Benson und versucht immer noch, zu mir zu gelangen. Blut rinnt von seiner Schläfe herab, mischt sich mit dem Regen, bildet rote Streifen wie makabre Tränen. »Lasst mich los!«

»Alles zu seiner Zeit«, antwortet Marie – die Verkörperung der Ruhe – und beäugt mich, während die Welt sich zu drehen scheint und alles auf den Kopf stellt. »Weißt du, als das Hotelzimmer heute Morgen leer war, war ich mir ziemlich sicher, dass du uns davongelaufen bist, aber ich sehe, du hast dir deine kleine Lektion zu Herzen genommen«, sagt sie und streicht über die violette Färbung unter Bensons Auge. Er zuckt vor ihrer Berührung zurück.

Die Zeit fließt in Zeitlupe um mich herum, als ich den Kopf drehe. »Benson?« Habe ich es überhaupt laut gesagt?

Sein Gesicht ist eine Maske der Verzweiflung. »Tavia. Das wollte ich nicht. Ich dachte – du hast keine Ahnung.«

»Du warst das?«, flüstere ich. Ich kann es nicht glauben. Ich *werde* es nicht glauben. »Nein!«, schreie ich Marie an. »Du lügst!«

»Ach ja?«, sagt die Frau so leise, dass ich ihre Worte fast nicht höre. »Zeigt ihr sein Zeichen.«

Der Mann, der Benson festhält, dreht ihn grob um, und Benson stöhnt, als der Mann ihn fester um die geprellten Rippen fasst und sein T-Shirt hochreißt, sodass ich die Haut seiner linken Schulter sehen kann.

Der Schatten einer Tätowierung, den ich gestern Abend durch sein weißes T-Shirt gesehen habe.

Es ist teilweise ein Anch.

Und zum Teil ein Schäferstab.

Nein.

Es ist wahr.

Mein Magen zieht sich zusammen, und ich möchte mich am liebsten krümmen und mir die Hände in die Magengrube pressen; es fordert mein Äußerstes, aufrecht zu bleiben. Ein Blitz wählt diesen Augenblick, um den Himmel zu teilen, und ich schnappe geblendet nach Luft.

Keiner rührt sich. *Eins, zwei, drei, vier.* Dann hüllt uns ein ohrenbetäubender Donner ein. Erst als das Schweigen zurückkehrt, rührt sich das Chaos wieder.

Der Mann hinter Benson lässt ihn los, doch ein Fußtritt in seinen Rücken wirft den Jungen auf die Knie, von dem ich sicher war, dass ich ihn liebe. Er blickt zu mir auf; seine Verletzungen ergeben plötzlich mehr Sinn. *Eine Botschaft*, sagte Reese vor ein paar Minuten noch. *Ich wünschte nur, ich wüsste, für wen sie bestimmt war.* Jetzt wüsste sie es. Wenn sie noch am Leben wäre.

»Das wollte ich nicht!«, sagt Benson mit flehendem Blick. »Ich hatte keine Wahl! Gestern Nacht – ich habe versucht zu fliehen.«

Ich gehe die Erinnerungen der letzten Tage durch – dass er wusste, dass ich Schokoriegel und Pommes brauchte, dass er meine Kräfte so einfach akzeptierte, dass er mit mir davonlief, sogar die blöden brieftaschengroßen Dietriche. Mit einer Klarheit, die mir den Magen umdreht, erkenne ich, wie oft er mich belogen hat – wie weit er ging, um mich zu täuschen.

»Du warst die ganze Zeit …« Mehr bringe ich nicht heraus, bevor mich die Übelkeit überwältigt und ich würge, die Hände vor den Mund gepresst, während das Trommeln des Regens in meinen Ohren dröhnt. Mein Kopf blendet meine Gedanken aus.

»Tave, bitte!«, fleht Benson, aber Marie unterbricht ihn mit einer fast beiläufigen Handbewegung.

»Bringt ihn zum Wagen.«

Ein weiterer Mann packt Bensons Arme und will ihn wegschleppen.

»Tavia! Hör ihnen nicht zu! Sag ihnen nicht … ah!« Benson schnappt nach Luft, als der Mann ihm die Ellbogen in die bereits geprellten Rippen rammt. Ich kann den Blick nicht abwenden. Mein Herz schmerzt von der Grausamkeit, mit der er behandelt wird, obwohl sich alles in mir wie Asche anfühlt, zu Staub zerbröselt. Mich zu Staub zerbröselnd.

Ich kann mich nicht rühren.

Ich kann nicht atmen.

Benson, der alles mit mir durchgestanden hat. Der mir sagte, dass er mich liebe.

Und ich habe ihm geglaubt.

Doch meine Gedanken rasen, finden mehr Beweise, die zu sehen ich mich vorher geweigert hatte – zu wissen, was der lateinische Name für die Bruderschaften bedeutet, sein Wissen, dass ich zu Logan gelangen musste, sein Beharren, dass wir im Bus reden mussten, seine kryptischen Entschuldigungen, und wie schnell ihm der Gedanke kam, dass ich meine Kräfte benutzen konnte, um aus dem Feuer herauszukommen, als ich vergaß, dass ich sie besitze.

Weil er ein Reduciate ist.

Er weiß über die Erdgebundenen Bescheid.

Mein Herz schlägt so langsam, dass es sich anfühlt wie ein Trauergesang, und ein Teil von mir wünscht sich, es wäre meiner.

»Die Wahrheit tut weh, nicht wahr, Tavia?«, sagt Marie, und zum ersten Mal spricht sie meinen Namen korrekt aus. Ich frage mich, ob es ihr ein krankes Vergnügen bereitet hat, mich so viele Monate damit zu ärgern. »Aber darum geht es bei den Reduciata. Um die Wahrheit. Die kalte, harte Wahrheit, der sonst niemand ins Gesicht schauen will.«

Ihre Stimme ist Gift in meinen Ohren.

Sie blickt zu Benson hinüber, dessen Proteste gedämpft werden, als sich eine Wagentür hinter ihm schließt.

»Du solltest wohl ein bisschen Mitleid mit ihm haben«, sagt sie und klingt beinahe nett dabei. »Es hat viel Mühe gekostet, ihn dazu zu bringen, mitzuspielen. Der Typ, den wir auf dich angesetzt hatten, das Auto, das beinahe dein Ende war – alles Ermahnungen für Benson, was passieren würde, wenn er versagt.«

»Egal«, sage ich und versuche, mich aus dem Griff der

Leute zu winden, die mich festhalten. »Er hat den Job übernommen.«

»Ja, das hat er«, sagt Marie, und ein fast unmerkliches Lächeln geht über ihr Gesicht.

»Die Reduciata töten Erdgebundene«, sage ich mit zusammengebissenen Zähnen. »Warum hilfst du ihnen?«

Jetzt lacht sie, und es ist ein Lachen, das ich schon einmal gehört habe. Ein Lachen, das klingt wie ein Vogelzwitschern. Ein Lachen, an das ich mich aus der Zeit erinnere, als sie Marie war, die liebenswerte, allgegenwärtige Bibliothekarin. Jetzt vibriert es bis in meine Knochen und schüttelt meine Sehnen. Ein weiterer Blitz, doch diesmal folgt der Donner dichter. »Ich helfe den Reduciata nicht, Tavia Michaels; ich *führe* sie. Und es gibt *viele* Erdgebundene unter unseren Mitgliedern. Elite-Erdgebundene, die das Leben, zu dem wir bestimmt waren, wiederherstellen wollen. Du könntest dich uns anschließen. Freiwillig, meine ich. Ich glaube, es ist offensichtlich, dass wir dich wollen – dass wir brauchen, was in deinem hübschen, beschädigten kleinen Kopf ist. Du könntest deine Rolle annehmen und eine der Privilegierten sein. Es wäre sicherlich leichter für dich. Es gibt keinen wirklichen Grund, warum diese Feindschaft weiter bestehen sollte.«

Ein Stöhnen entschlüpft meinen zusammengebissenen Zähnen und Marie lacht wieder.

»Das habe ich auch nicht erwartet, aber man soll mir nicht nachsagen können, ich hätte dir nicht die Chance gegeben.«

Meine Gedanken überschlagen sich, während ich überlege, was ich machen könnte, um aus diesem Chaos herauszukommen.

Als könne sie meine Gedanken lesen, schnalzt die Frau mit

der Zunge. »Ich würde nichts versuchen, wenn ich du wäre. Ich bin viel mächtiger als eine jämmerliche Halbgöttin, die nur einen Schritt vom endgültigen Tod entfernt ist.«

»Warum bringst du mich dann nicht einfach um?«, knurre ich.

»Weil sich herausgestellt hat, dass du nicht bist, was wir dachten. Oder, um genauer zu sein: Du bist mehr als nur die, für die wir dich gehalten haben. Als wir sahen, was du mit diesem Flugzeug gemacht hast…« Sie seufzt und schüttelt den Kopf. »Wenn ich daran denke, dass wir dich beinahe verloren hätten.« Sie tritt vor, und ich versuche zwar, mich loszureißen, aber ich kann nirgends hin und nur mit den Zähnen knirschen, als sie mit einem Fingernagel an der Seite meines Gesichts entlangstreicht. »Weißt du nicht mehr? Eine bitterkalte Nacht in England, auf dem harten, unversöhnlichen Boden, unter einer Parkbank? Eine Nacht, in der niemand hätte unterwegs sein sollen. Als diese Jagd begann?« Sie kichert wieder, und ich bin entsetzt darüber, wie gern ich meine Hände um ihren Hals legen würde. »Benson sagte uns, du erinnerst dich nicht an viel, aber ich war nicht überzeugt, dass er die Wahrheit sagt. Vielleicht tut er das. Dennoch – an *mich* erinnerst du dich doch sicherlich.«

Ihr Gesichtsausdruck wird weich und sie schaut mir direkt in die Augen. Meine Brust zieht sich zusammen, ein Schmerz baut sich in meinem Hinterkopf auf, und obwohl ich versuche, dagegen anzukämpfen, wird mir zum zweiten Mal an diesem Tag die Seele aus dem Leib gerissen.

Kapitel 38

Ich liege auf etwas Hartem und Klumpigem, und meine Kleider sind leicht feucht, was den kalten Wind noch beißender macht. Meine Nase ist so kalt, dass sie sich anfühlt, als stächen Nadeln hinein, und ich habe Angst, die Augen zu öffnen.

Aber ich muss.

Denn wann auch immer das passierte: Damals habe ich sie geöffnet, und ich kann nichts weiter tun, als hier zu liegen und die Erinnerung genau so abzuspielen, wie ich es einst erlebt habe. Ich gebe auf und lasse die Vision das Ruder übernehmen.

Stimmen kommen näher und bald wird meine Sicht auf den schneebedeckten Park von einem voluminösen schwarzen Rock mit silbernem Brokat verdeckt. Lederstiefel und der untere Teil eines Mantels gesellen sich dazu, und ich unterdrücke einen winzigen Seufzer der Erleichterung, weil der dicke Stoff ein wenig von dem peitschenden Wind abhält. Ich versuche, wieder einzuschlafen – das bisschen Wärme zu nutzen, bevor sie aufstehen und gehen, doch ihre Worte wecken mich immer wieder auf.

»Das wird sie fast alle vernichten. Und die Hälfte der Erdgebundenen. Wir können neu anfangen. Das wird der schönste Moment der Reduciata. Unser *schönster Moment.«*

»Es ist noch nicht so weit. Du kannst es nicht ohne das Gegenmittel loslassen.«

»Wie viele Lebensspannen? Drei? Zehn? Ich werde langsam ungeduldig, und die Curatoria … sie werden lästig.«

»Glaubst du nicht, ich wüsste das besser als du?«

Erdgebundene … Reduciata … Curatoria.

Ich weiß nicht, was die Worte bedeuten, aber mein Verstand klammert sich an sie und hält sie fest, zwingt meine Augen auf, wirbelt meine Gedanken durcheinander.

Und wirbelt und wirbelt.

Und dann ist da noch etwas.

Ein Gefühl, wie ich es noch nie zuvor gespürt habe. Bilder blitzen vor meinen Augen auf, und es fühlt sich an, als habe jemand meinen Kopf geöffnet und heiße Brühe hineingegossen. Es erfüllt mich mit Wärme, mit Wissen, mit Stimmen.

Stimmen, die mich warnen, mich nicht zu rühren.

Ich versuche, still zu sein, aber so schön die Wärme ist, sie ist auch ein Wirbelsturm von … etwas, für das ich keine Worte habe. Als sei ich plötzlich hundert Menschen gleichzeitig.

Ich schnappe nach Luft und spüre, wie sich Schweißtropfen auf meiner Stirn bilden, obwohl mir eben noch so furchtbar kalt war.

Eben?

Ja, es waren nur Augenblicke.

Plötzlich legt sich eine Hand um meinen Arm und der Mann zerrt mich unter der Bank hervor. Sein Gesicht ist nur Zentimeter von meinem entfernt, und er schüttelt mich, dass mir die Zähne klappern. Ich bin immer noch zu voll von diesen seltsamen Gefühlen, um ein Wort von dem zu hören, was er sagt, aber ich schaffe es zu flüstern. Immer wieder. »Ich habe nichts gehört, Sir. Ich habe nichts gehört!«

Er hört auf zu schütteln und jetzt kann ich kaum noch den Kopf gerade halten. Ich starre in dieses Gesicht: zerklüftet, mit einem kurzen Bart und einer Narbe auf der Wange. Ich weiß nicht, ob er ein Gentleman ist oder ein Raubein.

Doch seine Augen sind von einem hellen Braun und ich starre ihn lange Sekunden an.

Ich kenne dieses Gesicht.

Ich bin mir sicher, dass ich ihm noch nie begegnet bin, aber ich kenne dieses Gesicht.

»Sie ist nur ein kleines Menschenkind«, sagt die Stimme einer Frau außerhalb meines Gesichtsfeldes. Schnell schaue ich zu ihr hinüber. Sie wird mich retten!

Doch was ich sehe, ist der kurze Lauf einer Steinschlosspistole, der beinahe meine Stirn berührt, gehalten von einer zarten, behandschuhten Hand.

»Keiner wird sie vermissen«, vollendet die Frau ihren Satz. Meine Augen werden groß und ich schaue ihr ins Gesicht. Sie sieht freundlich aus, majestätisch, beinahe schön.

Doch sie zeigt kein schlechtes Gewissen oder Zögern, als sie den Hahn der Pistole zurückzieht, und mein letzter Augenblick wird von dem ohrenbetäubenden Knall eines Schusses geflutet, während mein Kopf nach hinten gerissen wird, glühend vor Schmerz.

Und dann wird meine Seele wieder fortgerissen.

Ich schnappe nach Luft, meine Lungen verlangen nach Atem. Ich berühre meine Stirn und finde die Haut dort unversehrt. Schweiß vermischt sich mit prasselndem Regen, doch ich bin unverletzt.

Ich lebe.

Es war nur eine Erinnerung.

Ich blicke zu Marie auf; diesmal hält sie keine Pistole in der Hand, aber ich sehe denselben Blick, frei von Emotion.

»Es ist so eine Schande«, sagt sie monoton. »Du und ich, wir waren einmal Freunde, bevor du dich auf die Seite der Curatoria geschlagen hast. Vor so vielen Äonen, und immer noch erinnere ich mich an die Ewigkeiten, die wir damit verbracht haben, einen Fluss zu schaffen, eine Schlucht, deren majestätische Wände und wunderschöne Landschaft später legendär werden würden, nur weil wir es *konnten*. Du hast hohe Berge geschaffen, ich habe diese tiefen Kluften geschnitzt. Geben und nehmen, ausgeglichen, genau wie es die Erdgestalter tun sollten. Wir beide machten etwas Schönes, während unsere Geliebten zankten und stritten. Es versetzt mir nach wie vor einen kleinen Stich des Bedauerns, wenn jemand vom Grand Canyon spricht.«

Ich versuche immer noch, Sinn in ihre Worte zu bringen, als ein Schlag meinen Kopf zur Seite wirft.

»Das ist dafür, dass du mich zurückgelassen hast«, sagt sie leise.

Zorn brodelt in mir, erfüllt mich mit einer Wut, die allen Schmerz von dem Schlag tilgt. Mein Leben, meine Eltern, meine Liebe – sie ist verantwortlich für alles, das ich nicht mehr habe.

»Ihr habt mir *alles* genommen!«, schreie ich, und ein Blitz unterstreicht meine Worte.

»Ja, ich denke, das haben wir«, sagt sie vollkommen ruhig.

Doch gerade als ich mir sicher bin, dass die Wut mich überwältigen wird, verlagert sich etwas in mir, und eine schwarze Kühle legt sich über meine Gedanken.

Es genügt. Unbekannte Stimmen hallen in meinem Kopf wider, als eine schneidende Wut eine Grube in meinen Magen schlägt, weißglühender Zorn über alles Unrecht, das aus meinem Gedächtnis gelöscht ist – und doch sind da der Schmerz, der quälende Verlust, an die ich mich mit völliger Klarheit erinnere. *Es. Ist. Verdammt. Noch. Mal. Genug.*

Ich strecke die Hände aus, gieße meine Wut aus, und augenblicklich stehe ich vor einem Berg: einem staubigen roten Koloss aus Fels und scharfen Klippen, der Hunderte von Metern über meinen Kopf aufragt; die blanke Fläche eines Felsvorsprungs ist nur um Armeslänge entfernt. Der Wald, der nichts weiter ist als eine zerstörte Erinnerung, ist vom Stein weggefegt.

Einen Augenblick lang.

Einen Wimpernschlag später ist er fort. Nicht auf die normale Art nach fünf Minuten – er wurde ausradiert, und an seiner Stelle steht Marie mit beinahe gelangweiltem Gesicht, umgeben von gesplitterten Bäumen, soweit ich es in der trüben Dunkelheit erkennen kann.

Marie die Zerstörerin.

Aber ich bin noch nicht fertig. Das war nur ein Test.

Lava, Stahl, Kugeln. Sie kommen aus allen Richtungen, als die Frauen in meinem Kopf Waffen aus Erinnerungen auswählen, die jenseits meiner Reichweite sind. Und ich lasse sie. Ich übergebe meine Gedanken, erlaube den früheren Tavias, jeden Tropfen Wut und Schmerz, den ich über Jahrtausende aufgebaut habe, freizusetzen.

Eine Stimme, eine Erinnerung kämpft sich an die Oberfläche.

Die Nacht, in der ich im Wasser war, als ich Rebecca war – das Gesicht, das ich über mir sah, direkt hinter der eisigen Wasseroberfläche.

Das war sie.

Wie oft war dieses Gesicht das Letzte, was ich gesehen habe?

Meine Konzentration lässt nach. Sie hat mich schon mindestens einmal getötet – sie wird es wieder tun.

Nein.

Ich werde nicht untergehen; ich werde nicht sterben. Nicht diesmal.

Macht flutet in mich, füllt meinen Körper zum Bersten und löst einen Krach in meinem Kopf aus, der so laut ist, dass ich mir sicher bin, ich werde taub sein, wenn ich das überlebe.

Falls.

Es ist mir egal.

Noch mehr Wut, weißglühende Hitze, noch mehr geschmolzenes Leid ergießt sich aus mir. Ich kann nichts sehen, als die Fülle abzuebben beginnt und mich, jeglicher Energie beraubt, zurücklässt. Ich taumle, weiß nicht, ob ich noch länger stehen kann. Regen tropft in sanften Bächen über mein Gesicht, doch er fühlt sich beinahe warm an.

»Tavia, los, komm!«

Elizabeth' Stimme, ihre Hände, die an mir zerren. Ich kann nichts sehen und stolpere, als ich versuche, ihr zu folgen, blind laufe, gelenkt nur von Elizabeth' Hand, die meinen Arm hält. Das Geräusch einer Wagentür, ein Schubs, der mich auf einem Sitz landen lässt.

Ich blinzle und Sterne verschwimmen mir vor den Augen. Mein Kopf hängt zur Seite, als Elizabeth sich auf den Sitz neben mir fallen lässt. Den Göttern sei Dank, dass das Auto nicht von meinem Berg zerquetscht wurde. Wie es aussieht, habe ich gerade verdammt viel Ärger angerichtet.

Und ich weiß nicht einmal genau, was ich getan habe.

Ich schaue hinaus auf das, was von dem Wald übrig ist, und ein Riesenhaufen Geröll und die Silhouette eines geschmolzenen Felsens starren zurück. Jedes Material, das ich mir vorstellen kann, ist zu einem schwelenden Haufen getürmt, wo Marie gestanden hat, kaum sichtbar zwischen den Bäumen.

Es wird nicht lange anhalten; sie ist zu gut. Es löst sich schon wieder auf, Wimpernschlag um Wimpernschlag, als hätte ich es nie gemacht. So nicht existent wie der Berg, der einmal war. Menschen laufen auf uns zu. Ich erkenne einen als den Kerl, der Benson fortgeschleppt hat. Sie haben das Auto fast erreicht.

Der Motor heult auf, und Elizabeth fährt rückwärts, erwischt einen Baum, das Knirschen der Stoßstange bildet eine makabre Harmonie mit den quietschenden Reifen.

Dunkle Gestalten wirbeln um uns herum und ich spüre das dumpfe Aufschlagen von Körpern auf Metall hinten an Elizabeth' Auto. Ich versuche, nicht zu genau darüber nachzudenken, während sich meine Speiseröhre verkrampft. Doch Elizabeth rammt schon den Vorwärtsgang rein, schießt vorwärts, wird schneller.

Ich schaue mich nicht um; ich will nichts mehr sehen. Schon jetzt wird mich der Anblick von Sammis und Marks verbrannten Körpern in meinen Albträumen heimsuchen.

Und Bensons Verrat.

Ich kann nicht einmal an ihn denken, ohne dass sich eine widerwärtige Übelkeit auf meinen Magen legt.

Verzweifelt versuche ich, mich abzulenken, und schließe den Gurt, kurz bevor Elizabeth eine so scharfe Kurve fährt, dass ich ihr beinahe auf den Schoß gefallen wäre.

»Wir schaffen es nicht mehr rechtzeitig, zum Flugzeug zu kommen – das die Reduciata vielleicht sowieso schon in ihre Gewalt gebracht haben«, schreit Elizabeth und zwingt mich zur Konzentration. »Ich lasse dich in einer Nebenstraße zwei Blocks südlich der Greyhound-Station heraus«, fährt sie fort, ohne den Blick von der Straße zu nehmen. »Nimm das.«

Meine Finger legen sich um das Handy, das sie mir hinhält, während sie den Wagen um eine weitere Kurve lenkt. Sobald ich es genommen habe, sind ihre verbrannten Hände wieder am Lenkrad, und als wir unter einer Straßenlampe hindurchfahren, glänzt das Steuer nass.

Blut.

Ich erinnere mich, dass sie gegen das verbrannte Auto gefallen ist – an ihren Schrei.

Diese Fahrt muss ihr unerträgliche Schmerzen bereiten.

»Steig in einen Bus – in den nächsten Bus«, befiehlt Elizabeth, den Blick unverwandt auf die Straße gerichtet. »Egal, wohin er fährt. *Steig einfach ein*, koste es, was es wolle. Verstanden?«

»Ja«, sage ich schwach und halte mich an der Tür fest, als wir mit quietschenden Reifen um die nächste Ecke biegen.

Ein weiteres Aufblitzen; ihre Hände sind rot und tropfen.

»Elizabeth, deine Hände ...«

»Verheilen wieder«, sagt sie mit zusammengebissenen Zähnen. »Ich rufe *dich* an, wenn es sicher ist. Ich weiß nicht, wann das sein wird. Ruf du niemanden an. Vor allem nicht Benson. Du wirst es akzeptieren müssen; du kannst *nie* wieder Kontakt mit ihm haben.«

Benson. Ich nicke. Es ist furchtbar, aber es ist die Wahrheit. Es ist schlimmer, als wäre er tot. Vielleicht ist es sogar schlimmer, als wäre *ich* tot. Elizabeth erwischt einen Bordstein, mein Kopf wird gegen das Fenster geschleudert. Entfernt fühle ich Schmerz, aber das scheint mir nichts mehr auszumachen.

»Mach meine Handtasche auf!«, ordnet Elizabeth an. Ich suche um meine Füße herum und finde die schwarze Tasche, die im Fußraum herumkullert. »Nimm meine Brieftasche.«

»Aber ich habe …«

»Nimm sie, Tave!«, befiehlt sie.

Ich ziehe den Reißverschluss auf, wühle in der Ledertasche nach der Brieftasche und stecke sie in meinen Rucksack.

»Da ist auch etwas zu essen – es ist nicht viel, aber du wirst es brauchen.«

Ich krame herum und finde einen Schokoriegel und eine große Tüte Studentenfutter. Dankbar schiebe ich das Studentenfutter in meinen Rucksack und stopfe mir den ganzen Schokoriegel in den Mund, um die Schwärze abzuwehren, die versucht, sich von den Rändern meines Blickfeldes her zu schließen.

Sekunden des Schweigens vergehen, während mein Verstand zu verarbeiten versucht, was gerade passiert ist.

Sobald ich die Schokolade geschluckt habe, platze ich heraus: »Ich habe sie besiegt.« *Sie* haben sie besiegt. *Dieses Mal*.

»Ja, das hast du.« In ihren Worten liegt eine Sanftheit und ich höre ein *Danke* heraus.

Aber es fühlt sich leer an. Ich habe Sammi und Mark nicht gerettet.

Stattdessen habe ich Benson gerettet.

Und er hat mich verraten.

Elizabeth wirft mir einen Blick zu, während sie wie wild weiterfährt. »Das hast du gut gemacht.«

Nicht gut genug. Marie ist immer noch da draußen. Sie ist wahrscheinlich nicht einmal verletzt. Ich bin davongekommen, aber ich habe sie nicht aufgehalten.

»Quinn war da. Ich habe ihn gesehen«, sage ich und versuche, meine Verzweiflung darüber wegzuschieben, *immer noch* auf der Flucht vor dieser Frau zu sein.

Elizabeth zieht schweigend die Unterlippe zwischen ihre Zähne.

»Er hat mich gewarnt. Wie kann er das? Er ist nicht real. Ich meine, jedes Mal, wenn ich ihn gesehen habe, war er eine Illusion, oder? Er ist nicht … echt.« Meine Gedanken haben nicht aufgehört zu wirbeln, seit ich ihn heute Abend gesehen habe – ich weiß nicht, wie ich mir erklären soll, was er getan hat. »Seine Seele ist nicht hier; sie ist bei Logan. Sie *ist* Logan.«

Elizabeth rast um die nächste Ecke, ihr Blick klebt am Rückspiegel. Ich weiß überhaupt nichts mehr. »Der Verstand ist ein unglaublich mächtiges Ding, Tave. Aber er ist auch sehr anfällig. Das Aufschließen deiner Erinnerungen muss angefangen haben, als du dich bei diesem Flugzeugabsturz gerettet hast, aber dein Gehirn war zu verletzt, um so eine drastische Veränderung zu überleben. Als die Erinnerungen also nicht mehr zurückgehalten werden konnten, scheint dein Verstand etwas getan zu haben, um sich selbst zu schützen. Er hatte etwas geschaffen, um es zu personifizieren; eine vertraute Person, die du akzeptieren konntest. Jemand Ungefährliches. Ein Verteidigungsmechanismus, wenn du so willst, um dir den Weg ins volle Erwachen zu erleichtern und deine Synapsen nicht zu verbrennen.« Sie wirft mir einen sehr kurzen Blick zu. »Du wärst nicht die Erste.«

»Also hat er mich gar nicht gerettet?«, frage ich ruhig. Ich wünsche mir zwar nicht direkt, dass er es war, will aber, dass *irgendwer* an meiner Seite war.

Elizabeth wendet sich mir zu und nur eine Sekunde begegnen sich unsere Blicke. »Nein«, sagt sie, und sie klingt sehr sicher. »Du hast dich *selbst* gerettet.«

»Elizabeth?« Ich zögere. »Sammi hatte recht, oder? Die Reduciata wollen mich wirklich so unbedingt, dass sie ihre *Anführerin* hinter mir hergeschickt haben. Wegen eines Geheimnisses, an das ich mich wegen meiner Verletzung nicht erinnern kann?«

Sie schaut mich nicht an, aber ich sehe sie schlucken. »Sie brauchen dich *so* dringend, Tave. Irgendetwas läuft schief. Ich denke, sie haben das Virus zu früh losgelassen. Es befällt alles zu stark. Der Tod trifft zu schnell ein, um unbemerkt zu bleiben, das verrückte Wetter, das die Leute langsam bemerken, kann nicht normal sein«, sagt sie und deutet auf den Niederschlag, der aussieht, als wolle er entweder zu Hagel oder zu Schnee werden. »Das hat alles mit ihrem Versagen zu tun. Sie haben sich verrechnet und jetzt gerät ihnen alles außer Kontrolle und es wird noch schlimmer werden.« Sie schaut zu mir herüber. »Sie wollten, dass du bei dem Absturz stirbst, aber etwas, was du getan hast … jetzt glauben sie, *du* kannst ihren Fehler beheben, bevor er uns alle zerstört – sie eingeschlossen. Mehr wissen wir nicht.«

Eine ölige Furcht überzieht mein Inneres. »Sie müssen sich irren, Elizabeth, ich kann nicht helfen. Ich erinnere mich nicht, was auch immer es ihrer Meinung nach sein soll.«

Sie macht schmale Augen. »Wenn es eines gibt, was ich in meinen Jahren bei den Curatoria gelernt habe, dann ist es, dass die Reduciata sich fast *nie* irren. Tavia, *stirb nicht*. Irgendwie bist du die letzte Hoffnung der Menschheit. Du musst herausfinden, warum, und dann musst du sie aufhalten.«

Ich lasse mich an die Rückenlehne sinken und sage nichts. Ich habe mich noch nie so klein gefühlt, so unzulänglich. Wenn ich die letzte Hoffnung der Menschheit bin, dann ist die Menschheit verloren.

Elizabeth wirft wieder einen Blick in den Rückspiegel, als wir durch einen fast dunklen Teil der Stadt fahren; die Hälfte der Straßenlaternen ist kaputt. Es sieht heruntergekommen aus und ist mehr als nur ein bisschen beängstigend. »Ich weiß nicht, ob ich sie abgehängt habe, aber zumindest liegen sie weit genug zurück, dass ich sie nicht mehr sehen kann. Wenn ich anhalte, springst du raus und versteckst dich. Warte ungefähr eine halbe Minute, bis ich weit genug weg bin. Dann lauf in diese Richtung.« Sie zeigt in Richtung einer dunklen Seitengasse, gesäumt von zwei Reihen baufälligen Lattenzäunen. »Du erreichst den Busbahnhof in weniger als zwei Blocks. Du kannst ihn nicht verfehlen – er wird hell erleuchtet sein.«

»Elizabeth?«, sage ich verzweifelt.

»Was?«

Ich will ihr sagen, dass ich nicht bereit bin, dass ich eigentlich nicht verstehe, wie ich mich selbst in dem Flugzeug und in dem Feuer gerettet habe und vor allem vor Marie. Und ich bin nicht überzeugt, dass ich es noch einmal kann.

Nicht allein.

Nicht ohne Benson.

Nein, denk nicht an ihn.

»Danke«, flüstere ich schließlich stattdessen.

»Dank mir, wenn wir das hier überleben«, sagt sie so leise, dass ich nicht weiß, ob es für mich bestimmt war. »Bereit?«

Ich setze meinen Rucksack auf und löse den Sicherheitsgurt. Meine Finger schweben über dem Türgriff, und ich würge heraus: »Bereit.«

Es ist die größte Lüge, die je über meine Lippen kam.

Der Wagen kommt quietschend zum Halten, und in der Sekunde, in der wir stehen, drückt Elizabeth gegen meinen Rücken, ich reiße die Tür auf, stolpere beinahe hinaus, falle auf ein Knie, als mein Schuh auf dem öligen Pflaster unter mir wegrutscht. Das Auto fährt schon wieder. Ich bin in dunkle Schatten gebadet, doch ich zwinge mein Knie gerade und tauche hinter einen Müllcontainer, wage es nicht, herauszuspähen, um die Rücklichter verschwinden zu sehen. Der eisige Regen klatscht mir ins Gesicht, als ich zu zählen beginne.

Eins.

Zwei.

Drei.

Bei achtzehn bebt die Erde unter mir, der Schein von Flammen erreicht meine Augen, bevor die langsameren Schallwellen in meinen Ohren widerhallen.

Eine Explosion.

Im Osten.

Die Richtung, in die Elizabeth gefahren ist.

Und es ist genau die Entfernung, die ein schnell fahrendes Auto in achtzehn Sekunden schaffen würde.

Kapitel 39

Niemand kann so eine Explosion überleben.

Höllenqualen drücken mir auf die Brust, pressen die Luft aus meinen Lungen und ein paar Sekunden lang kann ich nicht mehr zählen. Ich verliere den Willen zu kämpfen, zu laufen, zu leben. Doch ich zwinge mich, bis dreißig zu zählen; meine Zähne klappern die ganze Zeit vor Entsetzen. Dann husche ich hinter der Mülltonne hervor und renne durch die Gasse, ohne mich umzuschauen, versuche, mich in den Schatten zu halten, obwohl mein Bein droht, unter mir nachzugeben.

Ich habe keine Ahnung, wo der Busbahnhof ist, und hoffe, er ist so leicht zu finden, wie Elizabeth sagte.

Elizabeth.

Denk nicht an sie – denk nicht an sie. Denk an keinen von ihnen. Denk ans Überleben.

Ich breche beinahe in Tränen der Erleichterung aus, als ich helle Lichter vor mir sehe. Meine Lungen schmerzen, aber ich bin fast da.

Dann höre ich es.

Das Klappern von Schritten hinter mir.

Etwas pfeift an meinem Ohr vorbei, und ich schreie auf, als die Betonblöcke neben mir splittern und Steinsplitter auf mich herabregnen.

Sie haben mich gefunden.

Die Lichter des Busbahnhofs sind so nahe, aber ich bin mir nicht sicher, ob ich sie rechtzeitig erreichen kann.

Und selbst wenn, was dann? Ich habe keine Minuten Zeit, um mich anzustellen – Sekunden, um ein Ticket zu kaufen –, ganz zu schweigen von Stunden, um herumzusitzen und auf den nächsten Bus zu warten.

Bis dahin bin ich tot, mein Leichnam von Kugeln durchsiebt.

Und dann wird die Welt langsam sterben, weil ich zu blind war, um zu kapieren, was Benson wirklich ist.

Es ist zu viel – ich kann nicht in diesen großen Maßstäben denken.

Ein jungenhaftes Gesicht mit goldenen Haaren blitzt vor meinem inneren Auge auf, das habe ich bestimmt Rebecca zu verdanken.

Logan. Ich kann mich auf Logan konzentrieren.

Er weiß es nicht.

Ich muss zu ihm gelangen.

Ich beiße die Zähne zusammen und hieve meinen Rucksack höher. Wenn ich heute Nacht sterbe, werde ich Logan nie finden. Nie wieder. Es wird für uns beide vorbei sein. In mir blitzt die Erkenntnis auf, dass ich nicht zu existieren aufhören will, ohne ihn zu sehen – und sei es zum letzten Mal.

Mit seinen grünen Augen lebhaft vor meinem inneren Auge, suche ich nach einem letzten Aufbäumen von Energie in mir und zwinge mich, den schreienden Schmerz in meinem Bein zu ignorieren, während ich laufe, meine Schritte ausdehne; meine Schuhe klatschen auf den Asphalt, meine Lungen brennen.

Wenn ich die Lichter erst erreicht habe, werden die Reduciata, die mich jagen, sicherlich zurückbleiben müssen, um nicht entdeckt zu werden. Oder sich zumindest subtiler nähern. Andererseits steht menschliches Leben offensichtlich nicht besonders weit oben auf ihrer Prioritätenliste. Sie würden wahrscheinlich einfach alle Zeugen töten. Noch mehr Tote, die auf mein Konto gehen.

Lauf einfach!

Ich höre das leise Rumpeln eines Busses, bevor ich ihn sehe. Es ist der einzige Bus, der nicht lautlos hinter einem Zaun geparkt ist.

Er ist abfahrbereit.

Ich *muss* in diesen Bus.

Doch ich bin ganze fünfzehn Meter entfernt, als der Letzte in der Schlange einsteigt. Der Fahrer lächelt und schaut sich dann an dem spärlich bevölkerten Busbahnhof um. »Pittsburgh?«, ruft er. »Sonst noch jemand nach Pittsburgh?«

Pittsburgh. Warum nicht.

Ich habe keine Fahrkarte.

Noch nicht.

Noch sechs Meter.

Zehn Sekunden.

Ich presse die Augen einen Moment zu und versuche, mich an das letzte Mal zu erinnern, als ich mit einem Greyhound-Bus gefahren bin. Damals war ich sechzehn und fuhr eine Freundin besuchen, die in einen anderen Bundesstaat gezogen war.

Die Fahrkarte. Wie sah sie aus?

Meine Gedanken wirbeln, und ich versuche, mich an die Einzelheiten zu erinnern, an das Gefühl der Pappkarte in meiner Hand, das Grün des Logos, die bedeutungslosen Worte.

Den Strichcode.

Was, wenn sie den Strichcode scannen müssen? Mein Herz schlägt so wild, dass es sich anfühlt wie das Flattern eines Kolibris.

Ich kann das nicht.

Ich werde sterben.

Fast spüre ich schon die Kugeln, die durch die Haut meines Rückens dringen.

Der Fahrer stellt den Blickkontakt zu mir her und lächelt. Ich bremse taumelnd zu einem Gehen und weigere mich, mich umzuschauen. Als ich die letzten Schritte hinter mich bringe, läuft mir Schweiß den Hals hinab, und doch fröstle ich.

Ich bleibe vor ihm stehen.

Er streckt die Hand aus.

Ich hebe den Arm, doch erst, als meine Hand die Hüfthöhe erreicht, spüre ich, wie die scharfe Ecke einer Fahrkarte in meine Handfläche piekst.

Der uniformierte Mann wirft kaum einen Blick auf das weiß-grüne Wunder, bevor er mich mit einem fröhlichen »Gerade noch rechtzeitig« in den Bus winkt.

Ich klammere mich mit nassen Händen an den Handlauf, meine Handflächen gleiten daran ab, als ich versuche, mich hochzuziehen – mein Bein, das nicht mehr die Kraft hat zu stehen, dazu zu bringen, dass es mich noch eine Stufe anhebt. Das Adrenalin ist weg und mein ganzer Körper fühlt sich an wie Spaghetti.

Der Fahrer scheint meine Verzweiflung zu bemerken, und

ich spüre eine große, warme Hand an meinem Ellbogen, die mir hilft, die letzten zwei Stufen zu erklimmen.

»Hab schon bemerkt, dass Sie hinken, als Sie näher kamen«, flüstert der Busfahrer. »Jetzt können Sie sich ausruhen.«

Gott segne Sie, Sir.

Doch auf keinen Fall hätte ich die Worte laut ausgesprochen. Wenn ich den Mund aufmache, verliere ich vollends die Fassung. Stattdessen nicke ich und versuche, mit Blicken meine Dankbarkeit zu zeigen.

Als ich meinen Rucksack absetze, lasse ich versehentlich meine Fahrkarte fallen. Meine Finger greifen ungeschickt nach dem Stück Pappe, das mir das Leben gerettet hat. Eine Ecke ist umgeknickt und ich glätte sie beinahe mit Ehrfurcht.

Um ehrlich zu sein, habe ich meine Sache nicht besonders gut gemacht. Unleserliche Buchstaben marschieren an der unteren Kante entlang, und ich glaube, das einzige Wort, das ich wirklich richtig hinbekommen habe, ist *Pittsburgh*. Es gibt einen Strichcode, aber als ich in der Dunkelheit blinzle, erkenne ich, dass alle Striche gleich lang und breit sind. Es hätte niemals funktioniert, wenn er hätte gescannt werden müssen.

Aber das Logo ist da und sieht ziemlich genauso aus wie in meiner Erinnerung. Mein Atem geht wieder schneller, als mir bewusst wird, wie schlecht mein Ticket gemacht ist – was für ein Glück, dass der Fahrer nicht genauer hingeschaut hat.

Hat er aber nicht.

Und deshalb lebe ich noch.

Die Türen falten sich jetzt auseinander – schließen sich – und der Fahrer zieht einen Sicherheitsgurt über seinen ausladenden Bauch. Ich schaue aus dem Fenster und sehe zwei Männer in schwarzen Hosen und Polohemden auf den Parkplatz laufen.

Los, los, los!, dränge ich stumm, und der Fahrer macht es sich bequem und beginnt, den Ganghebel aus der Parkposition zu lösen. Ich halte den Blick auf die beiden Männer gerichtet; ich weiß, sie können mich durch die getönten Scheiben nicht sehen. Sie werfen einen Blick auf den Bus, aber es lagen buchstäblich dreißig Sekunden zwischen dem Moment, als ich auf den Parkplatz rannte, und der Abfahrt des Busses.

Ich kann nicht in diesem Bus sein.

Dennoch müssen sie es befürchten.

Ein Hämmern an der Tür erschreckt mich, und ich beuge mich vor und sehe die zwei Männer dem Busfahrer Zeichen machen, er solle die Tür öffnen.

»Ich muss los!«, brüllt er.

Sie halten ihm kurz irgendeine Art glänzende Marken vor die Nase, die, da bin ich mir sicher, gefälscht sind, und der Fahrer seufzt und hält den Bus an.

Oh bitte, nein! Ich sitze in der Falle. Eine Ratte im Käfig. Nach alledem – alles, was Reese, Jay und Elizabeth für mich getan haben – werden mich die Reduciata trotzdem kriegen. Ich möchte am liebsten weinen, die Ungerechtigkeit zum Himmel schreien.

Das Leben ist nicht immer fair. Das habe ich meine Mutter wohl hundert Mal sagen hören.

Meine Mutter.

Eine verrückte Idee blitzt in meinem Kopf auf, und ich bekomme Panik, denn ich weiß, ich habe nur Sekunden.

Ich höre, wie die Tür aufgeht, presse die Augenlider zusammen und denke an meine Mutter. Nur an meine Mutter. Ihre hellbraunen Haare, die langen, molligen Arme, ihr ansteckendes Lächeln. Ich sammle all meine mentale Energie und versuche, mich an jedes Detail von ihr zu erinnern. Ihr Lächeln, ihre kurzen Finger, die Haare so lang wie meine auch einmal waren.

»Entschuldigen Sie bitte, Ma'am. Ma'am?«

Ich blicke zu dem atemlosen Mann auf, der vor nicht einmal zwei Minuten auf mich geschossen hat. Er schaut mir in die Augen, und ich bemühe mich, einen neutralen Ausdruck aufrechtzuerhalten. Seine Kiefermuskeln spannen sich und er geht kopfschüttelnd weiter.

»... nicht hier ... Zeitverschwendung ... Ladezone ...« Sie versuchen nicht einmal, die Stimmen zu senken, als sie den Bus ohne ein Wort an den Fahrer verlassen.

Der Fahrer brummelt etwas über ihre Unhöflichkeit, aber endlich schließt sich die Tür, und ich atme auf, als der Bus von der Haltestelle rollt – und auf die Autobahn.

Ich brauche einen Spiegel.

Ich wühle in meinem Rucksack, bis ich eine Puderdose in meinem Necessaire finde. Ich öffne sie, und als der Bus unter einer orangefarbenen Straßenlaterne hindurchfährt, flutet Licht über mich. Und im Spiegel sehe ich das Gesicht meiner Mutter.

Ich keuche leise auf und strecke die Hand aus, um den Spiegel zu berühren.

Nein, ich muss *mein* Gesicht berühren.

Ich bin es.

Sie ist es.

Ich berühre ihre Lippen, ihre Wangen, ihre Wimpern, schaue in ihre grünen Augen. Dann lächle ich.

Und es ist *ihr* Lächeln.

Ein komisches Gefühl lenkt mich ab, als etwas in meiner Handfläche prickelt und ich den Blick senke und sehe, dass die Fahrkarte beginnt, sich aufzulösen. Es erinnert mich an das Gefühl von Sand, der unter meinen Füßen weggeschwemmt wird, wenn sich das Meer zurückzieht.

Innerhalb von ein paar Sekunden ist sie fort.

Schnell schaue ich zurück in den Spiegel. Die Fahrkarte ist schon weg; ich habe nur eine Minute – vielleicht zwei –, um in das vertraute Gesicht zu blicken. Genau genommen könnte ich es noch einmal machen, aber irgendwie weiß ich, dass es sich nach heute falsch anfühlen würde und dies die einzige wirkliche Chance ist, meine Mutter zu sehen.

Ich starre in den Spiegel, versuche, die Sekunden auszudehnen, aber die Zeit funktioniert so nicht, und bald schmilzt die lange Nase zu meiner kurzen zusammen, die schlammgrünen Augen werden braun, das Haar kürzer.

Und ich bin wieder ich selbst.

Und meine Mom ist immer noch tot.

Meine Finger umklammern den Spiegel fester, der mir jetzt nichts mehr als mich selbst zeigt.

Alle, die ich geliebt habe, sind tot. Oder schlimmer.

Außer Quinn, erinnert mich Rebeccas Stimme, aber ich schiebe sie weg. Ich kann jetzt keine Hoffnung zulassen. Ich bin voller Leid, da ist kein Raum für etwas anderes.

Ich ziehe die Knie zur Brust und lege die Wange darauf. Ein Blick unter halb gesenkten Wimpern hervor zeigt mir die Passagiere um mich herum in dem halbvollen Bus.

Eine Mutter wiegt ein Kleinkind auf dem Schoß. Das Gesicht hat es an ihre Schulter geschmiegt, aber ich höre trotzdem sein leises Schluchzen. Ein paar Sitze weiter hinten lehnt ein Mann den Kopf an die Scheibe und schweigt, aber ich kann undeutlich Tränen über seine Wangen rinnen sehen. Eine Teenagerin sitzt auf der anderen Seite des Mittelgangs, die Kapuze ihres Pullis übers Gesicht gezogen, Kopfhörerkabel ziehen sich zu einem iPod in ihren Händen. In ihren geballten Fäusten. Ich frage mich, ob sie schläft, bis ein lautes Schniefen aus dem Schatten ihrer Kapuze dringt.

Und weil ich nicht allein bin, lasse ich meine Tränen ebenfalls fließen. In diesem Greyhound-Nachtbus, der unter einem tintenschwarzen Himmel über die Straße rollt, wird es niemand bemerken.

»Ich bin gekommen, sobald ich es gehört habe.«

»Ich wünschte, das wärst du nicht.« Ich stehe in meinem Büro – meinem richtigen, meinem geheimen – und starre durchs Fenster hinaus in die Dunkelheit.

»Bist du sicher, dass es dir gut geht?«

»Es geht schon.« Meine Kehle ist eng, und ich gebe dem ungewohnten Gefühl, das Spitzen durch mein Inneres schießt, eine Stimme. »Ich habe versagt«, flüstere ich.

»Nein.«

»Doch«, zische ich. »Sie war… sie war so stark. Sie sollte nicht so stark sein!« Meine Stimme wird lauter, ich hasse es, dass ich so die Kontrolle verliere, aber ich scheine sie nicht zügeln zu können. »Sie sollte schwach sein – kaum in der Lage zu funktionieren. Es hätte ein Kinderspiel sein müssen, sie ins Boot

zu holen, nachdem Benson ihr geholfen hatte, ihre Erinnerungen zu wecken.« Ich beiße die Zähne zusammen. Ich will nicht, dass er mich weinen sieht. »Ich verstehe nicht, was passiert ist.«

Er schweigt lange, und irgendwann drehe ich mich um, in der Erwartung, einen missbilligenden Gesichtsausdruck zu sehen. Doch er ist argwöhnisch. »Was, wenn ... was, wenn sie sich nicht nur verändert hat? Was, wenn sie sich auch noch auf Null zurücksetzt – mangels eines besseren Begriffs.«

»Zurück zu ihrer ursprünglichen Stärke?« Bei dem Gedanken schließt sich die Angst um meinen Hals und schnürt mir die Luft ab. »So grausam wären die Götter sicherlich nicht.«

»Aber es ist möglich.«

»Ich denke, wir haben bewiesen, dass in diesem Stadium nichts unmöglich ist«, sage ich und wende mich von ihm ab.

»Wenigstens wissen wir, wohin sie will.«

»Zu ihm«, sage ich bitter. »Könnte es noch schlimmer kommen?« Ich wende mich ihm zu – dem Mann, den ich sogar länger kenne und liebe, als meine Erinnerungen reichen. »Jetzt bist du dran, den Jäger zu spielen.«

Er nickt, sagt aber nichts. Er wusste es schon. Deshalb ist er hergekommen. Um sie mir aus den Händen zu nehmen.

Er kann sie haben.

Wir schauen einander lange an – manchmal glaube ich, Worte sind kaum noch nötig zwischen uns.

Dann dreht er sich ohne ein Wort des Abschieds um und geht – geschickt betätigt er den Haken der geheimen Tür. Ich schaue auf die Tür, die jetzt wieder wie eine gewöhnliche Wand aussieht, und höre wie von Ferne die Minuten auf meiner Standuhr heruntierticken.

»Mach es besser als ich«, flüstere ich.

Kapitel 40

»Phoenix!«

Der Ruf weckt mich und ich reibe mir mit dem Arm übers Gesicht. Das letzte Mal, als ich aufgewacht bin, habe ich gesabbert.

Ich falte mich aus dem Sitz, fürchte fast, mein Skelett könnte bleibend die Form eines Bussitzes angenommen haben. Acht Busse, fast fünftausend Kilometer und vier Nächte auf der Erde schlafend. Natürlich hätte ich, vor den Elementen geschützt, in den Busbahnhöfen übernachten können. Oder sogar in einem Hotel – ich habe Geld und, na ja, ein kleines Vermögen in Goldmünzen, ganz zu schweigen von der Fähigkeit, mehr zu machen, wenn ich wirklich müsste. Doch all diese Möglichkeiten hätten dazu geführt, dass ich erwischt und höchstwahrscheinlich getötet worden wäre. Also waren Büsche voller Spinnweben und nasses, kaltes Gras meine Lager für die letzten Nächte.

Es war Mord für mein Rückgrat – ganz zu schweigen von meinem Bein –, und sämtliche Muskeln tun mir weh, als ich auf die Bustür zuwanke. Der letzte Schritt erweist sich als ein bisschen zu viel, und ich stolpere hinaus in den Sonnenschein und halte die Hand vor die Augen, wie ein Bärenjunges, das aus dem Winterschlaf erwacht.

Mich überkommt ein feines Gefühl, das mir so wenig vertraut ist, dass ich ein paar Sekunden brauche, um es zu erkennen.

Wärme. Sonnenstrahlen verbreiten eine sanfte Hitze in meinem Körper, wärmen meine Haut, die Luft, die ich atme. Ich bleibe ein paar Augenblicke einfach stehen und sauge die belebenden Strahlen in mich auf. Ich weiß nicht, wann mir seit dem Abend, an dem ich Portsmouth verlassen habe, überhaupt einmal richtig warm war. Wir sind durch Schnee gefahren, durch Hagel, hatten sogar Verspätung wegen eines Wirbelsturms in Montana. Die Leute um mich herum stellten Theorien über die globale Erwärmung und Sonneneruptionen auf, aber ich hielt den Mund. Ich verstehe den Zusammenhang zwischen dem extremen Wetter und dem Virus noch nicht – doch Elizabeth sagte, es gäbe einen, und ich weiß jetzt, dass ich ihr glauben kann.

Ich brauche ein paar Minuten, um mich zu orientieren, mich daran zu gewöhnen, auf einer Oberfläche zu gehen, die nicht schaukelt und ruckelt. Stillzustehen fühlt sich nicht mehr normal an.

Mann, ich stinke. Die Katzenwäschen, die ich unterwegs in Toiletten im ganzen Land gemacht habe, waren nicht annähernd genug. *Aber besser als eine Gefangene der Reduciata zu sein*, erinnere ich mich.

Ich fühle mich kaum noch wie ich selbst. Nein, stimmt nicht ganz. Ich fühle mich kaum noch wie *Tavia*. In den letzten fünf Tagen habe ich die Stimmen, die herausbrachen, als ich Marie bekämpfte, zu einem Teil von mir werden lassen. Ich habe ein halbes Notizbuch damit gefüllt, woran ich mich aus diesen Leben erinnern kann. Shihon die Kriegerkönigin aus der Zeit, bevor Zeit eine Bedeutung hatte, Embeth, das gesichtslose Küchenmädchen mit Träumen, die es nicht verstand, Kahonda, eine indische Jägerin, die jung starb auf der Suche nach etwas, das sie nicht in Worte fassen konnte.

Und Sonya. Und Rebecca.

Sie sind jetzt ich und ich bin sie.

Und wir alle brauchen eines. Wir müssen *ihn* finden.

Denn jetzt, wo ich die Gelegenheit hatte, den geheimen Teil von Rebeccas Tagebuch zu lesen – zweimal –, wissen wir alle, wovor wir davonlaufen. Ich weiß nicht, was für eine Zukunft ich mit Logan habe oder nicht habe, aber ich muss ihn finden und vor diesen Leuten beschützen. Es ist mehr als ein bisschen beängstigend zu erfahren, wie viele Katastrophen der Geschichte, von denen ich gelesen habe, auf die Erdgebundenen zurückgeführt werden können – normalerweise in Verbindung mit den Reduciata, aber nicht immer. Die Mongoleninvasion in China, die große Hungersnot in Indien, die Überschwemmungen von Polen und Litauen und sogar – wenn man den Curatoria Glauben schenken darf: die Schwarze Pest – ein Testlauf des Virus, das jetzt die Welt heimsucht. Sie verwüstete Europa vor siebenhundert Jahren, aber offenbar genügte das den Reduciata nicht. Dieses Virus soll jetzt noch zehnmal schlimmer sein. Zehnmal so tödlich.

Dass das in den Augen der Reduciata ein Erfolg ist, macht mich krank.

Es wirft die Frage auf, worin sie seit Rebeccas Bericht noch verwickelt waren. Die Weltwirtschaftskrise? Weltkriege? Selbst Naturkatastrophen wie die großen Tsunamis des letzten Jahrzehnts könnten potenziell auf ihr Konto gehen.

Ich schiebe diese Gedanken wieder weg. Ich muss mich

auf Schritt eins konzentrieren – Logan finden. Schritt zwei ist zu groß, um jetzt darüber nachzudenken.

Zu unmöglich.

Ich schaue auf den Fetzen Papier, auf den ich Logans Adresse geschrieben habe, auch wenn ich sie auswendig gelernt habe.

Ein Taxi. Ich brauche ein Taxi.

Ich muss zu ihm – sichergehen, dass er noch lebt.

Und wenn ja, dann war es das alles wert.

Nein. Nicht *wert*. Aber irgendwie gerechtfertigt. Dieser Logan muss der Richtige sein. Er muss Quinn sein. Denn ohne meinen Partner kann ich niemanden retten, so weit bin ich mir sicher. Und ihr Tod *muss* einen Sinn gehabt haben. Sammi, Mark, Elizabeth.

Benson, sagt mein Gehirn, aber ich schiebe den Gedanken von mir. Er ist nicht tot.

Doch irgendwie wünsche ich mir fast, er wäre es.

Dennoch sind zu viele Leute für mich, für uns gestorben. Und nicht nur in diesem Leben.

Ich schaue mich um. Ich weiß nicht, wie ich ein Taxi finden soll. Ich stehe mehrere Minuten auf dem Parkplatz und sehe verloren aus, bis ich erfasse, dass die drei neongrünen Autos am anderen Ende des Parkplatzes Taxis sind. Neongrün?

Von mir aus.

Ich gehe zu einem hinüber und halte dem Fahrer das zerknitterte Stück Papier hin. »Können Sie mich dorthin fahren?«, frage ich.

Der Typ greift nach dem Zettel, aber ich ziehe ihn zurück. Er ist ein Beweis dafür, wohin ich will – meine kleine Papierspur. Ich habe Paranoia zu schätzen gelernt.

Er nickt verständnisvoll – wahrscheinlich fährt er oft Verrückte – und beugt sich vor, um die Adresse zu studieren. »Ganz einfach«, sagt er mit schwerem Akzent. »Ungefähr fünfzehn Kilometer.«

Ich nicke ruckartig, während das Adrenalin durch meinen Körper schießt. Fünfzehn Kilometer. Ich könnte zu Fuß gehen, wenn es sein müsste. Mein Körper verspannt sich bei dem Gedanken, und ich bin dankbar, dass ich es nicht muss.

»Koffer?«, fragt der Fahrer mit einer Handbewegung zum Bus.

Ich schüttle den Kopf. Ich habe nichts außer meinem Rucksack, und ich umklammere die Träger noch fester, als der Fahrer anbietet, ihn mir abzunehmen. Die Tagebücher sind da drin – mein Tagebuch und das von Quinn –, die wenigen Dokumente aus der Akte, die ich retten konnte, das Gold, das Geld, die Halskette. Niemand nimmt mir die Verbindungen zu meiner Vergangenheit weg – nicht einmal für eine Sekunde.

Er öffnet die hintere Tür und ich gleite in das kühle Fahrzeug. Nachdem er den Motor gestartet hat, fließt noch mehr eisige Luft aus der Klimaanlage an der Decke und trifft mein Gesicht wie ein Schlag, der mir Gänsehaut verursacht. Als er vom Parkplatz fährt, kühlt die eisige Luft den Schweiß auf meinem Körper, und ich zittere.

Der Fahrer bemerkt es und schaltet die Klimaanlage herunter – was ich zu schätzen weiß –, aber es nützt nichts. Es ist die Nervosität.

Jede Minute, jeder Augenblick, der vergeht, bringt mich näher zu ihm. Ich habe die Gefühle akzeptiert, gegen die ich mich einst gewehrt habe. Lasse die Anziehungskraft – Rebeccas Liebe – durchdringen. Inzwischen ist es mir egal, dass es nicht meine Entscheidung ist. Wer kommt schon gegen das Schicksal an?

Ich war dumm, es zu versuchen. Ich wünschte, ich hätte auf Elizabeth gehört. In allen Dingen. Vielleicht würden sie, Sammi und Mark noch leben, wenn ich es getan hätte.

Doch auch ohne Elizabeth' Worte hätte ich es wissen müssen.

Menschen und Göttinnen. Das endet nie gut; ich habe die Geschichten gelesen. Ich gehöre zu meinesgleichen.

Ich gehöre zu Logan. Er braucht mich.

Vielleicht … vielleicht ist es das, was ich will.

Ich wünschte, ich müsste nicht so hart dafür arbeiten, mich davon zu überzeugen. Es geht schon wieder um Benson und Quinn – nur dass die unterschwelligen Gefühle, von denen ich mir wünsche, ich hätte sie nicht, diesmal Benson gelten.

Konzentrier dich; konzentrier dich darauf, wie sehr sie alle Quinn lieben.

Ich beuge mich so weit vor, wie es mein Gurt erlaubt, und schaue auf den Zähler. Der Fahrer wirft mir aus dem Augenwinkel einen Blick zu. Er sieht, wie fixiert ich auf die tickenden roten Zahlen bin, und glaubt wahrscheinlich, ich mache mir Sorgen um den Fahrpreis; jetzt hat er Angst, ich könne nicht zahlen.

Er könnte sich nicht mehr irren. Ich versuche, die roten Zahlen dazu zu bringen, schneller und *höher* zu steigen. Wünsche mir, der Fahrer könnte ein bisschen rasen.

Ich höre den Blinker ticken und setze mich aufrechter, starre durch die Windschutzscheibe. Der Fahrer biegt von der Hauptstraße in eine ruhige Wohngegend ab. Nicht schick, aber nett.

Leider ist es auch die Art Wohngegend, wo ein Taxi auffällt.

»Hey.« Ich beuge mich vor. »Können Sie mich so ungefähr einen Block vor der Adresse rauslassen?«

»Natürlich«, sagt er und fügt brummelnd hinzu: »Sie sind der Boss.«

Ungefähr zehn Sekunden später hält er vor einem zweistöckigen stuckverzierten Ziegelhaus, und als er das Taxi umrundet, um mir die Tür zu öffnen, bin ich schreckerstarrt. Schrecken? Nein, das ist es nicht ganz. Es sind Angst und Nervosität und ein Hochgefühl, alles zusammen, und es klebt meine Füße am Boden fest. Dann ist die Tür offen und warmes Sonnenlicht strömt herein, taut meine Haut auf und bringt irgendwie meine Lähmung zum Schmelzen. Ich bewege mich langsam, aber immerhin bewege ich mich.

Der Taxifahrer schaut mich jetzt mit echter Sorge im Blick an. »Das macht neunundzwanzigachtzig«, sagt er. Offensichtlich nimmt er an, ich kann nicht zahlen. Ich kann ihm keinen Vorwurf machen – ich sehe schließlich auch aus, als könnte ich nicht zahlen. Aber ich schäle zwei Zwanziger von dem kleinen Bündel Scheine in meiner Tasche und halte sie dem Fahrer hin. Mein Blick wandert bereits weiter die Straße entlang zu meinem endgültigen Ziel. Er sagt etwas, aber ich höre es nicht. Ich gebe ein unbestimmtes Grunzen von mir und trete vom Auto zurück.

Der Fahrer läuft beinahe auf seine Seite zurück – wahrscheinlich hat er Angst, ich könnte das Wechselgeld wollen –, aber ich habe nicht die Energie, auf ihn zu achten. Ich schaffe es kaum zu atmen. Ich fühle, wie meine Brust sich zu verkrampfen beginnt, und muss mich zwingen, tief einzuatmen und den Atem drei Sekunden anzuhalten, um nicht zu hyperventilieren.

Und noch einmal.

Und noch einmal.

Mein Herz rast immer noch – mein Puls hämmert ohrenbetäubend laut in meinen Ohren –, aber wenigstens ist mir nicht schwindlig. Meine Füße bewegen sich und tragen mich die Straße entlang.

Ich habe keinen Plan. Vier Tage Nachdenken über Logan und ich habe immer noch keinen Plan.

Es ist Samstag. Er müsste in der Nähe sein. Es ist immer noch früher Nachmittag – zu früh für Verabredungen und Partys.

Was, wenn er eine Freundin hat? Mein Mund wird trocken. Darüber habe ich bisher nicht nachgedacht.

Ein Lächeln schwebt in meinen Mundwinkeln. *Nur eine Hürde mehr*. Wenn mich die letzte Woche etwas gelehrt hat, dann, dass ich über Hürden springen kann.

Ich bin hier.

Und jetzt?

An der Tür klingeln? Das erscheint mir ein bisschen peinlich. Herumhängen wie eine Stalkerin? Wahrscheinlich nicht die beste Idee, aber ich kann sonst nirgends hin.

Ich zögere vor seinem Haus – wahrscheinlich sehe ich aus wie eine Idiotin –, und als könne er mich spüren, geht die Tür auf, und ein großer Typ kommt aus dem Haus und knallt die Tür hinter sich zu. Mir stockt der Atem, während meine Augen seinen Anblick gierig in sich aufnehmen, doch er hat den

Kopf gesenkt und schaut auf ein Handy. Alles, was ich sehen kann, sind seine goldenen Haare.

Quinns Haare.

Er *muss* es sein.

Mein Hals ist zu trocken, um einen Laut herauszubringen, als mir klar wird, dass er mich nicht sieht und mich gleich überrennen wird.

Er hat mich fast erwischt, als er den Kopf hebt und zur Seite springt. »Wah!«, sagt eine tiefe, ruhige Stimme. »Tut mir leid. SMS – ich bin ein Vollidiot. Alles klar?«

Sein Blick trifft meinen und meine restlichen Zweifel verflüchtigen sich.

Es ist Quinn. Mein Quinn, mit kürzeren Haaren, mehr Muskeln an Armen und Schultern und einem mühelosen Lächeln.

Und in diesem Moment wird mir klar, dass ich es nicht erwarten kann, diese Person zu entdecken: Wer er jetzt ist – wozu ihn die vergangenen zweihundert Jahre gemacht haben. Wärme stiehlt sich durch meinen Körper, und die Erkenntnis, dass ich ihn gefunden habe, erfüllt mich und fließt über. Meine Lippen lächeln und ich kann sie nicht stoppen.

»Wohnst … wohnst du hier?«, frage ich, als ich endlich meine Stimme wiederfinde.

»Hier?«, fragt Logan und deutet mit dem Daumen auf das blaue Haus. »Ja.«

»Ich … ich …« Ich ringe nach Worten, doch dann formt sich der Plan. Ich schiebe meine Hand in die Seitentasche meines Rucksacks. »Ich habe das hier draußen auf dem Gehweg gefunden«, sage ich und zwinge meine Finger, sich zu öffnen. »Es sieht aus, als könnte es wertvoll sein. Gehört es … vielleicht deiner Mutter?«, ende ich lahm.

Meine Handfläche ist schweißnass, und ich weiß, Rebeccas Anhänger wird leicht klamm sein, aber es ist mir nicht peinlich. Sobald er den Anhänger berührt, wird das alles nicht mehr wichtig sein.

Er streckt die Hand aus, und ich drehe meine um, streife absichtlich seine Haut, schnappe beinahe nach Luft bei dem erregenden Rausch, der mich durchfährt. Es ist besser als all die Träume, die ich von ihm hatte, die lebhaften Erinnerungen, die mir die Kette geschenkt hat.

Denn diesmal ist es echt.

Auf eine Art echt, wie Benson es nie war.

Ich versetze diesem Gedanken einen Tritt und lasse die Kette los.

Sie fällt von meiner Hand in seine, sammelt sich in seiner Handfläche wie eine Flüssigkeit.

Er mustert sie.

Er starrt weiter darauf.

Ich möchte ihn am liebsten anschreien, mich anzuschauen, aber vielleicht ist seine momentane Inkarnation schüchtern.

Das ist okay; ich kann warten.

Eine Sekunde lang.

Er zuckt die Achseln. »Ich kann sie fragen gehen, wenn du willst«, sagt er beiläufig, »aber ich habe sie nie so etwas tragen sehen.«

Mein Mund bleibt offen stehen. Er spielt mit mir. So sollte das nicht ablaufen.

»Soll ich mitkommen, damit du meine Nachbarn fragen kannst?« Seine grünen Augen blicken zu mir auf.

Sie sind ausdruckslos.

Mein Herz stirbt. Ich bin mir nicht sicher, ob meine Beine mich tragen werden.

Es hat nicht funktioniert. Nicht meine Berührung, nicht die Halskette. Er ist immer noch nur Logan; er ist nicht mein Quinn.

Noch nicht, ermahnt mich Rebecca. Und von irgendwo tief in mir – in einer Reserve, von der ich nichts wusste – finde ich neue Kraft. Neue Entschlossenheit.

Damals, als Quinn mich als Rebecca kennenlernte, war *ich* diejenige, die *ihn* nicht erkannte. Vielleicht ist es nur fair, dass die Rollen jetzt vertauscht sind.

Das Wichtigste ist, dass ich ihn gefunden habe. Er wird sich irgendwann erinnern. Ich habe die alten Tagebücher, die mir helfen können – die spärlichen Aufzeichnungen über Logan, die ich praktisch auswendig kann. Die Antworten sind dort irgendwo und ich werde sie finden.

Bis dahin werde ich bei Logan bleiben. Ich bin nicht nur seine Partnerin; ich bin auch seine Beschützerin. Die Reduciata suchen nach mir. Nach uns. Irgendwann werden sie uns finden.

Wieder einmal.

Zum Geier, Benson hat ihnen wahrscheinlich schon gesagt, dass wir in Phoenix sind.

Und falls ich Logan nicht aufwecke und tue, was auch immer uns neu aufladen soll, bevor sie mich – oder ihn – töten, sind wir erledigt.

Er braucht mich.

Und die Welt braucht *uns*.

Ich strecke die Hand nach der Kette aus und zucke beiläufig die Achseln. »Ich glaube nicht, dass das nötig ist. Aber wenn dir jemand erzählt, dass er sie verloren hat, sagst du mir dann Bescheid?« Ich krame in meinem Rucksack und versuche dabei, den Inhalt vor Logans Blick zu verbergen. Ich zucke zusammen, während ich eine Ecke von der Akte abreiße, die Sammi mir gegeben hat, aber es ist das einzige Papier, das ich habe. Die Spitze meines Stiftes berührt das Papier, bevor mir einfällt, dass Elizabeth' Handy auf einer Mülldeponie in Pennsylvania liegt. Nach ihrem Tod wollte ich kein Risiko eingehen; ich bin alles losgeworden.

»Mist, das habe ich total vergessen«, murmle ich und fühle, wie sich meine Wangen aufheizen. »Ich habe mein Handy verloren und weiß nicht, wann ich ein neues bekomme. Kann ich deine Nummer haben?« Ich schaue mit gesenkten Wimpern zu ihm auf.

»Oh, äh, klar«, sagt Logan und rattert zehn Ziffern herunter.

»Wir wär's mit einem Namen?«, stelle ich mich dumm.

»Ich bin Logan«, sagt er, stopft sein Handy in eine Tasche und streckt mir die Hand hin.

Ich schüttle die Hand, spüre, wie sich unsere warme Haut berührt, und Euphorie prickelt in mir. Er ist ein bisschen anders – modern, nehme ich an –, aber größtenteils ist er derselbe. Die Augen, dieses Schiefe an seinem Lächeln. Ich weiß nicht, ob ich es je geschafft habe, ihn zu finden, als er noch so jung war.

Ein ganzes Leben. Das haben wir.

Es gibt mir einen Stich, als mir wieder einfällt, dass Benson dasselbe gesagt hat, aber ich schiebe den Gedanken von mir.

Ich habe keine Zeit für Reue.

»Tavia«, sage ich und halte seine Hand nur eine halbe Sekunde länger als nötig. »Danke dafür«, füge ich hinzu und halte den Zettel hoch. »Ich rufe dich an.«

»Klar«, sagt Logan.

Ich gehe die Straße entlang und spähe noch einmal über die Schulter zu ihm zurück. Ich weiß nicht, wohin ich will, habe nicht einmal einen Ort, wo ich übernachten kann, aber das ist egal. Wir sind jetzt beide hier und irgendwie wird es funktionieren.

Es ist Schicksal.

»Warte«, ruft Logan nur einen Augenblick, nachdem ich es geschafft habe, den Blick von ihm loszureißen.

Ich bleibe stehen, er macht ein paar Schritte auf mich zu und sieht beinahe verlegen drein. »Kenne … ich weiß, das klingt jetzt komisch, aber kenne ich dich?«

Ich grinse, in meiner Brust breitet sich die Zuversicht aus. »Nein«, sage ich ausgelassen, »noch nicht.« Ich hieve meinen Rucksack höher und wende mich ab, halte aber den Augenkontakt über die Schulter. »Aber du wirst mich noch kennenlernen.«